아무것도 NADA 없다

아무것도

NADA

없다

카르멘 라포렛 / 김수진 옮김

문예출판사

사랑하는 벗 링카 바베카 데 보렐과

화가인 페드로 보렐에게 바친다.

때로는 쓰디쓴 맛과

지독한 냄새, 난데없는

불빛, 불협화음,

불쾌한 촉감 등을

우리의 감각은

마치 고정된 현실인 양 느낀다.

그리고 이 모든 것들이

의심의 여지 없는 진실 같아 보이는 것이다.

―후안 히메네스, 〈아무것도 없다〉

1958년 스페인에 오기 전까지만 해도 나는 스페인에 거주하는 스페인 현대 작가들의 작품은 단 한 편도 읽어보지 않은 상태였다. 그 당시 라틴아메리카 전반에는 '그런 곳'에서 쓰인 작품들이라는 것이 하나같이 종교 타령에 프랑코 군국주의와 난센스로 가득찬 것들뿐이지 않겠느냐는 부당한 편견이 팽배해 있었기 때문이었다. 그래서 실은 이제야, 문학을 공부해보겠다는 꿈을 안고 1940년대 초반의 암울한 도시 바르셀로나를 찾아온 시골 처녀 안드레아의 섬세하고도 숨 막힐 듯한 이야기를 접하게 되었다. 카르멘 라포렛은 때로는 터져버릴 것 같은 열정이, 또 때로는 얼음장처럼 차가운 냉정이 묻어나는 문장으로 안드레아의 이야기를 들려주지만, 실상 이 작품 속에서는 이야기된 것보다 침묵된 것들이 더 큰 의미를 지닌 채 독자들을 시종일

관 형언할 수 없는 고뇌 속으로 빠져들게 만든다. 아리바우 거리의 가난에 찌들고 반미치광이가 되어버린 친척들 틈바구니 속에서 생활하는 안드레아의 감정에 대한 상세한 해부도라 할 수 있는 이 소설 속에는 스페인 내전으로 불타버린 교회 건물에 대한 언급이 스쳐지나가듯 잠시 있을 뿐 정치적 암시 같은 것은 손톱만큼도 들어 있지 않은 것으로 보인다. 하지만 사실상 정치 현황은 불길한 기운을 머금은 정적처럼, 온몸을 갉아먹는 암세포처럼 소설 전반을 무겁게 짓누른다. 찌든 삶의 순화제인 대학을 비롯해 신선한 공기, 고정 관념과 내적 부패에서 벗어나지 못하고 화석이 되어버린 상류층, 권태와 궁핍, 편견과 두려움, 편협주의와 의기소침으로 물든 답답한 현실을 탈피하기 위해 과연 무엇을 해야 할지도 모르고 시선을 어디에 둬야 할지도 몰라 온통 혼란스러워하는 젊은이들에 이르기까지, 정치 현황은 모든 것을 황폐화시키는 주범이기도 하다.

소소한 일상의 에피소드와 그 에피소드에 대한 간결하지만 섬세한 묘사를 근간으로 하는 작가의 재능은 놀랄만하다. 이런 작가적 역량에 힘입어 탄생한 전반적으로 억압된 분위기의 플롯은 안드레아와 그녀를 둘러싼 대다수 사람들을 좌절시키고 그들의 행복을 훼방 놓기 위해 마치 우주 전체가 똘똘 뭉쳐 음모라도 꾸미고 있는 것처럼 보이게 만든다. 그러나 그런 척박한 환경에서조차 의지할 곳 하나 없는 안드레아에게는 집요하기까지 한 불굴의 의지가 있기에 결코 좌절하지 않으며 자신의 불운에 분풀이를 하려 들지도 않는다.

소설의 모든 것을 한꺼번에 보여주고, 그 모든 일들이 벌어지는 공간을 한 단어로 나타내기에 이보다 더 좋은 제목도 없을 것 같은——"아무것도 없다Nada", 무無의 세계에는 오로지 부자와 가난한 자만이 존재할 뿐이며, 여타 제3세계 국가들과 마찬가지로 중산층은 위축될 대로 위축되어버린 얄팍한 피막에 불과해 안드레아네 가족처럼 막노동꾼, 거지, 부랑자, 실업자, 소외된 주변인 들과 뒤섞이면서 서민이라는 이름의 구정물 속에서 허우적대고 있다. 안드레아는 지독한 편견과 몽환적 환상 위에 근근이 그 존재성을 유지하려 드는 그 세계를 보며 경악할 뿐이다. 등장 인물들을 둘러싼 유생幼生적 세계 너머 저기에는 그 무엇도 존재하지 않는다. 심지어 안드레아가 곧잘 어울리곤 하던 젊은 화가들이 구시가지에 형성해놓은 보헤미안적 성격의 소집단마저도 만화적이고 근시안적인 색채에서 벗어나지 못하는 것이다.

대신 소설 《아무것도 없다》의 등장 인물들이 현실을 비껴나 살아가는 공간은 사랑과 성의 세계다. 그곳은 욕망이란 것이 처음부터 존재하지 않거나, 설사 존재했다 하더라도 억눌려 있거나 또 다른 보상적 행위로 대체되어 나타나는 신비로운 별나라다. 삶의 갖가지 면면들과 관련하여 소설 속 세계가 비인간적이리만치 평이한 윤리의식을 제시함으로써 사람들을 그 틀에 가두고 쇠락하게 만들고 있다면, 성의 공간, 즉 성적 측면에서는 왜곡된 성이 마치 거짓말처럼 아슬아슬하게 균형을 유지해나가는 모습을 보여줌으로써 왜 모든 인물들이 노이로제와 고뇌와 불안 초조와 치명적인 불협화음에 시달릴 수밖에 없는지를 은밀하게 설명해준다. 사실 소설 속 인물들은 하나같이, 심지어 안드레아가 그토록 좋아하고 부러워했던 생기발랄하고 자유로운 영혼의 소유자 에나마저도 그 뒤틀린 성의 희생자가 아니겠는가.

　　혹자는 소설 속 스물 몇 살의 처녀가 자유의 결핍과 검열, 편견과 오만, 소통의 부재 등이 팽배한 야만적 사회상을 또렷하고 완벽하게 재현해낸 첫 소설 《아무것도 없다》를 발표할 당시의 카르멘 라포렛 자신일지도 모른다고 생각할 것이다. 또 작가의 피조물로, 순수한 영혼의 소유자이자 작품 속에서 키스를 도둑맞기도 하고 주변 사람들의 모략에 시달리기도 하지만 자신도 모르게 강압에 대항하는 영웅적 면모를 드러내는 안드레아야말로 작가 자신의 모습이 아닐까 추측할 수도 있을 것이다. 하지만 그건 아니다. 다른 훌륭한 소설들도 그렇듯이 작품은 어디까지나 작가의 직관과 상상의 결실이자, 작품을 집필하는 과정 속에서 끊임없이 추구하는 진리의 결과물이기 때문이다. 작가들이 추구하는 진리란 오로지 픽션이라는 미로와 상징을 통해서만 드러낼 수 있는, 위험천만하되 늘 손가락 사이를 교묘하게 빠져나가는 그런 존재다. 그런데 카르멘 라포렛은 그 진리를 마침내 손 안에 넣고야 말았다. 그러기에 반세기가 지난 이 시점에서도 그녀의 처절하리만치 아름다운 《아무것도 없다》가 여전히 살아 숨 쉬고 있는 것이리라.

2004년
마리오 바르가스 요사

차례

1
부

1

막판에 표 구하기가 무척 힘들었던 탓에 결국 바르셀로나에는 자정 무렵이 되어서야 도착했다. 설상가상으로 객차는 애초에 알던 것과 전혀 딴판이었고, 역에는 마중 나와 있는 사람도 없었다.

혼자 여행은 이번이 처음이었지만 별로 무섭지는 않았다. 오히려 한밤에 만끽하는 무한한 자유가 즐겁고 신나는 모험으로 느껴졌다. 고단한 장거리 여행이 끝나자 뻣뻣하게 굳어버린 두 다리에 다시 피가 돌기 시작하는 것 같았다. 나는 놀란 토끼눈을 하고 프란시아 역을 가득 채운 인파와 여기저기 무더기로 몰려 있는 사람들을 쳐다보았다. 모여 선 사람들은 급행 열차를 기다리는 사람들이거나 나처럼 세 시간 연착으로 이제야 역에 떨어진 사람들이었다.

기차역 고유의 냄새, 인파가 빚어내는 시끄러운 소음, 어쩐지 구슬픈 느낌이 드는 불빛 들이 내게는 엄청나게 매력적으로 보였다. 미지의 땅이기에 그저 꿈에서만 그릴 수 있었던 대도시 바르셀로나에 마침내 발을 디뎠구나 하는 경외감 속으로 이 모든 인상들이 나를 몰아넣었다.

나는──흐르는 물줄기 속의 한 점 물방울처럼── 밀려가는 인파 속에 묻혀 걷기 시작했다. 사람들은 묵직한 트렁크를 들고 출구 쪽으로 일제히 쏟아져 나갔다. 내 가방도──책이 가득 들어 있어──제법 무거웠지만 젊음의 혈기와 조바심 내며 기다려온 기대가 있었기에 혼자 힘으로 들고 갈 수 있었다.

묵직하면서도 신선한 바다 공기가 폐 속을 가득 채우는 순간, 바르셀로나라는 도시에 대한 모호한 첫 느낌도 내 안으로 함께 파고들었다. 하나같이 잠들어 있는 집들, 문 닫힌 상점들, 그리고 고독에 취해버린 파수꾼 같은 가로등…… 가까스로 깊은 심호흡을 한 번 하자 새벽의 속삭임이 느껴졌다. 내 바로 뒤쪽 가까이로는, 보르네로 통하는 신비로운 느낌의 골목길들을 마주한 채, 펄떡이는 내 심장을 뒤덮기라도 할 것 같은 바다가 펼쳐졌다.

바람이 불어칠 때마다 두 다리를 때려대는 낡아빠진 겨울 코트에, 얼굴에는 공연히 싱긋 미소를 머금고, 살살

거리며 달라붙는 '짐꾼들'이 못 미덥다는 듯 트렁크를 꽉 지키고 선 내 모습이 얼마나 우스꽝스러웠을까.

그 많던 사람들이 몇 대 되지도 않는 택시를 잡으러 뛰어가버리거나 서로 밀쳐대며 전차 문에 매달린 채 가버리고 나니 불과 몇 분도 지나지 않아 널찍한 인도에 나만 혼자 덩그러니 남겨졌던 게 기억난다.

스페인 내전 후 다시 등장하기 시작한 낡은 마차 한 대가 마침 내 앞에 서기에 머뭇거릴 이유 없이 얼른 올라탔다. 힘겹게 마차를 쫓아 뛰어오던 남자 하나가 화딱지가 났는지 모자를 벗어 마구 휘저어대는 게 보였다.

삐걱거리는 마차는 텅 빈 대로를 달려가다가 밤새 조명등 불빛으로 넘쳐흐르는 도시의 심장부를 가로질렀다. 언젠가, 아주 짧은 여행이었지만 내게는 아름다운 기억으로 남아 있는 그 시절에 꿈꾸었던 그 모습 그대로였다.

마차가 대학을 끼고 있는 플라사 데 라 우니베르시닷 광장 쪽으로 꺾어들자 멋들어진 대학 건물이 마치 경건하게 환영의 인사라도 건네는 듯한 감동이 밀려왔다.

마차는 어느덧 친척들이 살고 있는 아리바우 거리로 접어들었다. 길가에는 시월의 짙은 녹음을 자랑하는 플라타너스 나무가 줄지어 서 있었고, 불 꺼진 집집마다 발코니 뒤에서 피어나는 수많은 영혼의 숨소리로 가득찬 생생한 정적이 감돌았다. 마차 바퀴가 만들어내는 요란한 소음에 머릿속이 윙윙 울려댔다. 순간 끼익 소리가 나는가 싶더니 마차가 한 번 덜컹거리면서 멈춰 섰다.

"다 왔어요."

마부가 말했다.

나는 내 앞에 우뚝 서 있는 건물을 올려다보았다. 똑같은 모양의 발코니들이 줄지어 늘어서 있고, 그 발코니마다에는 집집마다의 비밀을 지켜주기라도 하려는 듯 시커먼 쇠창살이 달려 있었다. 아무리 쳐다보아도 저 많은 집들 중 어느 것이 앞으로 내가 살게 될 집일지 가늠할 수 없었다. 살짝 떨리는 손으로 수위에게 동전 몇 개를 팁으로 건넸다. 수위가 내 등 뒤에서 문을 닫자 철대문과 유리창 흔들리는 소리가 요란하게 울려퍼졌다. 나는 무거운 트렁크를 들고 아주 천천히 계단을 올라갔다.

모든 것이 내가 상상하던 것과 딴판인 것 같다는 생각이 들었다. 사실 백열등 불빛 아래로 나 있는 여기저기 부서져 나간 비좁고 꼬질꼬질한 계단 같은 건 그려본 적이 없었다.

아파트 문 앞에 다다라서야 비로소 친척이기는 하지만 개인적으로는 일면식조차도 없는 사람들을 깨워야 한다는 사실에 문득 걱정이 되었던 나는 잠시 머뭇거리던 끝에 소심하게 벨을 눌렀다. 아무런 인기척도 없었다. 가슴이 쿵쾅거리기 시작했다. 나는 다시 한번 벨을 눌러보았다. 순간 달달 떨리는 목소리가 대답했다.

"나가요, 나가."

신발바닥을 질질 끌며 다가오는 소리가 나더니 누군가가 더듬거리며 자물쇠를 푸는 소리가 들렸다.

그리고 잠시 후, 내 눈 앞에 그야말로 악몽이 펼쳐졌다.

제일 먼저 눈에 들어온 것은 온통 거미줄이 쳐지고 다 깨어져나가 한쪽 날개만 천장 밑에 대롱대롱 매달린 전등 갓 아래 달랑 한 개 남아 있는 희미한 백열 전구와 그 빛을 받아 어슴푸레 모습을 드러낸 현관이었다. 어두컴컴한 집 저 안쪽으로는 마치 곧 이사라도 갈 것처럼 겹겹이 포개진 가구들이 보였다. 내 코앞에는 뼈마디가 앙상하게 드러난 노파가 잠옷 바람에 어깨에는 숄을 걸치고 잿빛 점이라도 되는 양 오도카니 서 있었다. 차라리 내가 집을 잘못 찾아온 것이기를 바랐지만, 그 처절한 외양의 노파가 너무나도 선량해 보이는 미소를 지어 보이는 순간 그 양반이 나의 외할머니가 분명하다는 확신이 들었다.

"글로리아, 어미냐?"

할머니가 나지막이 속삭였다.

나는 뭐라 할 말이 없어 고개를 가로저었지만 주변이 어두웠기 때문에 할머니는 내 고갯짓을 보지 못한 것 같았다.

　"어서 들어오거라, 어서 들어와, 아가. 게서 뭐 하고 있는 거야? 아이고, 네가 이렇게 늦게 다닌 걸 앙구스티아스가 모르고 지나가야 할 텐데……"

　곤혹스러워진 나는 트렁크를 끌어당긴 뒤 등 뒤로 현관문을 닫았다. 그제서야 가엾은 할머니는 당혹스러운 듯 무슨 말인가를 중얼거리기 시작했다.

　"저 모르시겠어요, 할머니? 저 안드레아예요."

　"안드레아?"

　할머니는 혼란스러워했다. 그리고 기억을 되살려보려 무진 애를 쓰는 것 같았다. 참 안쓰러워 보였다.

　"네, 할머니. 손녀딸 안드레아요. 원래 오늘 아침에 도착할 거라고 편지 드렸는데……"

　할머니는 여전히 상황을 이해하지 못하는 모양이었는데, 그 때 현관에서 이어지는 복도 양 옆으로 난 방들 가운데 하나에서 잠옷 차림의 키가 크고 깡마른 남자가 사태를 알아차리고 나왔다. 외삼촌들 중 하나인 후안 삼촌이었다. 달랑 한 개 남은 전등 불빛 아래서 보니 마치 해골바가지 같은 삼촌 얼굴에는 곰보 자국이 그득했다.

외삼촌이 나를 조카딸이라 부르며 어깨를 가볍게 툭 툭 쳐주는 걸 보고는 그제서야 외할머니도 두 팔로 내 목을 얼싸안으며 맑은 두 눈동자에 눈물이 그렁그렁해져 연방 "아이고, 내 새끼"를 연발했다.

이런 장면들 속에는 왠지 암울한 뭔가가 감도는 듯했고, 집 안은 모든 공기의 흐름이 차단되어 썩어가고 있기라도 한 듯 숨이 턱턱 막히는 열기로 가득했다. 고개를 드니 어느새 유령 같은 여자 몇이 나와 선 게 보였다. 특히 그 여자들 가운데 시커먼 상복 같은 잠옷을 입은 여자의 모습을 보는 순간에는 온몸에 소름이 좍 끼쳤다. 그 여자의 모든 면면이 어찌나 무시무시하고 불길해 보이는지 나를 위해 미소 짓는 푸른빛이 감도는 치아까지도 그런 느낌을 더해줄 뿐이었다. 그 여자 뒤로는 개 한 마리가 따라오면서 요란하게 하품을 해댔는데, 그 개마저도 마치 상을 치르고 있는 듯 털 색깔이 새까맸다. 나중에야 그 검은 옷의 여자가 이 집 가정부인 걸 알게 되었지만, 하여간 지금껏 그렇게 불쾌한 느낌을 주는 사람은 본 적이 없을 정도였다.

후안 삼촌 뒤로 바싹 여윈 젊은 여인도 하나 등장했다. 하얗고 턱 끝이 뾰족한 얼굴에 헝클어진 빨간 머리가 흘러내렸고 축 늘어진 커튼처럼 쇠약해 보였는데, 그녀의 그런 모습은 집안 전체의 암울한 느낌을 배가시켰다.

그때까지도 할머니는 여전히 머리를 내 어깨에 기댄 채 나를 두 팔로 꼭 껴안고 계셨는데, 내 눈에는 할머니를 비롯해 그 자리에 모인 모든 사람들의 모습이 하나같이 길쭉길쭉하게 늘린 환영처럼 보였다. 시골 초상집에 내걸린 등불만큼이나 길쭉길쭉하고, 침울한.

"자, 이제 그만 하세요, 엄마. 이제 됐어요."

성난 듯 무뚝뚝한 목소리가 들려왔다.

그제서야 나는 내 등 뒤에 또 다른 여자가 하나 있었다는 걸 알았다. 그 여자의 한 손이 내 어깨 위에서, 그리고 또 한 손이 턱 끝에서 느껴졌다. 나도 키가 꽤 큰 편인데, 앙구스티아스 이모는 나보다도 훨씬 더 커서 내가 올려다봐야 할 정도였다. 그녀의 몸짓에는 일종의 경멸이 묻어났다. 반백이 되어버린 머리카락을 어깨까지 늘어뜨린 그녀의 갸름하고 침울한 얼굴 속에는 모종의 아름다움도 섞여 있었다.

"아침 내내 기다리다가 허탕 치게 만들더니…… 이렇게 오밤중에 나타날 줄 누가 상상이나 했겠니?"

그녀는 잡고 있던 내 턱 끝을 놓더니 새하얀 잠옷에 파란 가운을 걸친 모습을 온전히 드러내며 내 앞에 떡 버티고 섰다.

"세상에! 말세다, 말세야! 다 큰 처녀가 혼자서……"

그 말에 후안 삼촌이 으르렁거렸다.

"앙구스티아스 마귀할멈이 또 시작이로군!"

앙구스티아스 이모는 못 들은 척했다.

"어쨌든, 너도 고단하겠구나."

이모는 검은 잠옷을 입은 여자를 쳐다보며 말했다.

"안토니아! 이 숙녀분 사용할 침대를 준비해드리도록 해요."

나는 정말 피곤했지만 불현듯 내 몸이 현재 너무도 지저분한 상태라는 생각이 들었다. 짐짝을 산더미같이 쌓아올린 어두컴컴한 객차 안에서 서로 떠밀리기도 하고 시선이 마주치기도 하는 가운데 그 많던 승객들이 조금 전만 해도 잠시 잊고 있었던 그 지루한 여행의 열기와 냄새를 온통 내게 다 씌워버린 게 아닌가 싶었다. 무엇보다도 신선한 공기를 한 모금 들이마시고 싶은 생각이 너무나도 간절했다.

나는 산발을 한 그 빨간 머리 여인이 잠이 덜 깬 듯 몽롱한 얼굴에 미소를 띤 채 나를 한 번 쳐다보고 역시 미소 띤 얼굴로 내 트렁크를 번갈아 쳐다보는 것을 보았다. 나도 모르게 내 시선도 트렁크 쪽으로 갔다. 내 여행의 동반자였던 그 트렁크가 촌티의 극치인 듯싶어 풀이 죽었다.

노끈으로 칭칭 동여맨 진회색 트렁크는 내 옆에, 그러니까 그 이상한 모임의 한가운데에 자리 잡고 있었다.

후안 삼촌이 내게 다가오며 말했다.

"안드레아, 아직 우리 집사람 모르지?"

그러면서 삼촌은 산발을 한 여자의 어깨를 떠다밀었다.

"난 글로리아라고 해."

여자가 말했다.

외할머니가 조급한 미소를 띤 얼굴로 우리 두 사람을 쳐다보는 게 보였다.

"아휴, 악수가 다 뭐니? 자, 꼭 껴안아보거라. 그렇지, 그래!"

이때 글로리아 외숙모가 내 귀에 대고 소곤거렸다.

"겁나지?"

사실 나는 거의 공포에 가까운 감정을 느꼈다. 후안 삼촌이 신경질적으로 잔뜩 얼굴을 찡그리며 양 볼 안쪽을 물어뜯는 모습이 보였기 때문이었다. 실은 미소 지으려 애쓰는 것이었지만.

이모가 다시 독재자 같은 모습으로 되돌아가 말했다.

"자, 그만 잡시다. 너무 늦었어요."

"좀 씻었으면 좋겠는데요."

내가 말했다.

"뭐? 좀 크게 말해봐. 목욕을 하겠다고?"

놀란 듯 휘둥그레 뜬 두 눈이 나를 향했다. 앙구스티아스 이모 뿐 아니라 다른 사람들의 시선도 일제히 나를 향했다.

"여긴 더운 물이 안 나와."

마침내 이모가 말했다.

"괜찮아요……"

"그러니까 이 늦은 시간에 샤워를 하겠다, 이거지?"

"네. 맞아요."

내가 대답했다.

얼음처럼 차가운 물을 맞고 서니 비로소 마음이 가라 앉는 것 같았다. 사람들의 원초적인 눈길에서 벗어날 수 있어 한결 안심이 되기도 했다. 그 목욕탕은 한 번도 사용한 적이 없는 것 같았다. 세면대 위에 걸린 얼룩진 거울 속에 거미줄이 잔뜩 쳐진 낮은 천장과 ─ 온 집 안을 비추는 불빛은 어쩜 그렇게 기분 나쁘고 침침한지! ─ 반짝거리며 떨어지는 물줄기 속에 내 몸이 비쳤다. 나는 때가 찌든 타일 욕조 속에서 까치발을 한 채 더러운 사면의 벽을 건드리지 않기 위해 최대한 애썼다.

욕실은 마치 마법의 집 같았다. 거무튀튀하게 때가 낀 벽마다 거친 손자국들과 절망에 찬 절규의 흔적들이 담겨 있었다. 곳곳에 칠이 벗겨지면서 생겨난 구멍들은 습기 찬 입을 벌리고 있었다. 거울 위쪽에는, 달리 놓을 곳이 없어서 그렇기도 하겠지만, 허연 도미 몇 마리와 속이 시커메진 양파 몇 알이 그려진 정물화 한 점이 걸려 있었다. 찌그러진 수도꼭지에는 광기가 미소 짓는 것 같았다.

나는 취객이라도 된 듯한 기분으로 기묘한 형상들을 돌아보았다. 그러고는 거칠게 샤워기 꼭지를 잠그며 동시에 아름다운 호신의 주문도 중단해버렸다. 이제 온갖 불결한 것들 가운데 나 홀로 남아 있을 뿐이었다.

그날 밤, 어떻게 잠들 수 있었는지 나도 잘 모르겠다. 내게 주어진 방에는 뚜껑이 떨어져나가 건반이 그대로 드러난 커다란 피아노가 한 대 있었다. 벽에는 뿔 장식이 여러 개 걸려 있었다── 그중 어떤 것들은 제법 값이 나가는 것들이었다── 중국제 책상과 그림들, 제멋대로 아무렇게나 쌓여 있는 가구들. 마치 폐허가 되어버린 궁전의 다락방 같았다. 나중에 알고 보니 이 집의 거실이었지만 말이다.

방 한가운데에는 마치 애통해하는 조문객들로 둘러싸인── 쿠션의 솜이 다 터져나온 의자들이 두 줄로 늘어서 있었으니까 ── 장례식장의 관이라도 되는 양 터키산 다리 짧은 침대가 하나 놓여 있었고, 그 위에 검은 담요가 덮여 있었다. 내가 잠을 청해야 할 곳이었다. 천장에 달린 커다란 전등에 멀쩡한 전구가 하나도 남아 있지 않은 대신 피아노 위에 초가 한 자루 세워져 있었다.

이모는 내 이마에 대고 성호를 긋고는 자러 들어갔고, 할머니는 다정하게 꼬옥 안아주셨다. 내 가슴에 자그마한 동물이 안기기라도 한 것처럼 할머니 심장의 고동이 느껴졌다.

"자다가 깨서 무섭거든 날 부르거라, 애야."

할머니가 달달 떨리는 목소리로 말했다.

그러고는 내 귀에 대고 희한한 소리를 속삭였다.

"난 밤을 꼬박 새니까 말이야. 밤마다 늘 일어나 앉아 뭔가를 하지, 절대로 자지 않는단다. 절대로 안 자."

마침내 모두들 나만 어스름 속에 남겨두고 가버렸다. 촛불이 드리운 가구의 그림자는 심장의 고동과 진한 생명력으로 가득 찬 듯 제모습보다 훨씬 크게 확대되어 있었다. 한줄기 바람결에 집 안에 밴 악취가 확 끼쳐왔다. 고양이 배설물 냄새 같았다. 금방이라도 질식할 것만 같아 나는 먼지가 잔뜩 쌓인 벨벳 커튼 사이로 보이는 창문이라도 열어보려고, 위험을 무릅쓴 산악인이라도 된 것처럼 의자 등받이를 딛고 아슬아슬하게 올라섰다. 가구들 틈새로 겨우 난 공간만큼이나마 창문을 열 수 있었다. 불을 환히 밝힌 어느 노천 테라스의 모습이 눈에 들어왔다. 그 불빛이 바르셀로나의 주택들 위로 뿌려졌다. 하늘을 올려다보니 부드럽게 펼쳐진 검은 공간 속에서 별 세 개가 반짝였다. 그 별을 보는 순간 오랜만에 예상치도 못했던 옛 친구를 마주친 것 같아 울컥 울음이 터져버릴 것 같았다.

반짝이는 별빛에 이 귀신 같은 사람들과 가구들로 가득 찬 집안에 발을 들여놓기 전까지 바르셀로나에 대해 지니고 있던 내 모든 꿈들이 주마등처럼 떠올랐다. 나는 관 같은 침대 속으로 들어가 눕기가 겁났다. 촛불을 끄고 나서 한없는 두려움으로 떨었던 기억이 난다.

2

　새벽녘, 침대 시트와 담요는 서로 뒤엉긴 채 방바닥에 떨어져 뒹굴고 있었다. 추워진 나는 그것들을 집어다가 덮었다.

　아침 첫 전차가 운행을 시작했다. 집 안의 문이며 창문은 모조리 닫혀 있었던 터라 전차가 울려대는 경적 소리가 조그맣게 들려왔다. 어린 시절, 그러니까 일곱 살 무렵 마지막으로 외갓집을 찾았던 그 여름날에 들었던 바로 그 경적 소리였다. 그 소리와 더불어 희미하지만 동시에 방금 딴 과일 향처럼 생생하기도 하고 풋풋하기도 한 기억의 편린도 떠올랐다. 그 어린 시절의 여름, 아침 첫 전차 소리가 들릴 때면 앙구스티아스 이모가 임시로 마련한 내 작은 침대 머리맡을 지나 벌써 환하게 쏟아져 들어오는 여름 햇살을 가리기 위해 덧창을 닫아주던 기억이 났다. 이모는 열대야 때문에 내가 잠 못 이루는 밤에도 열린 발코니 아래 줄지어 선 플라타너스 나무에서 먼지 앉은 푸른 잎사귀의 향내가 산들바람을 타고 올라오고 저 아래 아리바우 거리에서 소란스러운 소리가 들려오면 어김없이 덧창을 닫아버리곤 했다. 그 당시 바르셀로나의 널찍널찍한 길들은 물을 뿌려놓아 촉촉했고 카페마다 시원한 음료로 목을 축이기 위해 몰려든 사람들로 붐비곤 했다. 그러나 그 밖의 모든 것들, 그러니까 휘황찬란하게 조명을 밝힌 큰 상점들, 자동차들, 소음과 심지어 내가 이 도시에 대한 또 하나의 기억으로 덧붙인, 어젯밤 역에서 이곳에 오는 동안 보았던 그 거리까지 모든 것들은 희미하고 허황한 무엇으로 남아 있었다. 지나치게 다듬고 손질하다 보면 본연의 신선함을 상실하게 되는 것처럼 도시도 너무 인위적으로 만들어진 무엇으로 말이다.

여전히 두 눈을 꼭 감은 채 나는 다시 한번 행복감과 더불어 뜨거운 무엇이 가슴속에 차오르는 걸 느꼈다. 그래, 나는 바르셀로나로 왔다. 그간 이 구체적인 사실을 너무 오래도록 꿈꿔왔기에 도시의 첫 소음이 결코 기적으로 생각되지 않았다. 나는 나 자신에게 중얼거렸다. 이건 내 육신이 존재하는 것만큼이나, 지금 내 뺨에 느껴지는 이 뻣뻣한 담요의 감촉만큼이나 분명한 사실이야. 밤새 악몽에 시달렸지만 지금 이 순간만은 이 기쁨을 만끽하고 싶었다.

눈을 뜬 나는 나를 가만히 내려다보고 있는 외할머니를 발견했다. 어젯밤에 보았던 자그마하고 기력이 쇠한 노파의 모습이 아닌, 오래전에 유행했던 베일이 달린 모자를 쓴 계란형 얼굴의 여인인 할머니를. 할머니는 입가에 부드러운 미소를 머금었고, 입고 있는 파란 실크 원피스가 가볍게 찰랑거렸다. 할머니 곁에는, 조금 뒤쪽으로 아주 잘생긴 외할아버지가 서 있었다. 숱 많은 갈색 턱수염을 길렀고, 곧게 뻗은 눈썹 아래로 파란 두 눈동자가 빛났다.

나는 할아버지 살아 생전에 두 분이 함께 계신 모습을 본 적이 없었기 때문에 누가 이 초상화를 그린 것일까 궁금해졌다. 지금으로부터 50여 년 전, 두 분이 처음 바르셀로나에 발을 디뎠을 무렵에는 저런 모습이었겠구나. 두 분의 사랑에는 험난하고도 기나긴 사연이 담겨 있었다——지금은 기억도 잘 나지 않지만…… 아마도 재산을 한꺼번에 날린 것과 관련이 있었던 것 같다——하지만 그때만 해도 세상은 그저 낙관적으로만 보였고 두 분은 서로 무척 사랑하고 있었다. 두 분은 당시 새롭게 조성되기 시작하던 이 아리바우 거리의 바로 이 아파트에 정착했다. 그때만 해도 아직 부근에 공터가 많았던 탓에 흙내음을 맡을 수 있었고, 그 흙내음이 우리 할머니에게는 언젠가 다른 어떤 곳에서 보았을 앞뜰에 대한 향수를 일깨웠을지도 모를 일이다. 아직 페인트 냄새도 가시지 않은 텅 빈 이 아파트에 들어서던 할머니의 모습을 상상해본다. 아마도 그림 속의 저 파란 원피스와 예쁜 모자를 쓰고 계셨겠지. '이 집 정말 마음에 드는군. 꼭 전원 주택 같잖아? 주변도 조용하고, 새 집이라 깨끗하고……' 창밖으로 펼쳐진 황량한 노지를 바라보며 할머니는 이런 생각을 했을 것이다. 두 분은 나와는 정반대의 꿈을 품고 바르셀로나로 찾아드셨을 테니까. 번듯하고 안정된 직장을 갖고 편히 살고 싶다는 꿈을. 그러니까 내가 인생의 지렛대 역할을 해줄 바르셀로나를 꿈꾸었다면 두 분에게 바르셀로나는 피난길에 정착한 항구였던 것이다.

발코니가 여덟 개나 되는 아파트에는 창문마다 온통—레이스와 벨벳, 매듭 장식 등으로 만든—커튼이 드리워졌다. 곳곳의 여행용 트렁크 속에는 온갖 잡동사니들이 뒤죽박죽 뒤섞여 있었지만, 그래도 그중에는 제법 값나가는 것들도 끼어 있었다. 구형 벽시계들이 집 안에 생명의 고동을 불어넣었다. 그리고 또 하나! 해질 무렵이면 집 안에 놓인 피아노가 쿠바풍의 나른한 권태감을 더해주었다.

두 분은 아주 젊은 나이가 아니었음에도 불구하고 마치 옛날 이야기 속에나 나오는 사람들처럼 자식을 많이 두었다. 하여튼 그 와중에 아리바우 거리는 지속적으로 발전해나갔다. 외갓집이 있는 아파트처럼 높은 아파트들이 들어섰고, 그보다 더 높은 건물들도 속속 들어서 점점 더 복잡한 주택가로 변하면서 그 덩어리가 갈수록 더 커져갔다. 가로수들이 자라나 가지를 늘어뜨렸고, 전차도 들어와 그 특색을 더했다. 아파트 건물은 점점 더 낡아졌고, 여러 차례 개보수를 해야 했으며, 그 사이 집 주인들도 여러 차례 바뀌었는가 하면 아파트 수위 자리도 여러 사람이 거쳐갔다. 그렇지만 우리 조부모님만은 마치 붙박이 가구라도 되는 양 꼼짝 않고 아파트 2층에 자리 잡은 그 집을 고수하고 있었다.

손녀가 유일하게 나 하나였을 당시, 나는 바로 그 집에서 유년 시절의 가장 즐거웠던 시간을 보냈다. 내가 어려서 이곳 외갓집에 왔을 때만 해도 외갓집은 더 이상 한갓진 주택이 아니었다. 그 지역이 이미 도심 한복판이 되어 있었다. 불빛과 소음, 일상의 파도가 고스란히 벨벳 커튼이 드리워진 아파트 벽에 부딪쳐 왔다. 집 안도 혼란스럽긴 마찬가지였다. 식구들이 넘쳐났다. 당시 어린 나에게는 그런 왁자지껄한 분위기가 즐거움으로 느껴졌다. 삼촌들은 하나같이 군것질거리를 사주곤 했으며, 내가 다른 사람들에게 짓궂은 장난을 쳐도 잘했다고 격려해주곤 했다. 할머니와 할아버지의 머리에는 이미 백발이 성성했지만 그래도 아직은 정정하셨기에 내 어리광에 늘 웃어주곤 했다. 이 모든 기억들이 어쩜 그리 머나먼 기억이 되고 말았는지……

나는 완전히 달라져버린 그곳의 모든 것들 앞에서 불안감을 떨칠 수 없었던 데다 어젯밤에 만나보았던 그 사람들과 다시 마주해야 한다고 생각하니 불안감이 한층 더해졌다.

'도대체 어떤 사람들일까?'

나는 생각했다. 그러고는 감히 사람들을 대면할 엄두를 내지 못한 채 그대로 침대 속에서 꼼짝하지 않았다.

아침 햇살이 쏟아져 들어오자 방 안은 어젯밤의 공포스러운 분위기는 떨쳐버렸지만 여전히 놀라우리만치 어지럽혀진 상태로 완전히 방치되어 있었다. 액자 틀마저 다 빠져버리고 없는 조부모님의 초상화는 도배지 색이 거무튀튀하게 바랜 데다 곳곳이 습기로 시커멓게 곰팡이가 슨 벽 위에 삐딱하게 기운 채 걸려 있었다. 어느덧 아침 햇살의 그림자가 초상화 높이까지 차올랐다.

나는 차라리 조부모님 두 분이 모두 여러 해 전에 돌

아가셨다고 생각하고 싶었다. 차라리 베일이 달린 모자를 쓴 초상화 속의 여인은 어젯밤 현관문을 열어주었던, 얼굴조차 알아볼 수 없었던 말라빠진 노파와 아무 상관없는 사이라고 생각하고 싶었다. 하지만 실제로 할머니는 살아 계셨다. 안타까운 일이기는 하지만, 외할머니는 세월의 흐름 속에 점점 더 쌓여만 가는 온갖 불필요한 잡동사니들 속에서 살아 숨 쉬고 있었다.

3년 전, 외할아버지가 돌아가시면서 남은 가족들은 집안 전체 공간을 반만 사용하기로 정했다. 그러다 보니 온갖 잡동사니들과 쓰지 않는 가구들이 어찌나 많았는지, 집 안을 이등분하여 막음 공사를 하던 인부들이 그 짐들을 어쩌지 못해 그냥 대충 쌓아버렸다. 그 덕분에 인부들 솜씨 그대로 얼기설기 쌓아놓은 짐이 지금까지도 그 상태로 있었다.

어젯밤, 창문을 열기 위해 내가 딛고 올라섰던 바로 그 의자 위에 털이 숭숭 빠져나간 고양이 한 마리가 앉아 햇볕 아래서 앞발을 핥는 게 보였다. 고양이 역시 주변의 다른 모든 것처럼 시원찮아 보였다. 고양이는 자기만의 개성으로 부여받은 듯한 큼지막한 두 눈으로 나를 쳐다보았다. 마치 반짝거리는 초록 구슬 두 개가 주둥이와 흰 수염 위에 놓인 것 같았다. 나는 두 눈을 비벼댄 후 다시 고양이를 쳐다보았다. 활처럼 휜 고양이 등 위로 앙상한 뼈마디가 다 드러났다. 고양이마저도 이 집안 사람들처럼 별난 분위기를 풍길 뿐 아니라, 외모도 독특하고, 마치 오랜 금식에다 통 햇볕을 쪼이지 못했거나 명상을 하느라 심신이 쇠약해져 아예 영적인 존재가 되어버린 것은 아닐까 생각하지 않을 수 없었다. 나는 고양이에게 미소를 지어 보인 뒤 일어나 옷을 갈아입었다.

방문을 열고 나서자 바로 앞에 어두컴컴하고 후텁지근한 전실 겸 복도가 나타났다. 집안의 모든 방들과 연결되는 공간이었다. 맞은편으로 식당이 있었고, 식당에 딸린 발코니로 햇살이 쏟아져 들어왔다. 식당 쪽으로 걸어가는데 개가 뜯어먹다가 버린 것 같은 뼈다귀가 발끝에 채였다. 식당에는 사람은 없고 앵무새만 한 마리 앉아 낄낄거리는 듯한 표정으로 혼잣말을 주절대고 있었다. 나는 원래 앵무새들은 다 정신 나간 동물이라고 생각하는 사람이었다. 언제나 적당치 못한 순간에 황당한 소리를 해대는 동물이니 말이다. 커다란 식탁 위에는 텅 빈 설탕통만 덩그러니 놓여 있었다. 의자 가운데 하나에는 누렇게 색이 바랜 고무 인형 하나가 놓여 있었다.

무척 배가 고팠지만 식당 안에는 벽마다 걸린 그림들 속 맛난 음식 말고는 먹을 것이 하나도 없었다. 그림을 물

끄러미 쳐다보는데 앙구스티아스 이모가 부르는 소리가
들렸다.

　이모 방은 식당과 연결되었는데, 방에 딸린 발코니
는 거리 쪽으로 나 있었다. 이모는 나를 등진 자세로 자그
마한 책상 앞에 앉아 있었다. 이모 방을 들여다본 나는 무
척 놀랐다. 이 집 안의 다른 공간과는 완전히 별개인 양 이
모의 방은 깨끗하게 정돈되어 있었다. 거울이 딸린 옷장이
하나 있고, 거실 쪽으로 난 또 다른 문에는 큼지막한 십자
가가 달려 있었다. 게다가 침대 머릿장 위에는 전화기까지
한 대 놓여 있었다.

　이모는 고개를 돌려 놀란 표정의 나를 발견하고는 흐
뭇한 얼굴이 되었다.

　우리 두 사람은 잠시 그렇게 말없이 있다가, 내가 먼
저 친근한 미소를 지어 보냈다.

　"들어와, 안드레아. 이리 와 앉아라."

　이모가 말했다.

　밝은 낮에 보니 녹색 겉옷을 걸친 앙구스티아스 이모
는 제법 올록볼록하니 볼륨감이 있어 보였다. 나는 여전히
미소를 보내면서도 내심 이런 상상을 하다니, 까딱하면 좋
지 않은 첫인상을 심어줄지도 모른다는 걱정도 들었다.

　"얘야, 그간 네가 어떤 식의 교육을 받았는지 모르겠

다만……"

(앙구스티아스 이모는 첫마디부터 마치 일장 연설이라도 준비해놓은 사람처럼 그렇게 운을 뗐다.)

내가 막 대답하려고 하자 이모가 손가락을 들어 내 말을 가로막으며 말했다.

"나도 안다, 알아. 네가 수녀원 학교에서 고등학교 과정 일부를 마친 것 말이다. 내전 기간 내내 그곳에 있었지? 그나마 내 생각에는 다행이다만…… 네 사촌 누이랑 2년 동안 함께 지냈다는 게 좀 걸리는구나…… ─ 네 친가 쪽 식구들이 워낙 별난 사람들이라서 말이야 ─ 더구나 그 콧구멍만 한 시골 골짜기에서 말이야. 그러니 오죽했겠니. 사실, 나 어젯밤에 한숨도 못 잤단다. 생각할 게 많아서…… 내가 너무 무거운 짐을 떠맡았다는 생각이 드는구나. 너를 잘 돌봐야 하고, 순종이라는 틀 안에 고이 가두어야 하고…… 과연 내가 해낼 수 있을까? 그래, 아마 잘할 수 있을 거야. 얼마나 쉽사리 해낼 수 있는가는 전적으로 네게 달린 일이지만 말이야."

이모는 내게 한마디 대꾸할 틈도 주지 않았다. 난 그저 무슨 말인지 알아듣지도 못한 채 이모의 말들을 놀란 표정으로 주워듣고 있었다.

"얘야, 여기 바르셀로나는 그야말로 지옥이란다. 아마

스페인 전역에서 바르셀로나만큼 지옥 같은 곳도 없을 거다…… 난 어젯밤 네가 역에서 여기까지 혼자 왔다는 사실이 여전히 꺼림칙하단다. 무슨 일이 일어났으면 어쩔 뻔했니? 여기는 자나 깨나 서로 잡아먹으려고 으르렁대는 사람들로 그득한 곳이다. 제아무리 신중하게 행동해도 소용없기도 하지. 악마란 늘 새로운 모습으로 유혹하기 마련이니까…… 다 큰 처녀가 바르셀로나에서 살아가려면 스스로를 요새처럼 무장시켜야 해. 내 말 알아듣겠지?"

"아니요, 이모."

앙구스티아스 이모가 날 쳐다보았다.

"그다지 똑똑한 아이는 아닌 모양이로구나."

우리 둘 다 다시 한번 입을 꾹 다물어버리고 말았다.

"달리 설명해주마. 안드레아, 넌 내 조카딸이다. 내 말은, 너는 행실 바르고, 신앙심 돈독하고, 순결한, 뼈대 있는 가문 태생이라 이거야. 내가 매사에 네 행동 하나하나를 간섭하고 들지 않았다가는 넌 이 바르셀로나에서 숱한 위험에 빠져버리고 말 거다. 그래서 말이니, 내 허락 없이는 함부로 외출하지 말거라. 이제 알겠니?"

"네."

"좋아. 이제 질문 하나 하마. 도대체 여긴 뭘 하러 온 거니?"

내가 재빨리 대답했다.

"공부하려고요."

(내심 나는 이모의 질문에 심히 동요했다.)

"문학 공부를 하겠다 이거지? 네 사촌 누이 이사벨한테 편지 받았다. 그래, 반대는 하지 않으마. 하지만 이 모두가 우리들, 그러니까 네 어머니의 혈육들인 외가 식구들 덕분이라는 것만은 기억하도록 해라. 외가 식구들 마음씨가 좋아서 네가 갈망하던 그 모든 것들을 이룰 수 있게 되었다는 걸 말이야."

"이모도 아실지 모르지만……"

"나도 알아. 네게 월 2백 페세타씩 연금이 나온다는 거. 하지만 그래봐야 네게 드는 비용의 절반 정도밖에 되지 않잖아…… 도대체 장학금 받을 실력도 안 되는 거니?"

"네. 그 대신 학비는 면제예요."

"그건 네 실력 때문이 아니지. 고아라는 신분 때문에 면제된 것뿐이니까."

다시 한번 혼란스러워졌다. 하지만 이모는 아랑곳하지 않고 확신에 찬 목소리로 이야기를 이어나갔다.

"몇 가지 일러둘 게 있다. 내가 내 형제들에 대해 이런 말을 해서 안됐지만, 네 두 삼촌들은 전쟁 후에 좀 정신이 이상해진 것 같아…… 둘 다 전쟁 때문에 몹시 힘든 시간을 보냈거든. 난 그 두 사람 때문에 몹시 상심했는데……
되레 내게 배은망덕으로 갚으려 드는구나. 그래도 난 그들
을 용서하고 하느님께 두 사람을 위해 기도하고 있지. 하
여간 조심하거라.”

이모는 갑자기 목소리를 낮추더니 거의 들리지 않을
정도의 작은 목소리로 속삭였다.

“후안 삼촌은 도무지 걸맞지 않는 상대하고 결혼을
하고 말았단다. 자기 인생을 좀먹는 그런 여자하고 말이
야…… 그러니, 안드레아! 혹여 언젠가 네가 그 여자하고
가깝게 지내거나 한다면 내게는 아주 불쾌한 일이 될 거고,
그로 인해 내가 몹시 상심하게 될 테니 그리 알거라……”

나는 줄곧 앙구스티아스 이모 맞은편에 놓인 딱딱한
의자에 앉아 있었는데, 어느덧 치마 밑 엉덩이에 못이 배
겨오는 것만 같았다. 게다가 앞으로 이모 허락이 없이는
마음대로 외출조차 할 수 없다는 말에 낙심천만이었다. 급
기야 나는 앞뒤 잴 것도 없이 이모라는 사람을 꽉 막힌 성
격에 권위주의적인 사람으로 단정짓고 말았다. 물론, 나는
지금껏 살아오면서 그릇된 판단을 내린 적도 적지 않았기
때문에 이모에 대한 판단도 옳다고 장담할 수는 없다. 다
만 한 가지 분명한 것은, 이모가 글로리아 외숙모에 대해
악담을 늘어놓을 때면 어찌나 살갑게 굴던지 오히려 그게

너무 역겨웠다는 점이다. 아마도 당시 나는 이모를 좀 불쾌하게 만들더라도 내게 큰 손해날 것이 없다고 생각했던 것 같다. 그래서 슬그머니 곁눈질로 이모라는 사람을 관찰해보기 시작했다. 외형을 전체적으로도 보고, 이목구비를 하나하나 뜯어보기도 했는데, 그다지 빠지는 인물은 아니었고, 더구나 손가락은 어찌나 고운지 가히 섬섬옥수라 할 만했다. 하여간 나는 이모가 갖가지 지시 사항과 주의 사항을 열거하는 동안 어떻게든 흠잡을 만한 곳을 찾아보려 애쓰던 중, 마침내 이모가 날 놓아줄 무렵 한 가지를 발견했다. 누런 이였다.

"자, 이제 뽀뽀해다오, 안드레아."

순간 이모가 말했다.

나는 재빨리 이모의 머리 위에 입술을 비비댄 뒤 이모가 나를 끌어안고 뽀뽀하려 들기 전에 잽싸게 뒤돌아 식당 쪽으로 뛰어나와 버렸다.

식당에는 이미 식구들이 모여 있었다. 제일 먼저 글로리아 외숙모가 눈에 띄었다. 그녀는 낡은 일본식 기모노를 입고는 진하게 끓인 죽 그릇을 들고 어린아이에게 한 숟가락씩 떠먹이다가 나를 보자 미소로 인사를 대신했다.

나는 폭풍우를 머금은 무거운 하늘만큼이나 짓눌린 듯한 기분이었는데, 보아하니 신경이 몹시 날카로울 때처럼 목구멍에 먼지 맛을 느끼는 사람이 나 하나뿐인 것 같지는 않았다.

식탁 맞은편 자리에는 고수머리에 얼굴빛이 유쾌한 영리해 보이는 남자가 앉아 작은 권총에 기름칠을 하고 있었다. 로만 삼촌이었다. 삼촌은 곧장 내게로 다가오더니 정답게 안아주었다. 어젯밤에 보았던, 하녀 뒤에 서 있던 그 검은 개가 삼촌 뒤를 쫄랑쫄랑 따라왔다. 로만 삼촌은 그 개가 자기 개이고 이름은 '천둥이'라고 가르쳐주었다. 아마도 동물들은 본능적으로 삼촌에게 호감을 느끼는 것 같았다. 나 역시 어린 시절 삼촌이 보여주는 넘치는 애정 앞에서 한없는 즐거움에 빠져들곤 했으니 말이다. 삼촌은 나를 위해 새장에서 앵무새를 꺼내오더니 감사의 인사를 해보라고 시켰다. 조그만 앵무새가 뭔가를 중얼거리기 시작했는데, 가만 들어보니 욕설들이었다. 로만 삼촌이 재미나다는 듯 웃어대며 말했다.

"이 녀석이 주워듣는 게 온통 욕설뿐이라서 말이야."

그 사이 글로리아 외숙모는 아이 밥 먹이는 것조차 잊은 채 멍하니 우리 쪽만 쳐다보았다. 순간 로만 삼촌의 태도가 어찌나 순식간에 돌변했는지 나는 그만 어안이 벙벙해지고 말았다.

"너도 저 멍청한 여자 봤지?"

삼촌이 숙모 쪽은 거들떠보지도 않은 채 거의 고함이라도 지르는 듯한 음성으로 내게 말했다.

"저 여자가 날 쳐다보는 눈빛 봤느냐 이 말이야."

나는 경악하지 않을 수 없었다.

글로리아 외숙모가 신경질적으로 소리쳤다.

"정말 웃겨. 내가 언제 쳐다봤다고 그래요?"

"봤지? 이젠 뻔뻔스럽게 저런 되먹지 못한 소리까지 해대는 걸……"

로만 삼촌이 여전히 나를 쳐다보며 말했다.

나는 삼촌이 돌아버린 게 아닌가 싶었다. 그리고 겁먹은 얼굴로 문 쪽을 바라보았다. 후안 삼촌이 고성을 듣고 왔다.

"로만! 너 정말 까불래?"

큰삼촌이 소리쳤다.

"형은 바지나 추키고 입 다무쇼!"

작은삼촌이 큰삼촌 쪽으로 돌아서며 대꾸했다.

후안 삼촌이 얼굴에 경련을 일으키며 오더니 두 사람은 싸움닭이 맞서듯 언뜻 보면 우스꽝스럽기도 하고 또 어찌 보면 살기까지 느껴지는 태도로 마주섰다.

"어디, 쳐볼 테면 쳐보쇼! 한 방 올릴 용기라도 있으면 말이지."

로만 삼촌이 먼저 말했다.

"쳐? 아예 죽여버리고 말 테다! 진즉에 네놈을 죽여버렸어야 하는 건데……"

관자놀이에 시퍼렇게 핏줄이 선 후안 삼촌은 제정신이 아닌 것 같았지만 그래도 더 이상 일을 벌이지는 않았다. 그저 두 주먹을 불끈 쥐었을 뿐이었다.

로만 삼촌은 가만히 형의 태도를 지켜보더니 미소를 지으며 말했다.

"자, 그럼 내 총을 줄게."

로만 삼촌이 말했다.

"나쁜 자식! 나 건드리지 마, 건드렸다가는 그냥 확!!!"

"여보! 그만하고 이리 와요."

글로리아 외숙모가 소리쳤다.

앵무새가 외숙모를 향해 욕지기를 퍼부어대기 시작했다. 그녀의 헝클어진 빨간 머리 아래로 분에 겨워 어쩔 줄 모르는 얼굴이 보였다. 하지만 그녀에게 신경 쓰는 사람은 하나도 없었다. 후안 삼촌이 그녀를 흘낏 쳐다보았다.

"내 총을 준다니까."

로만 삼촌이 다시 말하자, 후안 삼촌이 꼭 쥔 두 주먹에 더욱 힘을 주었다.

글로리아 외숙모가 다시 소리를 질렀다.

"여보! 후안!"

"입 닥쳐! 망할 여편네 같으니!"

"자기…… 그만 이리 와요, 응?"

"입 닥치라니까!"

후안 삼촌의 분노가 순간 아내를 향했는지 외숙모에게 마구 퍼부어대기 시작했다. 외숙모 역시 지지 않고 같이 소리를 질러대더니 결국에는 울음을 터뜨리고 말았다.

로만 삼촌은 재미나다는 얼굴로 두 사람을 지켜보다가 날 쳐다보면서 이런 말로 안심시키려 했다.

"놀랄 것 없어, 우리 꼬맹이. 이 집에서는 날마다 있는 일이니까 말이야."

삼촌은 권총을 주머니 속에 쑤셔넣었다. 정성스레 기름칠을 한 덕에 새까만 권총은 꽤나 반짝거렸다. 로만 삼촌은 날 보고 웃어준 뒤 내 두 볼을 쓰다듬어주었다. 그러고는 글로리아 외숙모와 후안 삼촌의 말다툼이 점점 더 거세지는 사이 아무 말없이 식당을 나가버렸다. 로만 삼촌은 막 문을 나서다가 매일 있는 아침 미사에서 돌아오시던 할머니와 마주치자 할머니 얼굴을 토닥거려주었다. 할머니가 식당으로 막 들어설 무렵, 앙구스티아스 이모도 잔뜩 화가 나 식당으로 들어서며 제발 좀 조용히 하라고 소리치던 참이었다.

후안 삼촌이 아이가 먹던 죽 그릇을 집어 들고는 이모의 머리통을 향해 날렸다. 하지만 제대로 겨냥을 하지 못해 결국 그릇은 앙구스티아스 이모가 재빨리 닫은 문짝에 가서 부딪쳐 떨어지고 말았다. 어린아이가 침을 흘리며 울어댔다.

그제서야 후안 삼촌은 냉정을 되찾는 것 같았다. 할머니는 머리에 쓰고 있던 검은 망토를 벗어들고 한숨을 내쉬었다.

그때, 가정부가 들어와 아침상을 보기 시작했다. 어젯밤에도 그랬듯이 내 주의는 온통 그녀에게 쏠렸다. 그녀는 정말 못생긴 얼굴에 마치 승리자라도 된 듯 도도한 표정으로 인상을 쓰면서 사람들 염장을 지르려는 것처럼 콧노래까지 흥얼거렸다. 그리고 여기저기 뜯어진 식탁보를 편 뒤 찻잔을 놓았다. 마치 이렇게 함으로써 오늘의 부부싸움에 종지부를 찍기라도 하려는 것 같았다.

3

"재미있었니?"

앙구스티아스 이모가 물었다. 이모와 나는 외출했다
가 아파트로 돌아오는 길이었다. 나는 여전히 들뜬 분위기
에 취해 있었다.

이런 질문을 하는 동안에도 이모는 오른손을 내 어깨
위에 올리고 나를 이모 쪽으로 바싹 끌어당겼다. 앙구스티
아스 이모가 나를 안아준다든지, 공연히 친근하게 굴 때면
나는 뱃속에서 뭔가가 꿈틀거리거나 비비 꼬이는 듯한 느
낌이 들곤 했다. 그만큼 자연스럽지 못했다. 하지만 나로
서는 적응해야 할 일이기도 했다. 이모가 나를 안아주거나
다정한 말을 건네는 일이 워낙 잦았으니 말이다.

때로 이모는 나 때문에 무척 분주해 보였다. 늘 내 주
변을 맴돌았으며, 내가 어느 구석에 처박혀 있기라도 하면

당장 찾아내곤 했다. 내가 가족 중 다른 누군가와 웃거나 재미나게 이야기 나누는 것만 봐도 이모의 말투는 완전히 풀이 죽어버리면서 내 옆에 앉아 억지로 내 머리를 자기 가슴에 기대도록 만들곤 했다. 그럴 때면 당연히 나는 한쪽 목줄기가 당겼지만, 이모의 손아귀에서 빠져나갈 수도 없어 그 자세로 가만 있곤 했는데, 그럴 때마다 이모는 다정한 목소리로 내게 온갖 훈계를 해대곤 했다. 그런가 하면, 반대로 내가 슬퍼 보이거나 뭔가에 당혹스러워하는 듯해 보이면 기분이 무척 좋아져서는 곧 다시 권위주의적 태도를 취하곤 했다.

솔직히 때로는 이모와 함께 외출하는 것이 부끄럽게 생각되기도 했다. 수탉 깃털 장식이 달린 펠트 모자를 깊게 눌러쓴 모습이 그렇지 않아도 딱딱한 인상의 이모를 마치 여전사처럼 보이게 했을 뿐 아니라, 허접한 옷을 입은 내게 낡아빠진 파란 모자까지 쓰도록 시켰기 때문이었다. 하지만 나는 제대로 거역 한 번 못 해보고 그저 이모의 말을 따를 수밖에 없었다. 이모와 팔짱을 긴 채 여기저기를 돌아다니다 보니, 대단하리라 상상했던 바르셀로나의 거리들은 그다지 찬란하지도, 그다지 환상적이지도 않아 보였다.

"두리번거리지 말거라."

앙구스티아스 이모가 잔소리를 해대곤 했다.

"사람들을 그렇게 빤히 쳐다보는 게 아냐."

더러 이모와 함께 걷고 있다는 사실을 깜빡 잊기도 하지만 아주 짧은 시간에 불과했다.

때로는 딱히 단정지을 수 없는 왠지 기묘한 행색의 사람들을 지나치면 나의 상상력이 발휘되는데, 그러면 당장 뒤돌아 그 사람 뒤를 따라가고 싶어지기도 했지만, 그때마다 나와 앙구스티아스 이모의 행색을 떠올리면서 나 혼자 얼굴을 붉히기도 했다.

"넌 도무지 세련된 맛이 없구나. 정말 촌티가 흐른단 말이야."

앙구스티아스 이모가 고소하다는 듯한 표정으로 말하곤 했다.

"사람들 속에 서면 입을 꾹 다문 채 잔뜩 주눅 들어가지고 호시탐탐 달아날 기회만 엿보는 것 같잖아. 가끔 상점에서 뭘 사다가 널 돌아다보면 얼마나 웃긴지 아니?"

이모와 함께 바르셀로나 거리 곳곳을 다니는 일은 남들은 상상할 수 없는 서글픈 일이었다.

저녁식사 시간에 로만 삼촌은 내 눈 속에서 고단한 하루였음을 읽어내고는 미소지었다. 작은삼촌의 이런 미소는 앙구스티아스 이모와 독설이 오가는 말싸움을 한 번

벌여보겠다는 전주에 해당되는 것이었다. 결과적으로는 후안 삼촌까지 끼어들게 만드는 그런 싸움 말이다. 통상 후안 삼촌은 로만 삼촌의 편을 들어주곤 하는데, 그렇다고 로만 삼촌이 형의 응원을 받으려 한다거나 또는 자기 편을 들어준다고 해서 고마워하거나 하는 것은 아니었다.

하여간 일이 이쯤 되면 가만히 듣고 있던 글로리아 외숙모가 신경질을 내며 소리쳤다.

"당신이 도련님한테 그런 말할 자격이 있기나 해요? 나한테는 말할 것도 없지만."

"당연히 자격이 있고말고! 왜? 나도 당신이나 저 자식처럼 졸렬하기 그지없는 인간인 줄 알았어?"

"그래, 후안! 말 한번 잘한다."

할머니가 경탄의 눈빛을 보내며 장남을 거들고 나섰다.

"엄마는 가만 계세요! 괜히 엄마한테까지 큰소리 치게 만들지 말구요. 제발 엄마한테까지 험한 소리 말게 해달라고요."

가엾은 할머니는 고개를 끄덕이고 나서는 내쪽으로 얼굴을 돌려 귀엣말을 속삭였다.

"그래도 저애가 제일 낫단다, 안드레아. 세 형제 중 제일 착해. 운이 따르지 않아서 그렇지, 착한 걸로 치자면야

성자가 따로 없을 정도지……"

"엄마, 좀 참견하지 말아 달랬지요? 아무 상관없는 쓸 데 없는 일들을 저 조카딸 애 머릿속에까지 쑤셔넣고 싶지는 않으실 거 아닙니까?"

이미 자제력을 상실한 후안 삼촌의 목소리는 절도를 잃어 듣기 거북했다.

저녁 식사를 마친 로만 삼촌은 접시에 남아 있는 과일 조각으로 앵무새에게 줄 먹이를 준비하는 데에만 열중하고 있을 뿐 다른 식구들에게는 전혀 신경도 쓰지 않았다. 앙구스티아스 이모는 내 옆에 앉아 손수건을 질근질근 물어뜯으며 흐느꼈다. 자신이 많은 일들을 통제할 수 있는 강인한 여성이라고 생각했지만 동시에 나약하고, 박해에 시달리는 무기력한 여성이라는 생각도 들었기 때문이었다. 사실 나는 이 두 가지 역할 중 실상 이모가 어떤 역할을 더 기꺼워하는지 잘 모르겠다. 글로리아 외숙모는 높다란 아기용 의자를 식탁에서 잡아끌어 후안 삼촌 뒤로 가더니 나를 쳐다보며 검지손가락을 관자놀이에 가져다대고 씩 웃었다.

후안 삼촌은 마치 넋이 나간 사람처럼 말없이 서 있었지만, 언제 터져버릴지 모를 만큼 불안해 보였다.

로만 삼촌은 새 모이를 주고 나서 외할머니 어깨를

두어 번 톡톡 두들겨주고는 제일 먼저 자리를 떴다. 그는 식당 문가까지 가더니 잠시 발을 멈추고 담배에 불을 붙이면서 마지막 한마디를 던졌다.

"형! 형네 그 잘난 마누라까지 형을 그렇게 얕잡아 보다니…… 부디 조심하쇼."

물론 평소와 마찬가지로 로만 삼촌은 형수 글로리아 쪽으로는 눈길 한 번 주지 않았다.

그 한마디의 위력을 보기 위해서는 기다릴 필요조차 없었다. 후안 삼촌이 주먹으로 식탁을 쾅 하고 내리쳤기 때문이다. 후안 삼촌은 로만 삼촌의 등 뒤에 대고 있는 욕 없는 욕을 다 가져다 퍼부어댔다. 아파트 현관문이 닫히는 소리로 보아 로만 삼촌은 이미 집 밖으로 나간 것 같은데도 후안 삼촌의 욕지거리는 끊이지 않고 이어졌다.

글로리아 외숙모는 아이를 두 팔에 안고는 재우기 위해 방으로 들어가다 말고 날 쳐다보더니 물었다.

"우리 방으로 같이 갈래?"

앙구스티아스 이모는 얼굴을 두 손에 파묻고 있었다. 살짝 벌어진 손가락 틈새로 나를 지켜보는 이모의 눈길이 느껴졌다. 조바심이 묻어나는, 애원이 섞인 눈길이었다. 하지만 나는 자리를 박차고 일어섰다.

"네, 외숙모."

외할머니가 잘했다는 듯 살짝 미소를 보내주셨다. 그러자 이모는 뾰로통한 얼굴로 후닥닥 자기 방으로 들어가버렸다. 아마도 샘이 나 어쩔 줄 몰라 하고 있을 터였다.

글로리아 외숙모 부부의 방은 흡사 맹수의 동굴 같았다. 더블 침대와 어린아이 요람만으로도 거의 꽉 차버릴지경이었는데, 여성용 화장 파우더 냄새에 옷에서 나는 찌든 냄새, 거기에 아기 냄새까지 뒤섞여 고약한 냄새가 났다. 사방 벽에는 온갖 사진들이 덕지덕지 붙어 있었는데, 그중에서도 제일 좋은 자리에 고양이 두 마리가 담긴 그림 엽서가 형광등 불빛을 받아 반짝였다.

외숙모는 침대 가장자리에 걸터앉아 아기를 무릎에 뉘어놓았다. 잠든 사내아이를 보니 아주 잘생긴 데다 자그마한 두 다리는 포동포동했다. 다만, 좀 꼬질꼬질하기는 했다.

아기가 잠든 것을 확인한 뒤, 글로리아 숙모는 아기를 요람에 눕히고는 자기도 윤기가 흐르는 머리카락 속에 열 손가락을 쑤셔넣고 상체를 쭉쭉 늘이며 부드럽게 기지개를 켰다. 그러고는 노곤한 표정을 지으며 침대 위로 벌렁 누워버렸다.

"안드레아, 넌 나에 대해 어떻게 생각하니?"

그 전에도 외숙모는 내게 이런 질문을 했었다.

나는 글로리아 숙모와 얘기 나누는 게 좋았고, 그건 그녀의 질문에 대답할 필요가 없기 때문이었다.

"나 정말 예쁘고 어려 보이지? 응……?"

그녀는 모자란 듯하면서도 천진난만한 허영심에 사로잡혀 있었는데, 그래도 그런 그녀가 밉지는 않았다. 게다가 실제로 그녀는 어렸고, 그 집안에서 일어난 온갖 일들을 내게 들려주면서 미친 듯이 깔깔거릴 줄도 알았다. 특히 가정부 안토니아 아줌마나 앙구스티아스 이모 이야기를 할 때에는 정말이지 재미났다.

"조카도 머잖아 이 집안 사람들을 파악하게 될 거야. 두고 봐, 아주 끔찍할 테니까. 어머니 말고 이 집안에 착한 사람이라고는 하나도 없어. 어머니마저 정신이 좀 오락가락하시지만 말이야…… 참, 우리 그이 후안은 정말 착하기 그지없는 사람이야. 조카도 봐서 알겠지만, 그 사람 기차 화통처럼 소리만 질러대지 그뿐이잖아? 그게 바로 착하다는 증거야……"

외숙모는 자기 말에 내 얼굴이 잔뜩 찌푸려지는 걸 보고는 깔깔거렸다.

"물론, 나도 착하지 않아? 이봐, 안드레아! 내가 착하지 않고서야 어떻게 저런 사람들을 견딜 수 있겠어?"

그게 결론이었다.

나는 혼자 흥분하기도 하고 형언할 수 없을 만큼 유쾌하게 수다를 떨어대기도 하는 외숙모의 모습을 지켜보았다. 그녀는 무겁게 짓눌린 분위기의 방안 침대 위에 빨간 머리가 너무 무거워 널브러진 봉제 인형처럼 그렇게 널브러진 채였다. 보통 그녀는 실제로 있었던 일들에 적당히 거짓말을 덧붙여 떠들어대곤 했다. 머리가 별로 좋은 것 같지도 않았고, 그렇다고 내면으로부터 인간적인 매력이 솟아나는 스타일도 아니었다. 그럼에도 내가 그녀에게 호감을 느끼게 된 것은 그녀가 그림을 그리는 후안 삼촌을 위해 누드 모델 노릇을 해주고 있다는 사실을 알게 되었기 때문인 것 같다.

사실 얼마 전까지만 해도 나는 삼촌이 그림 작업을 하는 방에 들어가 본 적이 없었다. 은근히 싫어하는 것 같았기 때문이다. 그러다가 하루는 아침 나절에 연필이 어디쯤 있나 찾는데 할머니가 삼촌 작업실에 가보라고 하셨다.

널따란 화실은 아주 특이해 보였다. 예전에 할아버지가 살아 계실 때 서재로 쓰시던 방이었다는데, 이 집의 모든 방들이 다 그렇듯이 그 방에도 책과 서류들, 후안 삼촌이 그림 연습을 할 때 모델로 쓰던 석고상들이 두서없이 마구 뒤섞인 채 쌓여 있었다. 사방의 벽에는 삼촌이 그린, 짙은 색조를 주로 써 다소 생경해 보이는 정물화들이 잔뜩 걸려 있었고, 한쪽 구석에는 어찌 된 영문인지 모르겠지 만 철제 인체 뼈대 위에 해부학과 학생들이 쓰는 실습용 두개골이 하나 놓여 있었다. 바닥에 깔린 큼지막한 카펫은 여기저기 습기가 스며올라 시커멓게 변색되었고, 그 위로 어린 조카아이와 아파트 발코니를 쏘다니다 햇살을 찾아든 듯한 고양이 한 마리가 어슬렁거리며 기어다녔다. 고양이는 금방 죽기라도 할 것처럼 꼬리까지 축 늘어뜨린 힘없는 모습이었는데, 어찌나 만사가 귀찮은지 아이가 귀찮게 굴어도 피할 생각조차 하지 않았다.

이런 방 한가운데 글로리아 숙모가 있었다. 그 당시 외숙모는 커튼을 덮어 늘어뜨린 받침대 위에 어딘지 어색한 포즈로 누드 모델을 서는 중이었다.

후안 삼촌은 숙모의 화사하고 탄력 있는 육체를 어떻게든 연필 끝으로 재생해내려고 무진 애를 썼지만, 내가 보기에는 워낙 타고난 재능이 없으니 다 소용없는 짓인 것 같았다. 화폭 위로 점차 비쩍 말라비틀어진 종이 인형 같은 여자의 형상이 생겨나고 있었다. 평소에 로만 삼촌과 내가 이야기를 나눌 때면 옆에서 듣고 있던 글로리아 외숙모의 얼굴에 떠오르던 멍한 표정과 꼭 닮은 그런 멍청해 보이는 형상이었다. 구질구질해 보이는 옷을 모두 벗어던진 채 우리 앞에서 포즈를 취한 글로리아 외숙모의 모습은 흉물스러운 주변 모든 것들 속에서 믿기지 않을 만큼 어찌나 아름답고 환하게 빛나던지 하늘이 내려주신 기적과도 같았다. 곱게 뻗은 두 다리, 두 팔, 그리고 선이 섬세한 가슴 속에서는 상냥하면서도 사악한 영혼이 숨 쉬는 것 같았고, 흠잡을 곳 없이 완벽한 따사로운 피부 위로는 날카로운 지성이 묻어나는 것 같았으며, 지금껏 단 한 번도 숙모의 눈 속에서 발견하지 못했던 무엇인가가 두 눈에서 번득이는 것 같았다. 좀 유별난 사람들이나 예술 작품 속에서 발견되는, 소위 예술혼이라는 그것이 아닌가 싶었다.

잠깐 연필만 찾을 생각으로 삼촌 화실에 들어갔던 나는 완전히 넋이 나간 모양으로 서 있었다. 후안 삼촌은 내가 화실을 찾아와 기분이 좋았는지 앞으로 그릴 그림에 대해 재빨리 설명을 해댔다. 하지만 나는 삼촌의 말은 한마디도 듣지 않았다.

그날 밤, 나는 나도 모르는 사이 글로리아 외숙모와 대화를 나누고 있는 나 자신을 발견했다. 그리고 이 집에 온 뒤 처음으로 외숙모의 방에 가본 것이다. 도무지 알맹이라고는 없는 외숙모의 끝없는 수다가 나른한 상태에서 기분 좋게 들려오는 빗방울 소리 같았다. 나는 어느덧 외숙모에게 익숙해졌고, 상대방의 대답은 기다리지도 않고 끝없이 이어지는 성급한 질문들과, 빈약하고 기복만 심한 그녀의 두뇌에도 어느 정도 익숙해졌다.

"정말이야, 정말. 내가 원래 좀 착해…… 웃진 말고."

우린 둘 다 입을 다물어버렸다. 잠시 후, 외숙모가 내게 바싹 다가앉으며 물었다.

"그런데, 로만은 어떤 것 같아? 로만에 대해서는 어떻게 생각하느냐고?"

잠시 후, 외숙모는 좀 특이한 표정을 지으며 이렇게 말했다.

"네가 로만 삼촌을 마음에 들어한다는 것 나도 알아. 맞지?"

나는 그저 어깨를 한 번 으쓱했을 뿐이었다. 잠시 후, 외숙모가 다시 말했다.

"후안 삼촌보다는 훨씬 맘에 들 거야, 안 그래?"

언젠가, 글로리아 외숙모가 느닷없이 울음을 터뜨린 적이 있었다. 굉장히 별나게 울었지만, 아주 짧게 재빨리 울고 나서 그쳤다.

"로만 도련님은 정말 나빠."

외숙모가 말했었다.

"아마 조카도 점차 알게 되겠지만 말이야. 하여간 내게 얼마나 심하게 굴었다고."

외숙모는 눈물을 훔치며 말했다.

"지금까지 내게 얼마나 못되게 굴었는지를 한번에 다 말할 수는 없어. 한두 가지가 아니니까 말이야. 하여간 안드레아도 조금씩 알아가게 될 거야. 하긴…… 지금은 로만에게 푹 빠져 있을 테니 내 말이 곧이곧대로 들리지도 않겠지……"

솔직히 말해, 나는 로만 삼촌에게 전혀 빠져 있지 않았다. 오히려 그 반대라면 반대랄까. 심지어 때로는 아주 차가운 눈초리로 삼촌을 쳐다보는 때도 있을 정도였다. 하지만, 아주 더러, 저녁 시간에, 그러니까 언제나 그렇듯이 요란한 폭풍이 한번 할퀴고 지나간 저녁 식사 후 로만 삼촌이 다정하게 다가와 "우리 꼬마 아가씨, 나랑 나갈까?"라고 물어주면 은근히 기분이 좋아졌던 것도 사실이었다. 로만 삼촌의 침실은 식구들과 다른 층에 있었다. 아파트 옥상 밑에 다락방을 하나 들여, 그곳에 기거했다. 그 방은 아주 안락한 도피처 같은 곳이었다. 삼촌은 낡은 벽돌을 쌓아 벽난로도 만들어놓았고, 검은 칠을 한 나지막한 책장도 몇 개 마련해놓았다. 다리가 짧은 침대가 하나 놓였고, 격자로 둘러쳐진 작은 창가에는 아주 예쁜 탁자가 하나 있었는데, 여러 시대의 작곡가들이 남긴 악보가 늘 가득했다. 그리고 촌스러운 전화기도 한 대 있었는데, 작은 삼촌 말에 따르면 주로 가정부 방으로 연락할 때 쓰는 것이라 했다. 태엽을 감는 작은 시계도 하나 있었는데, 정각마다 아주 특이하고 유쾌한 땡땡 소리를 울려댔다. 방에는 하나같이 낡아빠진 시계가 모두 세 개나 있어 리드미컬하게 시간을 알려주었다. 책장 위에는 아주 신기하게 생긴 동전들이 여러 개 있었고, 로마 시대 말기에 해당되는 작은 램프도 몇 개 있었으며, 손잡이 부분에 자개 장식이 되어 있는 오래 된 권총도 한 자루 있었다. 그 방 책장 구석구석에는 기묘한 상자들이 놓여 있었는데, 하나같이 어딘지 호기심을 자극하는 구석이 있었다. 로만 삼촌은 훗날 조금씩 조금씩 그 상자들에 대해 내게 알려주게 되었지만 말이다. 하여간, 온갖 잡동사니들이 가득했지만, 그래도 그 방은 깔끔하고, 다른 공간에 비해 비교적 잘 정돈되어 있었다.

"여기 있는 물건들은 보존 상태가 좋지. 아니, 최소한 그렇게 되도록 내가 애쓰고 있다는 말이야. 난 이런 것들을 좋아하거든."

삼촌이 미소지으며 말했다.

"그렇다고 내가 유별나게 군다고 생각지는 말거라. 뭐 사실 그렇기도 하지만 말이야. 하여간 저 아래층 사람들은 도무지 물건들을 다룰 줄 몰라. 그저 온 집안이 악다

구니로 가득하고 말이야…… 그게 다 주변의 물건들 때문인데. 하나같이 숨도 제대로 쉬지 못하고, 고통과 슬픔에 짓눌린 물건들 때문에 말이야. 어쨌거나, 이 집안 일로 소설이라도 써볼 생각은 말아라. 우리 집안 사람들이 싸우고 소리 질러대는 데 뭐 특별한 이유가 있는 것도 아니고, 뭐 특별한 의도가 있어서 그러는 것도 아니니까…… 그나저나, 넌 우리 집안 사람들에 대해 어떻게 생각하니?"

"잘 모르겠어요."

"네가 늘 우리 집 식구들이 등장 인물로 나오는 이야기를 머릿속에 구상하고 있다는 것 다 알아."

"아니에요."

로만 삼촌은 커피포트 콘센트를 꽂더니, 어디서 꺼냈는지 기묘하게 생긴 커피잔과 술잔, 술병, 거기에 담배까지 가져왔다.

"그리고 담배 좋아하는 것도 알지."

"아니요. 좋아하지는 않아요."

"왜 나한테까지 거짓말을 하는 거지?"

로만 삼촌의 음성에는 늘 나에 대한 호기심이 담겨 있었다.

"난 네 사촌 언니가 앙구스티아스 누나에게 보낸 편지 내용을 다 들었지…… 아니, 실은 다 읽어보았어. 물론,

내가 그 편지를 읽어볼 권리가 있었던 건 아니지만, 워낙
궁금해서 말이야."

"하여간 전 담배 좋아하지 않아요. 시골에 살 때, 오로
지 사촌 이사벨 언니를 못살게 굴 요량으로 담배를 좀 피
우기는 했지만 말이에요. 언니를 힘들게 해야 어쩔 수 없
어서라도 절 바르셀로나로 보내줄 거라 생각했거든요."

내가 얼굴이 빨개지고 당황스러워하자 로만 삼촌은
내 말을 절반도 믿지 않는 것 같았다. 하지만 내 말은 전혀
거짓이 아니었다. 어찌 되었건, 결국 나는 담배를 한 대 받
아들었다. 사실 내게는 담배 맛이 아주 달콤하게 느껴졌
고, 담배 향도 무척 좋았기 때문이었다. 잠시 나는 담배 연
기 속 쾌감에 빠져들었다. 그런 나를 보고 로만 삼촌이 빙
그레 미소지었다.

그제서야 나는 삼촌이 나를 다른 가족들과는 좀 다른
사람으로 여기고 있다는 것을 알았다. 제법 잘 배운, 그래
서 똑똑하고, 위선적이기도 하고, 기묘한 열망으로 가득
찬 그런 인간으로 말이다. 그렇지만 사실 나는 나 자신을
공연히 헛된 꿈을 꾸는 촌티 나는 여자애, 친척들 앞에서
는 절대로 드러내지 않지만 실은 감상주의로 가득 찬 그
런 아이로 생각했고, 그래서 스스로 열등감을 느꼈다. 하
지만 삼촌을 실망시키고 싶지는 않았다.

날씬한 몸매의 로만 삼촌은 동작이 무척이나 날렵했다. 바닥에 놓인 커피포트 옆에 웅크리고 앉아 나랑 이야기를 나누고 있을 때 보면 잔뜩 긴장된 구릿빛 근육 밑으로 부드러운 체조직이 조화를 이루었을 것 같았다. 그런가 하면 어느새 침대에 벌렁 누워 담배를 피워 물고 있을 때에는, 마치 시간이 정지해버려 다시는 일어서지 않을 사람이라도 된 듯 온몸을 완전히 이완시키고 늘어진 모습을 보이기도 했다. 마치 그렇게 드러누워 담배를 피우다가 죽어버리기라도 하려는 사람처럼.

간혹 나는 삼촌의 얼굴빛처럼 구릿빛으로 빛나는 손을 들여다보곤 하는데, 삼촌의 두 손은 생명력이 넘쳐흘렀고, 힘줄이 파랗게 보이는가 하면 손가락 마디마디는 가느다랗고 섬세했다. 내가 정말 좋아하는 그런 손이었다.

하지만 나는 그 방의 작업용 테이블 너머에 놓인 하나밖에 없는 의자에 앉은 채 삼촌과 상당한 괴리감을 느끼고 있었다. 처음 로만 삼촌이 상냥하게 말을 걸어줬을 때 느꼈던 빨려드는 듯한 느낌을 다시는 느낄 수 없었기 때문이었다.

삼촌이 기막히게 맛좋은 커피를 끓여내올 무렵, 방 안은 온통 뜨거운 김으로 가득했다. 삼촌 방에서 시간을 보내는 건 아래층에서의 삶에서 잠시 빠져나올 수 있는 휴식과도 같은 순간이었기에 좋았다.

"저 아래층은 침몰하는 배라고나 할까…… 우리 모두는 차올라오는 바닷물을 보면서 어찌해야 할 바를 모르는 가엾은 쥐새끼들이고 말이야…… 네 어머니가 다른 누구보다 먼저 이 집을 떠나면서 위험을 모면했지. 다른 이모들 둘도 이곳을 찾은 남자들을 냉큼 물어 결혼하면서 도망쳐버렸고. 결국 불행한 앙구스티아스 이모와 천하의 망나니 같은 후안 삼촌과 나만 남게 되었어. 너도 길 잃고 넋나간 어린 생쥐 신세가 되었지만 이제 막 시작한 셈이니 그리 불행하다고까지는 할 게 없겠지."

"오늘은 연주 안 하세요?"

내 말에 로만 삼촌은 책장 제일 끝 모서리에 맞닿아 놓인 장을 열더니 그 속에서 바이올린을 꺼내왔다. 장 저 안쪽으로 꽤 여러 장의 그림이 돌돌 말려 놓인 게 보였다.

"작은 삼촌도 그림 그리셨어요?"

"내가 안 해본 게 뭐 있겠니. 너도 알지 모르지만, 내가 처음에는 의학 공부를 했잖아. 나중에 그만두고 엔지니어가 되어 보려다가 결국 입학에 실패하고 말았지만. 그러고 나서는 취미 생활로 그림을 좀 그렸지. 내 장담하지만, 후안 삼촌보다는 내 그림이 훨씬 나아."

나도 그럴 거라 생각했다. 로만 삼촌에게는 저 내면

깊숙이에서 결코 고갈되지 않을 듯한 가능성이 늘 엿보였기 때문이었다. 삼촌이 벽난로 옆에 서서 바이올린 활을 켜는 순간, 나는 완전히 달라지는 나를 발견했다. 내 주변의 모든 것들에 대해 쌓아온 얇은 적개심의 벽이 완전히 사라지는 것을 느꼈다. 잘 포개놓은 내 두 손바닥만큼이나 널찍하게 나래를 편 내 영혼이 메마른 땅을 적시는 단비와도 같은 바이올린 선율에 흠뻑 젖어들었다. 로만 삼촌은 내 눈에 이 세상에 하나밖에 없는 위대한 예술가로 보였다. 삼촌은 자신의 음악을 통해 너무나도 섬세해 슬픔의 언저리를 꿰매어 내기에 부족함이 없는 행복의 실을 자아냈다. 이름 없는 그 음악. 로만 삼촌의 그 음악은 내 평생 들어본 적 없는 그런 멋진 음악이었다.

다락방의 창문은 캄캄한 밤하늘을 향해 열려 있었다. 환희 밝혀진 램프 불빛 아래서 음악에 완전히 심취한 로만 삼촌의 모습은 그 어느 때보다도 큰 부동의 형상으로 느껴졌다. 내게도 온갖 감상이 밀려들었다. 처음에는 순수했던 시절의 추억들과 꿈들, 갈등, 그리고 동요하는 지금의 나 자신을 떠올릴 수 있었고, 점점 갈수록 폐부를 찌르는 듯한 쾌감, 슬픔, 좌절감, 삶이 가져다주는 어마어마한 경련감, 그리고 무아지경. 나 자신의 죽음, 아름다움으로 승화되어버린 나의 절망감, 그리고 한줄기 빛조차 없는 암흑 속에서 태동된 이 둘의 고통스러운 조화……

순간 무거운 정적이 감돌더니 로만 삼촌의 목소리가 들려왔다.

"완전히 최면에 걸린 것 같군…… 어때? 음악을 통해 무슨 소리를 들었니?"

순간 나는 펼쳐진 두 손을 꼭 쥐어버리고 나래 펼치던 영혼도 재빨리 제자리로 모아 들였다.

"아무 소리도요. 글쎄 잘 모르겠어요. 그저 좋았던 것 같은데……"

"거짓말! 음악을 통해 들은 게 있을 텐데. 정점에서 네가 들은 게 있을 거야."

"없어요."

로만 삼촌은 마치 사기라도 당한 사람 같은 표정으로 잠시 내 얼굴을 들여다보더니, 결국 바이올린을 제자리에 가져다놓고 말했다.

"거짓말이야."

삼촌은 손전등을 가져와 계단참을 비춰주었다. 아래층 집으로 내려가려면 계단을 세 층이나 내려가야 했는데, 아파트 계단에는 제일 아래층 수위실 옆에 달린 전등 하나가 고작이라 어두웠기 때문이었다.

로만 삼촌의 다락방을 처음 찾았던 날, 아래층으로 내

려가려는데 캄캄한 계단 저 아래서 누군가가 황급히 내려가는 듯한 느낌을 받았다. 하지만 유치하게 무슨 소리냐는 말을 들을까봐 아무 말도 하지 않았다.

그런데, 그 다음 언젠가 그런 느낌이 훨씬 강하게 들었다. 갑자기 로만 삼촌이 나를 어둠 속으로 휙 밀어내더니 누군가가 있는 것으로 여겨지는 곳으로 랜턴 불빛을 비추었다. 순간, 나는 잠깐이었지만 수위실 쪽으로 계단을 뛰어내려가는 글로리아 외숙모의 모습을 또렷이 보았다.

4

별다른 일 없이 제법 많은 날들을 보내버렸다. 바르셀로
나에 온 뒤 그렇게 별 일 없이 흘러가버린 수많은 날들이
지친 발걸음으로 대학 교정을 나서 집으로 돌아오는 나를
무겁게 짓눌러댔다. 마치 내 머리통 위에 큼지막한 육면체
의 잿빛 바윗돌을 이고 다니는 느낌이었다.

　꽤 습한 날이었다. 아침부터 스모그 냄새와 물먹은 타
이어 냄새가 피어오르는…… 누렇게 시들어버린 낙엽들
이 한 방울씩 내리기 시작하는 빗방울에 떨어져 휘날렸다.
지난 여러 해 동안 꿈속에서 그려왔던 도시의 가을 아침
모습 그대로였다. 줄지어선 주택의 처마, 전철의 트롤리와
자연스럽게 어우러진 자연이 빚어내는 아름다움. 그런데
나는 서글프기만 했다. 두 팔로 머리를 온통 감싸 안은 채
하릴없이 어느 담벼락에든 기대어 모든 것에 등을 돌려버

리고 두 눈을 꼭 감아버리고 싶은 심정이었다.

얼마나 많은 날들을 이렇게 무의미하게 보내버렸는지! 그 많은 날들이 온통 갖가지 사연들, 뜨뜻미지근한 잡다한 사연들로 가득했을 뿐이었다. 눈비에 시달린 오래된 통나무처럼 제대로 써보지도 못하고 물기에 퉁퉁 불어버려 버려질 운명이 되어버린 미완의 사연들로. 그 모든 사연들이 내게는 너무나도 암울할 뿐이었다. 그 세월의 냄새, 그러니까 내가 속한 집에서 풍기는 역겨운 썩은 냄새는 거의 현기증을 일으킬 정도였다…… 그러다 보니 나는 내 삶의 유일한 관심거리를 찾아 나서기에 이르렀다. 조금씩 조금씩 내 눈앞에 펼쳐진 현실의 또 다른 층위 속으로 빠져 들어가기 시작한 것이다. 내 모든 감각들을 오로지 아리바우 거리의 우리 집 안에서 들끓듯이 펼쳐지는 내 현실 속 삶만을 향해 열어젖혔다. 나는 내 형편도, 내가 꾸어온 꿈들도 다 잊어갔다. 계절의 향기를 느껴보는 일도, 미래를 향한 포부를 키워가는 것도 모두 그만두고 말았다. 내 안에서 커져가는 것이라고는 글로리아 외숙모의 동작 하나하나가 내포하는 의미, 로만 삼촌의 말 한마디 한마디에 숨겨진 암묵적 의미들뿐이었다. 그리고 그 결과가 바로 내가 예기치 못하게 느끼게 된 서글픈 감상이 아닐까 싶다.

집에 막 들어서는 내 등 뒤로 세찬 빗줄기가 쏟아져 내렸다. 경비실 아주머니가 발판에 발 좀 잘 닦고 들어오라고 버럭 소리를 질렀다.

하루가 꿈처럼 지나가고 있었다. 저녁 식사 후, 큼지막한 펠트 슬리퍼를 신은 나는 어깨를 잔뜩 움츠린 채 외할머니의 화롯가에 앉아 빗방울 떨어지는 소리를 듣고 있었다. 세찬 빗줄기가 발코니 쪽 창문에 쌓인 먼지를 씻어내렸다. 처음 비가 내리기 시작했을 때만 해도 먼지가 더께로 쌓여 마치 질퍽질퍽한 흙탕물이 흘러내리는 것 같더니 이제는 반짝거리며 어두컴컴해진 창밖의 모습을 담아내는, 어느덧 반질반질해진 유리 표면 위로 빗방울들이 막힘없이 흘러내렸다.

나는 꼼짝도 하기 싫었고, 도무지 의욕도 생기지 않았다. 난생 처음, 지난번 로만 삼촌이 건넸던 담배 한 개비가 그리워지기까지 했다. 할머니가 내 말동무를 해주러 와서는 노쇠해 둔해져버린 떨리는 손으로 어린아이의 옷가지를 꿰맸다. 잠시 후에는 글로리아 외숙모까지 가세하여 두 손으로 목덜미를 감싸 쥔 채 언제나와 마찬가지로 똑같은 주제를 놓고 할머니와 수다를 떨어댔다. 말하자면, 최근에 일어난 일들, 그 옛날 전쟁 이야기, 그리고 그보다 훨씬 더 전 자신들의 어린 시절 이야기들 말이다. 약한 두

통이 밀려오며 내 머리는 두 여자의 목소리를, 빗소리를 반주로 들려주는 노랫소리로 받아들였다. 슬슬 잠이 오기 시작했다.

할머니가 날 보고 말했다.

할머니 ──"얘들처럼 서로 아끼면서 자란 형제들도 없을 거야. (내 말 듣고 있지, 안드레아?) 로만과 후안 같은 애들이 없다니까…… 나는 자식을 여섯이나 두었지만, 다른 네 녀석은 자기 것 챙기기에 여념이 없었단다. 딸들은 날마다 저희들끼리 싸움질이나 하고. 하지만 애들은 어려서도 꼭 아기 천사 같았어…… 후안은 금발이고, 로만의 머리카락은 짙은 갈색이었는데, 난 두 애들에게 늘 똑같은 옷을 입혔지. 주일이면 네 외할아버지랑 같이 두 아이들을 데리고 미사에 갔는데…… 학교 다닐 때도 혹 누가 둘 중 하나를 건드리기라도 하면, 다른 하나가 얼른 나서 편을 들어주곤 했어. 사실 로만이 훨씬 개구졌지만…… 어쨌거나 둘이 서로 얼마나 챙겼는지 몰라. 어미 입장에서야 열손가락 깨물어 안 아픈 손가락 없다지만, 얘들 둘은 내겐 좀 특별한 의미가 있었지…… 물론 제일 어리기도 했고…… 또 제일 안쓰럽기도 해서 말이야…… 특히 후안이 그랬어."

글로리아 외숙모가 대꾸했다.

외숙모——"어머님! 우리 그이가 원래는 군인이 되고 싶어했다면서요? 그래서 사관학교에 들어가지 못하자 아프리카 주둔 보병 부대로 들어가 몇 년씩이나 있었다던데요."

할머니——"그래. 아프리카에서 돌아올 때에 그림을 제법 여러 점 들고 왔었지…… 그 아이가 화가가 되겠다고 하자 네 할아버지는 노발대발하셨지만, 나는 후안 삼촌 역성을 들어주었단다. 로만도 그랬고 말이야. 그만큼 로만이 마음씨가 착했지…… 난 늘 우리 아들들 편이었단다. 개들이 못된 짓을 하고 다니거나 망나니짓을 저지를 때에도 덮어주면서 말이야. 네 할아버지는 그런 내게 무척 화를 내시곤 했지만, 개들이 싸우는 꼴을 어떻게 보겠니…… 그래서 이렇게 생각했어. '꿀단지에는 파리가 꼬이는 법'이라고 말이야…… 하여간 난 그 두 녀석이 밤마다 하라는 공부는 안 하고 밖으로 싸돌아 다닌다는 걸 알았단다…… 그래서 밤마다 혹 네 할아버지가 아실까봐 노심초사하며 기다리곤 했지. 개들은 밖에서 무슨 못된 짓들을 저지르고 다녔는지 내게 들려주곤 했지만, 난 놀라지도 않았단다…… 조금씩이라도 언젠가는 개들 가슴 어느 한 귀퉁이에 쑤셔 박혀 있는 선한 마음이 되살아날 것을 믿었기 때문이야."

외숙모——"어머님! 로만 도련님은 어머님을 좋아하는 것 같지 않던데요. 오늘날 가족들이 이렇게 불행하게 된 건 다 어머님 탓이라면서요."

할머니——"로만이……? 허허…… 그럴 리가…… 그앤 날 좋아하는데…… 분명 날 사랑해…… 후안에 비해 좀 불만이 많은 건 사실이지만. 너에게 시샘의 감정도 있고. 내가 자기보다 며느리인 널 더 좋아하는 것 같다고 하더구나……"

외숙모——"로만 도련님이 그런 말을 했어요?"

할머니——"그렇다니까! 언젠가 밤중에 가위를 찾는데…… 하여간 한밤중이었어. 모두들 자고 있었으니까. 그런데 문이 살짝 열리더니 로만이 내려온 거야. 내게 키스해주더구나. 그래서 내가 말했지. '형수에게 그렇게 시샘하고 그러면 안 돼. 그건 죄악이야. 하느님께서도 용서치 않으실 게다……' 그랬더니 돌아서 가버리더구나. 내가 한마디 더 했지. '네 형수, 다 네 탓에 이렇게 불행해진 거야. 형도 너 때문에 고통받고 있고. 그러니 내가 어떻게 널 예전처럼 그렇게 사랑해줄 수 있겠니?'"

외숙모——"한때 로만 도련님이 날 무척 좋아했거든. 안드레아! 이건 진짜 비밀인데, 하여간 나한테 완전히 반해버렸다니까."

할머니——"아가, 아가! 로만이 어떻게 유부녀를 좋아했겠니? 그저 형수로서 좋아했을 뿐, 그 이상은 아니었어……"

외숙모——"저를 이 집으로 데려온 건 도련님이었어요…… 그런데, 그런 사람이 이젠 제게 말 한마디 걸지 않네요. 이 전쟁통에 날 데려다 놓고는…… 이봐, 안드레아! 너도 이 집에 처음 들어섰을 때 놀랐지? 그렇지? 난 더 했어…… 날 반겨주는 사람도 하나 없었으니까……"

할머니——"내가 널 아껴줬잖니? 우리 모두들 널 반겼어. 넌 어쩜 말끝마다 그렇게 배은망덕한 소리만 골라가며 한다니?"

외숙모——"이 집안 사람들은 그때도 지금처럼 배를 곯았어요. 집 안은 온통 지저분한 데다, 잡히면 죽는다고 숨어든 남자도 하나 있었고요. 돈 헤로니모라고, 앙구스티아스 형님네 직장 상사 말이에요. 아 참, 안드레아! 넌 이 얘기 처음이지? 글쎄, 앙구스티아스 형님이 그 남자에게 형님 방을 내주고 자기는 지금 네가 쓰는 그 방으로 옮겨가더라고…… 나는 할머니 방에 달랑 담요 하나 깔고 자게 하고는 말이야. 하여간, 하나같이 내게 불신의 눈초리를 보냈었어요. 돈 헤로니모는 나랑 말도 하지 않으려고 했고요. 그 사람 왈, 제가 우리 그이 거시기라서 그렇다나요? 그런 나의 존재를 도저히 견딜 수 없다나 뭐라나……"

할머니 ──"돈 헤로니모는 좀 별난 사람이었어. 그때 왜 고양이를 잡아 죽이겠다고 난리친 적도 있었잖니…… 아가! 너도 알겠지만, 사실 그때 그 고양이가 좀 늙었었 잖아. 그래서 여기저기 구석마다 다니면서 게워놓았고. 돈 헤로니모가 도저히 참을 수 없다고 했지. 그래도 나라 는 사람은 원래 핍박을 당하거나 슬픈 이들을 보호해주는 성격이라 당연히 모든 식구들 속에서 그 고양이를 지켜 줬어."

외숙모 ──"제 신세도 그 고양이와 다를 바 없었는 데, 어머님께서 지켜주시긴 했죠. 지금도 이 집에 붙어 있는, 저 안토니아라는 가정부와 대판 싸운 적이 있었 는데……"

할머니 ──"가정부와 한 판 붙는다는 건 지금도 납득 이 가지 않는 일이다…… 내가 젊었을 때만 해도 그런 일 은 상상조차 할 수 없었어…… 내가 젊었을 때에는 바다 앞 쪽으로 펼쳐진 너른 정원이 있는 집에 살았지…… 그 곳에서 어느 날 네 할아버지가 내게 키스하셨단다. 난 그 날 이후, 여러 해가 지나도록 그날의 그 추억을 잊을 수 없 었다. 난……"

외숙모 ──"저는요, 로만 도련님을 따라 처음 이곳에

왔을 때 적잖이 놀랐어요. 다행히 로만 도련님이 '겁먹을 것 없다'며 위로해주었지요. 하지만 이젠 그마저도 변해버렸어요."

할머니 ──"로만 그애가 글쎄 감옥에 갇혀 있던 불과 몇 달 새에 그렇게 변해버렸지 뭐니. 하긴…… 엄청나게 고문을 해댔으니…… 그애가 집으로 돌아오던 날, 우리 식구 누구도 그애 얼굴을 알아보지 못했을 정도였어. 하지만 불운한 걸로 치자면 후안이 로만보다 한 술 더 떴단다. 그래서 내가 후안을 더 안쓰럽게 여기는 거고. 내 손길이 좀 더 필요한 애거든. 며느리에게도 마찬가지지만. 내가 없었더라면 지금쯤 얘더러 사람들이 무슨 소리를 해댈지 상상만 해도, 어휴……"

외숙모 ──"로만 도련님은 이미 그전부터 변해 있었어요. 우리 식구들이 그 관용차를 타고 이곳 바르셀로나로 입성하는 바로 그 순간에 말이에요. 아 참, 안드레아! 로만 도련님이 빨갱이들 밑에서 한자리 했었던 것 모르지? 하긴, 한자리라야 고작 첩자였지만 말이야. 대가를 주는 자들에게 자신을 팔아먹는 천박하고 추잡한 인간 말이야. 뭐 어찌 되었거나, 첩자들은 비겁한 인간들이 아니겠어……?"

할머니 ──"비겁하다고? 아가! 우리 가문에 비겁

한 인간은 없다! 로만은 착하고 용감한 아이야. 내가 그
애더러 빨갱이들과 어울리는 게 싫다고 했더니 나를 위
해 제 목숨까지 걸었더랬잖니…… 그애가 어렸을 땐 말
이야……."

　　외숙모——"안드레아! 내가 얘기 하나 해줄게. 내 얘긴
데, 아마 들어보면 진짜 소설 같다는 생각이 들 거야……
너도 들어서 알겠지만, 내가 타라고나 출신이잖니. 전쟁
때 완전히 소개되었던 마을 말이야…… 하여간, 전쟁 통
에 마을 사람들은 집 안에 들어가 살 수가 없었단다. 그래
서 이불 몇 채와 가재도구만 좀 챙겨서 피난을 가야 했어.
엉엉 우는 사람들도 많았지. 난 사실 재미나다고 생각했는
데 말이야……! 내가 후안 삼촌을 처음 만난 건 아마 1월이
던가 2월이었을 거야. 알지? 삼촌은 날 보자마자 첫눈에 반
해버렸지 뭐니. 그래서 만난 지 이틀 만에 우린 결혼해버렸
어…… 난 삼촌이 가는 곳이면 어디든 따라다녔어……
아, 안드레아! 정말 얼마나 환상적인 날들이었는지 몰라.
후안 삼촌은 나와 함께 있어 정말 행복했단다. 맹세해. 그때
만 해도 삼촌이 정말 미남이었어. 지금하고는 완전히 달랐
다니까. 지금은 좀 정신 나간 사람처럼 보이지만…… 그땐
전쟁터까지 남편이나 애인을 따라다니는 여자들이 꽤 많
았어. 도처에 널려 있었지. 우리 주변엔 늘 재미난 친구들이

많았단다…… 난 포탄이 떨어져도 무서워하지 않았고, 총탄이 휙휙 날아들어도 겁나지 않았어. 뭐 실은 위험 지역에는 가까이 가지조차 않았지만 말이야. 당시 후안 삼촌의 임무가 뭐였는지는 나도 정확히 모르지만, 하여간 꽤 중요한 거였던 건 분명해. 아! 나도 정말 행복했는데! 봄이 다가오고 있어 가는 곳마다 주변 경관이 얼마나 아름다웠는지 몰라. 하루는 삼촌이 내게 이러는 거야. '내 동생을 만날 수 있을 거야.' 정말 로만 도련님이 왔더라고, 안드레아. 처음에는 로만 도련님도 내게 참 잘해줬었지…… 너도 로만 삼촌이 후안 삼촌보다 더 잘생긴 것 같지? 하여간 우리 부부는 시골 마을에서 얼마간 로만 도련님과 함께 지내게 되었단다. 바닷가와 맞닿은 마을이었어. 밤마다 후안 삼촌과 로만 삼촌은 내가 자는 방 바로 옆방으로 들어가 이야기를 나누곤 했단다. 난 늘 두 사람이 무슨 얘기를 하는 걸까 궁금했어. 너라면 안 그렇겠니? 마침 우리 침실과 그 방 사이에는 문이 하나 나 있었어. 난 두 사람이 내 얘길 하는 걸 거라고 생각했어. 분명 내 얘길 할 거라고 확신했다니까. 그래서 어느 날 밤, 두 사람 얘기를 엿들었지. 열쇠 구멍으로 옆방을 들여다보기도 하고 말이야. 두 사람은 웬 지도 하나를 펴 놓고 열심히 들여다보고 있었어. 로만 삼촌이 이렇게 말하더구나. '나는 아무래도 바르셀로나로 돌아가야겠어. 하지

81

만 형은 그쪽으로 넘어 가. 진짜 식은 죽 먹기야……' 차츰 로만 도련님이 우리 그이더러 국민주의자들 편으로 가라 고 설득하고 있다는 걸 알겠더라고. 그런데, 안드레아! 그 무렵 난 내 뱃속에 새 생명이 들어선 걸 막 감지하던 참이었 어. 그래서 우리 그이한테 임신 사실을 말했지. 그 말에 그 이가 심각한 표정을 짓더라고…… 그런데 안드레아 너도 짐작하겠지만, 내가 임신 소식을 알렸던 바로 그날 밤 로만 도련님 방과 통하는 문간에서 두 사람의 이야기를 듣게 된 거야. 나는 속옷 바람에 맨발로 서 있었는데, 그땔 생각하면 지금도 부르르 떨린다니까. 후안 삼촌이 이렇게 대답하는 소리가 들리더구나. '결심했어. 이제 그 무엇도 날 막지 못 할 거야.' 난 믿을 수가 없었어. 만일 그때 그 말이 사실이라 는 걸 알았더라면, 아마 당장에 쳐들어가 후안 삼촌을 물고 내버렸을 거야……"

할머니──"아가야, 후안이 처신은 제대로 했지 뭐니. 나랑 있으라고 널 여기로 보냈잖아……"

외숙모──"그날 밤, 두 사람은 내 얘기는 일언반구도 하지 않았어, 한마디도. 후안 삼촌이 자러 침실로 왔을 때 나는 침대 위에서 훌쩍거리다 말고 악몽을 꾸었다고 둘러 댔지. 삼촌이 나와 자식만 내버려두고 떠나는 꿈을 꾸었다 면서. 그러자 삼촌은 나를 토닥거리더니 아무 말없이 잠이 들더구나. 나는 말똥말똥 깨어 잠든 그이 얼굴을 내려다보았어. 그이는 도대체 무슨 꿈을 꾸고 있을까 생각하면서 말이야……"

할머니 ── "사랑하는 사람이 자는 모습을 지켜보면 흐뭇한 법이지. 아이들마다 잠든 모습들은 또 얼마나 제각각인지……"

외숙모 ── "다음 날, 우리 그이가 로만 도련님을 부르더니, 내 앞에 세워놓고는 바르셀로나로 돌아갈 때 나를 집으로 좀 데려다주라고 하더구나. 도련님은 놀란 표정을 짓더니 심각한 얼굴로 형 얼굴을 들여다보며 이렇게 말했단다. '글쎄, 가능할지 모르겠네.' 그날 밤, 두 형제는 늦도록 이야기를 나누었어. 그이가 '달리 방법이 없어. 내가 알기로는 피붙이 하나 없는 사람이거든'이라고 하자 로만 도련님이 '그럼, 파키타는 어떻게 해?'라고 묻는 거야. 난 사실 그런 이름 그 때 처음 들었는데, 호기심이 동하더라고. 그런데 우리 그이는 딴소리만 하는 거야. '집에 데려다줘'라고 말이야. 결국 그날 밤, 그 문제에 대해서는 둘 다 더 이상 말하지 않았어. 그런데, 재미난 건, 우리 그이가 로만 도련님한테 꽤 큰돈과 여러 가지 물건들을 넘겨주었다는 거야. 물론, 나중에 되돌려받지 못했지만. 어머님! 어머님도 그건 아시죠?"

할머니——"아가! 열쇠 구멍으로 남의 방을 엿보는 건 옳지 못한 행동이야. 우리 어머니 같았으면 절대로 용서치 않으셨을걸. 물론, 너야 고아니까 그렇지만…… 그러기에……"

외숙모——"파도 치는 소리가 뒤섞여 와서 두 사람 이야기를 제대로 들을 수는 없었지만, 하여간 그 파키타라는 여자가 누군지는 끝내 알아낼 수 없었어. 뭐 관심도 없지만 말이야. 다음 날, 난 그이와 헤어졌고, 너무 슬펐어. 그나마 그이 집으로 간다는 사실로 위안을 삼아보긴 했지만. 로만 도련님이 운전을 하고 나는 조수석에 앉아서 왔는데, 도련님이 슬슬 농담을 해대기 시작하더라고…… 로만 도련님은 맘만 먹으면 꽤 상냥한 사람처럼 굴었지만, 심성은 못된 사람이라고 봐. 하여간, 우리 두 사람은 바르셀로나로 오는 길에 곳곳에서 차를 멈추곤 했는데, 어떤 마을에서는 고성에 여장을 풀고 장장 나흘을 머물기도 했어. 정말 멋진 성이었어. 내부를 완전히 리모델링해서 현대식 편의 시설을 다 갖춰놓았더라고…… 물론, 일부 객실들은 다 허물어져가는 것들도 있었지만. 성 1층에는 병사들이 들어 있었고, 우리는 지휘 장교와 함께 위층에 들었었는데…… 로만 도련님은 나랑 있는 동안 완전히 딴사람 같더라고. 무슨 말이냐면, 아주 정감이 넘치더라 이

거야. 지금 네게 해주듯이 그때에도 피아노를 조율한 뒤 몇 곡 연주를 했지. 뿐만 아니라 나를 모델로 누드화를 그렸으면 좋겠다고도 했어. 지금 우리 그이가 그러듯이 말이야…… 사실, 내가 한 몸매 하기는 하잖아."

할머니 ──"얘야! 도대체 무슨 그런 소리를 하니? 온갖 허무맹랑한 이야기들을 꾸며대다니, 정말 못됐구나…… 안드레아! 저애 말 하나도 신경 쓸 것 없다……"

외숙모 ──"꾸며낸 얘기가 아니에요. 물론 저는 모델이 되어줄 생각도 없었지만요. 어머님! 로만 도련님이 뭐라 제 험담을 했는지 모르겠지만, 제가 기품 있는 여성이란 건 어머님도 잘 아실 거예요."

할머니 ──"알다마다, 얘야, 알고말고. 후안이 너를 모델로 그런 그림을 그리다니, 못할 짓을 시키는 것이지…… 우리 가엾은 후안이 모델 살 돈만 좀 넉넉하게 있었더라도 널 그렇게 고생시키지 않을 텐데…… 아가! 네가 남편을 위해 희생하고 있다는 것, 나도 다 안다. 그러기에 내가 널 이렇게 예뻐하는 거 아니겠니?"

외숙모 ──"그 고성 정원에는 빨간 붓꽃이 지천으로 피어 있었는데, 도련님은 그 꽃을 머리에 꽂은 내 모습을 그리고 싶어했지…… 안드레아, 네 생각엔 어땠을 것 같아?"

할머니——"빨간 붓꽃이라…… 얼마나 예뻤을까! 수호 성녀님께 헌화한 지도 너무 오래되었구나!"

외숙모——"그리고 이 집에 도착한 거야. 내가 얼마나 비참한 생각이 들었을지는 너도 상상할 수 있을 거다. 이 집안 사람들은 하나같이 돌아버린 사람들 같아 보였거든. 돈 헤로니모와 앙구스티아스 형님은 우리 결혼이 무효라고 떠들어댔어. 나중에 우리 그이가 돌아올 때쯤이면, 나처럼 변변치 못하고 배운 것 없는 여자하고는 결혼하려 들지 않을 거라면서 말이야. 하루는, 돈 헤로니모의 여편네라는 여자가 쳐들어왔었어. 그 여자, 가끔씩 귀한 물건들을 싸들고 남편을 만나러 몰래몰래 이 집을 찾아오곤 했는데, 이 집에 웬 반반한 젊은 여자가 함께 살고 있다는 걸 알고는 그냥 확 돌아버린 모양이더라고. 반반한 여자라는 건 순전히 그 여자 표현이었지만 말이야. 하여간 어머님이 그 여편네 얼굴에 물벼락을 퍼부었지…… 나는 당장이라도 이곳을 떠나버리고 싶어 로만 도련님에게 우리 그이가 맡겨놓은 돈을 달라고 했어. 그건 전쟁 전에 주조된 은화로, 제법 큰돈이었거든. 로만 도련님은 내가 두 사람이 나눈 이야기를 엿들었다는 걸 알고는 노발대발하더라고. 나를 개만도 못하게, 미친개만도 못하게 취급하면서 말이야……"

할머니 ——"아휴, 모자란 것 같으니…… 아예 조카딸에게 징징거려라, 응? 그때 로만은 그저 조금 화를 냈을 뿐이었어. 남자들이 원래 다 그렇잖아? 성질만 불 같아서. 그리고 늘 하는 말이지만, 남의 말을 엿듣는 건 아주 좋지 못한 습성이야. 언젠가도……"

외숙모 ——"바로 그 무렵에 로만 도련님이 그만 감옥으로 끌려가게 되었어. 뭔가 자백을 받아낼 게 있었기 때문에 총살은 면한 셈이었지. 그렇잖아도 도련님한테 푹 빠져 있던 안토니아, 그러니까 그 가정부 아줌마는 완전히 맹수처럼 돌변해버리더구나. 제멋대로 떠들어대기도 하고. 날더러 뻔뻔스러운 못된 년이라면서. 우리 그이가 돌아오면 날 당장에 창문 밖으로 던져버릴 거라나? 글쎄 로만 도련님을 밀고한 게 바로 나라는 거야. 언젠가는 내 뱃가죽을 도려내겠다고 떠들어대기도 했고. 그러다가 마침내 내가 맞장 뜨려 했더니 가버리더라고……"

할머니 ——"안토니아가 맹수가 맞긴 맞아. 하지만, 그래도 그이 덕분에 로만이 총살을 면하게 되어 지금까지도 참고 견디는 거 아니니…… 난 도무지 밤에 잠을 자지 못하는데, 가끔씩 한밤중에, 반짇고리와 가위를 어디다 두었는지 생각이 나지 않아 찾으러 돌아다니다 보면, 글쎄 그이가 내 방문 앞에 떡 버티고 서서 호통을 치는 거야. '안 주무시고 뭐 하시는 거예요? 이 밤중에 왜 깨서 돌아다니시냐고요?' 어떤 날 밤에는 어찌나 날 깜짝 놀래켰던지 내가 그만 벌렁 나자빠질 정도였다니까······"

외숙모——"난 늘 배가 고팠어. 그나마 어머님이 항상 음식을 좀 따로 빼놓으시곤 했지만. 앙구스티아스 형님과 돈 헤로니모는 먹을 걸 잔뜩 쌓아놓고도 자기 둘이서만 먹곤 했지. 난 두 사람 방문 앞을 서성거리기 일쑤였고. 그런데, 뭐가 무서웠는지, 그 가정부에게는 먹을 걸 좀 나눠주는 것 같더라고······"

할머니——"돈 헤로니모는 비겁한 인간이었어. 이 할미는 원래 비겁한 인간들은 좋아하지 않아. 정말로······ 아니, 제일 싫어. 언젠가는 민병대원 하나가 가택 수색을 나왔는데, 그때 난 말없이 내 수호 성인상들을 보여주었단다. 그 청년이 '이런 엉터리 신의 사자들을 믿는다는 말씀입니까?' 하고 묻더구나. 난 '당연하지요. 댁은 아니유?' 하고 되물었어. '그럼요. 전 안 믿습니다. 다른 사람들이 믿도록 내버려두지도 않고요.' 그래서 내가 말했지. '사실 공화주의로 치자면 내가 댁보다 훨씬 더 공화주의적인 사람이라오. 댁들이 생각하는 것을 나 역시 무의식중에 생각하고 있으니 말이오. 난 사고의 자유를 신봉하는 사람이랍니다.' 그러자 그 사람, 머리를 긁적거리더니 내 말을 수긍

하더구나. 그리고 나서 얼마 후, 그 민병대원이 내게 묵주 하나를 선물해줬어. 사람들이 가진 묵주란 묵주는 다 압수하는 상황에서 말이야. 실제로 같은 날, 우리 바로 위층 사람들이 침대 머리맡에 달랑 성 안토니오 상 하나를 모셔 놨는데, 그자들이 쳐들어가 창밖으로 내던져버렸다는 거아니니……"

외숙모——"그 당시 상황이 어땠는지까지 구구절절 얘기하지는 않을게, 안드레아. 하여간, 설상가상인 건, 우리 아들이 국민주의자들이 입성할 즈음에 태어났다는 것이야. 앙구스티아스 형님이 날 한 산부인과에 데려다놓고는 그냥 가버렸지…… 포탄이 굉음을 내며 여기저기 떨어져 내리는 그런 밤이었어. 간호사들도 나만 내버려두고 다 사라져버렸고. 그 후, 난 염증까지 생겨, 장장 한 달 이상을 고열에 시달려야 했지 뭐야. 아는 사람 하나도 없고…… 아이가 어떻게 살아남았는지 신기할 지경이야. 전쟁이 끝났을 때에도 난 여전히 침대 신세를 지고 있었지. 무엇을 생각해볼 기력도, 거동할 기력도 없이 그렇게 멍하니 세월만 보냈어. 그러던 어느 날 아침, 병실 문이 열리더니 후안 삼촌이 들어서는 것 아니겠어? 난 처음에 삼촌 얼굴을 알아보지도 못했어. 키도 훨씬 커보였고, 예전보다 많이 야위어 있었거든. 삼촌은 침대 옆으로 와 앉더니 날 꼭 안아주더구나. 난 삼촌 어깨에 얼굴을 기대고 울음을 터뜨렸지. 그때 삼촌이 이렇게 말했어. '미안해, 정말 미안해.' 아주 낮은 목소리로 말이야. 난 그의 얼굴을 매만져보았지. 정말이지 그게 후안 삼촌이라고 믿기지 않았거든. 우리 두 사람은 한참을 그러고 있었단다."

할머니 ─ "후안이 먹을 것을 잔뜩 가져왔어. 농축 우유하고 커피, 설탕 등등 말이야…… 난 글로리아에게 뭔가 해줄 수 있을 것 같아 다행이라 여기면서 '우리 고향식으로 사탕을 만들어 며느리에게 좀 먹여야겠다'고 생각했단다. 아 그런데, 그 못된 안토니아가 부엌에 얼씬도 못하게 하잖겠니?"

외숙모 ─ "얼마나 오랫동안 서로 그렇게 부둥켜안고 있었는지 몰라. 그러니 그 후 어떤 일이 닥칠지 상상이라도 할 수 있었겠어? 이제 이 소설 같은 삶이 끝날 것만 같았어. 그 모든 슬픔도 이젠 안녕이라고 생각했던 거지. 하지만 더 나쁜 삶이 바야흐로 시작되고 있다고 내가 상상이나 할 수 있었겠느냐는 말이야. 나중에 로만 도련님이 석방되어 나왔는데, 마치 송장이 벌떡 일어나 나온 것 같은 몰골이었어. 도련님은 할 수 있는 한 최대한 후안 삼촌에게 내 험담을 해대더구나. 어떻게든 내가 후안 삼촌과 결혼하는 걸 막고 싶었던 게지. 온 가족이 나와 내 자식을 내쳤으면 하고 바랐던 거야…… 난 나 스스로를 지켜내야 했고, 그러자니 진실이 과연 무엇인지 말하지 않을 수 없었어. 그래서 오늘날 로만 도련님이 날 똑바로 쳐다보지 못하는 거지만."

할머니 ──"아가! 비밀은 끝까지 지켜야 하는 법이다. 더욱이, 남자들을 이간질시키기 위해 비밀을 털어놓아서는 더더욱 안 되는 것이고. 내가 아주 젊었던 시절에 말이다, 한번은…… 그러니까 8월의 어느 날 오후였어. 날씨도 청명하고, 내 분명히 기억하는데, 제법 덥기도 했었지. 그날 내가 본 게 뭐냐면……"

외숙모 ──"그렇지만 후안 삼촌과 꼭 부둥켜안고 있던 그 순간의 감동은 잊을 수가 없단다. 단단한 그의 가슴뼈 밑에서 들려오던 심장의 고동소리도…… 돈 헤로니모하고 앙구스티아스 형님이 우리 그이가 예전부터 아주 예쁘고 돈도 많은 여자와 사귀고 있었다고 말했던 기억이 떠오르더라고. 곧 결혼할 계획이라면서 말이야. 그래서 내가 후안 삼촌에게 물었더니, 웬걸? 아니라며 고개를 설레설레 젓더라고. 그리고 내 머리칼에 입맞춰주었지……
문제는, 우리가 땡전 한푼 없었기 때문에 다시 이 집에서 생활해야 한다는 것이었어. 그런 일만 없었더라면 우리 두 사람은 아주 행복한 부부로 살 수 있었을 테고, 후안 삼촌도 그렇게 망가지지는 않았을 텐데…… 그 시절은 그야 말로 영화의 마지막 장면 같았어."

할머니——"내가 아이의 대모가 되어주었단다…… 안드레아, 자니?"

외숙모——"안드레아! 자는 거야?"

나는 자고 있지 않았다. 그래서 그날 들었던 모든 이야기들을 지금도 똑똑히 기억한다. 하지만 열이 올라 멍해졌던 것 같다. 오한까지 나자 앙구스티아스 이모가 와서 날 자리에 눕혔다. 내 침대 시트는 땀으로 온통 축축하게 젖어들었고, 흐릿한 불빛 아래 온갖 가구들이 그 어느 때보다도 서글프고 시커멓고 마치 유령처럼 느껴졌다. 두 눈을 감자 눈꺼풀 너머로 까만 어둠 속에 불그레한 여운이 감돌았다. 잠시 후, 병실에 있는 글로리아 외숙모의 환영을 보았다. 창백한 얼굴을 후안 삼촌의 어깨에 기댄 모습으로. 후안 삼촌의 모습은 온화해 보이는 게 완전히 딴 사람처럼 느껴졌다. 두 뺨에 드리워진 잿빛 그늘도 찾아볼 수 없었다……

며칠 동안이나 줄곧 나는 고열에 시달렸다. 언제나처럼 까만 옷을 입고 다니며 고유의 독특한 냄새를 풍기는 가정부 안토니아 아줌마의 모습을 본 기억이 난다. 기다란 식칼을 갈고 있는 그녀의 얼굴이 꿈결에 보였다. 8월의 오후, 바닷가에서 파란 드레스를 입고 있는 젊은 시절의 외할머니 모습도 볼 수 있었다. 그러나 무엇보다 후안 삼촌의 어깨에 기대어 우는 글로리아 외숙모의 모습이 또렷했다. 삼촌은 큼지막한 두 손으로 숙모의 머리카락을 쓰다듬어주었다. 늘 허공을 응시하는 듯 불안해 보이던 후안 삼촌의 눈빛이 그때만은 알 수 없는 어떤 빛이 감돌며 온화한 느낌을 풍겼다.

겨우 회복될 무렵 오후에 로만 삼촌이 날 보러 왔다. 삼촌의 어깨 위에는 앵무새가 올라 앉아 있었고, 검은 개 천둥이도 언제든 내 얼굴을 핥아줄 태세가 되어 있다는 듯 씩씩한 발걸음으로 삼촌 뒤를 따라 들어왔다.

"저를 위해 피아노 연주 한 곡 해주실래요? 피아노를 아주 잘 치신다고들 하던데……"

"취미 수준이지 뭐."

"피아노 연주곡 작곡은 해보지 않으셨어요?"

"몇 곡 해보기는 했지만, 그건 왜?"

"아무래도 삼촌은 음악이 딱 맞으시는 것 같아서요. 삼촌이 작곡하셨다는 그 곡 한 번 연주해주세요."

"아프다더니 어쩨 네 말마다 다른 뜻이 숨겨진 것 같구나. 왜 그런지는 나도 모르겠다만……"

로만 삼촌은 건반 몇 개를 눌러보더니 말했다.

"피아노 조율 상태가 엉망이긴 하지만, 하여간 〈호치 필리의 노래〉를 연주해 보마…… 너 지난번 내 방에 왔을 때 흙으로 구워 만든 작은 조각상 본 것 기억나지? 물론 진짜 골동품은 아니야. 내가 만든 거니까. 하여간, 그건 고대 아즈텍의 경기와 꽃의 신 호치필리의 모습을 본 뜬 거야. 아즈텍 전성기에는 사람들이 호치필리 신에게 산 사람의 심장을 제물로 바치곤 했는데…… 그로부터 수세기가 흐른 오늘날 호치필리에 광적으로 빠져든 나는 제물로 음악을 바치게 된 것이지. 들어 보면 알겠지만, 내 곡 속의 호치 필리 신은 이미 데카당스에 빠져 있단다……"

로만 삼촌은 피아노 앞에 앉아 평소와는 달리 아주 경쾌한 곡을 연주하기 시작했다. 주변을 가득 메워 사람들을 온통 취하게 만들어버리는 향기처럼 둔탁하면서도 동시에 날카로운 음색이 마치 봄을 맞아 새 생명의 기운이 샘솟는 듯한 느낌을 주는 곡이었다.

"삼촌! 삼촌은 정말 위대한 음악가세요."

내가 말했다. 정말 그렇게 생각했기 때문이었다.

"아냐. 그건 네가 음악을 통 몰라서 하는 소리야. 그래도 기분은 좋구나."

삼촌은 문 밖으로 막 나가려다 말고 돌아서 한마디 덧붙였다.

"아 참! 너 이건 알아둬라. 널 위해 이 곡을 연주해준 건 내가 크게 선심 쓴 거라는 사실 말이야. 사실 호치필리 는 내게 불행을 안겨주는 신이거든."

그날 밤, 또다시 생생한 꿈을 꾸었다. 늙고 뚱보가 된 글로리아 외숙모가 후안 삼촌의 어깨에 기대어 우는 꿈이 었다. 후안 삼촌의 모습이 조금씩 조금씩 괴상하게 일그러 지기 시작했다. 나중에 보니 삼촌은 거대하고 음침한 호치 필리 신의 기괴한 모습을 하고 있었다. 파리해진 글로리아 외숙모의 얼굴이 다시 혈색을 되찾으며 피어났다. 호치필 리 신의 얼굴에도 미소가 떠올랐다. 순간, 후안 외삼촌의 얼굴에 떠오른 미소가 왠지 낯익게 느껴졌다. 그건 바로 티 없이 맑고 조금은 야성적인 로만 삼촌의 미소였다. 글 로리아 외숙모를 포옹한 사람은 다름 아닌 로만 삼촌이었 고, 두 사람은 서로 마주보며 웃었다. 두 사람이 있는 곳은 어느덧 병원이 아니라 들판으로 변했다. 빨간 붓꽃이 흐 드러지게 핀 그 들판에서 글로리아 외숙모의 긴 머리칼이 바람에 나부꼈다.

꿈에서 깨어났을 때, 열은 떨어졌지만 마치 실제로 감 추어진 비밀을 파헤쳐내기라도 한 것처럼 몹시 혼란스러 웠다.

5

한줄기 일진광풍처럼 내 안으로 몰아닥쳐 내 영혼 구석구석을 헤집어놓기도 하고 또 동시에 영혼 깊숙이 자리 잡은 검은 구름도 걷어낸 지난 며칠 동안의 고열이 어쩌다 생긴 건지 나도 잘 모르겠다. 하여간 누구도 의사를 부를 생각조차 해보지 않은 새에 열은 떨어졌고, 미열마저 가신 그 순간 나는 신기하게도 미미하나마 마음의 여유가 생기는 걸 느낄 수 있었다. 겨우 몸을 일으킬 수 있게 되면서 덮고 있던 모포를 발 아래로 차내는 순간, 바르셀로나의 이 집에 들어온 이래로 줄곧 나를 무력하게 만들었던 그 짓누르는 듯한 압박감마저 털어낸 듯한 느낌이 들었다.

앙구스티아스 이모는 내 구두를 살펴보더니 찡그린 얼굴처럼 주름이 자글자글하고 낡아빠진 게 밑창마저 여기저기 뜯어져 빗물이 새들어 온다는 걸 확인하고는 구두 때문에 발이 젖은 채로 다녀 독감에 걸린 것이라고 했다.

"안드레아! 특히 형편이 여의치 않아 친척들 도움을 받고 지내야 하는 때일수록 더 개인 용품 관리에 신경을 써야 하는 법이다. 되도록 나다니지 말고, 걸을 때에도 걸음에 신경을 써야 한단 말이야…… 그런 눈으로 쳐다볼 것 없다. 내가 사무실에 나가 있어도 네가 뭘 하는지 다 알기에 하는 말이니까. 네가 날마다 나돌아 다니다가 내가 퇴근하기 직전에 돌아온다는 것 다 알아. 그럼 내가 모를 줄 알았니? 그나저나 대체 어딜 그렇게 싸돌아다니는 거니?"

"딱히 어딜 정해놓고 다니는 건 아니에요. 그저 여기저기 걸어 다니는 게 좋아요. 시내 구경도 할 겸……"

"문제는 네가 떠돌이라도 된 양 혼자 다니는 걸 좋아한다는 거야. 되먹지 못한 남정네들 시선에 너 자신을 그대로 노출시키면서 말이야. 네가 무슨 남의 집 식모라도 되니? 내가 네 나이 때에는 골목 저만치까지도 혼자 나가지 못했어. 경고하는데, 네가 학교까지 오가야 하는 건 이해하지만, 그 외에 길 잃은 강아지 모양으로 여기저기 쏘다니는 건 안 된다. 네가 이 세상에 피붙이 하나 없이 홀홀단신 살아간다면야 네 멋대로 해도 누가 뭐라겠니. 하지만, 네게는 가족이 있어. 집도 있고, 가문의 이름도 있단 말이다. 보아하니 시골에서 함께 지냈다던 네 사촌 언니가 도무지 제대로 된 행실에 대해서는 가르치지 못한 것 같구나. 하긴, 네 아버지란 사람도 참 별난 양반이었지. 뭐 그렇다고 네 사촌 언니가 형편없는 사람이란 뜻은 아니다. 다만, 좀 세련되지 못했달까 뭐 그렇다는 말이야. 여하튼, 시골 살 때에 여기저기 헤집고 다닌 건 아니었으면 좋겠다."

"그러지 않았어요."

"여기서는 더더욱 조심해야 해. 내 말 알아듣겠니?"

난 대꾸하지 않았다. 도대체 이 상황에서 뭐라 한단 말인가?

이모는 돌아서 가다 말고 갑자기 머리털이 휘날리게 획 돌아서서 말했다.

"람블라스 거리 저 아래 부두 쪽으로는 절대로 가지 말거라."

"왜요?"

"안드레아! 그곳에는 말이지, 얌전한 숙녀들이 발 한 번만 잘못 디뎠다가는 평생 이름에 먹칠을 하고 살게 되는 그런 골목들이 있단다. 그러니까 중국인촌 말이야…… 넌 어디서부터가 중국인촌인지도 모르잖니……"

"알아요. 정확히 알아요. 중국인촌까지 들어가 보지는 않았지만요…… 그런데 왜 거기는 가면 안 된다는 건지……"

앙구스티아스 이모는 화난 눈빛으로 날 노려보았다.

"몸 파는 여자에 도둑놈, 몹쓸 놈들이 다 모여 있으니 그렇지."

(그 순간 나는 머릿속으로 홍등이 화려하게 밝혀진 중국 인촌을 그려보았다.)

피해갈 수 없는 태풍이 점차 밀려오듯이 앙구스티아스 이모와 내가 맞부딪칠 순간이 점점 가까이로 다가왔다. 사실 이모와 첫 대화를 나누었던 바로 그 순간부터, 나는 이미 이모와 내가 결코 서로를 이해할 수 없으리라 직감했다. 내가 가족들을 만난 뒤 놀람과 슬픔이라는 첫인상을 간직하게 된 것이 이모에게는 오히려 호재가 되었던 것 같다.

'하지만 이제 이모가 큰소리칠 날도 얼마 남지 않았어.'

중국인촌에 대한 이야기를 나눈 직후, 잔뜩 흥분한 나는 내심 생각했다── 새로운 인생이 열리고 있었다. 이제부터는 자유로운 나만의 시간을 가꾸어나갈 생각이었다. 나는 소리 없이 앙구스티아스 이모를 향해 쾌재를 불러 댔다.

다시 교정을 밟게 되자 마치 그간 축적되어온 온갖

인상들이 내 가슴속에서 발효되기 시작한 것 같았다. 난생 처음 나 스스로가 성장되고 있음을 느꼈고, 교우 관계도 넓어졌다. 별로 힘들이지도 않았는데 친구들을 많이 사귈 수 있었다. 사실 왜 그런 건지 딱 꼬집어 말할 수는 없지만 당시 나는 친구를 사귀는 일에 대해 강박에 가까운 조바심을 냈던 것 같다. 이제 와 생각해보면 그건 일종의 방어 본능이었다. 말하자면 나와 같은 세대, 나와 같은 취미를 공유하는 젊은이들을 통해서만이 기성 세대의 유령 같은 세계에 대적해 나 자신을 지탱하고 지켜나갈 수 있을 것 같았기 때문이었다. 솔직히, 그때만 해도 난 그런 식의 도움이 필요하다고 믿었다.

얼마 지나지 않아, 나는 여자애들이라면 누구나 좋아하는, 가슴속 깊은 속마음을 털어놓는 일이나 영혼을 함께 나누는 매혹적인 일, 여러 해 동안 쌓고 또 쌓아온 감수성을 발휘하는 일 등이 남학생들과는 불가능하다는 걸 깨닫게 되었다…… 대학에서 사귄 일단의 친구들과 나는 예전 같으면 꿈도 꿔보지 않았을 여러 가지 문제들에 대한 토론에 깊이 빠져들었다. 물론, 늘 물에 뜬 기름 같은 느낌이 없지 않았지만, 그래도 만족감을 느끼기도 했다.

함께 몰려다니던 친구들 중에 제일 나이 어린 남학생 폰스가 어느 날인가 내게 말했다.

"너 예전엔 어떻게 사람들과의 대화를 그렇게 기피하면서 살 수 있었는지 모르겠다. 솔직히 지금의 네 모습, 우리에겐 우스워 보여. 에나도 네가 웃긴다며 뒤에서 비웃어대. 네가 정말 웃긴대. 도대체 너 어떻게 된 거냐?"

나는 그저 어깨를 으쓱했을 뿐이지만, 그 말을 듣고 나니 마음이 좀 아팠다. 사실 내 젊은 시절을 통틀어 내가 알아온 사람들 중에 내가 제일 좋아하는 사람이 바로 에나였기 때문이었다.

그녀와 단짝 친구가 되기 전에도 이미 난 그녀에게 호감을 가졌으며, 언제든 서로 마음이 통하는 사이가 될 수 있을 거라는 확신도 있었다. 몇 번인가는 에나가 온갖 구실을 갖다붙이면서 깍듯한 태도로 내게 말을 걸어오기도 했다. 학기 첫날에는 날더러 유명 바이올리니스트의 친척이 아니냐고 물었는데, 질문이 어찌나 황당했던지 그만 웃음을 터뜨리고 말았다.

물론 에나에게 호감을 느끼는 게 비단 나뿐만은 아니었다. 그녀에게는 좌중을 사로잡는 무엇인가가 있었기 때문에 늘 친구들과의 모임을 이끌어가곤 했다. 그녀는 또한 놀랄 만한 악의적 장난기와 총기의 소유자이기도 했다. 만일 에나가 한 번이라도 나를 조소의 대상으로 삼을 생각이었다면, 아마도 졸업을 하고 학교 문을 나서는 그날까지

101

나는 내내 조롱거리가 되었을 게 틀림없었다.

난 약간의 노여움을 품고 에나의 모습을 먼발치에서 훔쳐보곤 했다. 그녀의 얼굴은 상냥해 보이면서도 동시에 육감적인 느낌을 주었고 그 속에 사나울 정도로 빛나는 눈동자가 자리 잡고 있었다. 그녀의 온화한 태도와 젊음이 넘치는 탄력 있는 몸매와 금발 머리가 반짝거리면서도 조소를 머금은 큼지막한 초록빛 두 눈동자와 묘한 대조를 이루었다.

한참 폰스와 이야기를 나누고 있을 때, 에나가 저만치서 손을 흔들었다. 그리고 왁자지껄하게 모여 문과대 앞뜰에서 강의 시간을 기다리는 학생들 사이를 뚫고 내게로 다가왔다. 내 앞에 선 그녀의 얼굴은 무슨 일인지 빨갛게 상기되었고 기분도 무척 좋아 보였다.

"폰스, 미안한데 우리끼리 할 얘기가 좀 있는데……"

폰스의 호리호리한 모습이 저만치로 멀어져가자 에나가 말했다.

"폰스 같은 애는 조심해야 해. 툭하면 토라지고 화내는 스타일이거든. 아마 지금도 자리를 피해달라고 해서 모욕당했다고 생각할 거야…… 하지만, 너랑 할 얘기가 있으니 어쩔 수 없지 뭐."

사실 나 역시 조금 전까지만 해도 평소에는 몰랐지만

에나가 나를 조소하고 있다는 말에 기분이 언짢던 참이었다. 하지만 어느덧 그녀에 대한 뿌리 깊은 호감이 더 강하게 날 사로잡았다.

난 에나와 더불어 학교 곳곳의 석조 회랑 사이를 거닌다든지, 그녀가 재잘대는 소리를 듣는 게 좋았다. 그리고 언젠가, 감상에 젖어 집안 이야기를 털어놓을 때가 찾아온다면, 그때는 나도 내 집안의 암울한 가정사를 들려줄 생각이었다. 아마도 에나는 무척 관심 있게 들을 것이고 나보다도 더 우리 집 문제를 제대로 이해하게 될 터였다. 하지만, 지금까지는 단 한 번도 그녀에게 내 얘기를 털어놓은 적이 없었다. 난 내 안에 싹트기 시작하는, 뭔가를 털어놓고 싶다는 열망에 점점 더 에나와 가까워졌지만, 속에 있는 말을 털어놓는다는 것과 마음속으로 뭔가를 꿈꾼다는 것은 둘 다 늘 어렵기만 했다. 그러다 보니 늘 그렇듯이 좀 주눅이 들기도 하고 동시에 호기심도 발생하여 그녀의 이야기에 더 열심히 귀 기울이게 되었다. 폰스가 우리 두 사람만을 남겨두고 저만치로 멀어져갔던 그날 오후에도 내 가슴속의 망설임과 신뢰에 대한 열망 사이에서 느껴지는 이 달콤한 긴장감이 끝장날 수 있으리라는 생각은 여전히 할 수 없었다.

"내가 오늘 알아냈는데 말이야, 지난번에 말했던 그

바이올리니스트 말이야…… 생각 나……? 그 사람, 좀 특이한 성도 너하고 같은데다, 네가 사는 아리바우 거리에 산다더구나. 이름이 로만이래. 정말 네 친척 아니니?"

에나가 물었다.

"응, 우리 삼촌이셔. 하지만, 삼촌이 정말 음악가인가 하는 문제에 대해서는 뭐라 말할 수 없구나. 사실, 우리 가족들 빼고는 삼촌이 바이올린을 연주한다는 사실을 아무도 모를 거라 생각했어."

"너도 알겠지만, 사실 난 네 삼촌에 대한 얘기만 들었어."

난 에나도 아리바우 거리 같은 곳을 접할 수 있다는 생각에 가벼운 흥분을 느끼기 시작했다. 동시에 좀 사기당한 기분도 들었다.

"삼촌 좀 소개해줄래?"

"그래."

우린 둘 다 아무 말 없었다. 내 입장에서는 에나 측에서 뭔가 설명이 있기를 기대했다. 어쩌면 에나는 내 쪽에서 먼저 말을 꺼내기를 바랐는지도 모른다. 하지만 난 왠지 모르게 내 친구 에나에게 아리바우 거리에 어떤 세상이 펼쳐지는지에 대해서는 도저히 얘기할 수 없을 것 같았다. 에나를 로만 삼촌에게 데려가는 일은 정말 끔찍이도 괴로운 일이 될 거라는 생각도 들었다.

'이분이 그 유명한 바이올리니스트셔.'

삼촌의 꾀죄죄한 모습을 지켜보는 에나의 두 눈에 떠오를 환멸과 조소가 내 눈앞에 보이는 듯했다. 그렇잖아도 최고급 멋진 옷에 머리카락에서는 부드러운 향수 냄새가 피어나는 에나와는 달리 형편없는 옷차림에 역겨운 양잿물과 주방 세제 냄새가 풍기는 내 행색을 생각할 때마다, 젊은 아가씨라면 곧잘 느끼게 되는 숨이 턱턱 막히고 부끄러워지는 감정을 지니고 있던 차였다.

에나가 날 쳐다보고 있었다. 곧 강의실로 들어가야 한다는 사실에 어마어마한 안도감을 느꼈던 게 기억난다.

"끝나고 나갈 때 보자!"

에나가 소리치고 갔다.

난 늘 제일 뒷줄에 앉았지만 에나는 친구들이 늘 제일 앞줄에 자리를 맡아두곤 했다. 교수님이 강의를 하는 동안 나는 공연히 쓸데없는 공상에 빠져 있었다. 난 맹세코 내 삶 속에서 너무나도 명확히 양분되기 시작한 두 세계, 즉 아주 쉽게 솔직해질 수 있는 친구들과의 세계와 더럽고 도무지 정이 가지 않는 우리 집이라는 또 다른 세계를 뒤섞어볼 생각 같은 건 꿈에도 하지 않았다. 로만 삼촌의 음악이나 글로리아 외숙모의 빨간 머리, 밤마다 유령처럼 배회하곤 하는 유아적 사고를 지닌 외할머니에 대해 사람들에게 말한다는 게 바보짓으로 느껴졌다. 갖가지 이야기를 늘어놓아 이 모든 것들에 환상적 가설을 덧입히는 마술을 부려본다 하더라도 결국 내게 남을 것은 처절한 현실뿐이었다. 내가 처음 이곳 바르셀로나에 도착하던 날 나를 온통 뒤흔들어놓았던 현실, 그리고 언젠가 내가 로만 삼촌을 소개시켜주는 날 에나가 목격하게 될 현실 말이다.

그래서 그날, 나는 강의가 끝나기가 무섭게 무슨 못된 짓이라도 저지른 사람처럼 에나의 눈을 피해 살그머니 학교를 빠져나와 집으로 줄행랑을 쳐버렸다.

그런데 아리바우 거리에 있는 우리 집에 도착하자 로만 삼촌을 만나고 싶다는 생각이 들었다. 한때 삼촌이 대단한 명성과 성공을 누리던 음악가였다는──삼촌으로서는 어떻게든 덮어두고 싶을지도 모를──대단한 비밀을 내가 알게 되었다는 사실을 알리고 싶은 강렬한 충동을 느꼈다. 하지만 저녁 식사 시간이 다 되도록 로만 삼촌의 모습은 도무지 보이지 않았다. 사실 로만 삼촌은 워낙 외출이 잦은 사람이라 오후 시간에 집을 비운 게 특별한 일은 아니었지만 나는 무척 낙심했다. 아기의 코를 풀어주는 글로리아 외숙모의 모습은 한없이 천박해 보였고, 앙구스티아스 이모는 감내하기 힘들 만큼 역겹게 느껴졌다.

다음 날에도, 또 그다음 며칠 동안도 나는 계속 에나의 눈을 피해 다니기 바빴다. 에나가 내게 무슨 부탁을 했는지 완전히 잊어버린 것 같아 보일 때까지 계속 그랬다. 로만 삼촌은 계속 집에서 보이지 않았다.

글로리아 외숙모가 말했다.

"어머, 작은 삼촌이 곧잘 여행을 가 집을 비운다는 걸 몰랐구나? 워낙 아무에게도 말하지 않고 떠나기 때문에 가정부를 제외하고는 아무도 어디 갔는지 몰라."

(로만 삼촌도 알까? ── 나는 속으로 생각했다 ── 아직도 삼촌을 기억하는 사람들에게 삼촌은 천재적인 음악가로 여겨진다는 걸?)

하루는 내가 가정부에게 다가가 물었다.

"안토니아 아주머니, 로만 삼촌은 언제쯤 돌아오시나요?"

가정부는 재빨리 그 을씨년스러운 미소를 보냈다.

"돌아오기야 오겠지. 늘 돌아왔으니까. 떠났다가는 돌아오고…… 돌아왔다가는 또 떠나고…… 하여간, 늘 잊지 않고 돌아온다니까. 안 그러니 천둥아? 그러니 걱정할 것 없어."

그녀는 언제나처럼 뻘건 혀를 축 늘어뜨린 개 천둥이를 돌아다보며 다시 한번 말했다.

"안 그래, 천둥아? 늘 돌아오잖아?"

주인을 쳐다보는 개의 두 눈은 노랗게 빛났고, 가늘고 침울해 보이는 가정부의 두 눈동자 역시 이제 막 화덕에서 피어오르기 시작한 연기 속에서 빛을 발했다.

가정부와 천둥이는 그렇게 잠시 동안 최면에라도 걸린 듯 꼼짝 않고 서로를 응시했다. 나는 안토니아 아줌마가 조금 전에 들려주었던 단 몇 마디에 토씨 하나 덧붙일 생각이 없음을 알 수 있었다.

이렇게 더는 로만 삼촌의 행방에 대해 알 길이 없던 차에, 해질 무렵, 삼촌이 내 눈앞에 떡하니 나타났다. 그때 나는 할머니와 이모와 함께 있었다. 실은 까치발을 하고 살그머니 집을 빠져나가려다 그만 이모한테 딱 걸리는 바람에 영락없이 소년원에 갇힌 신세가 되어 있던 참이었다. 그러던 차에 로만 삼촌이 나타났으니 나로서는 뛸 듯이 기뻤다.

삼촌은 이마와 콧잔등이 잔뜩 햇빛에 그을려 예전보다 더욱더 가무잡잡해진 데다, 면도도 하지 않고 셔츠 목덜미에도 때가 꼬질꼬질하게 낀 게 한층 수척해 보였다.

앙구스티아스 이모가 삼촌을 위아래로 훑어보았다.

"도대체 어디 처박혀 있다가 기어들어 오는 거니?"

삼촌도 불쾌한 눈빛으로 이모를 노려보더니 공연히

새장을 열고 앵무새를 꺼내들었다.

"내가 어떤 대답을 할지는 뻔히 아실 텐데…… 어머니, 그동안 앵무새는 누가 돌봤습니까?"

"내가 했다, 얘야."

할머니가 미소 띤 얼굴로 대답했다.

"내가 잊을 리 있겠니?"

"감사해요, 어머니."

삼촌은 당장이라도 할머니를 번쩍 들어올리기라도 할 것처럼 할머니 허리를 꼭 안고는 머리 위에 입 맞췄다.

"좋은 곳에 갔을 리는 만무하고…… 네가 하고 다니는 일은 내가 훤히 다 알고 있어, 로만. 정말이지 넌 어떻게 된 애가 전 같지 않고…… 네 그 윤리 의식이란 건 어쩜 그렇게 모든 걸 네 멋대로 하도록 내버려둔다니?"

로만 삼촌은 여독을 떨쳐내기라도 해야겠다는 듯 기지개를 켜면서 말했다.

"내가 이번에 다니면서 누님의 알량한 윤리 의식에 대해 조사를 좀 했다고 하면 어쩌실 거요?"

"둘러대지 마! 뻔뻔한 녀석! 조카 앞에서 창피한 줄도 몰라?"

"우리 조카따님은 태연자약하신 걸 뭘? 우리 모친께서도 저렇게 두 눈을 동그랗게 뜨고 계시지만, 뭐 아무렇지도 않으실 거고."

이모의 얼굴색이 붉으락푸르락했다. 나는 이모도 여느 여자들처럼 흥분하니 가슴이 벌렁벌렁해지는 게 신기해 보였다.

"이번에 피레네 산맥 지역을 좀 다녀왔어요."

로만 삼촌이 말했다.

"푸이그세르다라고 아주 아름다운 마을에서 며칠 묵었는데, 실은 내가 한창 잘 나가던 시절에 알게 되었던 어느 부인을 좀 만나러 간 거였지요. 그 부인은 외따로 떨어진 한적한 집 안에 마치 죄수가 갇혀 있듯이 감금된 채로 하인들의 감시를 받으며 살더라고요."

"너 지금 우리 회사 돈 헤로니모 사장님 부인 이야기를 하는 모양인데, 너도 알다시피 그 가엾은 부인이 그만 미쳐버렸잖아. 사장님이 그래도 정신병원보다는 거기가 좀 나을 듯싶다고……"

"맞아요. 누님도 누님네 사장 일, 그러니까 그 작자의 가엾은 산스 부인 일은 잘 알고 계신 모양이네요…… 그 부인이 미쳤다는 건 나도 알지요. 하지만, 그 부인이 그 지경에까지 이르도록 만든 책임이 과연 누구에게 있느냐 그게 문제다 이겁니다."

"너 그게 무슨 뜻이야?"

앙구스티아스 이모의 앙칼진 음성이 어찌나 고통에 겨웠는지 (이번에는 정말 그랬다) 나까지도 마음에 아픔을 느낄 정도였다.

"뜻은 무슨 뜻!"

로만 삼촌은 정말 별 것 아니라는 듯 내뱉었지만, 콧수염 아래로 음침한 미소가 스쳐지나갔다.

요즘 들어 나는 어떻게든 로만 삼촌과 이야기해야겠다는 생각에 입 안이 바싹바싹 타들어갈 지경이었다. 벌써 며칠째 들뜬 마음으로 삼촌과 이야기할 순간만을 기다려왔다. 내 딴에는 삼촌이 관심을 가질 만한, 또 삼촌이 기분 좋아할 만한 소식을 잔뜩 들고 왔다는 생각이 들어서였다.

그래서 삼촌이 들어서자 평소보다 훨씬 반갑게 자리에서 벌떡 일어나 삼촌과 포옹하려 했다. 어찌나 반가웠던지 요 며칠 동안 입 안이 근질근질해 견딜 수 없었던 그 놀라운 소식이 거의 튀어나올 지경이었다. 하지만 바로 이어진 다음 장면 덕분에 그런 내 흥분은 일거에 사라져버렸다.

나는 ── 로만 삼촌이 내게 말을 걸어오자 ── 앙구스티아스 이모 쪽을 흘긋 훔쳐보았다. 이모는 부엌 탁자에 몸을 기대고 선 채 깊은 생각에 잠겨 있었다. 얼굴이 홍해 보일 정도로 일그러졌지만 그녀답게 눈물은 보이지 않았다.

로만 삼촌은 조용히 의자에 앉더니 내게 피레네 산맥을 돌아본 이야기를 하기 시작했다. 우리 땅—스페인 영토 말이다—에 자리 잡은 놀랍도록 아름다운 그 산들을 비롯해 유럽 전역의 비경들이야말로 진정 위대한 세계의 명소가 아니겠느냐고 했다. 삼촌은 피레네 산맥 지역의 만년설과 깊은 계곡, 얼음처럼 투명하게 반짝거리는 산속에서 바라본 하늘을 이야기했다.

"나도 내가 왜 자연을 사랑하지 못하는지 알 수 없구나. 자연이란 때론 참으로 무섭고, 참으로 매몰차기도 하지만, 또 때로는 참으로 장엄하기 그지없는데 말이야……아마도 내겐 더는 남다른 것들을 추구하는 취향이 남지 않은 모양이다. 살을 에듯 불어오는 찬바람보다는 오히려 내 방의 시곗바늘 똑딱거리는 소리가 더욱 감각을 일깨우는 걸 보면 말이야…… 난 이제 끝나버렸어."

로만 삼촌은 이렇게 결론을 내리고 말았다.

삼촌 말을 들으면서, 나는 내 또래 어느 여대생이 삼촌의 재능을 인정하고 있다는 사실을 말해줘봐야 아무 소용없겠다는 생각을 했다. 어차피 자신의 재능이 사람들 사이에 알려져 있는가에 대해 삼촌은 아무런 관심도 없을 뿐더러, 외부 세계의 칭찬 같은 것에 대해서는 삼촌 스스로 의도적으로 문을 닫아건 게 아닌가 싶기도 했다.

　　로만 삼촌은 내게 이야기를 하는 동안 줄곧 천둥이의 귀를 쓰다듬었다. 그 녀석의 두 눈은 기쁨으로 가득했다. 가정부 안토니아는 문간 쪽을 기웃거리며 삼촌과 천둥이 쪽을 훔쳐보았다. 무의식중에 —— 손톱 밑에 시커먼 때가 끼고 거칠게 갈라진 —— 두 손을 연거푸 앞치마 자락에 훔쳐대며 천둥이의 귓전을 쓰다듬는 로만 삼촌의 두 손에 집요한 시선을 보내고 있었다.

6

아리바우 거리의 식구들 속에서 생활하면서, 나는 곧잘 그들이 겪는 일상의 아주 사소한 사건들에까지 비극적 면모가 깃들어 있음을 깨닫고 깜짝깜짝 놀라곤 했다. 사실, 그들 모두 나름의 삶의 무게를 짊어지고 있었고, 대놓고 드러내지는 않지만 내면에는 실질적 열망이 자리 잡고 있었는데도 말이다.

크리스마스 날, 나는 모종의 사건에 휘말리고 말았다. 그때까지만 해도 그런 일들과는 어느 정도 거리를 두고 살아왔던 탓이었는지, 그날의 사건은 내게 그 어느 때보다도 강렬한 인상을 남겼다. 아니, 어쩌면 그때까지만 해도 짐짓 불쾌한 시선으로 바라보는 것 외에는 달리 다른 방법이 없었던 로만 삼촌에 대한 내 느낌이 그 시점에 좀 색달랐기 때문이었는지도 모른다.

그날의 언쟁은 알고 보면 나와 에나의 우정에 그 이유가 숨겨져 있었다고 봐야 한다. 그로부터 오랜 시간이 지나서도 그날을 떠올리면, 내가 아리바우 거리에서 생활하기 시작한 바로 그 순간부터 이미 일종의 운명 같은 것이 나와 아리바우의 모든 것과는 전혀 어울릴 것 같지 않은 에나를 하나로 엮어놓았던 게 틀림없다는 생각을 하게 된다.

나와 에나 사이에 싹튼 우정은, 같은 학과에서 특별히 호감을 갖게 된 두 친구 사이에서 생겨나곤 하는 그런 평범한 과정을 통해 형성된 것이었다. 에나 덕분에 나는 한동안 잊고 살았던, 중고등학교 시절의 풋풋한 우정을 떠올릴 수 있었다. 물론, 에나가 나를 좋아해준다는 사실이 내게 큰 이점으로 작용했다는 사실도 부인할 수는 없다. 에나와 친하다는 사실만으로도 같은 과 남학생들이 나를 제법 대접해주었기 때문이다. 아마도 그렇게 함으로써 내 예쁜 친구 에나에게 좀 더 쉽게 접근할 수 있으리라 생각했기 때문일 것이다.

하지만 나로서는 에나와 발맞추어 간다는 것이 지나친 사치였다. 에나는 날마다 나를 바에 데려가서는——석조 건물로 지어진 대학 구내의 햇살 좋은 정원을 제외하고는 유일하게 따뜻했던 곳으로 기억된다——내가 먹은 것까지 모두 계산을 하곤 했다. 우리 둘 사이에는 너무 어린 데다 대부분 가진 것도 별로 없는 남학생들에게 남자랍시고 여학생들 것까지 계산하게 하지는 말자는 약속이 있었기 때문이었다. 내 수중에는 커피 한 잔 값을 치를 돈은커녕 — 간혹 앙구스티아스 이모의 감시를 보란 듯이 따돌렸을 때, 혹은 에나와 시내를 쏘다니기 위해 외출을 할 때 — 전차 요금을 낼 돈도, 늦은 저녁에 따끈한 군밤을 사먹을 돈도 없었다. 하지만, 그럴 때마다 에나가 돈을 내주곤 했다. 물론 내 인생에 그리 유쾌한 기억은 아니었지만, 그 시절에 내가 느낄 수 있었던 유일한 낙이라고는 에나의 그런 다정다감한 행동에 어떻게든 보답을 해야겠다는 강박 관념의 소산으로써 행한 나의 행동들뿐이었다. 사실 그때까지만 해도, 내가 사랑했던 사람들 가운데 그누구도 에나만큼 나를 아껴준 사람이 없었기 때문에 내입장에서는 함께 어울려 다니는 것 말고 뭔가를 꼭 줘야겠다는 생각에 조바심이 일곤 했다. 그건 가진 것도 없지만 누군가에게서 과분한 관심이나 호의를 받고는 물질로나마 그 고마운 마음을 대신 표현하고자 하는 심리와 통했다.

글쎄, 그 상황에서 내가 취한 행동이 바람직한 것이었는지 아니면 비굴한 것이었는지는 나도 잘 모르겠다 —

당시로서는 그런 걸 분석해볼 마음의 여유도 없었고——
하여튼, 나는 충동적으로 트렁크를 열고 그 안에 간직해온
소중한 물건들을 살펴보기 시작했다. 우선 책들을 한 권
한 권 꺼내들고 살펴보았다. 하나같이 아빠 서재에서 찾아
낸 것들로, 한동안 사촌 언니 이사벨이 자기네 집 책장 위
에 얹어놓았던 탓에 누렇게 변색되고 곰팡이까지 군데군
데 슨 상태였다. 그 외에 속옷가지들과 양철통 하나가 이
세상에 내가 가진 전부였다. 양철통 속에는 낡은 사진 몇
장과, 부모님의 결혼 사진, 내 생년월일이 새겨진 원형 은
판 등이 들어 있었다. 그리고 상자 제일 밑바닥에는 할머
니가 내 첫 번째 견신일에 선물해주셨던, 오래되었지만 예
쁜 레이스로 장식된 손수건이 비단 헝겊에 싸인 채 담겨
있었다. 그 손수건이 그렇게 예뻤다는 걸 깜빡 잊고 있었
는데, 그걸 에나에게 선물할 수 있다고 생각하니 그간의
쌓였던 슬픔이 보상되는 것 같은 느낌이었다. 그간 깨끗한
모습으로 학교에 가기 위해, 무엇보다도 급우들에 비해 쳐
지지 않는 것 같은 모습을 보여주기 위해 쏟아부어야 했
던 숱한 노력들이 보상받는 것 같았다. 기운 장갑을 또 깁
고, 가정부 안토니아가 설거지를 하는 데 쓰는 비누 조각
으로 개수통 찬물에 블라우스를 빨아 입고, 아침마다 얼
음장 같은 물에 샤워를 해야 하는 이 처절함이 보상받는

것 같았다. 이렇게 예쁘고 예쁜 손수건을 에나에게 선물할
수 있다는 생각만으로도 내 보잘것없는 인생이 전부 보상
받는 것 같은 느낌이었다. 내 기억에, 크리스마스 휴가가
시작되기 직전, 종강일에 식구들 아무도 모르게 그 레이스
손수건을 살짝 숨겨서 학교로 가져갔던 것 같다. 내 물건
을 내 마음대로 선물하는 게 나쁜 짓이라서는 아니었고,
그저 그 선물이 그 누구도 범접할 수 없는 나만의 성스럽
기까지 한 물건들 중 하나였기 때문이었다. 이미 그 무렵
에는 로만 삼촌에게 에나 이야기를 하는 것도, 더욱이 누
군가가 삼촌의 예술을 높이 사고 있다고 말하는 것도 불
가능한 일로 여겨졌다.

　에나는 내가 내민 선물 상자 속에 정말 하찮은 작은
선물이 들어 있었음에도 어찌나 감격하고 좋아하던지, 그
런 그녀의 기뻐하는 모습에 나는 예전에 지녀온 애정보다
도 훨씬 더 강력한 유대감을 느꼈다. 순간, 나는 실제의 내
모습과는 전혀 다른, 내가 부자가 된 듯한, 그리고 행복한
듯한 느낌에 사로잡혔고, 그 후로도 그 당시의 느낌을 잊
을 수 없었다.

　그 일은 나를 퍽 기분 좋게 만들었고, 방학이 시작되
면서 나를 둘러싼 모든 것들에 대해 좀 더 인내심을 가지
고, 좀 더 유연한 자세로 대할 수 있게 해주었다. 심지어 앙

구스티아스 이모에게까지도 상냥하게 굴 수 있었다. 크리스마스 이브. 나는 이모와 함께 성탄 미사에 가기 위해 외출복을 차려 입었다. 물론 이모가 함께 가자고 한 것은 아니었지만 말이다. 그런데 정말 놀라운 것은, 함께 가자는 말에 이모가 의외의 반응을 보였다는 점이었다.

"어머, 안드레아…… 오늘 밤엔 나 혼자 갔으면 싶은데……"

앙구스티아스 이모는 내가 실망했다고 생각했는지, 내 볼을 쓰다듬으며 말했다.

"너는 내일 외할머니 모시고 성체배령식에 다녀오면 돼……"

사실 난 실망한 게 아니라, 그저 놀랐을 뿐이었다. 지금껏 앙구스티아스 이모는 성당에서 미사가 있을 때마다 나를 데리고 다니면서 감시하고, 내 신앙에 대해 잔소리를 하곤 했기 때문이었다.

늘어지게 자는 사이, 어느덧 멋진 성탄의 아침이 밝아왔다. 나는 정말로 할머니를 모시고 미사에 갔다. 강렬한 햇살 아래서 보니, 검은색 코트를 입은 늙은 할머니는 자그맣고 쪼글쪼글한 건포도알 같아 보였다. 흐뭇한 표정으로 나와 함께 걸어가는 할머니를 보면서 왜 그동안 할머니를 좀 더 사랑하지 못했을까 하는 심한 자책감이 밀려왔다.

돌아오는 길에, 할머니는 성체배령을 하면서 우리 가족의 평화를 기도했다고 했다.

"얘야, 내 유일한 바람이라면 저 삼남매가 화목하게 지내고, 글로리아가 지금껏 박복했을 뿐 실은 착한 아이라는 걸 앙구스티아스가 이해해줬으면 하는 거란다."

하지만, 아파트 계단을 올라가는 동안에 벌써 우리 집에서 고래고래 질러대는 고함 소리가 들려왔다. 외할머니는 내 팔을 붙잡은 손에 한껏 힘을 주며 한숨을 몰아 쉬었다.

집 안으로 들어서자, 글로리아 외숙모와 앙구스티아스 이모, 후안 삼촌이 식당에서 목청을 드높이며 입씨름에 열을 올리고 있었다. 외숙모가 히스테릭한 울음을 터뜨렸다.

후안 삼촌이 의자를 집어들더니 당장이라도 앙구스티아스 이모의 머리통을 내려치려 했고, 이모 역시 질세라 다른 의자를 집어들어 방패막이를 하면서 공격을 피해보려고 이리저리 껑충거리며 뛰어다녔다.

앵무새는 신이 나서 꽥꽥거리는가 하면, 가정부 안토니아는 주방에서 노래를 흥얼거리고 있어 눈앞의 광경은 거의 엽기적인 지경이었다.

외할머니가 두 팔을 휘저으며 싸움판 한가운데로 뛰어들어 낙심천만하여 어쩔 줄 모르던 앙구스티아스 이모를 저지하려 했다.

글로리아 외숙모가 얼른 내게 뛰어와 말했다.

"안드레아! 네가 사실이 아니라고 말해줘."

후안 삼촌이 의자를 바닥에 내려놓으며 날 쳐다봤다.

"안드레아더러 무슨 말을 하라는 거야? 네가 훔쳤다는 거 내가 다 안다는데……"

앙구스티아스 이모가 소리쳤다.

"이봐요, 형님! 정말 이런 식으로 날 모욕하려 들면 머리통을 뽀개버릴지도 몰라요! 정말 너무 못됐어!"

"대체 절더러 무슨 말을 해달라는 거세요?"

"네 이모가 날더러 네가 가지고 있던 레이스 손수건을 훔쳐냈다고 저러잖니……"

순간 바보스럽게도 내 얼굴이 마치 비난받기라도 하듯이 벌개지는 게 느껴졌다. 열이 후끈 달아올랐다. 뜨거운 혈기로 두 볼과, 두 귓불과, 목줄기까지 후끈댔다……

"증거가 있어!"

앙구스티아스 이모가 검지손가락을 쭉 펴 글로리아 외숙모를 가리키면서 말했다.

"네가 손수건을 들고 나가 팔려고 한 걸 본 사람이 있단 말이야. 우리 조카딸이 트렁크 속에 가진 것 중 유일하게 값 나가는 게 그것이라는 거 몰라? 하긴, 뭐든 훔쳐내려고 안드레아 트렁크를 뒤진 게 이게 처음도 아니지만 말이야. 네가 안드레아 속옷을 꺼내 입은 걸 내 눈으로 목격한 것만도 두 번이라고!"

그건 분명 맞는 말이었다. 글로리아 외숙모가 지닌 참담하고 못된 버릇 가운데 하나가 바로 남의 물건에 함부로 손대는 것이었다.

"하지만 외숙모는 제 손수건을 훔치지 않았어요."

내가 풀죽은 어린애 모양으로 주눅들어 말했다.

"봤지? 이 못된 마귀할멈 같으니라구! 창피한 줄 알고, 제발 남의 일에 참견 좀 하지 마!"

물론 후안 외삼촌의 말이었다.

"아니라고? 저것이 네 첫 견신 선물인 레이스 손수건을 훔쳐간 게 아니란 말이야……? 그럼 그 손수건이 어딜 간 거니? 오늘 아침에 네 트렁크 속을 찾아보니 없던데……"

"선물했어요. 제가 누구한테 선물했다고요."

마구 방망이질해대는 가슴을 억누르며 내가 대답했다.

이모가 당장 내 뺨을 한 대 후려치기라도 할 기세로

달려드는 통에 나는 나도 모르게 두 눈을 질끈 감고 말았다. 이모가 바로 내 코앞에 얼굴을 들이밀어 이모의 숨결까지 고스란히 느껴졌다.

"누구한테 줬는지 당장 말해! 남자친구한테 줬니? 너 남자친구 생긴 거야?"

내가 아니라고 고개를 설레설레 저었다.

"그럼 거짓말이네. 글로리아 저 여편네 역성을 들어주려 거짓말을 한 거야. 저런 도둑년을 두둔하려고 날 이렇게 바보 꼴로 만들어버리는 건 괜찮다 이거고……"

앙구스티아스 이모는 함부로 말을 내뱉는 성격은 아니었다. 하지만 그날은 주변 분위기에 감염이라도 된 사람 같았다. 다음 장면이 순간적으로 이어졌다. 후안 삼촌의 무지막지한 주먹이 날아오는가 싶더니 앙구스티아스 이모의 안면을 후려치면서 이모가 바닥으로 나동그라졌다.

내가 얼른 이모 쪽으로 몸을 구부리며 부축하려 했지만, 이모는 거칠게 내 손을 뿌리치더니 울음을 터뜨렸다. 나로서는 눈앞의 상황이 그저 웃어넘길 수 있는 정도를 넘어선 것 같았다.

"내 말 잘 들어, 이 마귀할멈!"

후안 삼촌이 소리쳤다.

"내가 지금껏 아무 말도 안 했던 건 내 인격이 누나보다 백 배는 훌륭하기 때문이고, 이 젠장할 일들을 떠들어 봐야 다 집안 망신이기 때문이었어. 하지만, 이젠 좀 말해 야겠네. 누나네 사장이라는 작자의 마누라가 꽤 여러 번 전화통에 대고 누나한테 험담을 퍼부어댄 데에는 그만한 이유가 있다는 것, 세상이 다 아는 얘기야. 그래서 어제 성 탄 미사에도 못 간 것 아냐? 지은 죄가 있으니 어떻게 미사 에 갈 수 있겠어……?"

그 순간의 앙구스티아스 이모 모습은 평생 잊을 수 없을 것 같았다. 마구 헝클어진 회색빛 머리채에 겁날 정 도로 부릅뜬 두 눈. 그리고 입술이 터지면서 흘러내리는 피를 손가락으로 훔치는 모습하며…… 마치 술주정뱅이 라도 된 것 같았다.

"나쁜 놈! 나쁜 놈……! 미친 놈!"

이모가 소리쳤다.

그러고는 두 손에 얼굴을 파묻고 뛰어가 자기 방에 처박혀버렸다. 침대로 뛰어들었는지 침대 삐걱이는 소리 가 나더니 뒤이어 대성통곡하는 소리가 들려왔다.

식당에는 무거운 정적만이 감돌았다. 글로리아 외숙 모와 눈이 마주치자 외숙모가 살짝 미소지었다. 나는 어찌 해야 할 바를 몰랐다. 그래서 앙구스티아스 이모 방 앞으 로 가 조심스럽게 노크를 해보았다. 아무런 기척이 없는 것이 오히려 다행스럽게 느껴졌다.

후안 삼촌은 작업실로 가더니 글로리아 외숙모를 불렀다. 두 사람 사이에 다시금 부부싸움이 시작된 것 같았지만, 이미 세력이 약해진 태풍처럼 기세가 완전히 꺾여 있었다.

발코니 쪽으로 걸어간 나는 유리창에 이마를 기대고 밖을 내다보았다. 크리스마스의 거리는 마치 맛있는 먹거리로 가득찬 황금으로 치장된 거대한 제과점 같은 느낌을 주었다.

외할머니가 등 뒤로 다가온 것을 알 수 있었다. 할머니는 늘 추위로 파르스름하게 냉기가 도는 가녀린 손을 뻗어 내 손등을 다독거려주었다.

"이 녀석아, 이 녀석아…… 내가 준 손수건을 남에게 선물하다니……"

할머니가 말했다.

할머니의 얼굴은 무척이나 슬퍼보였다. 두 눈에 어린 애들이나 담을 것 같은 서러움이 담겨 있었다.

"내가 준 손수건이 별로 맘에 들지 않았나 보지? 그건 우리 어머니께서 해주신 것이라, 꼭 네게 물려주고 싶었는데……"

난 아무 대꾸도 할 수 없었다. 그저 할머니의 주름진

연약한 손을 잡아 끌어 손등에 입맞췄을 뿐이었다. 나 역시 서러움이 밀려와 목이 메었다. 내게는 그 어떤 기쁨이라도 반드시 이런 불쾌한 일로 대가를 치러야 하는가 보다 하는 생각이 들었다. 어쩌면 이것이 내 운명인지도 몰랐다.

안토니아 아줌마가 와서 상을 차리기 시작했다. 식탁 한가운데는 꽃병이라도 놓듯 크리스마스 과자 투론을 담은 큼지막한 접시를 올려놓았다. 앙구스티아스 이모는 저녁을 굶을 생각인지 방에서 나오지도 않았다.

그래서 그 기이한 크리스마스 조찬을 위해 할머니와 글로리아 외숙모, 후안 삼촌, 로만 삼촌, 그리고 내가 모서리마다 올이 풀려 나간 체크무늬 식탁보가 덮인 커다란 식탁을 가운데 놓고 둘러앉은 셈이었다.

후안 삼촌이 만족스러운 듯 두 손바닥을 잠시 비비더니 말했다.

"자, 자, 기분 좀 내보자구요!"

후안 삼촌이 포도주병의 코르크 마개를 따면서 말했다.

크리스마스라서 그런지 삼촌은 꽤 흥이 나는 것 같았다. 글로리아 외숙모는 투론 한 조각을 집어들더니 마치 빵이라도 되는 양 수프를 찍어 먹기 시작했다. 할머니는 포도주를 한 모금 삼키더니 고개를 끄덕이며 만족스러운 미소를 지었다.

"통닭 구이도 없고, 칠면조 구이도 없지만, 그런 것인들 이 맛좋은 토끼고기만 하겠습니까!"

후안 삼촌이 말했다.

언제나 그렇듯 로만 삼촌만 별로 음식에 관심이 없었다. 로만 삼촌도 투론 한 조각을 집어들기는 했지만, 천둥이에게 던져줄 요량으로였다.

언뜻 보아, 우리 가족도 가진 건 별로 없지만 더는 바랄 것 없는, 그야말로 차분하고 행복한 여느 집과 전혀 달라 보이지 않았다.

늘 조금씩 늦는 시계 하나가 생뚱맞게 땡땡거리기 시작하자, 앵무새가 기분 좋은 듯 햇살이 스며드는 창문 쪽을 바라보며 깃털을 잔뜩 부풀렸다.

갑자기, 이 모든 상황들이 다시 한 번 바보스럽고, 우스꽝스러워 조소를 자아내는 것들로 생각되었다. 그러고는 어찌 해볼 겨를도 없이 누가 무슨 웃기는 말을 한 것도 아닌데 갑자기 쿡쿡 웃음이 터져나오기 시작하더니, 급기야는 목까지 막혀왔다. 식구들이 등을 두들겨주었지만, 얼굴이 벌게진 나는 한참 기침을 해대면서까지도 어찌나 킥킥거렸는지 눈물이 다 날 지경이었다. 그리고 결국 나는 울음을 터뜨리고 말았다. 너무나도 서럽고, 슬프고, 공허해서 정말 울었다.

오후가 되자, 나는 앙구스티아스 이모 방을 찾았다. 이모는 여전히 침대에 누운 채 물과 식초에 적신 수건을 이마에 올려놓고 있었다. 이제 좀 진정된 것 같기는 했지만, 어디가 아픈 사람 같았다.

"이리 와라, 안드레아. 이리 와!"

이모가 말했다.

"네게 어떤 식으로든 설명해줘야 할 것 같은데……난 이 이모가 절대로 나쁜 짓을 하거나 파렴치한 행동을 할 만한 위인이 못 된다는 걸 네가 알아줬으면 좋겠다."

"알아요, 이모. 한번도 그런 생각해본 적 없어요."

"고맙구나. 후안 삼촌의 말도 안 되는 소리를 믿는 건 아니겠지?"

"아…… 어젯밤 미사에 안 가셨다는 거요?"

나는 웃고 싶은 충동을 억누르며 말했다.

"물론 안 믿지요. 왜 미사에 안 가셨겠어요? 가셨거나 안 가셨거나 중요할 것 없긴 하지만요."

이모는 불편한 듯 몸을 뒤척이더니 말했다.

"뭐라 설명해야 할지 모르겠다만, 그게……"

이모의 목소리는 비를 잔뜩 머금은 봄날 비오기 직전

의 구름만큼이나 잔뜩 물기를 머금은 것처럼 느껴졌다. 지금까지와는 다른 이런 어색한 분위기는 견디기 힘들었다. 그래서 얼른 손가락 끝으로 이모의 팔뚝을 톡톡 건드린 뒤 말했다.

"굳이 설명하실 필요 없어요. 이모가 이모의 행동 하나하나에 대해 나를 이해시켜야 한다고는 생각지 않으니까요. 그래도 혹 이런 말이 이모에게 위안이 된다면, 이모가 비도덕적인 행동을 했다는 다른 가족들의 말은 하나도 믿지 않는 것으로 해둘게요."

이모는 머리 위에 올려놓은 수건 때문에 눈 언저리에 생겨난 그림자 아래서 짙은 밤색 눈을 깜빡거리더니 내 얼굴을 들여다보았다.

"아무래도 내가 조만간 이 집을 떠나게 될 것 같다, 안드레아. 사람들이 생각하는 것보다 훨씬 빨리 말이야. 그땐 내 진실이 밝혀지겠지."

이모가 떨리는 음성으로 말했다.

내 머릿속에 앙구스티아스 이모가 없는 나날이 상상되었다. 그야말로 새로운 지평이 열리는 기분이겠지……이모는 여전히 날 붙잡고 늘어졌다.

"안드레아! 그나저나 내 말 잘 들어라."

이모의 목소리가 확 달라져 있었다.

"네가 정말 그 손수건을 선물한 거라면, 그 사람에게 되돌려달라고 해라."

"왜요? 그건 제 것이었는데요."

"내가 시키는 대로 해!"

난 슬며시 웃지 않을 수 없었다. 이모라는 여자에겐 어쩜 이렇게 이중적인 모습이 있는 걸까 생각했다.

"그럴 수 없어요. 그런 바보 같은 짓은 절대로 하지 않아요."

발정난 암코양이처럼 앙구스티아스 이모의 목구멍에서 칼칼한 음성이 터져나왔다. 이모는 물에 적신 수건을 이마에서 걷어내면서 침대를 박차고 벌떡 일어섰다.

"너, 정말 선물한 것 맞아?"

"그렇다니까요. 하늘에 대고 맹세해요!"

난 이런 상황이 벌어진 것이 지긋지긋하기도 하고 마음이 몹시 상하기도 했다.

"학교 친한 친구에게 선물했어요."

"내가 보기엔 거짓말 같은데?"

"이모! 이건 정말 바보 같은 일이에요. 사실이라니까요. 도대체 왜 글로리아 외숙모가 손수건을 훔쳤다고 생각하신 거예요?"

"로만 삼촌이 틀림없다기에 그랬지."

이모는 다시 베개 위로 털썩 쓰러지듯 누우며 대답했다.

"너, 이거 거짓말이면, 정말 가만 두지 않을 거야. 올케가 고물 잡화상에 네 손수건을 갖다 파는 걸 로만 삼촌이 봤다기에, 오늘 아침에 네 트렁크를 확인해봤던 거고."

난 두 손을 오물에라도 쑤셔넣은 듯, 어찌해야 할지, 무슨 말을 해야 할지도 모른 채 멍하니 서 있었다.

그렇게, 남은 성탄의 밤을 난 어둑해져가는 내 방 가구들 틈바구니에서 보냈다. 담요를 두르고 침대 위에 무릎을 세워 쪼그리고 앉아 무릎 위에 이마를 기대고 있었다.

거리에는 상점마다 불빛이 흘러나오고, 사람들은 손에 손에 선물 꾸러미들을 들고 갈 텐데. 양떼와 목자 들로 장식된 크리스마스 트리들도 곳곳에서 불을 밝히고 있을 텐데. 골목마다 초콜릿과 꽃다발, 선물 바구니, 성탄 인사와 크리스마스 선물들로 가득할 텐데.

글로리아 외숙모와 후안 삼촌은 아이를 데리고 외출한 것 같았다. 아마도 삼촌 일가의 모습은 수많은 사람들 속에서도 유난히 야위고, 유난히 초라하고, 유난히 멍한 표정일 거라는 생각이 들었다. 가정부 안토니아도 외출하고 없었고, 부엌에서는 무시무시한 가정부의 영역인 '금지된 구역, 부엌'에서 음식 냄새라도 맡은 생쥐처럼 잔뜩 긴장한 채 뭐라도 좀 있을까 하는 기대에 기웃거리는 외할머니의 발소리만 들려왔다. 할머니가 의자를 끌어다 찬장 문 아래 갖다놓는 것 같았다. 잠시 후, 설탕 통을 찾아냈는지 틀니로 각설탕을 와드득 씹는 소리가 들려왔다.

다른 식구들은 잠자리에 든 상태였다. 앙구스티아스 이모와 내가 그랬다. 그리고 층간마다 설치된 소음방지판(전축 소리나, 춤추는 소리, 시끄럽게 떠들어대는 소리 등을 걸러내는 장치) 너머 저 위층 다락방에서는 로만 삼촌 역시 침대에 누운 채 줄담배만 태우고 있을 것 같았다.

즉 우리 세 사람은 일상의 삶이라는 비좁아 터진 틀을 벗어나지 못한 채 우리 자신에 대한 생각 속에 빠져 있었다. 짐짓 태평스러운 표정을 짓는 로만 삼촌도 예외는 아니리라. 아니, 로만 삼촌이야말로 이 세상 그 누구보다도 비열하고, 사소한 일상에 그 누구보다도 강하게 얽매인 인간이었다. 집안을 온통 쑥대밭으로 만들어놓고 싶다는 열망이 그의 삶과, 능력과, 예술을 빨아먹었다. 로만이라는 사람은 내 가방 속을 몰래 뒤져보고는 자신을 경멸하다 못해 존재 자체를 완전히 무시하려 드는 누이에게 거짓말을 해 속여 넘길 수 있는 그런 사람이었다.

꽁꽁 언 몸으로 방구석에 틀어박혀 이런 생각을 하는 사이 그 해의 크리스마스가 지나갔다.

7

그렇게 한바탕 태풍이 휘몰아친 이틀 뒤, 앙구스티아스 이모는 가방 몇 개를 챙겨서는 어디로 간다, 언제 돌아오겠다 말도 없이 훌쩍 집을 떠나버렸다.

하지만, 이모의 여행은 로만 삼촌이 가끔 떠나곤 하는 소리 없는 탈출과는 전혀 다른 성격의 것이었다. 덕분에 이모가 떠나기 전 이틀 동안, 집 안은 온통 이모의 잔소리와 고함 소리로 가득 찼다. 이모는 잔뜩 신경이 예민해져서 앞뒤가 맞지 않는 소리를 해대는가 하면, 틈틈이 울기까지 했다.

여행 가방들을 다 챙긴 뒤, 택시가 집 앞에 도착하자 이모는 외할머니를 껴안으며 말했다.

"축복의 말 좀 해줘요, 엄마."

"그래야지, 우리 딸! 그러고 말고, 우리 딸……"

"내 말 잊지 말고요."

"그래, 알았다……"

후안 삼촌은 양손을 주머니에 찔러넣은 채 초조한 표정으로 이 모습을 지켜보았다.

"누나, 완전히 돌았구려!"

이모는 아무런 대꾸도 하지 않았다. 기다란 칙칙한 외투에, 늘 쓰던 모자 차림의 이모는 할머니의 어깨에 머리를 기대고 있었다. 이모의 머리가 할머니의 허연 머리와 거의 맞닿았다. 그 모습은 흡사 바싹 말라 비틀어져 언제 찬바람에 날아갈지 모를 마지막 잎사귀 같았다.

마침내 이모는 떠나버렸지만, 한동안 그 여운이 남았다. 이모가 떠난 바로 그날 오후, 현관에서 벨소리가 나 문을 열었더니 웬 처음 보는 남자가 이모를 찾았다.

"벌써 떠났습니까?"

남자가 정신없이 달려온 듯 헐떡이며 물었다.

"네."

"할머니 좀 뵐 수 있을까요?"

나는 손님을 식당으로 안내했다. 그는 온통 암울하기만 한 주변 분위기에 초조한 시선을 던졌다. 키가 꽤 크고, 체격이 좋은 남자로, 눈썹은 숱 많은 잿빛이었다.

할머니가 치마 끝에 비쩍 마르고 꼬질꼬질한 꼬맹이

를 달고 나오면서, 상대가 누군지도 모르고 그저 사람 좋은 미소부터 보내며 물었다.

"뉘신지……"

"이 댁에서 꽤 여러 달 신세를 졌지요, 어르신. 헤로니모 산스입니다."

나는 호기심이 부쩍 솟아올라 앙구스티아스 이모네 회사 사장이라는 그 남자를 뜯어보았다. 꽤 까다로워 보이는, 그러니까 성질 나빠 보이는 그런 사람이었지만 차림새는 근사했다. 흰자위가 거의 보이지 않는 커다란 검은 두 눈동자는 시골에 살 때 이사벨 언니가 치던 돼지들을 연상시켰다.

"어머나, 세상에!"

할머니가 떨리는 음성으로 말했다.

"맞아요, 맞아…… 그리 앉으세요. 우리 안드레아 아시지요?"

"그럼요, 어르신. 예전에 여기 왔을 때 본 적 있습니다. 거의 그 모습 그대로네요…… 눈이 크고, 키도 크고, 날씬한 게 꼭 어머니를 그대로 빼닮았군요. 안드레아가 아무래도 외탁을 한 모양입니다."

"우리 로만도 그랬지요. 안드레아가 눈동자 색깔만 좀 짙었더라면, 제 삼촌 로만을 아주 꼭 빼닮았을 겁니다."

느닷없이 할머니가 이렇게 말했다.

돈 헤로니모가 의자에 앉았다. 나에 대해 이야기를 나누는 것은 나도 별로였지만, 돈 헤로니모에게도 전혀 관심 밖이었을 것이다. 그가 다시 할머니를 쳐다보니, 할머니는 어린 손자와 놀아주느라 그의 존재는 어느덧 까마득히 잊어버린 듯했다.

"어르신, 앙구스티아스가 어디로 갔는지 알고 싶습니다만…… 부탁드립니다. 실은…… 회사에 처리해야 할 일이 있는데, 그녀 아니면 해결할 사람이 없어서요…… 아마 앙구스티아스가 깜빡 잊은 모양인데…… 그래서……"

"그럴 겁니다, 그럴 거예요."

할머니가 대답했다.

"아마 잊어버렸을 겁니다…… 어디로 갈 건지 말하는 것도 잊어버렸으니까요. 그렇지, 안드레아?"

할머니는 상냥하고도 맑은 두 눈동자로 돈 헤로니모를 보고 미소지으며 다시 말했다.

"누구에게도 어디로 갈 건지 알려주지 않았어요. 나중에 편지가 오겠지만…… 우리 딸애가 워낙 좀 특이한 구석이 있어서요. 보시면 아시겠지만, 그애는 우리 며느리인 글로리아가 좀 부족하다고 생각하곤 했잖아요……"

새하얀 셔츠 깃 위로 온 얼굴이 벌겋게 달아오른 돈

헤로니모는 그만 자리를 뜨기로 했다. 문가에서 그자는 내게 증오에 찬 눈길을 던졌다. 나는 당장이라도 그 작자 뒤를 따라가 옷자락이라도 잡아채고는 성난 목소리로 소리치고 싶었다.

왜 그런 눈으로 쳐다보는 거예요? 내가 뭘 잘못 했다고요? 하지만, 실제로는 미소 띤 얼굴로 그 남자의 등 뒤로 조심스레 현관문을 닫아 걸었을 뿐이다. 문을 닫고 돌아서자 할머니가 천진난만한 얼굴로 내 가슴에 얼굴을 기대며 말했다.

"기분 좋구나, 애야. 정말 기분 좋아. 그렇지만 아무래도 고해 성사를 해야겠다. 뭐 그리 큰 죄를 지은 것 같지는 않지만 말이야. 하여간…… 내일은 성체배령을 해야겠어."

"그럼 돈 헤로니모에게 거짓말하신 거예요?"

"그래, 그렇단다……"

할머니가 웃으며 대답했다.

"할머니! 앙구스티아스 이모가 도대체 어디로 갔는데요?"

"요것아, 그건 네게도 비밀이야…… 내가 그러고 싶거든. 네 삼촌들도 말도 안 되게 가엾은 앙구스티아스에 대해 나쁘게 생각하고, 너 또한 삼촌들 말을 믿는 것 같으니 말이야. 우리 가엾은 딸, 가진 것이라고는 그 잘난 성질 뿐이니…… 그런데 그게 뭐 어떻다는 건데?"

후안 삼촌과 글로리아 외숙모가 돌아왔다.

"그럼, 누나가 그 돈 헤로니모라는 작자와 같이 도망친 건 아닌가 보지요?"

후안 삼촌이 거친 목소리로 말했다.

"그만 입 다물어라…… 네 누이가 그런 사람이 아니라는 건 누구보다 네가 잘 알잖니."

"어머머, 어머니! 지난번 크리스마스 이브 밤중에, 아니 거의 새벽녘에 돈 헤로니모랑 형님이 함께 집으로 걸어오는 걸 봤거든요. 우리 이이랑 제가 얼른 숨었더니, 우리 앞을 지나가더라고요. 아파트 입구에 있는 가로등 아래서 헤어지면서 돈 헤로니모가 형님 손에 입 맞추니까, 글쎄 형님이 막 울더라고요……"

"아가! 모든 일들이 그저 눈에 보이는 대로는 아닌 법이란다."

할머니가 고개를 가로저으며 말했다.

잠시 후, 할머니가 꽤 추운 오후였는데도 가까운 교회로 고해 성사를 하러 나가는 게 보였다.

나는 이모 방으로 들어가 보았다. 침대 다리 없이 바닥에 놓인 푹신한 매트리스를 보는 순간 불현듯 방 주인이 없는 동안 내가 이 방을 쓰면 좋겠다는 생각이 들었다. 난 아무에게도 말하지 않고 그냥 내 옷가지들을 이모 방으로 옮겨왔다. 물론, 일말의 불안감이 없었던 건 아니었다. 온 방 안에 이모가 피워놓았던 향 냄새와 나프탈렌 냄새가 가득했고, 똑바로 줄을 맞춰놓은 의자들은 여전히 이모의 명령에 복종하는 듯이 보였기 때문이었다. 그 방은 이모의 육신만큼이나 뻣뻣하게 느껴졌지만, 그래도 이 집의 그 어떤 방보다 깨끗하고 동떨어진 느낌을 주었다. 본능적으로 개운치 않은 느낌이 들었지만, 동시에 좀 편안해 보았으면 하는 바람도 이에 못지않았다.

몇 시간 후, 온 집안은 밤의 정적에 잠겼다── 밤 시간이야말로 강제적으로 주어지는 짧은 휴전 시간에 다름 아니었다── 새벽이 다가올 무렵, 나는 전등 불빛을 느끼고 잠에서 깼다.

화들짝 놀라 침대에서 벌떡 일어나 앉으니, 로만 삼촌이 눈앞에 서 있었다.

"아하!"

삼촌이 미간을 잔뜩 찌푸린 채, 하지만 미소를 머금고 말했다.

"이모가 없는 틈을 타, 이모의 침대에서 주무시겠다 ……? 네 이모가 알았다가는 당장이라도 네 모가지를 비틀려 들 텐데 겁도 안 나니?"

난 아무 대답 하지 않고, 그 대신 도대체 무슨 일이냐는 눈빛으로 삼촌을 쳐다봤다.

"아니, 아무 일도 아니다…… 그냥 한 번 와 본 거야."

삼촌이 대답했다.

로만 삼촌은 거칠게 전등을 꺼버리더니 나갔다. 잠시 후, 아파트 현관문 여닫는 소리가 들렸다.

그 후 며칠 동안은 한밤중에 있었던 로만 삼촌의 갑작스러운 출현이 꿈이었을지도 모른다는 생각이 들었다. 하지만, 꿈이라 하기에는 깨어난 후에도 그 기억이 너무 생생했다.

햇살조차 서글픈 느낌을 주는 그런 오후였다. 외할머니 방에서 할머니가 보여주시는 옛날 사진들을 보느라 꽤 지겹던 참이었다. 할머니 방에는 사진이 가득 담긴 상자가 하나 있었는데, 그 속에는 온갖 사진들이 기절초풍할 만큼 어지러이 뒤섞여 있었고, 어떤 것들은 귀퉁이를 쥐가 쏠아먹은 상태였다.

"이분이 할머니예요?"

"그렇구나……"

"이분은 할아버지시고요?"

"그래, 네 아빠시지."

"우리 아빠요?"

"그래, 우리 영감 말이다."

"아휴, 할머니! 그럼 우리 아빠가 아니고 할아버지시
죠……"

"응……? 그래, 맞다, 맞아."

"여기 이 통통한 꼬마 애는요?"

"글쎄다. 모르겠는걸……"

사진을 뒤집어보니 아주 옛날 날짜와 사진 속 주인공
의 이름이 적혀 있었다. 아말리아.

"할머니, 우리 엄마 어릴 적 사진이네요."

"아닌 것 같은데?"

"맞아요, 할머니."

할머니는 젊은 시절 가깝게 지냈던 사람들은 하나도
빠짐없이 기억했다.

"이건 우리 사촌 오빠야…… 한동안 신대륙에 가 있
었지……"

결국 지쳐버린 나는 할머니 방을 나와 앙구스티아스
이모 방 쪽으로 갔다. 잠시나마 그 방의 어둠 속에서 혼자
있고 싶었다. 마음 내키면, 공부도 좀 해야지 ─ 사실, 공
부 생각만 하면 늘 기분이 좀 우울해지곤 했지만 ─ 나는
이모 방문을 살짝 열다가 순간 깜짝 놀라 뒷걸음질을 쳤

다. 이모 방 발코니 앞에 마지막 남은 여린 햇살을 받으며 한 손에 웬 편지를 든 로만 삼촌이 서 있었다.

로만 삼촌은 신경질적으로 돌아서다가 나인 걸 보고는 미소를 지었다.

"아, 너였구나, 안드레아…… 자, 오늘은 좀 도망치지 말거라."

나는 가만히 선 채로 삼촌이 차분하고 조심스럽게 손에 들고 있던 편지를 접어 작은 책상 위에 놓인 편지 다발 위에 올려놓는 걸 지켜보았다. (사실 내가 보던 것은 섬세하고, 가무잡잡하면서, 생기발랄한 삼촌의 두 손이었다.) 삼촌은 앙구스티아스 이모의 책상 서랍 가운데 하나를 열더니, 편지 다발을 집어넣고, 주머니에서 열쇠고리를 꺼낸 뒤, 그 중 맞는 열쇠를 찾아 소리조차 내지 않고 자물쇠를 잠갔다.

그러는 동안 내게 이렇게 말했다.

"사실, 오늘 오후엔 꼭 너랑 얘기를 좀 나누고 싶었단다. 내 방에 최고급 커피를 좀 구해놨는데, 한잔 하지 않겠니? 담배도 좀 있고, 어제 널 생각해 일부러 초콜릿 과자도 좀 사왔는데……"

내가 반응이 없자 삼촌이 물었다.

"어때? 오케이?"

로만 삼촌이 앙구스티아스 이모의 책상에 기대어 서자 발코니로 들어온 오후의 마지막 햇살이 삼촌의 등 뒤로 쏟아져 내렸다. 나는 햇볕을 마주하고 선 셈이었다.

"네 잿빛 눈동자가 꼭 고양이 눈같이 반짝거리는구나."

삼촌이 말했다.

놀람과 긴장감이 순간 한숨이 되어 쏟아져 나왔다.

"뭔가 대답이 있어야지?"

"삼촌, 감사하지만 오늘은 안 되겠어요. 오후에 공부를 좀 해야 하거든요."

로만 삼촌이 담뱃불을 붙이려 성냥을 그었다. 순간, 어둠 속에서 삼촌의 얼굴이 붉은 불빛을 받아 빛나며 입가의 미소가 드러나는가 싶더니 곧이어 동그란 담배 꽁지에 황금빛 불꽃이 타올랐다. 잠시 뒤, 주위가 온통 황혼의 잿빛 섞인 보랏빛으로 물들자 빨갛게 타들어가는 담배 꽁지만 보일 뿐이었다.

"공부할 생각이란 건 순 거짓말이야, 안드레아……"

삼촌이 순식간에 내 곁으로 오더니 내 팔을 잡아끌며 말했다.

"자! 같이 가자!"

왠지 나 자신이 냉담해지는 걸 느끼며 나는 부드럽게 내 팔을 잡은 삼촌의 손을 떼어냈다.

"아무래도 오늘은 좀 곤란해요. 죄송해요."

삼촌은 곧바로 나를 놓아주었다. 우리 두 사람은 아주 가까이 서 있었지만 둘 다 꼼짝하지 않았다.

골목길 가로등에 불이 들어오면서 노란 불빛이 방 안으로 스며들어 텅 빈 앙구스티아스 이모의 의자를 비추더니 곧 이어 방바닥을 훑듯이 비추었다.

"너 좋을 대로 하렴, 안드레아."

결국 삼촌이 말했다.

"어차피 생사가 걸린 중대사가 있는 것도 아니니까."

저음으로 울리는 삼촌의 목소리가 꽤 새로운 느낌이었다.

실망했군. 나는 생각했다. 내가 어떻게 삼촌의 음성에서 실망감을 찾아낼 수 있었는지는 나도 잘 모르겠지만, 하여간 그런 생각이 들었다. 삼촌은 재빨리 이모 방을 나서더니 언제나 그렇듯이 아파트 현관문을 요란하게 닫고 사라져버렸다. 불쾌한 감정이 북받쳐 올랐다. 순간, 삼촌을 따라나설까 하는 충동이 일기도 했다. 그래서 현관까지 갔던 나는 결국 다시 걸음을 멈추고 말았다. 이미 로만 삼촌에게 정나미가 떨어져버린 지 며칠이 지났다. 사실, 며칠 전 손수건 사건 이후, 과연 예전처럼 삼촌에게 정을 느낄 수 있을지 자신이 없었다. 그럼에도 그나마 이 집 식구들 가운데서는 가장 관심이 가는 사람이기도 했다……
로만 삼촌은 정말 비열하고 천박한 인간이야. 고요한 어둠
속에서 난 이렇게 혼자 지껄였다.

하지만 결국 난 현관문을 열고 계단을 오르기로 작정
했다. 왜인지는 여전히 잘 모르겠지만, 여하튼 누군가에
대해 관심을 갖는 것과 그 사람을 존경하는 것은 전혀 별
개의 문제라는 생각을 처음으로 하게 되었다.

계단을 오르며, 나는 처음 앙구스티아스 이모 방에
서 잤던 날 밤을 떠올렸다. 로만 삼촌이 왔다가 간 후, 삼촌
이 현관문을 닫고 계단을 올라가는 소리가 들렸다. 그리고
그 뒤로 글로리아 외숙모가 아파트를 빠져나가는 소리도
들렸다. 앙구스티아스 이모 방에서는 계단 쪽 소리가 그
대로 다 들렸다. 그야말로 이 집 안의 귀 노릇을 했던 것이
다…… 누군가 소곤대는 소리도, 문 여닫는 소리도, 이야
기를 나누는 소리도, 이모 방에서는 다 들렸다. 재미가 동
한 나는 밖의 소리에 귀 기울였다. 조금이라도 잘 듣기 위
해 눈도 지그시 감았다. 새하얀 역삼각형 얼굴의 글로리아
외숙모 모습이 눈에 선했다. 외숙모는 마음을 결정하지 못
한 채 계단참에서 오락가락했다. 몇 계단 올라가는가 싶다
가는 다시 발걸음을 멈춘 채 망설이고, 또 올라가다가는
멈추기를 되풀이했다. 나는 외숙모가 우리 아파트와 로만

삼촌의 다락방 사이에 놓인 저 계단을 오르고 싶은 충동을 결코 억누르지 못할 거라 확신했기에, 흥분으로 심장이 쿵쾅거리는 걸 느꼈다. 아마도 로만 삼촌을 훔쳐보고 싶은 욕망을 결코 떨쳐내지 못하리라…… 그런데, 순간 글로리아 외숙모가 결심이라도 한 듯 거칠게 돌아서더니 계단을 뛰어내려 건물 밖 골목길로 뛰쳐나가버렸다. 어찌나 황당한 일이었는지, 결국 내가 비몽사몽간에 엉뚱한 상상을 한 건 아닐까라는 생각을 하게 될 정도였다.

그런데 지금, 두근거리는 가슴을 안고 다른 사람도 아닌 바로 내가 로만 삼촌의 방으로 난 그 계단을 천천히 올라가는 것이었다. 사실 삼촌에게는 내가, 삼촌 말마따나 나와 이야기를 나누는 게 절실히 필요해 보였다. 어쩌면 내게 뭔가를 고백하려는 것일 수도 있고, 아니면 내 앞에서 뭔가 후회를 내뱉거나 자신의 정당성을 주장하려는 것일지도 몰랐다. 내가 삼촌 방으로 들어서니 삼촌은 침대에 누운 채 천둥이 머리를 쓰다듬어주던 차였다.

"뭐 대단히 선심이라도 쓰려고 왔니?"

"아니요…… 그냥 삼촌이 내가 왔으면 하시는 것 같아서요."

로만 삼촌이 몸을 일으키더니 반짝거리는 두 눈에 호기심을 가득 담아 날 쳐다보며 말했다.

"도대체 어디까지 너와 이야기할 수 있을까? 네가 도대체 얼마나 날 좋아하는 걸까? 너 날 좋아하긴 하는 거지, 안드레아?"

"당연하지요…… 평범한 조카들이 얼마나 삼촌을 좋아하는지 저도 잘 모르지만요……"

내가 조심스럽게 대답했다.

"평범한 조카들이라고? 넌 그럼 특별한 조카라도 된다는 거니? 원, 안드레아! 내 말 좀 들어봐…… 바보 같으니! 삼촌들은 그 어떤 종류의 조카들이라도 격의없이 대할 수 있는 법이라구!"

"맞아요. 하지만 때론 핏줄보다 이웃사촌이 더 나을 때도 있잖아요. 그래서 더러는 핏줄이 아닌 다른 사람과 훨씬 더 가까워지기도 하고요……"

지난 며칠 동안 까맣게 잊고 지냈던 에나의 모습이 희미하게 머릿속에 떠올랐다. 이런 생각에, 나는 쫓기듯로만 삼촌에게 물었다.

"삼촌은 친구 없으세요?"

"없어."

삼촌은 날 쳐다보며 말했다.

"난 친구 같은 것과는 거리가 먼 사람이거든. 하긴, 우리 집 사람들은 도무지 친구 같은 걸 필요로 하지 않는 사람들이지만 말이야. 우린 우리 자신만으로도 충분해. 너도 그 점은 인정할 거다."

"아니요. 전 생각이 달라요…… 저보다는 삼촌도 비슷한 연배의 친구들과 훨씬 더 말이 잘 통할 거예요. 그러니까……"

뭔가 할 말은 있는데, 어찌 말해야 할지를 몰라 목구멍이 턱 막히는 느낌이 들었다.

삼촌은 미소짓고 있었지만 목소리는 냉소적으로 변했다.

"나도 필요하면 친구를 사귈 거다. 예전에는 친구도 제법 있었고. 다 떠나가게 내버려뒀지만 말야. 너도 언젠가는 우정 같은 것에 신물날 날이 있을 거다…… 이 젠장할 세상에 다른 사람을 참고 견딜 만큼 상대에게 지대한 관심을 갖는 사람이 있을 것 같으니? 두고 봐라. 너도 머잖아 우정에 대한 소녀적 감상이 가시고 나면, 결국 네 주변의 친구 같은 건 모조리 악마에게나 줘버릴 테니."

"하지만, 삼촌! 그러다가는 삼촌 역시 삼촌이 떠나보낸 그 사람들 뒤를 따라 결국 악마에게 가게 될 걸요…… 저는 삼촌처럼 그렇게 다른 사람에게 관심 기울이지 않아요. 또 사람들의 사생활에 그다지 호기심을 갖지도 않고요…… 그래서 남의 서랍을 뒤지지도 않고, 남의 트렁크 속에 뭐가 들었는지 알려고 하지도 않아요."

내 얼굴이 벌겋게 달아올랐고, 달아오르는 게 그대로 느껴졌다. 전등도 휜했고, 벽난로에 장작불도 타올랐기 때문이었다. 내 얼굴이 상기되었다고 생각하자, 다시 한번 피가 솟구치는 느낌이 들었지만, 겁 없이 삼촌의 얼굴을 똑바로 쳐다보았다.

로만 삼촌이 한쪽 눈썹 끝을 잔뜩 치켜올리며 물었다.

"아하! 그래서 우리 아가씨가 요 며칠새 날 그렇게 피해 다닌 거로군?"

"그래요."

"이봐, 안드레아."

삼촌의 말투가 달라졌다.

"어차피 이해할 수 없는 일에는 끼어들지 않는 법이야…… 내가 왜 그런 행동을 했는지 아무리 설명해봐야 넌 날 이해할 수 없을 거다. 물론, 네게 내 행동에 대해 구차하게 설명할 생각은 꿈에도 없지만 말이야."

"저도 그래 달라고 할 생각 없어요."

"그렇겠지…… 하여간 너랑 얘기는 좀 해야겠다고 생각했다. 해줄 얘기가 있거든."

그날 오후, 로만 삼촌은 완전히 다른 사람 같아 보였다. 후안 삼촌과 함께 있을 때면 늘 느껴지곤 하던 그 불쾌한 느낌, 그러니까 정신 나간 사람과 함께 있는 듯한 그런 느낌을 로만 삼촌에게서도 처음 느꼈다. 이야기를 나누는 내내, 삼촌은 때로는 유쾌한 듯하면서도 사악한 느낌을 주는 표정을 지었고, 또 때로는 미간을 잔뜩 찌푸리기도 했다. 눈빛은 또 얼마나 강렬하던지 마치 내게 하는 이 말들이 그간 얼마나 하고 싶었는지 모른다고 말하는 것 같았다.

처음에 삼촌은 말을 어떻게 시작해야 할지 모르는 듯했다. 그래서 공연히 커피포트만 만지작거렸다. 전등을 끄고 나니, 벽난로 불빛 앞에서 좀 편안한 마음으로 커피를 마실 수 있었다. 나는 벽난로 앞에 깔개를 놓고 바닥에 앉았다. 로만 삼촌도 담배를 피우며 잠시 내 옆에 쭈그리고 앉았다가는 곧 일어섰다.

늘 그랬던 것처럼 연주를 한 곡 부탁할까? 침묵이 너무 길어지자 난 이런 생각도 했다. 삼촌은 분위기가 어느 정도 정상을 되찾았다고 생각한 것 같았다. 갑작스러운 삼촌의 목소리에 순간 나는 퍼뜩 놀랐다.

"안드레아! 너하고 얘길 좀 하고 싶었는데, 그게 통 안되는구나. 네가 아직은 어려서 말이야⋯⋯ 네 머릿속에는 온통 어린애식의 흑백 논리가 가득할 거다. 이건 좋은 것, 이건 나쁜 것, 이건 내 맘에 드는 것, 이건 내가 하고 싶은 것 따위의 생각들 말이야. 간혹 난 네가 날 닮았다는 생각을 하기도 한단다. 넌 날 이해하고, 내 음악, 그러니까 이 가문의 음악을 이해한다고…… 내가 처음 너를 위해 바이올린 연주를 해주었을 때, 난 음악을 들으며 네 눈빛이 달라지는 걸 보고 용솟음치는 희망과 환희로 온몸이 떨려왔다…… 그래서 너라면 말이 필요 없이 날 이해할 수 있을 거라 생각했고, 너야말로 그동안 내가 찾던 내 음악의 청취자라고 생각했어…… 하지만 네가 알지 못하는 것도 있어. 난 저 아래층에서 일어나는 모든 일들을 완벽하게 다 알아야 해. 글로리아 형수의 감정도, 앙구스티아스 누나의 해괴한 사연들도, 후안 형의 고통도…… 넌 모르지? 내가 우리 집안 사람들 모두를 조종하고 있다는 것. 그들의 삶과, 그들의 감정과, 그들의 생각까지도 모두 다 말이야…… 때때로 내가 후안 형님을 확 돌아버리기 직전까지 몰고 간다는 걸 어떻게 네게 설명할 수 있을까? 그래! 너도 봐서 알잖아? 난 형의 지성과 두뇌를 잡아당기고 늘여 거의 찢어질 정도로 만들지…… 그래서 가끔 형이 두 눈을 부릅뜨고 고래고래 소리라도 질러대면 거의 감동할 지경이야. 그 느낌이 얼마나 강렬한지, 얼마나 색다른 것인지, 그게 혀를 통해서라도 맛볼 수 있는 것이라면, 아마 날 이해할 수 있을 텐데! 난 단 한마디로 형을 진정시킬 수도 있고, 마음을 이완시킬 수도 있고, 내 소유물로 만들 수도 있고, 미소짓게 만들 수도 있어…… 너도 알 것 같은데? 너도 아마 후안 삼촌이 얼마나 내게 예속되어 있는지, 얼마나 내 등 뒤에서 질질 끌려다니는지, 내가 얼마나 형을 함부로 대하는지 잘 알 거야. 그러니 미처 몰랐다고는 하지 마…… 난 형을 행복하게 해줄 생각이 없어. 그래서 형 스스로 수렁에 빠져들게 내버려두는 것이고. 그건 다른 사람들에게도 마찬가지야…… 흙탕물처럼 지저분한 이 집안의 모든 사람들에게도 말이야. 너도 여기 좀 더 오래 살다 보면, 이 집이나 이 집이 풍기는 냄새, 집 안의 온갖 고물들로 네 삶을 옥죄게 될 거야. 네가 날 닮았다면 말이야. 넌 날 닮았으니…… 나 닮은 것 맞지? 왜, 어디 닮지 않은 구석이라도 있니?"

우린 계속 같은 자세를 유지했다. 난 벽난로 앞 바닥에 앉은 채로, 삼촌은 선 채로. 난 정말이지 삼촌이 나를 겁주려는 게 재미있어 그러는 건지 정말 미쳐버려 그러는 건지 알 수가 없었다. 삼촌의 이야기는 이렇게 나지막한 목소리로 마지막 질문을 던지며 막을 내렸다. 난 아무 말 없었지만, 신경이 온통 곤두서 있었던 탓에 그저 얼른 이 자리를 벗어나고 싶을 뿐이었다.

삼촌이 손가락 끝으로 내 머리카락을 쓰다듬자, 나는

터져나오는 비명 소리를 억누르며 벌떡 일어섰다.

그러자 삼촌은 웃음을 터뜨렸다. 진짜로 재미난듯, 언제나처럼 신나는 어린아이처럼.

"너 정말 겁먹은 모양이구나, 그렇지?"

"왜 그런 황당무계한 소리를 하신 거죠?"

"황당무계하다고?"

삼촌이 웃어 젖혔다.

"글쎄, 그게 황당무계한 소리였다고는 생각지 않는데…… 인간의 심장을 제물로 공양받았던 내 작은 신 호치필리에 대해서는 전에도 말했지? 언젠가는 그 호치필리도 내가 바치는 음악이라는 시시한 공물을 반가워하지 않게 될 거야. 그때가 되면……"

"로만 삼촌! 전 지금 겁먹어 이러는 게 아니에요. 그저좀 신경이 날카로워졌을 뿐이지요…… 좀 다른 식으로 말씀하실 수는 없으신가요? 그렇게 못 해주신다면, 이만 가보겠어요……"

"그때가 되면……"

로만 삼촌은 검은 콧수염 아래로 새하얀 이를 드러낸 채 아까보다 더 큰 웃음을 터뜨리며 말했다.

"그때가 되면, 후안 형을 호치필리 신에게 바칠 거야. 후안 형의 머리와 글로리아 형수의 심장을 말이야……"

그러고 나서 삼촌은 심호흡을 했다.

"그건 너무 보잘것없는 공물이 될 것 같군요. 차라리 삼촌의 아름답고 잘 정돈된 머리가 낫지 않겠어요……?"

정신없이 계단을 뛰어내려오는 내 등 뒤로 로만 삼촌의 재밌어 죽겠다는 듯한 웃음소리가 들려왔다. 내가 이 말을 내뱉고는 냅다 도망쳐버렸기 때문이었다. 삼촌 방을 뛰쳐나온 나는 날듯이 계단을 뛰어내려왔지만, 로만 삼촌의 웃음소리는 뼈마디가 앙상하게 불거진 악마의 손끝이 내 치맛자락을 붙잡고 늘어지기라도 한 양 그렇게 내 뒤를 따라왔다.

로만 삼촌과 마주치기 싫어서 나는 저녁도 굶었다. 겁이 나서는 아니었다. 그건 절대로 아니다. 도망치듯 뛰쳐나온 지 불과 1분도 안 되어, 삼촌과의 대화가 어차피 말도 안 되는 소리였다고 결론지었지만, 마음이 심란한 데다 맥까지 탁 풀려 도저히 삼촌의 두 눈을 마주 볼 엄두가 나지 않았기 때문이었다. 얼마 전까지만 해도 로만 삼촌이 타인의 삶에 대한 배려라고는 없이 비열하게도 남의 뒤나 캐고 다닌다고 생각했고, 또 그런 삼촌을 경멸하며 피해다니기도 했지만, 이젠 그야말로 로만 삼촌에 대해 형언할 수 없는 혐오감마저 느꼈다.

잠자리에 들어서도 도무지 잠을 이룰 수 없었다. 문

지방 틈새로 식당 쪽에서 불빛이 흘러드는 게 보였다. 식구들 목소리도 들려왔다. 눈을 뜨니 로만 삼촌의 두 눈이 나를 내려다보고 있었다. 이 집안의 모든 것들이 네 오관을 사로잡아버리면 어차피 아무것도 필요치 않게 될 거야…… 로만 삼촌이 나의 뇌리에 심어준 생각들이 끝없이 반복되면서 조금은 날 두렵게 만든 것 같기도 했다. 나는 덮고 있는 담요 아래서 홀로 어찌할 바를 몰랐다. 난생처음 누군가가 함께해주었으면 하는 간절한 바람을 느꼈다. 난생 처음 내 손이 나를 진정시켜 줄 수 있는 누군가의 손을 꼭 붙잡고 있으면 좋겠다는 생각이 들었다…… 그 순간, 침대 머리맡에 놓인 전화기가 울려대기 시작했다. 난 이 집 안에 전화기 같은 것이 있다는 사실조차 잊고 있었다. 앙구스티아스 이모만 전화를 사용했으니까. 날카로운 전화벨 소리에 오싹 오한을 느끼며 수화기를 집어들었다. 어찌나 컸던지 처음에는 크다고 느끼지조차 못할 만큼의 어마어마한 기쁨이 내 청각 기관을 통해 밀려들었다. (내 기분 상태가 그랬기에 더 크게 느껴졌다.)

전화를 건 사람은 에나였다. 전화번호부에서 번호를 찾아 전화를 건 것이라 했다.

8

야간 열차를 타고 돌아온 앙구스티아스 이모가 집으로 올라오는 계단참에서 글로리아 외숙모를 맞닥뜨렸다. 사람들 떠드는 소리에 퍼뜩 잠이 깬 나는, 순간 내가 내 방이 아닌 다른 곳에서 잠자고 있다는 사실을 깨달았다. 방 주인이 알면 경을 칠 노릇이었다.

비몽사몽간에 추위에 떨면서도 나는 침대에서 튕기듯 일어났다. 어찌나 놀랐던지 손가락 하나 까딱할 수 없을 것 같은 생각이 들기도 했지만, 순식간에 옷장 속에 넣어두었던 옷가지들을 챙겨들었다. 식당 앞을 지나다가 엉겁결에 손에 베개까지 들고 온 걸 깨닫고는 식당 의자 위에 베개를 던져버렸다. 담요를 몸에 두른 채 간신히 현관 앞까지 와서 보니 차가운 타일 바닥 위에 맨발로 서 있는 몰골이었다. 트렁크를 든 택시 기사를 뒤따르게 하고 한 손에는 글로리아 외숙모의 팔을 비틀어 쥔 앙구스티아스 이모가 막 아파트로 들어서려던 참이었다. 외할머니도 나오셨다가는 글로리아 외숙모를 발견하고는 안절부절못하셨다.

"아이코, 아가야! 아이코⋯⋯! 얼른 내 방으로 들어가거라."

할머니가 외숙모에게 더듬더듬 말했다.

하지만 이모는 글로리아 외숙모의 팔을 놓아줄 생각이 없었다.

"안 돼요, 엄마! 들어가긴 어딜 들어가!"

택시 기사가 저만치서 이 모습을 구경하고 있었다. 앙구스티아스 이모는 택시비를 치른 뒤 현관 문을 닫아걸었다. 그러고는 외숙모 쪽으로 휙 돌아서며 말했다.

"뻔뻔하기는⋯⋯ 도대체 이 오밤중에 계단에서 무슨 짓을 하고 있었던 거지?"

글로리아 외숙모는 고양이처럼 잔뜩 움츠렸다. 립스틱을 잔뜩 바른 입술이 천박해 보였다.

"말했잖아요, 형님! 형님이 올 것 같아 마중 나간 거라고요."

"참 철면피네그래!"

이모가 소리 질렀다.

이모의 몰골은 말이 아니었다. 언제나 쓰고 다니던, 집을 떠나던 날도 쓰고 나섰던 바로 그 모자를 쓰긴 했지만, 깃털 장식이 부러지고 뒤틀려 마치 날카로운 뿔처럼 끝이 튀어나왔다. 이모는 성호를 긋더니 가슴 앞에서 손을 모으고 기도를 올렸다.

"주여! 제게 참을성을 주소서! 인내심을 내려주소서, 주여!"

발바닥부터 냉기가 훅 치솟아 오르면서 담요를 뒤집어쓰고 있던 나는 와들와들 떨기 시작했다. 내가 이모 방을 썼던 걸 알면 뭐라 할까? 할머니가 울음을 터뜨렸다.

"앙구스티아스! 제발 네 올케 좀 놔주거라. 애 좀 놔줘."

칭얼거리는 모습이 꼭 어린애 같았다.

"이게 거짓말을 지껄이잖아요, 엄마. 거짓말을 하고 있다고요!"

이모의 목소리가 다시 높아졌다.

"이 여편네가 어디 갔다 왔는지는 물어보고 싶지도 않아요. 엄마 같으면 엄마 딸이 이러고 다녀도 좋겠어요? 아니, 자식들이 젊었을 땐 친구 집 파티에도 못 가게 하시더니, 이 여편네가 오밤중에 나돌아다니는 건 싸고도시는 거예요?"

이모는 두 손을 올려 모자를 벗고는 트렁크 위에 털

썩 주저앉아 탄식하기 시작했다.

"내가 미쳐! 정말 내가 미쳐!"

그 사이 외숙모는 그림자처럼 빠져나가 할머니 방으로 숨어들었고, 바로 그 순간 뭔가 냄새를 맡은 가정부 안토니아와 낡은 외투 차림의 후안 삼촌이 나타났다.

"대체 누가 이렇게 악을 쓰는 거야? 무식하게!"

후안 삼촌이 앙구스티아스 이모를 쳐다보며 말했다.

"누난 내가 내일 새벽 다섯 시에 일어나려면 눈을 좀 붙여야 된다는 것 몰라?"

"나만 몰아세우지 말고, 네 그 잘난 여편네한테 이 오밤중에 길바닥에서 무슨 짓을 하고 돌아다니는 것인지나 캐봐!"

순간 어리벙벙해진 후안 삼촌은 뾰로통해진 얼굴을 하고 아래턱으로 할머니를 가리키며 물었다.

"왜 느닷없이 집사람 얘기가 나오는 거예요?"

"새아가는 지금 방에 있단다, 얘야……! 아니 참, 내 방에서 어린애랑 같이 있지 …… 실은 새아가가 앙구스티아스 마중을 한답시고 계단참에 있었나 본데, 앙구스티아스가 아마 외출하려는 걸로 봤나봐. 오핸데 말이야."

앙구스티아스 이모가 성난 눈빛으로 할머니를 노려봤다. 순간, 모든 사람들 한가운데 떡 버티고 서 있던 후안 삼촌에게서 의외의 반응이 나왔다.

"엄마! 왜 거짓말을 지어내고 그래요? 에잇 젠장할……! 그리고, 누나! 이 마귀할망구 같으니! 누나 일도 아닌데 왜 끼어들고 그래? 왜 내 마누라 일에 감 놔라 대추 놔라 하는 거냐고? 저 여편네가 오밤중이든 언제든 나가고 싶어 나간다는데 누가 뭐라냐고? 우리 마누라가 외출하는 데는 내 허락만 받으면 돼…… 알았으면 얼른 누나 방으로 기어들어가 주둥이 좀 닥치고 계쇼!"

앙구스티아스 이모는 정말 이모 방으로 들어가버렸다. 남은 후안 삼촌은 성질이 나면 늘 하는 버릇대로 양 볼 안쪽 살을 질겅질겅 씹어댔다. 가정부 안토니아는 재미나 죽겠다는 듯 자기 방문 앞에 서서 키득거렸다. 그걸 본 후안 삼촌이 그녀 쪽으로 휙 돌아서며 주먹 쥔 손을 쳐들었지만 그것도 잠시, 맥없이 손을 떨구고 말았다.

나도 내 침대가 놓인 원래의 내 방으로 들어갔다가 곰팡이 냄새와 먼지 냄새에 적잖이 놀랐다. 게다가 춥기는 얼마나 추운지! 다리도 없이 맨바닥에 놓인 침대 쿠션 위에 한 잎 낙엽처럼 올라 앉은 나는 그저 덜덜 떠는 것 외에 할 일이 없었다.

"안드레아! 안드레아!"

이모의 목소리였다.

"네, 이모!"

내 방으로 쳐들어온 이모는 성난 듯 가쁜 숨을 몰아쉬었다.

"너 때문에 속상한 다른 건 다 덮어두더라도…… 도대체 왜 내 방에 네 옷가지가 있는 거지?"

나는 잠시 머리를 굴려야 했다. 그 잠깐 동안의 침묵을 뚫고 저만큼 떨어진 할머니 방 쪽에서 누군가가 다투는 소리가 들려왔다.

"제가 요 며칠 거기서 좀 잤거든요……"

결국 이렇게 대답했다.

갑자기 앙구스티아스 이모가 고꾸라지기라도 하려는 사람처럼, 아니면 더듬더듬 날 잡아보려 하는 것처럼 두 팔을 들어 벌렸다. 나는 두 눈을 질끈 감아버렸다. 그런데 그만 이모가 자빠지면서 신음 소리를 냈다.

"널 어쩜 좋으니…… 업보다 업보야! 내 평생 지고 갈 업보라고……"

그때, 현관 쪽에서 글로리아 외숙모의 째지는 고함 소리가 들리더니, 후안 삼촌과 외숙모 내외가 쓰는 방문이 요란하게 쾅 닫히는 소리가 났다. 앙구스티아스 이모가 그 소리에 벌떡 일어섰다. 마치 그간 억눌러온 울음이 당장이라도 터져버릴 것 같은 표정이었다.

"내가 미쳐! 정말 확 돌아버리겠어!"

이모가 혼잣말을 중얼거렸다.

그러고는 목소리를 바꿔 내게 말했다.

"너! 이 일은 내일 다시 따지기로 할 테니, 아침에 일어나거든 곧바로 내 방으로 와! 알겠어?"

"네."

이모는 내 방문을 닫고 나가버렸다. 온 집 안이 늙은 짐승의 울음소리 같은 소음으로 가득했다. 가정부 아줌마 방 안쪽에서 천둥이가 내는 으르렁거리는 소리가 들리는가 싶더니, 곧 그 소리는 글로리아 외숙모의 고함 소리와 뒤섞였고, 이 소리에 뒤이어 곧바로 외숙모의 통곡이 뒤따랐다. 또 더 멀리서 가느다랗게 울어대는 어린아이의 울음소리도 뒤섞여 들려왔다. 잠시 후에는 아이의 울음소리가 주를 이루는 듯하더니, 다른 소리가 다 잦아든 온 집 안을 가득 채웠다. 후안 삼촌이 방에서 다시 나와 할머니 방으로 아이를 데리러가는 소리가 들렸다. 그리고 또 잠시 후에는 삼촌이 아이를 재우려고 현관 앞을 서성이며 낮은 목소리로 얼러대는 소리도 들렸다. 추운 겨울밤이면 곧잘 삼촌이 아이에게 불러주는 나지막한 자장가 소리가 이렇게 내 방까지 들려오곤 했는데, 삼촌에게는 신기하게도 아이를 달래는 데 필요한 타고난, 거의 동물적 본능이라 할 만한 부드러움이 있는 것 같았다. 외숙모는 보름에 한 번씩 아이를 데리고 할머니 방으로 가서 자곤 했다. 간혹 삼촌이 동도 트기 전에 집을 나서서 하루 종일 고된 작업에 잔업까지 하고 한밤중에 파김치가 되어 돌아오는 일이 있는데, 그럴 때 시도 때도 없이 깨어 울어대는 아이 때문에 삼촌이 잠을 설쳐서는 안 되기 때문이었다.

앙구스티아스 이모가 집으로 돌아온 그 떠들썩한 밤도 하필이면 삼촌이 다음날 꼭두새벽에 집을 나서야 하는 바로 그런 날이었다.

그래서 미처 잠이 들기도 전에 삼촌이 집을 나서는 소리를 들을 수 있었다. 후안 삼촌이 집을 나선 시각은 아직 곳곳의 공장들이 새벽 사이렌을 울리며 아침 안개를 흩날리게 만들기도 전이었고, 바르셀로나의 하늘에는 여전히 밤새 바다 쪽에서 밀려든 습기와 반짝이는 별들이 가득한 시각이었다.

꽁꽁 언 몸을 잔뜩 쪼그린 채 겨우 잠을 잤는데, 불현듯 가정부 안토니아 아줌마의 두 눈이 나를 지켜보는 듯한 느낌에 퍼뜩 잠에서 깨어났다. 그녀는 재미나다는 듯, 숨을 몰아쉬며 대뜸 소리쳤다.

"이모가 부르시니, 얼른 가봐!"

그러고는 두 손을 허리춤에 받치고 떡 버티고 선 채

내가 눈을 비비고 일어나 옷 입는 모습을 지켜보았다.

완전히 잠에서 깨어난 나는 침대 가장자리에 걸터앉은 채 내 안에서 앙구스티아스 이모에 대한 반항심이 둥지를 틀었음을 깨달았다. 이모의 부재를 통해 만끽한 완벽한 자유를 포기하고 더는 이모에게 맹종하는 생활을 할 수는 없었다. 간밤을 불안하게 보내서인지 신경이 몹시 날카로워진 느낌이었을 뿐 아니라, 너무 맥이 빠져 그만 울고 싶은 지경이었다. 나는 스스로 그 어떤 난관도 극복할 수 있으리라 믿었다. 낡아빠진 옷깃을 뚫고 스며드는 추위도, 처절한 곤궁함이 자아내는 슬픔도, 이 구질구질한 집이 주는 소리 없는 두려움도. 하지만 나에게 가해지는 강압만큼은 참을 수 없었다. 사실 이곳 바르셀로나 생활을 숨 막히게 만든 것도 강압이었으며, 나를 자포자기하게 만든 것도, 나의 창의적 사고를 짓밟은 것도 바로 다 이 강압, 즉 앙구스티아스 이모의 시선이었다. 내 행동을 자제시키고 새 삶에의 호기심을 억누르는 이모의 손길…… 물론 앙구스티아스 이모가 모조리 미쳐버린 이 집안 사람들 속에서는 그나마 제대로 된 좋은 사람이긴 했다. 다른 식구들에 비해서는 그나마 온전하고 생기 있는 사람…… 나도 왜 내 안에서 이처럼 이모를 향한 치열한 분노가 솟구치는 것인지, 왜 이모의 그 길쭉한 체형과 순진하기까지

한 오만을 지켜보는 것만으로도 나를 향해 쏟아지는 햇살을 가리는 셈이 되는 것인지 알 수 없었다. 세대 차 나는 윗사람들을 이해하는 일은 결코 쉬운 일이 아니다. 설사 그들이 사물을 바라보는 방식을 우리에게 강요하지는 않는다 해도 그건 마찬가지다. 더욱이 후세대가 전 세대의 눈을 통해 세상을 바라보도록 만들려면, 전 세대는 최소한의 바람직한 결과를 도출해내기 위해서라도 젊은이들의 예민한 감각과 감성을 받아들여야 하고, 젊은이들에게는 어른들에 대한 존경심이 있어야 하는 법이다.

이모가 불렀는데도 한참을 버티고 가지 않은 것은 바로 반항심 때문이었다. 마침내 나는 세수를 하고 학교 갈 옷을 차려 입고 가방을 챙긴 후에야 이모 방으로 향했다.

이모는 책상 앞에 앉아 있었다. 빳빳한 재질의 먼지막이 겉옷을 걸친 채 앉아 있는 이모의 모습이 어찌나 길쭉하고 친숙해 보이던지, 마치 —— 내가 이 집에 들어온 날 아침 처음 이 자리에서 대화를 나누었던 이래로 —— 이모는 단 한 번도 그 의자에서 일어나보지 않은 사람 같았다. 반백이 되어버린 이모의 머리카락 위를 비추며, 그렇잖아도 도톰한 입술을 더욱 두텁게 보이게 하는 햇살도, 모두 그날의 그 햇살 같았다. 심지어 이마에 얹은 고민스러운 손까지도 그날의 그 모습 그대로였다.

(석양의 마지막 햇살이 비치는 이 방, 텅 빈 의자, 자그맣지만 단단한 책상 위를 더듬던 악마적이면서도 동시에 매력적인 로만 삼촌의 섬세한 손가락 등은 완전히 비현실적인 이미지로 기억되었다.)

앙구스티아스 이모의 분위기가 사뭇 처량하고 쓸쓸해 보였다. 고단함이 묻어나는 슬픈 눈빛. 아마도 지난 45분 동안 목소리를 가라앉히는 연습을 한 모양이었다.

"거기 앉아라. 너랑 진지하게 할 얘기가 있으니까."

얼마나 지긋지긋하게 들어온 말인지 모른다. 나는 굳은 표정으로 마지못해 이모의 말을 따랐지만, 예전엔 늘 이모의 잔소리를 잠자코 들을 태세가 되어 있었다면 이제는 언제고 자리를 박차고 나갈 마음의 준비가 되어 있었다. 그런데 이모가 뜻밖의 말을 꺼냈다.

"안드레아! 너한테는 좋은 소식일 것 같구나. (넌 날 별로 좋아하지 않으니까 말이야……) 며칠 내로 난 이 집을 영원히 떠날 생각이다. 그럼 네가 그토록 탐내던 내 침대를 완전히 차지할 수 있게 될 거야. 내 옷장에 붙은 거울도 얼마든지 들여다볼 수 있을 테고. 이 책상에 앉아 공부도 할 수 있을 거고…… 어젯밤에는 도저히 용납할 수 없는 일이란 생각이 들어 몹시 화가 났다만…… 내가 그동안 네 앞에서 너무 교만을 떨었지? 용서해다오."

이모는 내게 용서를 빌면서 곁눈질로 나를 훔쳐봤다.
이모의 태도가 어찌나 가식적이든지 나는 실소를 금할 수
없었다. 그러자 이모의 얼굴이 새초롬해지더니 미간을 한
껏 찌푸리며 말했다.

"너 정말 못됐구나!"

난 순간 이모가 앞서 말했던 것들을 잘못 들은 게 아
닌가 싶어 더럭 걱정이 되었다. 혹시 내게 자유를 선사한
다는 그 환상적인 소식이 사실이 아닐까봐.

"어디로 가실 건데요?"

이모는 지난 얼마간 각고의 정신 수양을 하며 보냈던
수녀원으로 되돌아갈 계획이라고 했다. 그곳은 봉쇄 수녀
원으로, 그곳에 들어가기 위해 이모는 이미 여러 해 전부
터 지참금을 모아와 이젠 필요한 만큼의 저축을 달성했다
는 것이었다. 하지만 내가 보기에는 앙구스티아스 이모가
그런 묵상을 주로 하는 수녀원으로 들어간다는 건 말도
안 되는 소리 같았다.

"전부터 서원할 마음을 먹고 계셨던 거예요?"

"너도 좀 더 나이 들어봐라. 여자가 홀몸으로 세상을
살아갈 수 없다는 걸 알게 될 테니."

"이모 말씀대로라면, 결혼을 못 한 여자는 다 수녀원
으로 들어가야 한다는 거네요?"

"그건 아니야."

(이모가 불편한 듯 자세를 바꾸었다.)

"하지만 여자에게는 달랑 두 가지 길만이 존재하는 건 엄연한 사실이란다. 명예롭게 갈 수 있는 단 두 가지의 길…… 그 가운데 나는 내게 맞는 길을 선택했고, 그 선택에 자부심을 느끼고 있단다. 난 우리 가문의 여자라면 의당 해야 할 선택을 한 거야. 만일 네 엄마도 내 상황이었더라면 같은 결정을 내렸을 거다. 주께서 나의 고행을 아시기를……"

이모는 완전히 멍한 표정을 지었다.

(차가운 냉기를 막기 위해 예쁘지는 않지만 그래도 아늑해 보이는 초록빛 커튼을 드리운 채 피아노 옆 원탁에 도란도란 모여 앉곤 했던 이 가족의 모습은 도대체 어디로 가버린 걸까? ── 나는 생각했다 ── 근엄한 아버지와 함께, 큼지막한 모자를 쓴 채 꼬불꼬불하지만 생기가 넘치는 아리바우 거리를 거닐면서 두 눈을 조신하게 내리깔고도 지나는 행인을 흘끗흘끗 훔쳐보곤 하던 그 정숙한 두 딸들은 이제 어디 있다는 말인가? 나는 그 딸들 가운데 동생은 이미 이승을 떠나 기다랗고 검은 머리채만 머나먼 어느 시골 구석 낡은 옷장 속에 간직되어 있다는 생각에 온몸이 부르르 떨렸다. 그런가 하면, 살아남은 언니는 바야흐로 모자를 눌러 쓴 채 ── 조만간 이 집 안에 남은

마지막 모자가 되겠지 ── 자신이 앉았던 의자에서도, 자신의 방 발코니에서도 완전히 사라져버리려 하는 것이었다.

앙구스티아스 이모는 마침내 긴 한숨을 내쉬더니 예의 그 시선을 내게로 돌렸다. 그러고는 연필을 한 자루 집어들었다.

"요즘 날마다 네 생각을 했단다…… 한때, 그러니까 네가 이곳에 막 왔을 때만 해도, 난 네게 엄마 노릇을 해줘야 한다고 생각했어. 늘 네 곁에 있으면서 널 지켜줘야 한다고. 하지만 넌 그런 내 바람을 저버리고 날 실망시키더구나. 처음에는 네가 정에 굶주린 가엾은 고아 소녀라고 생각했는데, 알고 보니 완전히 배신 때리는 악마더라고. 쓰다듬어주면 줄수록 더 딱딱한 돌처럼 변해버리는 그런 사람 말이야. 넌 내 마지막 희망이자, 동시에 마지막 환멸이었어. 그러니, 이제 내가 널 위해 할 수 있는 거라곤 고작 널 위해 기도하는 것뿐이겠지. 물론 기도야말로 널 위해 꼭 필요한, 정말 필요한 것이지만 말이야."

그리고 이모는 한마디 덧붙였다.

"내가 널 조금만 어려서 거두었더라면, 죽도록 패줬을 거다."

이모의 음성에서는 모종의 쓰디쓴 쾌감이 느껴졌고, 그것이 나에게 위험은 벗어났다는 느낌을 갖게 했다. 내가 자리를 뜰 기척을 보이자 이모가 제지했다.

"오늘 하루 정도는 수업을 안 들어가도 될 거야. 그러니, 내 말 마저 들어…… 지난 보름 동안 나는 네가 죽거나…… 아니면 구원의 기적을 체험하게 해달라고 기도했었단다. 예전 같지 않은 이 집에 널 홀로 남겨두고 가야 하니 말이야. 이 집도 한때는 에덴동산과도 같았는데── 이모에게는 일종의 영감의 불씨 같은 게 있었다── 이젠 네 후안 삼촌의 마누라 때문에 집안이 사악한 뱀 소굴로 변해버렸어. 그 여자 때문에, 바로 그 여자 때문에 우리 엄마도 미쳐버렸고…… 너도 알잖니? 네 할머니가 정신이 이상해졌다는 것. 우리 엄마, 돌아가시기 전에 회개하지 않았다가는 지옥의 나락으로 떨어져버리고 말 거야. 네 할머니가 얼마나 천사 같은 분이셨는지 모르지, 안드레아? 내가 젊었을 때까지만 해도, 난 엄마 덕분에 순수한 꿈을 꾸며 살 수 있었어. 하지만 지금은 나이가 드시더니 완전히 노망이 나신 모양이야. 전쟁 통에 너무 고생이 심했던 터라, 겉으로는 아무렇지 않은 척하지만 실은 돌아버리신 거라고. 거기에 그 여자까지 달라붙어 알랑거리니 완전히 정신을 놓으신 거지. 나로서는 이렇게밖에 달리 생각할 수가 없구나."

"할머니는 모든 분들을 이해하려 애쓰시던데요……"

(난 지난번 할머니께서 앙구스티아스 이모 역성을 드시며 하셨던 말씀이 떠올랐다. 모든 일이 다 눈에 보이는 그대로는 아니라는. 하지만, 그래도 이모에게 돈 혜로니모 이야기는 감히 꺼낼 엄두가 나지 않았다.)

"그래, 안드레아! 네 말이 맞아…… 그렇게 생각하는 게 네게는 좋을 거고. 그나저나, 지난 전쟁 동안 너 수녀원에 들어가 있었던 거 맞니? 내가 보기엔 순전히 빨갱이들 속에서 제멋대로 살다 온 게 아닌가 싶더라…… 물론 글로리아 그 여자야 천방지축으로 날뛰고 제멋대로 굴어도 그러려니 해. 워낙 거리에서 몸이나 파는 매춘부니까 말이야. 하지만, 넌 배울 만큼 배운 애 아니니? ……그러니 바르셀로나를 더 잘 알고 싶다는 둥 어떻다는 둥의 핑계는 안 통해. 바르셀로나는 내가 벌써 다 구경시켜줬잖아."

나는 나도 모르게 시계를 한 번 쳐다보았다.

"보아하니, 너 내 말을 순전히 쇠귀에 경 읽기처럼 듣고 있구나…… 못된 것! 내가 네 인생을 송두리째 뒤흔들어놓고, 완전히 짓밟아 묵사발을 만들어놔야 날 잊지 않을 텐데…… 아! 너란 애가 이렇게 훌쩍 커버리기 전에, 더 어렸을 때 완전히 죽여놓았어야 했는데…… 뭐 그런 황당한 눈초리로 날 쳐다볼 것 없어. 물론, 나도 네가 지금까지 그리 못된 짓은 하지 않았다는 것 알아. 하지만 내가 떠나고 나면 금방 그렇게 할걸…… 할 거야! 너라면 하고 말고! 너는 너 스스로도 네 몸과 영혼을 통제할 수 없는 애니까. 넌 안 돼. 넌 안 된다고. 넌 절대로 너 자신을 통제하지 못해!"

나는 슬쩍 곁눈질로 거울에 비친 내 모습을 훔쳐보았다. 유령 같은 형상들로 둘러싸인 초췌한 열여덟의 이미지가 그곳에 있었다. 그리고 의자 팔걸이에 올려진 채 파르르 경련을 일으키는 앙구스티아스 이모의 곱디 고운 손을 쳐다보았다. 희고, 도톰하며, 부드러운 손이었다. 주름이 좀 잡히긴 했지만 그래도 육감적인 손이었다. 그 열 손가락들이 부들부들 떨리는 모습은 분에 겨운 이모의 목소리보다 훨씬 더 강력한 목소리를 뽑아냈다.

순간, 가슴이 뭉클해지면서 한편으로는 은근히 겁이 났다. 앙구스티아스 이모가 쏟아내는 헛소리들이 나를 보듬어 안는가 하면 동시에 땅바닥에 내동댕이치기도 하면서 날 위협했기 때문이었다.

마침내 이모가 온몸을 들썩거리며 오열하기 시작했다. 앙구스티아스 이모가 진짜로 우는 모습을 본 기억은 거의 없었다. 이모는 울 때면 언제나 얼굴이 흉하게 일그러지곤 했는데, 온몸을 들썩이며 오열하는 이번만큼은 놀랍게도 그다지 혐오스럽게 느껴지지 않았다. 오히려 내겐 일종의 쾌감마저 일었다. 폭풍이 강타하며 지나가는 모습을 지켜보는 그런 기분이랄까.

"안드레아! 안드레아⋯⋯"

이모가 부드러운 목소리로 날 불렀다.

"다른 몇 가지 이야기를 해줘야 할 것 같다⋯⋯"

이모가 눈물을 훔치더니 꼼꼼히 계산하며 말했다.

"이제부터는 네 연금을 네가 직접 수령하도록 해라. 그리고 네가 먹고 지내는 대가로 적당하다고 생각되는 만큼의 돈을 직접 할머니께 생활비로 드리도록 해. 나머지 돈을 사용할 때에는 여력에 맞춰 정말 꼭 필요한 것만 구입하도록 하고⋯⋯ 여분의 돈이 거의 없으리란 말은 구태여 하지 않으마. 내 월급이 끊기고 나면, 우리 집안이 어찌 될지 불을 보듯 훤하다. 네 할머니는 늘 딸보다 아들을 훨씬 귀히 여기셨지만, 그 아들이라는 사람들 덕에 ── 여기서 이모의 얼굴에 조소의 빛이 지났다 ── 오늘날 이렇게 궁상을 떨며 살잖니⋯⋯ 솔직히 이 집안을 지켜온 건 순전히 딸들이었어."

그러고 나서 이모는 한숨을 몰아쉬었다.

"그 글로리아라는 여자만 이 집안으로 기어들어오지 않았더라면, 훨씬 나았을 텐데!"

사악한 뱀, 글로리아 외숙모는 똬리를 튼 뱀 모양으로 침대 위에 잔뜩 웅크린 채 정오가 되도록 무슨 꿈을 꾸는지 신음 소리를 내가며 자고 있었다. 오후에는 어젯밤에 후안 삼촌에게 몽둥이로 두들겨 맞아 생긴 거라며 벌써 자줏빛으로 변해버린 온몸의 멍 자국을 내게 보여주었다.

9

교수대 위에 떼지어 앉은 까마귀들 모양으로, 앙구스티아스 이모의 친구들은 요 며칠 새 하나같이 새까만 옷들을 차려입고 이모 방에 몰려 앉아 있다. 그나마 우리 집안에서는 앙구스티아스 이모만큼이라도 이렇게 근근이 세상과의 연을 이어온 사람도 없었다.

그 친구들은 한때 외할머니의 피아노 반주에 맞춰 이집에서 왈츠를 추곤 했던 바로 그 친구들이었다. 오랜 세월이 흐르고 저마다 살기에 바쁘다 보니 한동안 잊고 살아왔지만, 앙구스티아스 이모가 속세와의 연을 끊음으로써 성스럽고 아름다운 세속에서의 죽음을 맞게 되었다는 소식을 전해 듣고는 날개를 펄럭이며 되돌아온 것이었다. 바르셀로나 곳곳에 흩어져 살던 그 여인들은 사춘기 소녀 시절과는 완전히 다른 모습들이 되어 나타났다. 원래의 모습을 간직하고 있는 사람은 거의 없었다. 마치 살을 떼거나 붙이기라도 한 듯, 어떤 이들은 너무 피둥피둥 살이 올랐고 또 어떤 이들은 너무 비쩍 말라서, 어찌 보면 너무 왜소해 보이기도 했고, 또 어찌 보면 너무 부담스러워 보이기도 했다. 나는 그 여인들을 재미있게 지켜보았다. 몇몇은 머리가 하얗게 셌는데, 오히려 흰머리가 다른 여자들에게는 없는 우아한 멋을 더해주는 듯했다.

여인들은 예전에 이 집에서 모여 놀던 기억을 떠올렸다.

"깔끔하게 턱수염을 기르신 네 아버지, 정말 멋지셨는데……"

"너희 두 자매 또한 얼마나 개구졌고……! 세상에! 그랬던 이 집이 참 많이도 변했구나."

"변한 건 세월이야!"

"그래, 맞아. 세월……"

(여자들은 걱정스러운 표정으로 서로를 쳐다봤다.)

"그런데, 앙구스티아스! 기억나니? 네 스무 번째 생일날 말야. 너 그날 초록색 원피스 입었었잖아? 그날 저녁엔 정말이지 우리 모두 조신한 숙녀 차림으로 모였었는데…… 그나저나, 너 그렇게 정신없이 푹 빠져 지내던 헤로니모 산스는 어떻게 됐어? 뭐 한대?"

옆에 있던 친구 하나가 주책맞게 떠들어대는 그 친구의 발을 툭 건드리자 그 친구는 허겁지겁 입을 다물어버렸다. 잠시 불편한 침묵이 흘렀지만, 금방 너나 할 것 없이 다시 떠들기 시작했다.

(정말 그 여자들은 별로 멀리 날아보지도 못하고 머리 위 하늘만 뱅뱅 돌다가 가쁜 숨을 몰아쉬며 내려앉은 늙어빠진 까마귀 떼 같았다.)

"어머, 안드레아! 난 솔직히 잘 모르겠어."

글로리아 외숙모가 말했다.

"앙구스티아스 형님이 왜 돈 혜로니모랑 떠나지 않은 건지, 수녀원에는 뭐하러 들어가겠다는 건지. 솔직히 형님이 수녀원에 처박혀 평생 기도나 드리고 살 성격은 아니잖아……"

"왜 그렇게 생각하세요? 주일마다 교회도 열심히 다니셨는데."

내가 이상하다는 듯 물었다.

"할머니랑 비교해보면 알지 뭘 그래. 외할머니는 얼마나 간절히 기도하시니. 뭐가 달라도 다르잖아…… 어머님은 기도드리실 때면 마치 두 귀에 천상의 음악이라도 들리시는 양반처럼 완전히 기도에 푹 빠져버리시거든. 밤마다 주님과, 성모 마리아와 대화를 나누시는 것 같다니까. 어머님 말씀이, 우리 주께서는 마음에 짐진 자들에게까지도 복을 내려주시는 분이시라, 나같이 기도를 게을리 하는 사람에게도 복을 주실 거라고 하셨어…… 정말 착한 분 아니셔? 어머님은 집밖으로 나다니지도 않으시는데, 어쩜 그렇게 세상 모든 죄악을 다 알고 또 그 죄악들을 용서하시는지 몰라. 그런데 앙구스티아스 형님이 모시는 주님은 좀 다른 것 같아. 사실 교회에서 기도할 때에도 형님이 뭐 천상의 음악에 귀 기울이니? 도대체 오늘은 감히 누가 민소매 옷을 입고, 양말도 신지 않고 교회를 왔나 노려보기나 하고 말이야…… 내가 보기엔 말이야, 도무지 기도하고는 어울리지 않는 나만큼이나 형님도 기도엔 관심이 없는 것 같아…… 뭐 어쨌든, 솔직히 형님이 집을 떠난다니 잘됐지 뭐……"

외숙모가 결론을 짓듯 말했다.

"지난번에도 형님 때문에 후안 삼촌한테 두들겨 맞았잖아. 순전히 형님 때문이었다니까……"

"그런데 어딜 가시던 참이셨어요?"

"어머나, 얘! 내가 뭐 나쁜 데야 가려고 했겠니? 정말 우리 언니한테 가려던 참이었어…… 뭐 미덥지 않을지 모르지만, 정말이야. 맹세한다구. 사실 후안 삼촌이 못 가

게 하잖아. 낮에는 못 가게 감시까지 하고 말이야. 안드레
아! 그런 눈으로 보지 마! 그런 눈으로 보지 말란 말이야!
네가 그런 표정을 짓고 있으니까 웃음이 난다, 애."

"맘대로 하라고 해!"
로만 삼촌이 말했다.
"앙구스티아스 누나가 떠난다니 잘됐네. 솔직히 누
나야 앞으로의 전진이나 가로막는, 살아 숨 쉬는 과거 부
스러기 같은 존재잖아······ 특히 내 앞길을 말이야. 날마
다 우리 가족을 들볶고, 자기만 성숙하고, 원만하고, 생기
있는 인간이고 우린 모두 그렇지 않다고 몰아세우질 않
나. 우리 모두를 제멋대로 좌충우돌 흘러가며 강바닥에
서 생각지도 않았던 것들을 퉁겨 올리는 흙탕물로 보질
않나······ 그러니 잘됐다 할 수밖에. 오히려 누나가 떠나
고 나면 좋아하도록 한번 노력해보지. 이봐, 안드레아! 무
슨 말인지 알겠니? 어쩌면 최근까지 누나가 쓰고 다니던,
마치 관공서 앞 깃발처럼 뻣뻣한 깃털을 꽂은 그 흉물스
러운 펠트 모자가 그리워질지 누가 알겠느냐 말이야······
한때, 이 땅에 존재했지만 이제는 우리 모두 상실해버리고
만 우리 '집안'이 아직 살아 숨 쉬고 있음을 보여주는 유물
이었으니까······"

삼촌은 나를 쳐다보면서 마치 우리 두 사람만이 공유하는 비밀이라도 말하려는 듯 미소를 지어 보냈다.

"한편으로는 좀 서운한 것도 사실이야. 이제 더는 누나에게 오는 연애 편지랑 누나 일기장을 훔쳐볼 수 없게 되어서 말이지…… 그 편지들이 얼마나 애절하고, 일기장은 또 얼마나 자학으로 넘쳐났는데…… 하여간 그것들을 읽노라면, 내 안의 잔혹한 본성이 충만해지곤 했어."

삼촌은 입맛이라도 다시는 사람처럼 자신의 붉은 입술을 혓바닥으로 핥아댔다.

이 일련의 사건들이 전개되는 속에서 특별한 의견을 표명하지 않은 사람은 바로 후안 삼촌과 나였다. 사실, 나는 내심 얼마나 신이 났는지 몰랐다. 내가 살아오면서 유일하게 가져온 바람이 있다면, 바로 내 마음대로 살아가도록 모두들 날 내버려두었으면 하는 것이었는데, 나 스스로 특별한 조치를 취한 것도 아닌데 바야흐로 그런 순간이 다가왔기 때문이었다. 예전에 사촌 언니 이사벨과 함께 사는 2년 동안에도 언니와 헤어져 대학 공부를 할 수 있게 되기까지 소리 없는 투쟁을 벌였던 기억이 생생하다. 그러다가 마침내 바르셀로나로 오니, 최초의 승리를 거둔 느낌이었으나 그것도 잠시, 또다시 내게 쏟아지는 또 다른 감시의 눈길을 감당해야 했다. 그러다 보니 어느덧 나는 스스로를 드러내지 않고 반항심만 키워가는 생활에 익숙해졌다…… 그런데 이제 머잖아 적이 없는 세상에서 살게 될 것 같았다.

나는 그 며칠 사이, 다시금 앙구스티아스 이모 앞에서 잔뜩 꼬리를 내려버렸다. 이모가 원했더라면 아마 이모의 손등에 입맞추기라도 얼마든지 했을 터였다. 순간순간 가슴 한복판으로 밀려드는 기쁨의 파도를 느낄 수 있었다. 나는 더는 다른 사람들에 대해서는 생각지 않기로 했다. 앙구스티아스 이모 생각도 접어버리고, 오로지 내 생각만 하기로 했다.

그런데 끝내 이해하지 못할 일은 이모를 찾아오는 수많은 지인들의 행렬 속에 돈 헤로니모만은 없었다는 것이다. 찾아오는 사람들 가운데 마누라 뒤꽁무니를 따라온 별난 배불뚝이 남편들이 몇 있기는 했지만, 대부분이 여자들 일색이었다.

"완전히 무슨 문상 행렬 같잖아……"

안토니아 아줌마가 주방에서 빈정댔다.

정말이지 그 당시 우리 집안 분위기는 온통 초상집 분위기 그 자체였다.

글로리아 외숙모는 날더러 자기는 다 아는 사실이었지만, 실은 돈 헤로니모와 앙구스티아스 이모가 매일 아침마다 교회에서 밀회를 했다고 했다…… 그야말로 앙구스티아스 이모의 사연은 19세기 소설 속 이야기라도 되어버린 듯했다.

앙구스티아스 이모가 떠나던 날, 집안 사람들 모두가 잠도 설친 채 꼭두새벽부터 일어났던 기억이 난다. 집 전체에 긴장감이 감돌았다. 후안 삼촌은 사사건건 욕설을 내뱉고 다녔다. 떠날 시간이 다 되자, 로만 삼촌을 제외한 가족 모두는 기차 역으로 배웅을 나가기로 했다. 로만 삼촌은 그날도 하루 종일 코빼기조차 내비치지 않았다. 나중에야 삼촌은 그날 아침 일찍 교회로 가는 이모 뒤를 밟아 이모의 고백성사를 엿들었다고 내게 말해주었다. 한동안 이어지는 앙구스티아스 이모의 고백성사 동안 줄곧 두 귀를 쫑긋 세우고 있는 로만 삼촌의 모습이 눈에 선했다. 별다른 감흥도 없이 이모의 머리 위에 용서의 말을 쏟아내는 너무 늙고 지쳐버린 가엾은 신부에게 잔뜩 시기심 어린 눈길을 보냈을 삼촌의 모습이.

우리가 탄 택시는 초만원이었다. 우리 가족들 외에도 앙구스티아스 이모의 가장 절친한 친구 셋이 함께 탔기 때문이었다.

겁먹은 어린애는 후안 삼촌의 목을 꽉 껴안은 채 매달렸다. 평소에는 별로 밖에 나가 놀지 못했던 아이는 몸

집이 통통했지만 햇빛 아래서 보니 피부 빛은 허여멀겋기만 했다.

승강장에 내린 가족들은 앙구스티아스 이모를 둘러싸고 모여 하나씩 차례로 입맞추고 포옹했다. 이모를 오래도록 껴안고 난 외할머니의 두 눈은 하도 울어 벌써 통통 부었다.

우리 가족의 모습이 어찌나 괴기스러웠던지 지나는 사람들마다 고개를 돌려가며 우리 쪽을 쳐다보았다.

기차 출발 시간이 다 되자 앙구스티아스 이모는 객차에 올랐고 창가 의자에 자리 잡고 앉은 뒤 눈물을 머금은 서글픈 눈빛으로, 마치 우리 모두를 축복하기라도 하듯 성스러운 표정을 짓고 우리 쪽을 바라보았다.

후안 삼촌은 안절부절못했다. 있는 대로 인상을 찌푸린 채 두 눈을 부라리며 사람들을 노려보는 통에 앙구스티아스 이모의 세 친구는 무서워 저만치 떨어져 있을 정도였다. 삼촌의 두 다리가 바지통 속에서 부들부들 떨리는 게 보였다. 아마도 더는 스스로를 주체할 수 없었던가 보다.

"이봐, 누나! 순교자라도 된 척 좀 하지 마! 그런다고 누구 하나 꿈쩍할 것 같아? 지금 누나 기분 알 만하다! 주머니를 잔뜩 불린 도둑놈보다 더 신이 났을걸……? 성녀라도 된 듯이 구는데, 그따위 코미디에 난 코웃음밖에 안 나온다고!"

마침내 기차가 움직이자 앙구스티아스 이모는 성호를 긋더니 두 손으로 귀를 막아버렸다. 후안 삼촌이 어찌나 고래고래 소리를 질러댔는지 승강장 전체가 쩌렁쩌렁 울릴 정도였기 때문이었다.

글로리아 외숙모가 무서워 벌벌 떨면서 남편의 겉저고리 자락을 붙잡고 늘어지자, 삼촌은 광기에 사로잡힌 성난 눈초리로 외숙모를 노려보더니 간질 발작이라도 일으키는 사람처럼 사지를 부르르 떨기 시작했다. 그러더니 냅다 기차 뒤꽁무니를 따라가며 이미 앙구스티아스 이모에게는 들리지도 않을 말들을 목청 높여 떠들어댔다.

"이봐! 누나, 내 말 들어! 이 천하에 비열한 인간아! 누나가 그 자식하고 결혼하지 못한 건 아버지가 코딱지만 한 점방집 아들은 누나 상대가 못 된다고 했기 때문이었어…… 그런데 어쨌냐? 그 자식이 딴 여자와 결혼하고 신대륙에 가서 부자가 되어가지고 돌아오니까, 여자한테 그놈을 훔쳐내서는 장장 20년 동안이나 재미를 봤잖아…… 그런데 이젠 아리바우 거리 사람들이고, 바르셀로나 사람들이고, 다 누날 손가락질할 것 같으니까 감히 그자랑 줄행랑치지는 못 하겠나 보지? 그래 놓고 감히 올케를 무시해? 못된 인간 같으니라고…… 그래 놓고 성녀라도 된 듯한 표정으로 떠나겠다 이거야……?"

사람들이 키득거리기 시작하더니 이미 떠나버린 기차 뒤꽁무니를 따라가며 고래고래 소리를 질러대는 후안 삼촌을 구경하느라 몰려들었다. 후안 삼촌의 두 뺨에 눈물이 흘러내렸지만, 얼굴은 오히려 흡족한 듯 웃고 있었다. 집으로 돌아오는 길은 그야말로 최악이었다.

2
부

10

너무 시간이 지체된 것 같아 나는 서둘러 에나네 집을 나섰다. 건물마다 이미 셔터가 내려졌고, 지붕 위로 펼쳐진 하늘 가득히 별들이 총총 빛났다.

바르셀로나에 온 이후 처음으로 모든 것에서 자유로워진 느낌이 들어 밤늦은 시간인데도 무섭지 않았다. 저녁에 술을 몇 잔 했던 터라, 몸도 후끈 달아오른 데다 기분도 좋아서인지 추위도 느껴지지 않았고 ── 잠시 ── 내 두 발을 잡아끄는 중력조차 사라진 듯 다리가 휘청거리기도 했다.

나는 비아 라예타나 대로 한복판에 선 채 에나가 사는 고층 아파트 맨 꼭대기 층을 올려다보았다. 내가 나설 때까지 아직 사람들이 좀 남아 있어 방마다 불이 훤했는데, 덧창이 내려진 탓인지 불빛 한줄기 새어나오지 않았다. 어쩌면 지금쯤 에나의 어머니가 다시 피아노 앞에 앉아 노래를 불러주고 있을지도 몰랐다. 그녀의 가냘픈 몸에서 너무나도 열정적인 목소리가 터져나오면서 온몸을 열기로 휘감아 당장이라도 태워버릴 것 같았던 순간을 떠올리니 전율이 스쳐갔다.

에나 어머니의 목소리는 열여덟 내 안 저 깊숙이 가라앉아 있던 감상과 바야흐로 마구 샘솟기 시작한 낭만적 감성들을 일깨워주기에 부족함이 없었다. 노래가 끝난 후에도 감정이 어찌나 혼란스럽게 요동쳤는지 그저 주변의 모든 것들로부터 달아나고 싶다는 생각뿐이었다. 그 자리에 모인 다른 사람들처럼 담배를 피워 물거나 음식을 먹는 일 자체가 불가능할 것 같았다. 에나는 어머니가 노래를 부르는 동안에는 진지한 표정으로 주의깊게 노래를 듣는 것 같더니, 어느새 완전히 풀어져 친구들과 웃고 떠들었다. 이미 늦은 시간에 시작되었던 그날의 즉흥 파티는 끝날 기미조차 보이지 않았다. 그러다가 어느 순간 거리에 서 있는 나를 깨달았다. 내 나이 또래에 마음을 심난하게 만드는 다른 온갖 불안감들이 그렇듯, 정체는 모호하지만 너무나도 강렬한 모종의 불안감이 밀려오면서 떠밀리듯 에나네 집에서 빠져나온 것이었다.

딱히 그래야 할 이유도 모르는 채 나는 이미 잠들어

쥐죽은 듯 조용한 주택가 골목길을 천천히 걸었고, 바다
냄새 실린 밤공기에 숨쉬기도 했으며, 도심을 휘황찬란하
게 물들이는 각양각색 네온사인의 물결을 온몸으로 느껴
보기도 했다. 아직도 내 안에 잠재한 아름다움을 향한 목
마른 갈증을 달래는 데 에나 어머니의 노랫소리를 듣는
것보다 더 나은 방법이 과연 있을지 확신이 서지 않았다.
번쩍이는 붉은 네온사인으로 화려하게 빛나는 우르키나
오나 광장에서부터 우람한 우체국 건물을 지나 희뿌연 가
로등 위 칠흑 같은 하늘에 은가루를 뿌려놓은 듯 별들이
총총 빛나는 해안가 정박장까지, 완만한 경사를 이루며 이
어지는 비아 라예타나 거리를 걷는 동안 내 안의 당혹감
은 더욱 커져갔다.

겨울의 찬 공기를 뚫고 성당의 종탑에서 묵직한 종소
리가 열한 번 울렸다.

널찍하게 새로 난 비아 라예타나 거리는 구 도심의
심장부를 가로질렀다. 그제서야 나는 내가 뭘 하고 싶은지
알았다. 한밤의 매혹과 신비에 둘러싸인 교회를 보고 싶었
던 것이다. 더는 생각할 것도 없이 어둠을 뚫고 골목길로
접어들었다. 고색창연한 이 도시 곳곳에 멋대가리 없이 마
구 들어선 칙칙한 주택들 속에서 마치 홀로 침몰하는 배
처럼 고딕 양식의 자태를 뽐내는 성당만큼 내 상상력을

충족시키고 일깨워주는 것도 없었다. 하긴, 그 멋대가리 없는 주택들조차도 세월의 흔적이 더해지며 마치 아름다움에 전염이라도 된 듯이 나름대로 독특한 멋이 스며들어 있지만 말이다.

꼬불꼬불한 골목길로 들어서니 추위가 한층 매섭게 느껴졌다. 다닥다닥 달라붙은 주택가 지붕 위 밤하늘은 마치 금실을 넣어 짠 기다란 천조각 같아 보였다. 도시의 모든 사람들이 다 죽어버리기라도 한 듯한 깊은 고독감이 감돌았다. 간간이 겨울 바람에 문짝들이 덜커덩거리는 소리를 제외하고는 온전한 침묵뿐이었다.

성당 입구에 거의 다다르니 죽 늘어선 가로등 불빛이 저만치 성당 곳곳을 비추어 건물의 모습이 훨씬 낭만적이고 은근해 보였다. 거미줄처럼 얽힌 골목길 어디선가 마치 누군가의 가슴을 쩍 가르는 듯한 탁하고도 섬뜩한 소리가 들려왔다. 이 무시무시한 소리는 메아리까지 울려대며 점차 가까이로 다가오는 것 같았다. 잠시 두려움에 떨던 내 눈에 웬 처량한 몰골의 덩치 큰 노인 하나가 컴컴한 골목 어귀에서 걸어 나오는 게 보였다. 나는 벽에 바싹 달라붙었다. 노인은 의심이 가득한 눈초리로 나를 흘긋 쳐다보더니 천천히 지나갔다. 노인이 기른 허연 턱수염이 겨울 바람에 마구 흩날렸다. 순간 심장이 마구 쿵쿵거리기 시작했다. 나는 방망이질치는 심장을 안고 그 노인 뒤로 뛰어가 팔을 툭 건드렸다. 그러고는 정신없이 내 손가방을 마구 뒤졌다. 노인은 그저 물끄러미 나를 지켜볼 뿐이었다. 겨우 2페세타를 찾아내 노인에게 건네자, 노인의 두 눈에 조소가 스쳐지나갔다. 노인은 한마디 말도 없이 동전을 주머니에 쑤셔넣더니 조금 전 나를 그토록 무섭게 만들었던 마른 기침 소리를 내며 가버렸다. 침묵만이 감돌던 석조 건물들 틈바구니에서 사람을 맞닥뜨리고 나니 흥분이 조금은 가라앉는 것 같았다. 그날 밤, 나는 마치 바람에 제멋대로 흩날리는 휴지 조각 모양으로 내 의사와는 전혀 상관없는 바보짓을 했다는 생각에서 벗어날 수 없었다. 하여튼, 나는 가던 걸음을 재촉해 성당 중앙 입구까지 갔다. 고개를 들자 마침내 내가 그토록 원하던 것을 이루었음을 알 수 있었다.

포도주와 음악도 내게 힘이 되어주곤 하지만, 어둑어둑해진, 단단한 돌로 된 원형 광장을 바라보는 것만으로 그보다 더 큰 힘을 얻을 수 있었다. 교회는 높고 청명한 하늘 저 높이로 마치 고목이 뻗어 오른 듯 그렇게 완벽한 조화를 이루며 우뚝 서 있었다. 이 위대한 건축물에서는 평화와 당당한 기품이 넘쳐흘렀다. 어둠 속으로 외곽선이 어렴풋이 가려지면서 오히려 시간의 흐름을 따라 점차 밀려오는 찬란한 밤의 모습이 두드러지는 듯했다. 나는 몇 분 동안을 그렇게 가만히 선 채 그 심오한 마법과도 같은 형상이 내 안으로 스며들게 내버려뒀다. 그러고 나서 그만 돌아가려고 뒤돌아섰다.

그제서야 나는 교회 앞 원형 광장에 서 있는 사람이 나 혼자가 아니었음을 깨달았다. 저만치 아주 캄캄한 어둠 속에 웬 괴물 같은 형체가 서 있는 게 보였다. 솔직히 그 순간에는 어린 시절 느꼈던 갖가지 공포가 일시에 나를 사로잡는 것 같아 얼른 성호를 그었다. 그런데 보고 있자니 나를 향해 다가오는 그 시커먼 형체가 실은 고급 외투에 중절모를 깊이 눌러쓴 웬 남자라는 걸 알 수 있었다. 내가 돌계단 쪽으로 막 달아나려는데 그 남자가 어느새 다가왔다.

"안드레아! 이름이 안드레아 맞지?"

이런 식으로 내 이름을 함부로 부르는 게 언짢기도 했지만, 일단은 놀랍기도 해 순간 발걸음을 멈췄다. 남자가 건강한 이와 잇몸까지 드러내며 미소지었다.

"밤늦게 나돌아다니는 여자애처럼 놀라기는…… 아까 에나네 집에서 만났는데, 기억 안 나니?"

"아…… 그래! 맞아!"

내가 마지 못해 대답했다.

(밥맛이야! ─ 그러면서 속으로는 이렇게 생각했다 ─ 모처럼 여기까지 와서 맛보는 행복을 앗아가다니!)

"그래, 맞아. 난 헤라르도야."

상대가 흡족한 듯 대꾸했다.

남자는 주머니에 두 손을 집어넣은 채 꼼짝 않고 날 쳐다보기만 했다. 내가 막 돌계단을 한 칸 내려서는데 그가 내 팔을 낚아챘다.

"잠깐 기다려!"

남자가 마치 명령이라도 하듯 소리쳤다.

나는 한쪽 발만 한 계단 내려선 채 계단 저 아래로 늘어선 낡은 주택가를 쳐다보았다. 전쟁으로 거의 폐허가 되다시피한 집들이 가로등불 아래서 그 형체를 드러내고 있었다.

"저것들 모두 없어질 거야. 여기 큰 길이 나고 나면 저긴 널찍한 공터가 되어 성당을 올려다볼 수 있게 될 거고."

그러고는 그도 아무 말이 없어, 우리 두 사람은 함께 돌계단을 내려갔다. 그렇게 한참을 걷다가 그가 물었다.

"이렇게 늦은 시간에 혼자 돌아다니기 무섭지 않아? 늑대가 나타나 잡아먹으면 어쩌려고 그래……?"

난 대답하지 않았다.

"너 벙어리냐?"

"나, 혼자 좀 가고 싶은데."

내가 쌀쌀맞게 대꾸했다.

"아니, 그건 안 될 말씀. 오늘은 내가 널 집까지 바래다 줘야겠어…… 정말이야, 안드레아! 내가 네 아버지라면 절대로 이렇게 혼자 쏘다니게 내버려두지 않을 테니까."

난 속으로 상대에게 있는 대로 욕설을 퍼부었다. 사실 에나네 집에서 처음 봤을 때부터 못생긴 데다 멍청하기까지 한 애로 보였다.

그렇게 우리는 흥청대는 분위기와 네온 불빛이 찬란한 람블라스 거리를 가로질러 펠라요 거리를 올라간 뒤 플라사 데 라 우니베르시닷 광장까지 함께 걸었다. 거기서 내가 작별 인사를 건넸다.

"아니, 아니! 네 집까지 바래다 준다고."

"미쳤니? 얼른 가!"

내가 단호하게 쏘아붙였다.

"너랑 친구가 되고 싶어서 그래. 넌 정말 '특이한 애' 같아서 말이야. 조만간 내게 데이트하자고 전화하기로 약속하면 여기서 놓아줄게. 나도 유서 깊은 곳 돌아보는 거 좋아해. 바르셀로나 곳곳에 가볼 만한 곳들도 훤히 알고. 어때? 약속해줄 거지?"

"알았어."

내가 신경질적으로 대답했다.

남자는 내게 명함을 건넨 후 떠났다.

아리바우 거리로 들어서자 마치 내 집에 들어온 기분이었다. 내가 바르셀로나에 처음 도착한 날 밤에 현관문을 열어주었던 수위 아주머니가 그날도 문을 열어주었다. 그리고 언제나 그렇듯이 외할머니가 추위로 꽁꽁 얼어붙은 날 맞으러 나오셨다. 다른 식구들은 모두 잠자리에 든 상태였다.

나는 며칠 전부터 물려받아 쓰게 된 앙구스티아스 이모의 방으로 들어가 불을 켰다. 어느새 옷장 위에는 집 안 구석구석에서 굴러다니던 의자들을 겹겹이 쌓아올려 당장이라도 떨어질 것 같아 보였다. 게다가 아이 옷장과 전에 할머니 방 구석에 처박혀 있던 다리 달린 재봉틀까지 방으로 들어와 있었다. 침대가 마구 흐트러진 것으로 보아 낮에 글로리아 외숙모가 낮잠을 자고 간 게 틀림없었다. 순간, 물려받은 이 피난처에서 이 집과 완전히 동떨어진 나만의 독립적인 생활을 꿈꾸었던 것이 한낱 물거품이 되고 말았음을 깨달았다. 나는 한숨을 몰아쉬고 외출복을 벗었다. 침대 옆 탁자 위에는 후안 삼촌이 써놓은 메모지가 놓여 있었다. "안드레아! 언제든 전화를 쓸 수 있도록 방문 자물쇠는 늘 열어놓도록 부탁한다." 얌전히 복종하는 뜻에서 나는 다시 차가운 방바닥을 가로질러 가 방문 자물쇠를 풀어놓은 후 침대에 누워 이불을 푹 뒤집어썼다.

거리 어디에선가 야경꾼을 부르는 손뼉 소리가 들려왔다. 또 한참 후에는 아라곤 가를 관통하는 기차가 멀찍이서 향수 어린 기적 소리를 울리며 지나갔다. 이모가 떠난 날은 내게 새로운 삶이 시작된 날이었다. 하지만 후안 삼촌이 어떻게든 나의 새로운 삶을 깨부수려 한다는 것도 알 수 있었다. 삼촌은 나에게 방 안에 침대를 하나 내주기는 하겠지만 거저 줄 수 있는 것은 그뿐이라는 걸 똑똑히 확인시켜주었다.

앙구스티아스 이모가 떠난 바로 그날 밤, 나는 앞으로는 집에서 식사를 하지 않을 테니, 다달이 방 값만 내겠다고 통보했다. 아직 그날의 흥분이 채 가시지 않은 데다 술까지 잔뜩 취한 후안 삼촌이 이때다 싶었는지 내 얼굴을 똑바로 쳐다보며 말했다.

"그러니까, 안드레아! 네가 조금이나마 살림에 보탬이 되어보겠다 이 말이냐……? 하긴, 나란 놈이 솔직히 누구 벌어먹일 주제가 돼야 말이지……"

"무슨 말씀이세요? 제가 내는 돈이 얼마나 된다고요."

내가 그야말로 외교적 차원의 발언을 했다.

"이제부터는 제 밥값은 제가 해결해보겠다는 뜻이에

요. 아침 빵 값하고 방 사용료는 낼게요."

후안 삼촌이 어깨를 한번 으쓱했다.

"네 맘대로 하려무나."

삼촌의 음성이 몹시 언짢았다.

외할머니는 후안 삼촌의 입만 쳐다보면서 말도 안 된다는 듯 고개를 설레설레 가로저었다. 그러더니 마침내 울음을 터뜨렸다.

"아니, 그건 안 된다. 방 값을 내다니…… 손녀가 할미 집에 살면서 방 값을 내다니……"

하지만 결국 그리 하도록 결정되었다. 여기에 매일 아침 빵 값만 지불하면 되는 것이다.

바로 그날, 나는 2월분 내 연금을 수령했다. 드디어 내 마음대로 돈을 써도 된다는 기쁨에 사로잡힌 나는 곧장 큰 대로로 나가 늘 꿈만 꿔오던 잡화점으로 향했다. 일단 고급 비누와 향수, 그리고 에나가 식사에 초대하면 입고 갈 새 블라우스도 한 벌 샀다. 에나 어머니께 드릴 장미 꽃다발도 하나 마련했다. 장미를 산다는 게 나에게는 특별한 감흥을 불러일으켰다. 사실, 장미는 그 당시만 해도 무척 값비싼 고급 꽃이었다. 달리 말하자면, 나 같은 사람은 감히 만져보지도 못할 그런 꽃이었다는 뜻이다. 하지만, 상황이 어떻든 나는 장미 꽃다발을 샀고, 두 팔로 안고 가

199

선물했다. 일종의 반감이 깃든 이 기쁨은 내 젊은 시절을 장식한—아주 세속적인 측면의—객기 정도로 해석할 수 있으나 나중에는 이것이 점차 일종의 집착으로 변질되어 갔다.

나는—침대에 가만히 누운 채—에나의 가족들이 나를 얼마나 따뜻하게 대해주었던가를 떠올렸다. 우리 집 식구들의 검은 머리칼에만 익숙하던 터라 식탁에 둘러앉은 사람들의 온통 황금빛으로 물든 금발을 볼라치면 거의 현기증이 일 정도였다.

에나의 부모님을 비롯해 남자 형제 다섯은 모두 금발이었다. 또 이들 형제들은 에나보다 손아래로, 쌍둥이처럼 하나같이 부드러운 인상에 유쾌하고 세련되었다. 특히 이제 겨우 일곱 살이 되어 이가 빠져 웃을 때면 다소 우스꽝스럽게 보이는 막내 동생 라몬 베렝게르는 마치 유서 깊은 바르셀로나 백작 댁 자제라도 되는 듯 다른 형제들보다 이런 면에서 특히 두드러져 보였다.

에나의 아버지는 자녀들과 마찬가지로 훌륭한 성품을 지녔을 뿐 아니라 특히 외모가 출중하셨는데, 에나가 외모 면에서는 아빠를 쏙 빼닮은 것 같았다. 에나 아버지도 에나처럼 청록빛이 감도는 눈동자를 지녔다. 물론, 딸 에나의 눈빛처럼 오묘하고 찬란한 빛까지 지닌 것은 아니지만 말이다. 그는 도무지 악의 같은 것은 갖고 있지 않은 듯 아주 순수하고 개방적인 사람이었다. 식사를 하는 동안에도 늘 미소 띤 얼굴로 여행담을 들려주던 기억이 난다. 늘 유럽 각지로 출장을 다니곤 했기 때문이었다. 그는 내 살아온 삶을 다 꿰뚫는 것 같았고, 그래서 그런지 그와 함께 식사를 할 때면 늘 친숙한 느낌이 들었다.

에나의 어머니 또한 늘 미소 띤 얼굴로 분위기를 이끌어가지만, 아버지와는 반대로 다소 보수적인 느낌을 주는 유형이었다── 하나같이 키가 훤칠하고 얼굴도 잘생긴 가족들 틈바구니에서── 그녀는 어쩐지 이방에 날아온 병든 새 같은 느낌을 주었다. 어찌나 체구가 작은지, 저런 체구로 어떻게 여섯 번이나 만삭의 몸을 이끌고 다녔을까 싶었다. 하여간, 첫인상은 정말 못생겼다는 것이었다. 물론, 나중에 자세히 뜯어보니 그녀에게도 두세 가지 남다른 아름다움이 있기는 했다. 숱도 많은 데다 비단결처럼 곱고 색깔도 에나보다 더 찬란한 금빛 머리칼과 역시 황금빛이 도는 큼지막한 눈, 그리고 아름다운 목소리였다.

"안드레아 양도 보면 알겠지만, 아이들 엄마가 좀 방랑벽이 있어요. 덕분에 어느 한곳에 가만히 있지 못하고 우릴 끌고 다닌답니다."

에나 아버지가 말했다.

"여보, 루이스! 그렇게 과장할 것까지야 없잖아요?"

에나 어머니가 부드럽게 미소지으며 말했다.

"사실 맞는 말이지 뭘 그래. 물론, 오지만 골라가면서 사업을 하라고 날 보내신 분은 장인어른이셨지만 말이야…… 아! 참, 안드레아 양. 우리 장인어른께서 우리 회사 대표시기도 한 것 알지요? 하여간, 장인어른을 뒤에서 조종한 게 바로 당신인 것 다 알아. 만일 당신만 원했다면, 아마도 장인어른께서는 우리가 이곳 바르셀로나에서 조용히 살아가도록 하셨을 거야. 지난번 런던 건만 해도, 당신이 장인어른께 얼마나 대단한 영향력을 행사하는지가 적나라하게 드러난 일이잖소……? 물론, 난 당신의 그런 면에 매료당한 사람이오. 그러니 당신을 비난하는 거라고는 생각지 말아요."

그러면서 정겨운 미소를 지어 보였다.

"나도 평생 여기저기를 다니며 새로운 문물을 보는 게 좋으니까…… 사실 나 역시 전혀 새로운 환경에서, 심리적으로 전혀 낯선 사람들과 사업을 시작하는 데서 일종의 희열이 솟구치는 걸 주체할 수 없거든. 마치 새로운 전쟁을 시작하면서 새삼 젊음이 솟구치는 것 같은 느낌이랄까……"

"그래도 엄마는 바르셀로나를 그 어느 곳보다 좋아하

시는 것 같아요. 분명해요."

에나가 말했다.

에나의 어머니는 딸을 쳐다보며 아주 독특한 미소를 지어 보이셨다. 마치 꿈꾸는 듯하면서도 동시에 즐거움이 묻어나는 그런 미소였다.

"어디든 난 너희들과 함께 있을 수 있다면 다 좋아. 사실 아버지 말씀대로 가끔 어딘가로 떠나고 싶어 안달이 나는 건 사실이지만, 그렇다고 내가 친정아버지까지 조종한다는 건 사실과 달라⋯⋯"

에나 어머니가 더 깊은 미소를 지으며 말했다.

"마침 얘기가 나와서 말인데, 마르가리타!"

에나 아버지가 말했다.

"다음 분기에는 아무래도 마드리드로 갈 가능성이 많은데⋯⋯ 당신 생각은 어때? 사실, 난 지금 같아서는 이곳 바르셀로나가 딱 마음에 드는데 말이야. 더욱이 처남이⋯⋯"

"여보! 그 문제는 언젠가 짚고 넘어가야겠지만, 지금은⋯⋯ 안드레아 양이 재미없을 거예요. 안드레아 양, 미안해요. 아무래도 우리 집안은 어쩔 수 없는 장사꾼 집안인가봐요. 이야기를 하다 보면 늘 이렇게 사업 이야기로 빠지니 말이에요."

에나가 마지막 말에 상당히 관심을 기울이며 말했다.

"치…… 그런데 우리 할아버지, 너무 변덕이신 것 같아요. 먼 데서 살다 오신 엄마랑 모처럼 만나실 때면 감동에 겨워 눈물까지 뚝뚝 흘리시고는 금방 다시 우리 식구 떠나보낼 생각을 하시니까요. 저 이번에는 정말 바르셀로나를 떠나고 싶지 않아요…… 이제 와 또 다른 데로 가는 건 바보짓이란 말예요…… 어찌 되었거나, 바르셀로나가 제 고향인데도 내전이 끝나고 나서야 겨우 제대로 살아본 것도 사실이고요."

(에나가 재빨리 날 한번 쳐다봤다. 난 그녀의 눈빛이 뭘 말하는지 알 수 있었다. 그즈음 에나가 사랑에 빠졌기 때문에 바르셀로나에 버티고 살아야 한다는 건 절체절명의 과제이자 비밀이었다.)

그날 밤, 아리바우 거리의 내 방 침대에 누운 나는 에나네 집 식탁에서 오갔던 대화 내용을 하나하나 떠올려보았다. 이제 겨우 에나에게 마음을 열 만하게 되었는데 그녀가 떠날지도 모른다는 위기감이 밀려왔다. 그 늙은 영감님 ── 에나의 그 부자 외할아버지 말이다 ── 의 계획 하나 때문에 너무 많은 사람들이 우왕좌왕해야 하고, 또 그들이 나누는 사랑이 상처받는 게 아닌가 싶었다.

비몽사몽간에 온갖 생각들이 기분 좋게 뒤섞이면서

걱정은 가시고 한밤의 자유로운 거리의 희미한 이미지들이 파고들기 시작했다. 그리고 완전히 잠 속으로 빠져들며 교회 꿈을 꾸었다.

그날 밤, 마지막으로 보았던 에나 어머니의 눈빛이 꿈결 속으로 빠져드는 내 신경을 은근히 자극했다. 헤어지며 인사를 나눌 무렵, 나를 쳐다보는 그녀의 시선 속에서 은연중에 자리 잡은 고뇌와 두려움을 느꼈던 것이다.

그녀의 눈빛은 내 깊은 꿈속까지 파고들어 악몽을 꾸게 만들었다.

11

"안드레아! 제발 고집 좀 그만 피워라. 그러다가 굶어 죽겠다."

후안 삼촌이 어설프게 내 어깨를 토닥이며 말했다.

"괜찮으니 걱정 마세요. 제가 다 알아서 해요……"

이렇게 대답하면서 흘긋 삼촌 얼굴을 쳐다보니, 삼촌 표정도 만사가 그리 잘 되어가는 얼굴은 아니었다. 가정부가 야채를 삶아낸 뒤 버리려고 부엌 구석에 놓아둔 차갑게 식은 냄비 속 국물을 내가 몰래 마시는 모습을 마침 삼촌이 본 것이었다.

가정부 안토니아가 쉰 소리로 소리쳤다.

"도대체 이게 무슨 궁상맞은 짓이야?"

내가 얼굴이 벌겋게 달아올라 대답했다.

"제가 야채 삶은 물을 좋아하거든요. 어차피 버리려

는 것 같아서……"

안토니아의 고성에 식구들이 모두 뛰어나왔다. 후안 삼촌은 차라리 식비를 좀 보태고 식사를 집에서 하는 게 어떻겠냐고 조정안을 내놓았지만, 내가 거부했다.

사실 나는 집안에서 해결해야 하는 식사 문제에서 벗어나면서 얼마나 행복해했는지 모른다. 그 달에 돈을 너무 많이 지출하는 바람에 하루 식비로 1페세타도 쓸 수 없는 형편이 되었지만 상관없었다. 겨울철에는 정오쯤이 제일 좋은 시간이었기 때문에 따사로운 햇살을 쬐며 공원을 거닐거나 플라사 데 카탈루냐 광장을 산책하면서 배고픔을 때우면 그만이었다. 간간이 지금쯤 집에 있었더라면 어땠을까를 생각하면 흐뭇해지곤 했다. 시끄럽게 울어대는 앵무새 소리, 후안 삼촌의 고함 소리들이 내 귀청을 온통 두들겨대고 있을 터였다. 그렇게 식사를 하느니 차라리 배를 곯더라도 이렇게 마음껏 돌아다니는 게 좋았다.

그즈음, 난 예전에는 미처 깨닫지 못했던 음식의 맛과 장점을 깨우쳐가는 중이었다. 예를 들어, 견과류는 전혀 새로운 발견이었는데, 볶은 아몬드나 땅콩 같은 것을 먹으려면 껍데기를 벗기느라 시간이 오래 걸리고, 그래서 그 풍미가 훨씬 오래가기 때문에 먹는 기쁨이 한층 배가된다는 점이었다.

사실, 내게는 연금 수령 첫날 수중에 남은 30페세타를 서른으로 쪼개어 한 달 동안 나누어 쓸 만한 인내심이 없었다. 마침 타예르스 거리에서 제법 값싼 식당을 하나 발견하는 통에 그만 그곳에서 두세 번 식사를 하는 광기를 범하고 만 것이다. 그곳 식사가 지금껏 내가 먹어보았던 그 어떤 음식보다 좋았으며, 더욱이 아리바우 집의 가정부 안토니아 아줌마가 만든 음식과는 비교가 안 될 정도로 맛있었다. 그곳은 참 특이한 식당이었다. 칙칙한 테이블이 몇 개 놓인 침침한 홀에, 좀 멍청해 보이는 종업원이 음식을 날라다주었다. 사람들은 서로 옆 테이블을 흘끗흘끗 훔쳐보면서 후다닥 식사를 하곤 했다. 손님들 간에 대화는 고사하고, 말 한마디도 없는 그런 곳이었다. 지금껏 내가 들어가 보았던 식당이나 음식점들은 하나같이 시끌벅적했는데 말이다. 끓는 물에 빵가루를 넣어 끓인 듯한 수프는 제법 맛있었다. 사실 갈 때마다 똑같은 수프가 나왔는데, 다만 어떤 날에는 샤프란을 넣어 노란색을 내고, 또 어떤 때는 통후추를 넣어 불그스름한 빛이 돌게 했을 뿐이었다. 그런데도 메뉴판에는 마치 매일 새로운 음식이 나오는 양 서로 다른 이름이 적혀 있었다. 그곳에서 식사를 마치고 나올 때는 얼마나 든든했는지 더 바랄 게 없을 정도였다.

아침이면 ― 가정부 안토니아가 빵집에서 하루 먹을 빵을 사들고 올라오기 무섭게 ― 내 몫의 빵을 챙겨서는 따끈따끈해서 군침이 절로 날 때 통째로 다 먹어버리곤 했다. 저녁 식사는 가끔씩 에나 어머니가 저녁밥을 먹고 가라고 굳이 붙잡는 경우를 제외하고는 굶기 일쑤였다. 그즈음에는 오후 무렵마다 에나네 집으로 가 함께 공부하는 게 일상이 되어버렸기 때문에 그 집 식구들도 나를 아예 한 집 식구처럼 여기기 시작했다.

나는 내 평생 가장 행복했던 그 시절을 지내며 마침내 나 자신이 새롭게 태어나는 느낌이었다. 그때까지 에나만큼 마음을 다 털어놓을 수 있는 친구는 만난 적이 없었고, 그때만큼 황홀한 자유를 만끽했던 적도 없었다. 매월 말 무렵으로 접어들면 유일하게 허기를 달랠 수 있는 것이 바로 아침마다 마파람에 게 눈 감추듯 먹어치우는 그 빵뿐이었다. 야채 삶고 난 국물을 몰래 마시다가 안토니아 아줌마에게 들킨 것도 바로 그 무렵이었다. 하지만 나는 어느덧 그런 생활에도 익숙해져갔다. 그 증거가, 3월분 연금을 수령하자마자 지난달과 똑같이 다 써버린 것이었다. 일단 손에 돈을 쥐자 눈이 팽팽 돌아갈 만큼 지독한 허기가 느껴졌던 기억이 난다. 그리고 그 허기를 얼마든지 채울 수 있다고 생각하니 순간 찌를 듯한 감미로움이 나를 감쌌다. 가장 먹고 싶은 것은 사탕이었다. 그래서 사탕을 한 봉지 사들고 제법 값비싼 극장을 찾았다. 어찌나 참을 수 없을 만큼 사탕이 먹고 싶었던지, 영화가 시작되기도 전에 사탕 봉지를 조금 찢고 사탕을 꺼내 물었다. 물론 좀 창피한 생각이 들었기 때문에 주변을 흘끔거리며 살피기도 했지만 말이다. 마침내 스크린에 불이 들어오고 장내의 형광등들이 모두 꺼지고 어두워지자 나는 사탕 봉지를 아예 활짝 열고 하나씩 하나씩 입에 집어넣었다. 그때까지만 해도 음식이라는 게 이토록 맛있고 달콤할 수 있으리라고는 미처 생각해보지 못했던 것 같다…… 영화가 끝나고 장내에 다시 불이 들어왔을 때에는 사탕 봉지가 텅 비어 있었다. 내 옆에 앉은 아주머니 하나가 나를 흘낏 쳐다보더니만 함께 온 남자에게 대고 뭔가를 쑥덕거렸다. 두 사람이 같이 키득거렸다.

아리바우 거리의 식구들도 내게 대놓고 말하지 않아서 그렇지 배를 곯기는 마찬가지였다. 다만 안토니아 아줌마와 천둥이만은 예외였다. 가정부와 개는 관대하기 이를 데 없는 로만 삼촌 덕분에 나름대로 확실한 후원을 받는 것 같았다. 천둥이의 털은 윤기가 자르르 흘렀고, 때로는 맛난 뼈다귀를 물고 있는 게 눈에 띄기도 했다. 뿐만 아니라 가정부 아줌마는 자기가 먹을 음식은 따로 조리했다. 그러나 후안 삼촌과 글로리아 외숙모, 할머니를 비롯해 심지어 어린 꼬맹이까지 다른 식구들은 배고픔에 시달렸다.

로만 삼촌은 또다시 두 달여 동안 집을 비우고 여행을 떠났다. 물론 떠나기 전에 이미 조짐을 보이기는 했다. 농축 우유 통조림과 당시로서는 구하기도 쉽지 않은 온갖 먹거리들을 할머니에게 주었기 때문이다. 그렇다고 우리 할머니가 나중에 그런 것들을 먹는 모습을 볼 수는 없었다. 그런데도 신기하게 음식은 줄어갔고, 나중에 보면 어린 꼬맹이 입가에 그 음식의 흔적이 남아 있곤 했다.

후안 삼촌이 나더러 다시 가족들과 함께 식사를 하는 게 어떻겠냐고 권했던 바로 그날, 삼촌은 글로리아 외숙모와 대판 부부싸움을 벌였다. 삼촌 작업실에서 식구들 모두에게 들릴 만한 고함 소리가 흘러나왔다. 얼른 거실로 뛰어나가 보니 안토니아 아줌마가 작업실 문에 귀를 바싹 가져다대고 엿듣는 모습이 보였다.

"이 따위 바보짓 이젠 지긋지긋해!"

후안 삼촌이 소리쳤다.

"내 말 알아듣겠냐? 이젠 연필조차 들고 싶지 않다 이거야! 그 작자들한테 받을 돈이 아직도 많은데, 난 도무지 너라는 여편네를 이해할 수가 없어. 왜 쳐들어가서 받아오겠다는데 말리느냐고?"

"어머머, 웃겨! 전엔 돈 문제에 개입하기 싫다고 나더러 다 알아서 하라더니, 왜 이제 와서 딴소리에요? 이 시시껄렁한 것들도 그림이랍시고, 할부로라도 팔았을 땐 그렇게 좋아하더니만."

"이걸, 모가지를 확 비틀어버릴라!"

한숨까지 몰아쉬며 고소해하는 가정부를 놓아두고 나는 밖으로 나왔다. 온갖 냄새로 가득한 골목길에서 찬바람을 들이마셨다. 해질 무렵 습기로 눅눅해진 인도 위로 이제 막 불을 밝히기 시작한 가로등 불빛이 반사되었다.

나중에 집으로 돌아와 보니 외할머니와 후안 삼촌이 저녁 식사를 하고 있었다. 후안 삼촌은 넋 나간 표정으로 앉아 있고, 무릎에 손자를 앉힌 외할머니는 알아듣지도 못할 소리를 끊임없이 중얼대면서 보리차를 담은 국 대접에 빵을 작게 부셔 넣었다. 우유도, 설탕도 없어, 그냥 마실 요량인 것 같았다. 글로리아 외숙모는 보이지 않았다. 내가 나간 뒤 곧바로 외출한 모양이었다.

밤. 아직 외숙모는 귀가하지 않았지만, 나는 텅 비어쓰린 배를 다독이며 잠자리에 들었다. 그러고는 곧바로 온 세상이 거센 파도에 흔들리는 조각배처럼 통째로 흔들리는 악몽을 꾸었다…… 어쩌면 정말 배에 올라 식당 칸에

서 맛있는 과일 디저트를 먹던 참이었는지도 모른다. 하여
간 누군가 살려달라고 비명을 질러대는 통에 잠에서 깼다.

비명의 주인공이 글로리아 외숙모라는 걸 퍼뜩 깨달
았다. 아마도 후안 삼촌이 무지막지하게 몽둥이를 휘둘러
대는 모양이었다. 나는 잠시 이불 속에서 나가봐야 하나
말아야 하나 망설였다. 그런데 외숙모의 비명이 계속되었
고, 그 뒤로 삼촌이 쏟아내는, 스페인어 속에 존재하는 최
악의 욕설들과 거친 악담들이 들려왔다. 화가 치솟아 오른
후안 삼촌은 표준 스페인어와 카탈루냐 지방 사투리를 뒤
섞어 사용했는데, 어찌나 욕설이 자유자재로 튀어나오는
지 거의 경악할 지경이었다.

결국 일어난 나는 외투를 꿰어 입고 나가 보았다. 어
두컴컴한 가운데 후안 삼촌 내외의 방문 앞에서는 할머니
와 가정부가 마구 문을 두들기고 있었다.

"후안! 후안! 어미다, 문 좀 열어보거라!"

"그래요, 제발 문 좀 열어보세요!"

방 안에서는 여전히 욕설이 들려왔고, 뭔가가 휙 날
아가면서 가구에 부딪쳐 와장창 박살나는 소리도 들렸다.
부모와 함께 방 안에 갇혀 있던 꼬맹이가 울기 시작했고,
할머니는 아이 울음소리에 이러지도 저러지도 못하고 안
절부절못했다. 방문을 두들기려 두 손을 들어올리자 뼈만

앙상하게 남은 두 팔이 그대로 드러났다.

순간 후안 삼촌이 발길질로 방문을 확 열어젖혔고, 넋 나간 글로리아 외숙모가 반 벌거숭이가 된 상태로 울면서 용수철 튕기듯 뛰쳐나왔다. 하지만 곧 후안 삼촌에게 뒷덜미를 잡혔고, 외숙모는 할퀴고 깨물면서 발버둥을 쳤다. 삼촌은 외숙모를 한 팔로 옆구리에 끼다시피 끌고는 욕실로 갔다.

"아이고, 가엾은 우리 새끼!"

할머니가 아기 침대에 선 채로 격자 난간을 붙잡고 우는 꼬맹이에게로 달려갔다…… 할머니는 얼른 어린애를 들쳐업고는 다시 부부싸움 현장으로 달려갔다.

후안 삼촌은 글로리아 외숙모를 욕조에 처넣더니, 옷을 입은 위에다 샤워기를 틀어 얼음처럼 차가운 물을 쏟아부었다. 머리채를 사납게 움켜쥐고 외숙모의 얼굴을 치켜든 탓에 외숙모의 입이 벌어져 차가운 수돗물이 그대로 입 안에 고였다. 그러면서도 삼촌은 우리 쪽을 돌아보며 고함을 질러댔다.

"다 들어가 엎어져 자라고! 여긴 볼일 없으니까 말이야!"

하지만 우린 아무도 꼼짝하지 않았다. 결국 할머니가 애원했다.

"아들을 봐서라도, 이 아이를 봐서라도, 후안! 제발 좀 진정해라!"

순간 삼촌이 글로리아 외숙모를 잡은 손을 놓았다 ─ 외숙모가 더는 발악하지 않았기 때문이었다 ─ 그러고는 성난 얼굴로 우리 쪽으로 다가왔다. 가정부 안토니아는 뒷다리 사이로 꼬리를 착 내린 천둥이를 데리고 잽싸게 줄행랑을 쳐버렸다.

"그리고 엄마! 당장 그 새끼 데리고 가세요. 그놈의 새끼마저 요절을 내버릴지도 모르니까요!"

욕조 한가운데 무릎 꿇고 앉은 글로리아 외숙모가 욕조 가장자리에 얼굴을 기대고 울음을 터뜨렸다. 어떻게든 참아보려 했지만 터져나오는 오열을 억누를 수 없었던가 보다.

난 어두운 복도 한구석에 웅크리고 있었다. 뭘 어찌해야 할지 몰랐기 때문이었다. 그런 나를 후안 삼촌이 발견했다. 이제 아까보다는 좀 진정이 된 듯했다.

"어디, 너도 좀 쓰잘 데가 있는가 보자."

삼촌이 내게 말했다.

"가서 수건이라도 좀 가져와봐!"

삼촌 셔츠 자락 안으로 갈비뼈가 앙상하게 드러난 옆구리가 들여다보였다. 여전히 가쁜 숨을 몰아쉬느라 가슴이 벌렁거렸다.

난 이 집 식구들이 세탁물을 어디에 보관하는지 알
길이 없어 우선 내 수건을 가져갔다. 혹시 필요할지 몰라
덮고 자던 담요도 들고 나왔다. 글로리아 외숙모가 폐렴에
라도 걸리면 큰일나겠다 싶었다. 찬물을 뒤집어쓰지 않은
나도 엄청나게 추웠으니까.

후안 삼촌이 글로리아 외숙모를 욕조에서 확 끄집어
내려 하자 외숙모가 삼촌의 손등을 깨물어버렸다. 삼촌은
욕설을 확 내뱉고는 주먹으로 외숙모의 머리통을 마구 후
려치기 시작하더니, 나중에야 주먹질을 멈추고 거친 숨을
몰아쉬며 쏘아붙였다.

"언젠가는 내 손에 죽을 줄 알아, 이 나쁜 년!"

그러고는 문을 쾅 닫고 나가버렸다. 이제 욕실에는 외
숙모와 나만 남게 되었다.

내가 글로리아 외숙모 쪽으로 몸을 숙이며 말했다.

"자! 어서 나오세요, 외숙모!"

외숙모는 여전히 꼼짝도 않은 채 발발 떨다가 내 목
소리를 알아차리고 울음을 터뜨리며 남편에게 욕을 주워
섬겼다. 내가 외숙모더러 욕조에서 나오라고 흔들어대니
까 외숙모도 별 저항 없이 일어서더니 물기가 뚝뚝 떨어
지는 옷을 벗기 시작했다. 추위로 손가락이 곱아들어 손의

움직임이 자연스럽지 못했다. 나도 외숙모의 체온이 떨어지는 것을 막기 위해 부지런히 숙모의 온몸을 문질러 마사지 해주었다. 얼마나 정신없이 문질러댔는지 피곤이 몰리며 곧 무릎이 떨릴 지경이 되었다.

"괜찮으시면, 제 방으로 가세요."

외숙모를 다시 후안 삼촌의 손아귀에 놓아둘 수 없다는 생각에 내가 제안했다.

외숙모는 내가 준 담요를 온몸에 두른 채 추위로 이를 딱딱 부딪치면서 내 뒤를 따랐다. 우린 담요 하나를 나누어 덮고 침대 위에 나란히 누웠다. 글로리아 외숙모의 몸은 완전히 얼음장 같았고, 덕분에 나도 반쯤 얼어붙는 것 같았지만 숙모만 두고 달아날 수도 없는 문제였다. 외숙모의 빨간 머리칼은 젖어 검붉게 보였고, 서로 덩어리를 이루며 달라붙어 마치 베개 위에 핏자국처럼 느껴졌다. 가끔 그 머리칼이 내 얼굴에 닿는 걸 느꼈다. 외숙모는 여전히 얼음장처럼 차가운 상태였다. 이런 처절한 상황에서도 잠이 마구 밀려오는 게 신기하기도 했지만, 도저히 잠을 참을 수 없어 내 두 눈은 스르르 감겨버리고 말았다.

"나쁜 놈…… 짐승만도 못한 새끼…… 내가 그동안 저한테 어떻게 해줬는데. 정말, 나 정도 되니까 그렇지…… 나같이 착해빠진 여자니까 그렇지…… 내 말 들

고 있지, 안드레아? 그이 완전히 미쳤어. 나 정말 무섭다
고. 언젠가는 날 죽여버리고 말거야…… 안드레아! 자
지 마, 응? 나 이 집에서 도망쳐버리면 어떨까? 너 같으면
어쩔 것 같아? 만일 네가 나라면, 계속 이렇게 맞고 살지
는 않을 거 아냐……? 더구나 난 아직 한참 젊은데 말이
야…… 예전에 한번은 로만 도련님이 지금껏 나만큼 예
쁜 여자는 본 적이 없다고 한 적 있어. 안드레아! 너에게만
살짝 말하는 건데, 실은 예전에 시골 성에서 며칠 지내는
동안 로만 삼촌이 나를 모델로 그림을 그렸더랬어……
나중에 완성된 초상화를 보고 어찌나 내가 예쁘게 그려
졌던지 나도 놀랐다니까…… 아! 나 정말 지지리 복도
없지?"

어찌나 잠이 쏟아져오는지 머리가 무겁게 느껴질 정
도였다. 그래도 중간 중간 잠이 깰 때마다 퍼뜩 놀라 잠이
확 달아나면서 눈물바람 속에 글로리아 외숙모가 쏟아내
는 한탄에 귀 기울이려 애를 썼다.

"내가 너무 착해서 그래, 너무 순해 빠져서…… 네 외
할머니께서도 내게 그랬다니까. 사실 내가 화장하는 걸 좀
좋아하고, 놀기도 좀 좋아하지만, 내 나이면 다 그런 거 아
냐……? 아니, 그리고 내가 언니를 좀 만나러 가겠다는데,
그걸 극구 못 하게 하는 건 또 뭔데? 나한테는 엄마나 다

름없는 언니인데 말이야…… 다 언니네가 변변치 못하고 별 볼 일 없는 집안이라서 그러는 거야…… 그래도 언니네는 먹는 거 하나는 잘 먹고 살아. 일단 흰 빵도 있고, 소시지도 있고…… 아휴, 안드레아! 이럴 줄 알았으면 차라리 어디 공장 노동자랑 결혼이라도 하는 건데 그랬어. 차라리 노동자들이 양반 나리들보다 잘 먹고 사는 것 같으니 말이야. 구질구질한 작업화를 신고 다니긴 해도, 먹고 사는데는 지장 없고, 하여간 월급도 받잖아. 솔직히 우리 그이가 어디 공장 같은 데 취직해서 월급이라도 좀 받아왔으면 좋겠어…… 내가 비밀 하나 말해줄까? 사실 우리 형편이 너무 안 좋다 보니 우리 언니가 가끔씩 돈을 좀 쥐어주곤 해. 만일 우리 그이가 이 사실을 알게 된다면 날 잡아죽이려 들겠지만 말이야. 아마 로만 도련님 권총으로 날 쏴죽일 거야…… 언젠가 로만 도련님이 우리 그이한테 이렇게 말하는 걸 내 두 귀로 똑똑히 들었거든. 언제든 형 그 머리통을 날려버리고 싶다든지, 아니면 형네 그 망할 여편네 머리통을 날려버리고 싶거든, 주저하지 말고 내 권총 갖다 쓰슈라고 말이야…… 아 참, 안드레아, 그거 알아? 무기 소지가 위법인 거 말이야. 로만 삼촌이 법을 어기고 있는 거라고……"

글로리아 외숙모가 살짝 상체를 일으킨 뒤 내가 자는

지 보려고 나를 내려다보았다. 여전히 물에 빠진 생쥐 꼴이었다.

"휴…… 안드레아! 사실 내가 가끔 언니 집에 가는 건 좀 배불리 먹고 싶기 때문이야. 언니는 번듯한 가게도 있고, 말하자면, 돈도 번다 이거야. 거기 가면 내가 먹고 싶은 게 다 있어. 신선한 버터, 기름, 감자, 햄…… 언제 너도 한번 데려갈게."

음식 이야기가 나오자 잠이 완전히 달아난 나는 한숨을 내쉬었다. 글로리아 외숙모 언니네 집 찬장 속에 들어 있다는 그 고귀한 음식들이 줄줄이 나열되는 순간, 내 뱃속이 간절하게 음식을 열망하기 시작했다. 지금껏 느껴보지 못했던 극심한 허기가 밀려왔다. 예전에 로만 삼촌이 내 앞에서 연주했을 때 내 영혼이 간절한 열망으로 전율하면서 로만 삼촌과 끈끈한 유대를 느꼈다면, 이 순간, 글로리아 외숙모와 한 침대를 나눠 쓰면서 외숙모의 몇 마디 말이 일깨운 뱃속의 뜨거운 열망이 외숙모와 나를 하나로 연결시켜주었다.

계속해서 떠들고 또 떠드는 글로리아 외숙모의 맥이 쿵쿵 뛰는 목덜미가 코앞에 있는 걸 느끼는 순간, 내 안에서 일종의 광기와도 같은 야수성이 꿈틀거렸다. 펄떡이는 생고기를 물어뜯어 잘근잘근 씹고 싶은 충동이 일었다. 뜨끈뜨끈하고 싱싱한 피를 꿀꺽 마시고 싶은 충동이……
나 자신의 이런 엽기적인 생각에 기가 막혀 웃느라 온몸
을 들썩이면서도, 외숙모가 내 몸이 느닷없이 요동치는
바람에 놀라지 않도록 애써 조심했다.

창밖에서는 추위를 가르고 내리는 빗방울이 유리창
을 두들겨댔다. 글로리아 외숙모와 긴 대화를 나눌 때면
어김없이 비가 오곤 했다는 생각이 났다. 그 밤도 영원히
끝날 것 같지 않은 그런 밤이었다. 잠은 완전히 달아나버
리고 없었다. 순간, 글로리아 외숙모가 한 손을 내 어깨에
올리면서 나지막이 속삭였다.

"들려……? 들리지?"

후안 삼촌의 발소리였다. 몹시 신경이 날카로운 것 같
았다. 발소리는 우리 방 문 앞에서 멈춰서더니, 다시 저만
치로 멀어졌다. 마침내 발소리가 다시 나더니, 이번에는
삼촌이 방문을 열고 들어서며 형광등 스위치를 올렸다. 외
숙모와 나는 눈이 부셔 잠시 두 눈을 깜빡거렸다. 삼촌은
아까 입었던 면 상의와 바지에 얼마 전에 새로 산 외투를
걸친 차림이었다. 머리는 마구 헝클어졌고, 두 눈과 양 볼
에는 달뜬 흔적이 그대로 남아 있었다. 한마디로 우스꽝스
러운 모습이었다. 삼촌은 주머니에 두 손을 푹 찔러넣은
채 방 한가운데 서 고개를 끄덕거리며 사납고 조소 어린

웃음을 흘렸다.

"얼씨구! 왜, 계속 얘기하시지그래……? 내가 있으면 못 할 얘긴가? 당신 그리 무서워할 것 없어. 잡아먹지는 않을 테니까…… 안드레아! 이 여자가 무슨 소릴 지껄여댔는지 다 알 만하다. 물론, 내가 내 그림 값을 공정하게 쳐달라고 해서 네가 날 미친놈 취급하는 것도 잘 알아…… 하지만 글로리아 외숙모 누드화가 정말 10두로 짜리로밖에 안 보이니? 물감 값하고 목탄 값만 해도 그보다는 더 나가겠다…… 그런데 이 여편네는 내 예술을 싸구려 삼류 화가 그림과 동급으로 취급하려고 하잖아!"

"제발 당신 침대에 가 엎어져 잠이나 자요! 지금이 어디 그 꼴같잖은 그림들 때문에 누굴 닦달할 시간이에요?"

"더는 못 참아! 이 망할……!"

글로리아 외숙모는 담요 속에서 그대로 휙 돌아 삼촌을 등지더니 엉엉 울기 시작했다.

"더는 이렇게 못 살아, 더는 못 참는다고!"

"못 참으면 어쩔 건데? 뻔뻔하기는…… 앞으로 한번만 더 내 그림 갖고 허튼 짓을 벌였다가는 봐라! 내 손에 죽고 말 테니…… 앞으로 내 그림은 나 아니면 아무도 못 팔아! 내 작업실에 들어오기만 해봐! 머리통을 뽀개놓고 말 거야! 차라리 굶어 죽지, 굶어 죽어……"

삼촌은 머리끝까지 화가 치밀어올랐는지 방 안을 이리저리 왔다 갔다 하면서 뜻 모를 소리를 횡설수설 읊조렸다.

글로리아 외숙모 머리에 좋은 생각이 떠오른 모양이었다. 외숙모가 침대에서 벌떡 일어서더니 추위로 온몸이 뻣뻣해지면서도 남편 옆으로 가 달라붙어서는 남편 등을 떼다 밀며 말했다.

"그만 가요, 여보! 우리가 안드레아를 너무 귀찮게 한 것 같아요."

후안 삼촌이 거칠게 외숙모를 뿌리쳤다.

"안드레아, 너도 참아라! 세상 모든 사람들더러 다 참으라고 해! 나도 모든 걸 다 참고 있으니까 말이야!"

"알았으니 어서 가서 자요, 네……?"

후안 삼촌은 신경질적인 눈빛으로 사방을 한번 둘러보더니, 밖으로 나서면서 외숙모에게 말했다.

"안드레아, 자게 불 꺼!"

12

지중해에 이른 봄이 찾아오면서 아직 꽁꽁 언 나뭇가지 사이로 한줄기 봄바람이 불어들었다. 대기는 봄기운으로 차올랐으며, 그 봄기운은 때때로 하늘 위로 피어오르는 엷은 구름처럼 거의 눈으로도 느껴질 정도였다.

"야외로 나가 나무들이라도 좀 봤으면 좋겠어."

에나가 인중을 잔뜩 늘이며 말했다.

"(일 레구아나 떨어진 곳에까지 불쾌한 썩은 냄새를 풍기는 도심의 플라타너스 말고) 소나무를 보고 싶어. 사실 더 보고 싶은 건 바다지만 말이야…… 이번 일요일에 하이메랑 야외로 나갈까 생각중인데, 안드레아, 너도 같이 갈래? 어때?"

하이메에 대해서는 나도 에나만큼이나 잘 알았다. 그는 멋을 알고, 행동에 여유가 있으며 —— 에나를 절망 속으로 빠뜨리면서도 동시에 매료시키는—— 우수에 찬 분위기를 풍기고, 내 눈으로 확인한 적은 없지만 날카로운 지성으로 무장했을 것 같은 사람이었다. 오후마다 함께 번역을 하다 말고 에나와 나는 두툼한 그리스어 사전 위로 이마를 맞댄 채 하이메 이야기를 하곤 했다. 하이메 이야기를 할 때면 에나의 두 눈에 달콤함이 서리며 더 예뻐 보이곤 했다. 그러다가도 에나 어머니가 공부방 앞으로 걸어오는 소리라도 나면, 얼른 입을 다물어버렸다. 하이메는 아직 에나가 가족들에게 털어놓지 않은 중대한 비밀이었기 때문이었다.

"집에서 알면 절대 가만두지 않을 거야. 넌 이해 못 하겠지만…… 사실 내가 콧대가 좀 세거든. 우리 엄만 날더러 너무 사람을 골탕 먹이고 심술 사나운 구석이 있다고 지적하면서도 그런 면을 좋아하시지. 식구들도 하나같이 내 꽁무니 쫓아다니던 남자들에게 한 방 먹인 얘길 해주면 배꼽을 잡고 웃어대고 말이야…… 물론, 우리 할아버지는 예외시지만. 할아버지는 지난 여름에도 제법 사회적 명성과 부를 겸비한 어떤 총각을 내가 잔뜩 홀렸다가는 막판에 딱지 놓아버리자 완전히 넘어가려 하시더라고…… 난 남자들이 나에게 빠져드는 게 재미있어. 무슨 말인지 알겠어? 그런 남자들 내면을 탐구해보는 게 재

있다 이거야. 도대체 저 남자들은 무슨 생각들을 하는 걸
까? 나를 좋아하게 되었을 때, 남자들은 어떤 느낌이 들
까? 뭐 이런 것들을 따져보는 것 말이야. 물론, 좀 지겨운
일이기도 해. 그런 남자들이 짜낸 아이디어라는 것들이
알고 보면 언제나 그렇지만 유치하기 짝이 없는 것들뿐이
라서 말이야. 하지만 그래도 생쥐 갖고 장난치는 고양이
처럼, 그런 남자들을 내 손아귀에 넣고 자기가 낸 아이디
어에 자승자박되어가는 꼴을 지켜보는 것도 더러는 재미
있더라고…… 하여튼 남자들은 원래 미련한 종족인 데
다 나만 보면 사족을 못 쓰니, 나로서야 재미있을 뿐이지
뭐…… 우리 집에서는 나라는 사람은 결코 사랑 같은 감
정에 빠지지 않을 거라고 생각해. 그러니 어떻게 내가 사
랑에 빠진 몽롱한 표정으로 하이메를 소개하겠다고 나서
겠니? 더구나 삼촌들과 이모, 고모를 비롯해 일가친척들
까지 다 한마디씩 거드실 텐데…… 할아버지한테는 아마
별 희한한 벌레라도 한 마리 보여드리듯 그렇게 소개해
야 할걸…… 물론, 나중에야 승낙하시겠지. 어쨌든 하이
메가 부자인 걸 아시게 될 테니까. 그렇지만 조금 더 나가
면 아마 실망하실 거야. 하이메가 도무지 자기 재산을 관
리하는 데에는 관리의 기역자조차 모른다는 걸 알게 되실
테니 말이야. 누가 무슨 말을 할지 안 들어봐도 다 알 것 같

아. 아마도 하이메더러 날마다 놀러오라 할 거야…… 네가 생각해도 그렇지, 안드레아? 아마도 조만간 하이메가 지쳐 나가떨어질 거야. 그러니, 정말 결혼이라도 할 생각이 들면 그땐 할 수 없이 식구들에게 알려야겠지만, 아직은 아냐. 절대로!"

"그런데, 너희 둘 바람 쐬러 가는데 내가 왜 같이 가?"

내가 물었다.

"그래야 엄마한테 하루 온종일 너랑 있을 거라고 하지…… 기왕이면 거짓말로 너랑 있는다고 하는 것보다는 정말 너랑 있는 게 더 좋잖아. 난 너랑 있으면 절대로 불편한 느낌 같은 거 들지 않아. 하이메도 널 알게 되면 반가워할걸. 두고 봐, 정말 그럴 거야. 내가 네 얘기 많이 했거든."

하이메는 하이메 후게트의 여러 폭짜리 화첩 제일 가운데 폭에 나오는 성 호르헤와 얼굴이 꼭 닮은 청년이었다. 비아나 대공의 초상으로 여겨지는 바로 그 성 호르헤 말이다. 에나가 꽤 여러 번 그 이야기를 해주기도 했고, 그래서 우리 둘은 툭하면 에나의 침대맡 탁자에 붙여놓은 그 그림을 함께 들여다보곤 했는데, 그래서인지 나는 하이메를 보자마자 한눈에 그림 속 성 호르헤와 정말 흡사하다는 걸 확인할 수 있었다. 섬세하고 우수 어린 얼굴이 매우 인상적이었다. 하지만 웃을 때면 성 호르헤와 비슷

한 느낌은 온데간데없이 사라지고 그림 속 성자보다 훨씬
더 잘생기고 생기 넘치는 모습이 되곤 했다. 그는 그 누구
도 바다를 찾지 않는 그런 계절에 우리 둘을 데리고 바닷
가로 간다는 생각에 무척 행복해 보였다. 하이메는 아주
큰 자동차를 가지고 있었다. 에나가 미간을 찡긋거리며 말
했다.

"기름 넣어서 그런지 냄새가 진동하네!"

"응. 하지만 그 덕에 두 아가씨를 어디든 모실 수 있게
되었는걸."

우리는 3월 내내 일요일마다, 4월 들어서도 한 번 멀
리로 바람을 쐬러 나갔다. 산보다는 주로 바다 쪽으로 다
녔는데, 당시의 기억 때문에 겨울 바다하면 지금도 밀려온
해초로 너저분해진 모래사장이 떠오르곤 한다. 에나와 나
는 얼음처럼 차가운 겨울 바닷가를 맨발로 뛰어다니다가
차가운 파도가 밀려와 발등을 적시면 비명을 질러대곤 했
다. 최근에 바다에 갔을 때에는 날씨가 제법 따뜻해져 해
수욕도 즐겼다. 에나는 흥을 돋운다며 자신이 안무한 춤을
추어 보였고, 나란히 누워 모래찜질을 하던 하이메와 나
는 푸른 파다와 하얗게 부서지는 물보라가 어우러진 지중
해를 배경으로 한 그녀의 아름다운 모습을 지켜보았다. 춤
이 끝난 후, 에나는 미소띤 얼굴로 다가왔고, 그런 그녀에

게 하이메가 키스했다. 잠시 황금빛이 도는 속눈썹을 내리
깐 에나는 하이메의 품에 안겨 있었다.

"나 널 정말 사랑하나봐!"

에나가 마치 엄청난 사실을 발견했다는 듯 놀란 얼굴
로 고백했다. 미소띤 얼굴의 하이메는 감격스럽기도 하고
또 한편 혼란스러운 듯도 했다. 에나는 내 쪽을 돌아보더
니 한 손을 내밀며 말했다.

"그리고 안드레아, 너도…… 넌 내게 형제나 다름 없
어. 정말이야 안드레아! 그러니까 네 앞에서 하이메와 키
스할 수 있었던 거야!"

밤이 되어 우리는 해변도로를 타고 돌아왔다. 어둠 속
에 하얀 물보라가 만들어내는 환상적인 곡선들과 저 멀리
고깃배에서 흘러나오는 신비로운 불빛들……

"너희 둘만큼 사랑하는 사람이 꼭 한 명 더 있어. 아니,
어쩜 너희 둘을 합친 것보다 그 사람을 더 사랑하는지도
몰라…… 아니, 아니야. 하이메! 아마 너보다는 덜 좋아할
걸…… 아이, 잘 모르겠어. 그런 눈으로 보지 마! 운전 조
심하고! 가끔 나도 내가 누굴 더 사랑하는지 의구심이 들
정도야. 널 더 사랑하는지, 아니면……"

나는 아무 말 없이 에나의 이야기를 들었다.

"이봐, 에나! 이젠 우리에게 그 사람 이름 정도는 알려

쥐야 하는 게 아닐까?"

이렇게 말하는 하이메의 음성에는 낙심한 어린 소년에게서 발견되는 분노 어린 조소가 깃들어 있었다.

"그럴 순 없어."

에나가 잠시 말을 끊었다.

"아니, 세상 그 누구에게도 말하지 않을 거야. 나도 너희들에게 비밀 하나쯤은 가질 수 있는 거니까."

정말 비할 바 없이 행복한 나날들이었다. 나머지 요일들은 오직 그 행복한 주말을 위해 달려가고 있을 뿐이었다. 아침 일찍 집을 나서도 언제나 하이메는 적당한 곳에 차를 대고 먼저 와 우리를 기다렸다. 바르셀로나를 등 뒤로 한 채 둔탁하고 거대한 공장들이 줄지어 서 있고, 그 옆으로는 공장에서 흘러나온 그을음으로 거무튀튀하게 변해버린 높다란 주택들이 늘어선 칙칙한 분위기의 교외 지역을 가로질렀다. 떠오르는 태양 아래, 잿빛으로 그을린 그 주택들의 유리창이 보석처럼 반짝거렸다. 우리가 미친듯이 빵빵거리며 경적을 울려대자 전깃줄 위에 앉아 있던 새들이 놀라 쩍쩍거리며 떼지어 날아올랐다……

에나는 하이메 옆 조수석에 앉았고, 나는 뒷좌석에서 뒤돌아 무릎을 꿇고 앉은 채 바르셀로나라는 거대하고 경이로운 도시를 쳐다보았다. 눈앞에 나타났는가 하면 곧 저 멀리로 멀어지는 도시의 모습이 마치 떼지어 멀어져가는 괴물들 같았다. 가끔 에나는 하이메만 놓아두고 뒷좌석으로 옮겨 앉아, 나랑 같이 창밖을 바라보며 그 순간의 행복을 이야기하곤 했다.

일요일마다 이렇게 에나는 마치 어린 소녀처럼 순수한 기쁨을 드러냈다. 때로는 좀 돌아버린 게 아닌가 싶을 정도였다. 그야말로 주중의 그녀와는 완전히 다른 모습이었다. 뿐만 아니라 에나는 나까지도 그간 전혀 생각지도 않았던 자연에 대한 새로운 느낌을 갖도록 만들었다. 에나 덕에 나는 생명이 살아 숨 쉬는 갯벌의 숨소리와, 이제 막 움트려고 기지개를 켜는 새싹들이 전해주는 신비로운 감동, 모래톱 위에 지천으로 널린 미역 줄기들이 빚어내는 우울한 매력, 바다가 뿜어내는 에너지, 열정, 놀라운 흡인력을 느낄 수 있었다.

"또 역사책 쓰고 있지?"

내가 바다를 보며 고대 페니키아인들과 그리스인들 운운하며 역사 속 이야기들을 떠올릴 때면, 에나는 진저리가 난다는 듯 소리치며 (너무나도 고요하고 푸르르며 햇살에 반짝이는 바다를 가르며) 미지의 선단이 다가오는 장면을 꾸며내곤 했다.

에나는 바닷물에 몸을 담그고 수영을 즐기면서 사랑

하는 사람을 포옹할 때 느끼는 황홀감을 그대로 느꼈다. 나 역시 사랑에 빠져버린 청춘 남녀가 발산하는 찬란한 광채에 절로 빨려 들어가는 듯한, 그야말로 극소수의 사람들만이 느낄 수 있는 그런 행복감을 만끽했다. 그 광채로 인해 세상은 더 숨가쁘게 움직이고, 더 활발하게 고동치며, 한층 더 무한하고 심오한 공간으로 변모하는 것 같았다.

우리 세 사람은 해안가를 따라 죽 늘어선 작은 식당들이나 소나무 숲속에 자리 잡은 노천 카페 등에서 식사를 하곤 했다. 가끔은 비가 내리기도 했는데, 그럴 때면 에나와 나는 하이메의 비옷을 나눠 둘렀고, 비옷을 빼앗긴 하이메는 비에 흠뻑 젖어도 불평 한마디 없었다…… 많은 경우, 나는 하이메의 털조끼나 스웨터를 빌려 입기도 했다. 하여간 하이메는 변덕스러운 봄 날씨에 대비해 이런 온갖 것들을 자동차 속에 준비해 다녔다. 그해 봄 날씨는 여하간 최고였지만 말이다. 그래선지 3월에는 바다를 보고 돌아올 때마다 꽃이 흐드러지게 핀 아몬드 나무 가지를 잔뜩 꺾어 오기도 했고, 정원의 돌담 위에 피어난 미모사들이 파릇파릇한 싹을 틔우며 이파리를 접었다 폈다 했던 기억이 난다.

에나 덕분에 내 삶에도 광채가 어리는 것 같았지만,

그 광채는 주중에 내 삶을 온통 물들이는 암울한 먹물의 영향을 받곤 했다. 그런데 그건 아리바우 거리의 우리 집에서 일어나는 자질구레한 사건들 때문이 아니었다. 난 이미 그런 일들에서는 초연해질 수 있었다. 그보다는 매일 허기진 나날을 보내다 보니 신경이 너무 날카로워져 도무지 아무것에도 집중할 수 없었기 때문이었다. 이제 허기진 생활은 그야말로 일상이 되어버려 거의 배고픔을 느끼지 못할 정도가 되었지만 말이다. 그런 상황이다 보니, 어떤 때에는 정말 아무것도 아닌 일로 에나와 투닥거리곤 했다. 그럴 때면 잔뜩 화가 나 에나의 집을 뛰쳐나오곤 하는데, 잠시 후에는 언제 그랬냐는 듯 아무 말없이 다시 기어들어가 함께 공부를 하곤 했다. 에나 역시 아무런 내색 없이 좀 전의 모습으로 돌아갔다. 그렇지만 나중에 혼자 교외로 나가 길을 걷거나, 또는 극심한 두통으로 잠 못 이루며 공연히 베개 위에서 뒤척거릴 때면 이런 순간들이 절로 떠올라 갑자기 두려움이 밀려들어 울음을 터뜨리기도 했다. 또 그럴 때면 후안 삼촌을 떠올리곤 하는데, 삼촌과 나는 많은 점에서 닮았다는 생각을 했다. 그러면서도 이런 현상들이 영양실조 때문에 나타나는 히스테릭한 반응일 거라고는 미처 생각지 못했다. 여전히 연금을 수령하는 날에는 꽃다발을 준비해 에나네 집을 찾았고, 외할머니에게 사탕을 사다드린다거나, 먹을 게 없을 때 한 개비 피워 물 수 있도록 담배를 한 갑 사둔다거나 했다. 공복에 담배를 피우면 배고픔이 달래지기도 했지만, 무엇보다 파편적이나마 온갖 몽상에 젖어들 수 있어서 좋았다. 로만 삼촌도 여행에서 돌아올 때면 내게 선물이라며 담배를 쥐어주곤 했다. 특히 부엌 문 앞을 지나가다 음식 냄새에 코를 벌름거리며 발을 멈추어 선 뒤 공연히 집 안을 서성거릴 때나, 배고픔에 겨워 침대 속에 들어간 뒤에도 말똥말똥한 눈으로 허공만 바라보고 누워 있을 때면 독특한 미소를 띤 로만 삼촌의 시선이 집요하게도 내 뒤를 쫓아다니곤 했다.

어느 날 저녁, 그날도 에나와 다투고 잠시 나왔는데, 이번에는 틀어진 게 좀 오래도록 마음에 남았다. 그래서 미간을 잔뜩 찡그린 채 화가 나서 속으로 내뱉었다. 다시는 그 집구석으로 가나봐라. 나도 걔 그 잘난 척하는 미소에 진저리가 난다고. 2분도 안 되어 되돌아오는 내 모습을 재미난 눈빛으로 쳐다보겠지? 내가 결코 자기와의 우정을 끊지 못할 거라고 여기나 본데, 흥! 착각 말라고! 제까짓 게 부모님 놀리듯이 — 나는 말도 안 되게 이런 생각까지 했다 — 제 동생들 골려 먹듯이, 저한테 눈이 멀어 죽자 살자 매달리는 못난 남자애들, 마음 주는 척했다가 나중에 실연당해 고통받는 남자애들 골탕 먹이고 재미있어 하듯이 나도 그렇게 가지고 놀려는가 본데…… 이런 생각을 하다 보니 점점 더 에나의 마키아벨리적 성격이 부각되었다. 거의 혐오스러울 정도로…… 결국 다른 날보다 훨씬 빨리 귀가하게 되었다. 학교에서 쓴 노트를 정리하는데 내 글씨를 내가 알아볼 수 없을 지경이어서 신경질이 나다 못해 거의 눈물이 날 것만 같았다. 가방을 챙기다가 가방 제일 밑바닥에 명함이 하나 떨어져 있는 게 보였다. 처음으로 자유를 만끽했던 그날 밤, 성당 앞 어두운 광장에서 만났던 헤라르도가 건넨 명함이었다.

헤라르도를 떠올리니 잠시 괴로움이 잊혔다. 언젠가 바르셀로나 곳곳을 함께 돌아보자고 전화하기로 했던 게 기억났다. 어쩌면 이게 지금의 상념에서 벗어날 수 있는 방법이 될지도 모른다는 생각에, 더 고민할 것도 없이 헤라르도의 전화번호를 돌렸다. 헤라르도는 곧바로 나를 기억해냈고, 다음날 오후에 만나기로 약속을 잡았다. 잠시 후, 아직 너무 이른 시간이기는 했지만 나는 그냥 잠자리에 들어 발코니의 사각 창문을 통해 거리의 불빛이 스며드는 걸 바라보며 잠들었다. 마치 힘겨운 노동으로 지친 몸을 이끌고 잠시 휴식을 취하는 사람처럼, 그렇게 깊고 깊은 잠 속으로 빠져들었다.

다음날 아침, 나는 학교도 가지 않았다. 오로지 에나

를 만나서는 안 된다는 바보스러운 고집 때문이었다. 그럼에도 시시각각 에나와 싸웠다는 사실에 점점 더 마음이 쓰였고, 그때마다 에나가 내게 주었던 진정한 우정이 생각났다. 여태까지 내가 경험했던 사랑과 우정 중에서도 유일하게 자연스럽고 이해타산을 따지지 않는 그런 것이었다.

오후가 되어 헤라르도가 왔다. 우리 아파트 입구에서 날 기다리고 있었기 때문에 얼른 알아보았다. 그는 언제나처럼 주머니에 두 손을 찔러넣은 채 내 쪽을 돌아보았다. 지난번의 투박해 보였던 그의 모습은 사실 내 기억 속에서 완전히 지워지고 없던 차였다. 오늘 그는 외투도 입지 않고, 모자도 쓰지 않고, 대신 멋진 회색 양복을 입고 있었다. 그래서인지 생각했던 것보다 훨씬 더 커 보이고 건장해 보였으며, 머리카락도 훨씬 더 검게 느껴졌다.

"안녕, 예쁜 아가씨?"

그가 인사를 건넸다. 그러고는 내가 강아지라도 되는 양 고갯짓을 했다.

"가자!"

난 슬며시 겁이 났다.

우리 두 사람은 나란히 걸었다. 헤라르도는 처음 만났던 그날처럼 여전히 수다를 쏟아냈다. 가만히 듣다 보니 말할 때마다 어디선가 읽은 구절들을 인용했기 때문에 마치 책을 읽는 듯한 느낌이었다. 그는 날더러 지적이라고 말한 뒤, 자기 역시 지적인 사람이라고 했다. 그러더니 곧 자신은 여성의 지성을 믿지 않는다고도 했다. 그러고는 또 잠시 후, 그건 자신의 말이 아니라 쇼펜하우어가 했던 말이라고도 했다……

헤라르도는 항구 쪽으로 가고 싶은지 몬주익 공원 쪽으로 가고 싶은지 물었다. 나는 어디든 상관없었다. 나는 아무 말없이 그의 옆에서 걷기만 했다. 길을 건널 때면 그가 내 팔을 잡아주었다. 우리는 코르테스 거리를 지나 엑스포 공원까지 갔다. 일단 공원까지 가니 마음이 좀 풀리는 듯했다. 하늘은 파랗고, 고궁의 지붕과 분수에서 뿜어져 나오는 하얀 물보라가 햇살을 받아 반짝거렸다. 지천에 핀 봄꽃들이 바람에 살랑거리면서 그 화려한 색상을 뽐내고 있었다. 우리는 너무 넓은 공원의 수많은 오솔길 속에서 그만 길을 잃고 말았다. 그러다 도달한──가지치기한 사이프러스나무 덕에 짙은 청록 분위기를 풍기는──작은 광장에서 연못 위에 물그림자를 드리우며 서 있는 새하얀 비너스 상을 발견했다. 그런데 누가 장난을 쳤는지 비너스상의 입술에 흉측한 빨강 물감이 잔뜩 발라져 있었다. 헤라르도와 나의 분노에 찬 눈길이 마주쳤다. 순간, 헤라르도가 내게 최상의 친절을 베풀었다. 자기 손수건에 연못 물을 적시더니 건장한 두 다리로 비너스 상 앞에 펄쩍 뛰어올라 대리석상의 입술을 열심히 문질러 빨강 물감을 깨끗하게 닦아냈다.

그때부터 우리 두 사람은 아주 정중하게나마 대화를 시작할 수 있었다. 오래도록 산책도 즐겼다. 헤라르도는 자신에 대한 많은 이야기를 들려주더니, 바르셀로나의 현황에 대해서도 갖가지 이야기들을 전해주었다.

"그럼 달랑 너 혼자라는 말이야? 부모님 모두 안 계시고?"

다시 한번 그의 존재가 거추장스럽게 느껴지기 시작했다.

우리는 미라마르 전망대 쪽으로 가 어느 레스토랑 테라스에 앉아 지중해를 바라보았다. 지중해는 어느덧 석양에 물들어 짙은 와인빛을 띠었다. 제법 큰 항구도 미라마르에서 바라보니 어찌나 조그맣게 보이던지, 작은 새의 눈에조차 다 들어올 것 같았다. 정박장에는 내전 중에 침몰당한 선박들의 골조 일부가 녹이 슨 채 삐죽삐죽 튀어나와 있었다. 우리 오른쪽으로는 남서 공원 묘지의 묘지수인 사이프러스 나무들이 눈에 띄었다. 탁 트인 바다 저 끝 수평선을 마주하고 묘지의 울적한 분위기가 한층 더해지는 것 같았다.

우리 가까이에서는 테라스 곳곳의 테이블에서 사람들이 가벼운 식사를 즐기고 있었다. 오랜 산책을 한 데다 짭짤한 바다 냄새까지 마시니 늘 내 안에 깃들어 있던 공복감이 부쩍 더해지는 것 같았다. 더욱이 몹시 고단하기까지 했다. 나는 옆 테이블, 특히 사람들이 먹는 맛있어 보이는 음식들을 게걸스러운 눈빛으로 쳐다봤다. 헤라르도의 시선이 내 시선을 따라오더니 경멸 어린 목소리로 말했다. 어찌나 경멸감이 묻어나던지, 아니라고 했다가는 야만인 취급을 받을 것 같았다.

"별로 배고프지 않지?"

그러더니 내 팔을 잡아끌고는 더 멋진 곳을 보여주겠다면서 그 유혹의 장소를 벗어났다. 정말 얄밉기 그지없었다.

잠시 후, 바다를 등진 우리 눈에 바르셀로나의 웅장한 모습이 한눈에 들어왔다.

헤라르도가 온몸을 꼿꼿이 세우고 도시를 내려다보며 말했다.

"바르셀로나! 참으로 장엄하고 참으로 풍요로운 곳이지! 하지만 그 안에서 살아가기는 또 얼마나 힘겨운지!"

헤라르도가 심각한 얼굴로 내뱉었다.

마치 고해 성사라도 하는 것 같았다. 순간 가벼운 감동이 일었다. 조금 전 그가 내게 했던, 그 무지한 행동에 대한 변명이라 생각되었기 때문이다. 당시 내가 할 줄 알던 몇 가지 안 되는 일들 중 하나가 바로 어떤 상황 속에서라도 귀신같이 상대방의 정신적 공허를 읽어내는 것이었다. 예를 들어 헤라르도 같은 애가 제 아무리 값비싼 양복과 실크 셔츠를 입었다 해도 말이다…… 나도 모르게 내가 그의 손을 잡았다. 헤라르도 역시 내 손을 꼭 쥐었다. 그의 따뜻한 온기가 내게 전해졌다. 순간 난 갑자기 울고 싶어졌다. 왜였는지는 나도 모르겠다. 그가 내 머리칼에 입맞췄다.

여전히 둘이 손을 잡고 있었지만, 그 순간 내 온몸이 뻣뻣해졌다. 사실 그 당시만 해도 난——겉으로는 냉소주의를 표방했지만——이성 문제에는 형편없는 문외한이었다. 지금껏 내게 키스한 사람도 없었지만, 최소한 첫 번째 키스만은 수많은 남성 중 내가 고르고 고른 사람에게서 받아야 한다고 늘 생각해왔다. 물론, 당시의 상황은 우리 두 사람이 함께 느꼈던 감정의 결과였기 때문에 갑자기 화를 낸다든지 거부한다든지 하는 바보짓은 할 수 없었다. 이런 생각을 하는 동안 헤라르도가 다시 한번 내 머리에 부드럽게 키스했다. 마치 석양에 땅거미지듯 내 얼굴

위로 그림자가 드리우는 듯한 다소 당혹스러운 느낌이 들더니, 그의 애무를 받아들여야 할 의무라도 있는 사람처럼 멍청하게 이러지도 저러지도 못하는 사이 나의 심장이 성난 듯 쿵쾅거리기 시작했다. 난 헤라르도의 내부에서 뭔가 특이한 작용이 일어났나 보다고 생각했다. 이를테면 순간적으로 내게 사랑의 감정을 느꼈다든가 뭐 그런 것 말이다. 그런 생각을 했던 것은, 헤라르도 역시 그저 수컷에 불과하며, 여자 앞에서는 이런 식의 행동밖에는 할 줄 모르는 숱한 남자들 가운데 하나임을 깨닫지 못할 만큼 내가 그렇게 맹추였기 때문이었다. 그애는 지성도, 감성도 그 정도밖에 안 되는 그런 애였다. 헤라르도는 이번엔 느닷없이 나를 자기 앞으로 바짝 잡아당기더니 내 입술에 키스했다. 화들짝 놀란 내가 그를 밀쳐냈다. 그의 타액과 두툼한 입술에서 전해온 열기가 역겹기만 했다. 나는 있는 힘껏 그를 밀쳐낸 뒤 마구 뛰었다. 헤라르도가 곧 나를 따라잡았다. 나는 좀 떨었던 것 같다. 어떻게든 생각을 정리해보려 했다. 내가 그의 손을 잡아준 것이 어쩌면 애정의 표현으로 받아들여졌을 수도 있겠다는 생각이 들었다.

"헤라르도! 정말 미안한데…… 저, 실은…… 나, 너 사랑하지 않아. 네게 아무런 감정도 없단 말이야."

내가 최대한 순진한 표정을 지어가며 말했다.

내 감정을 솔직하게 설명하고 나서야 나는 마음이 좀 진정되는 듯했다.

헤라르도가 마치 자기 팔을 잡듯이 내 한쪽 팔을 잡아챈 뒤 내 눈을 들여다보았는데, 그애의 눈빛이 어찌나 무례하고 멸시로 가득했는지 난 그만 얼어붙고 말았다.

잠시 후, 집 쪽으로 돌아오는 전차에 올라탄 뒤, 헤라르도는 마치 아버지라도 된 양 오늘의 내 행동에 대해 온갖 충고의 말을 건넸다. 얼빠진 계집애처럼 함부로 나돌아다니지도 말고, 혼자 사내애들과 데이트하지도 말라는 것이었다. 마치 앙구스티아스 이모의 훈계를 듣는 기분이었다.

내가 다시는 그와 데이트하지 않겠다고 다짐하자 헤라르도는 좀 당혹스러워하며 말했다.

"아냐, 꼬맹이 아가씨! 나는 말고. 봤잖아? 내가 얼마나 값진 충고를 잘 해주는지…… 난 네게 좋은 친구라고!"

그는 자기 스스로를 무척 대견스럽게 생각하는 것 같았다.

나는 좀 주눅이 들었다. 그러다가 초등학교 시절, 어느 수녀님께서 얼굴이 상기된 채 나더러 이젠 더는 어린애가 아니라 숙녀라고 말해주셨던 게 생각났다. 별안간 그 수녀님의 말씀이 생각났다. 놀랄 것 없어. 병이 아니니까. 이건 하느님께서 예정하신 아주 자연적인 생리 현상이야…… 그래서 결국 이렇게 생각하기로 했다. 그래, 내게 최초로 키스한 애가 이 멍청한 남자애라 한들, 그게 뭐 대수겠는가? 하고.

기운이 쭉 빠진 상태로 아파트 계단을 올랐다. 꽤 늦은 시간이었다. 안토니아 아줌마가 문을 열어주더니 왠지 아첨하는 듯한 목소리로 말했다.

"웬 금발머리 아가씨가 널 찾아왔더구나."

기운도 없고 마음도 쓸쓸했던 나는 그만 눈물이라도 터질 것 같은 심정이었다. 나보다 한결 나은 에나가 먼저 날 찾아온 것이었다.

"거실에 로만 삼촌이랑 같이 있어. 저녁 내내 저러고 있네."

아줌마가 덧붙였다.

나는 잠시 생각에 잠겼다. 그렇게 만나고 싶어하더니 결국 로만 삼촌을 만나게 된 건가? ── 나는 생각했다 ── 첫 인상은 어땠을까? 하지만 호기심도 잠깐, 왠지 모를 노여움이 치솟았다. 그때, 로만 삼촌이 연주하는 피아노 선율이 들려왔다. 나는 얼른 거실 앞으로 가 두 번 노크한 뒤 문을 열고 들어섰다. 로만 삼촌이 연주를 멈추고는 잔뜩 인상을 썼다. 큼지막한 소파 팔걸이에 기대 앉아 있던 에나는 마치 기나긴 꿈에서 깨어나는 듯한 표정이었다.

피아노 위에서 촛불이 타고 있었다──나는 이 방에서 지냈던 많은 밤들을 떠올렸다──기다랗게 피어오르며 불안하게 타들어가는 그 촛불만이 방 안을 비추는 유일한 불빛이었다.

우리 세 사람은 잠시 서로 눈빛을 교환했다. 에나가 벌떡 일어서더니 내게로 쪼르르 달려와 포옹했다. 로만 삼촌이 다정하게 웃으며 일어섰다.

"우리 아가씨들! 난 이제 그만 가볼게."

에나가 한 손을 내밀며 삼촌과 악수를 나누었다. 두 사람은 아무 말없이 서로의 눈을 바라봤다. 에나의 두 눈이 마치 고양이처럼 인광을 발했다. 흠칫 두려움이 일었다. 마치 차가운 얼음이 피부에 와닿는 그런 느낌이었다. 그리고 아주 가느다란 한줄기 빛이, 그야말로 머리카락만큼이나 가느다란 레이저 빛이 유리잔을 조각내버리듯, 그렇게 내 삶을 갈라버린 듯한 느낌이 든 것도 바로 그 순간이었다. 눈을 떠보니 로만 삼촌은 이미 방을 나가고 없었다. 에나가 말했다.

"나도 그만 가봐야겠어. 너무 늦어서…… 아무래도 네가 올 때까지 기다려야겠다고 생각했어. 화가 나면 너

는 가끔 정신없이 행동하잖아. 넌 절대로…… 아냐, 잘 있
어…… 나 갈게, 안드레아."

내 신경은 날카로워질 대로 날카로워져 있었다.

13

다음날엔 오히려 에나가 학교에서 나를 피했다. 나는 쉬
는 시간마다 에나와 함께 있는 게 거의 습관이 되다시피
했기 때문에 막상 혼자 있으려니 뭘 어찌해야 할지 몰랐
다. 강의 끝날 시간이 다 되어서야 에나가 내게 다가와 말
했다.

"안드레아! 오늘 저녁엔 우리 집에 오지 않는 게 좋겠
어. 외출할 계획이거든…… 아니, 오늘 저녁이 아니라, 며
칠 동안은 그게 낫겠어. 내가 다시 연락할 때까지 말이야.
내가 나중에 연락할게. 급히 처리해야 할 일이 생겨서 그
래…… 사전이 필요하면 들러도…… (난 교재도 제대로
갖추지 못했지만, 그리스어 사전도 없었고, 라틴어 사전도 고
등학교 시절에 쓰던 작고 시원찮은 것밖에 없었다. 그래서 번
역 연습을 늘 에나와 함께 하곤 했다……) 아니, 안 되겠다."

잠시 생각하더니 에나가 난처한 미소를 띠고 다시 고쳐 말했다.

"사전도 빌려줄 수 없겠는걸…… 어쩌니? 시험이 코앞이라 나도 밤에 번역 연습을 해야 할 것 같아서…… 아무래도 넌 도서관을 이용해야 할 것 같아. 정말 미안해, 안드레아."

"알았어. 걱정 마."

나는 전날 밤에 느꼈던 것과 꼭 같은 스트레스를 느꼈다. 그러나 지금 느끼는 건 단순한 예감 정도가 아니라 뭔가 좋지 않은 일이 이미 일어나고야 말았다는 분명한 확신이었다. 그나마 지금 느끼는 초조감은 어젯밤 로만 삼촌을 쳐다보는 에나를 보며 가졌던 불안감과 그 순간 느꼈던 섬뜩함보다는 한결 덜한 것이었다.

"다행이구나…… 그럼, 나 얼른 가봐야겠어, 안드레아. 보넷하고 약속이 있어서 너 끝날 때까지 기다리지도 못하겠고…… 어머! 저기 보넷이 벌써 기다리며 손짓하네. 잘 가, 안드레아!"

에나는 내 뺨에 입맞췄다. 누구나 나누는 아주 가벼운 인사였지만, 에나가 평소에 하던 행동은 아니었다. 그녀는 돌아서 떠나며 한 번 더 내게 주의를 줬다.

"내가 연락할 때까지는 오면 안 돼…… 어차피 날 만

날 수 없을 테니까. 알았지? 공연히 너 헛수고할까봐 걱정
돼서 그래."

"걱정 말라니까."

저만치 에나가 그녀 뒤꽁무니를 쫓아다니는 수많은
남자애들 가운데 하나인 보넷과 함께 사라졌다. 평소에는
거들떠보지도 않던 애였는데, 오늘은 마치 찬란한 빛이라
도 뿜어내는 아이로 보는 것 같았다.

그날 이후, 난 에나와 떨어져 혼자 지냈다. 일요일이
되었지만 에나는 여전히 반가운 소식을 주기는커녕, 학교
에서 마주쳐도 그저 방긋 한 번 웃으며 멀찍이서 인사만
건넬 뿐 평소 하이메와 함께 떠나곤 하던 주말 피크닉에
대해서도 일언반구 없었다. 내게는 또다시 외로운 일상이
시작된 셈이었다. 다른 특별한 대안이 있는 것도 아니고,
그저 체념하고 상황을 받아들이는 수밖에 없었다. 그리고
그제서야 나는 사람에게는 크나큰 역경보다 오히려 일상
의 사소하고 자질구레한 난관들이 더 견디기 힘들다는 것
을 깨달았다.

집에서는 글로리아 외숙모가 봄을 타는지 ── 점점
더 신경질이 늘면서 ── 다른 때보다 심하게 짜증을 부려
댔고, 툭하면 울기까지 했다. 외할머니가 무슨 중대한 비
밀이라도 일러주듯 넌지시 알려준 바에 따르면, 혹 둘째

아이가 들어선 건 아닐까 걱정스러워 저런다는 것이었다.

"예전 같았으면, 네가 아직 어려서 이런 말도 못 했겠지만…… 이젠 전쟁도 끝났으니……"

가엾은 우리 외할머니는 누굴 붙들고 하소연을 해야 할지 모르는 것 같았다.

하지만 일단은 할머니가 걱정했던 일은 일어나지 않았다. 다만 좀 특별한 일이라면 4, 5월의 햇살이 어찌나 뜨거운지 마치 삼복더위만큼이나 따갑고 더워 죽을 것 같았다는 점이다. 아리바우 거리에 늘어선 가로수들도 — 에나 말에 따르면, 도심의 가로수에서는 썩은 냄새, 죽은 식물의 무덤 같은 냄새가 난다고 했다 — 투명한 느낌까지 주는 새봄의 잎들로 가득했다. 잔뜩 찡그린 얼굴로 창가로 가 선 글로리아 외숙모는 신록을 보고는 환한 미소를 짓다 말고 또 깊은 한숨을 내쉬었다. 하루는 외숙모가 새로 산 옷을 세탁한 뒤, 목깃을 바꿔 달려다가는 화를 내며 옷을 바닥으로 내팽개쳤다.

"어떻게 난 이런 것도 할 줄 모르는 거야!"

외숙모가 소리쳤다.

"난 도무지 쓸모없는 인간이라니까!"

하지만 외숙모더러 그런 일을 하라고 시킨 사람은 사실 아무도 없었다. 외숙모는 제풀에 겨워 방 안에 틀어박

했다.

로만 삼촌은 무슨 일 때문인지 잔뜩 기분이 좋은 것 같았다. 요 며칠 사이에는 심지어 후안 삼촌하고도 대화를 나눌 정도였다. 그러자 후안 삼촌은 감동했는지, 별것 아닌 일에도 호탕하게 웃어댔고, 로만 삼촌의 어깨를 툭툭 두들겨주기까지 했다. 하지만, 결국 하루 일과는 외숙모와 목청 높여 싸우는 것으로 귀결되곤 했다.

어느 날, 로만 삼촌이 피아노 치는 소리가 들렸다. 내가 익히 들어 알던 곡, 삼촌이 호치필리 신을 기리기 위해 작곡했다는 봄의 노래였다. 삼촌 말에 따르면, 삼촌에게 재앙을 가져다준다던 바로 그 곡 말이다. 글로리아 외숙모는 거실 앞 현관 어두컴컴한 구석에 선 채 열심히 연주에 귀를 기울였다. 나는 거실로 들어가 건반을 두들기는 삼촌의 손가락을 내려다보았다. 삼촌이 신경질적으로 물었다.

"뭐 나한테 할 말이라도 있는 거냐?"

말투뿐 아니라 삼촌이 나를 대하는 태도도 확연히 달라졌다.

"지난번에는 에나와 무슨 말씀을 나누셨어요?"

삼촌은 적잖이 놀라는 것 같았다.

"특별한 얘기는 없었다만, 그래, 걔가 뭐라 하든?"

"아니, 아무 말도요. 그날 이후, 예전처럼 친하게 지내지 못해서요."

"그래……? 하여간, 난 너희들 같은 어린애들 투닥거리는 일에는 관심 없다. 난 그런 유치한 인간이 아니거든."

그러면서 삼촌은 벌떡 일어나 나가버렸다.

그즈음 초저녁 시간은 유난히도 길게만 느껴졌다. 그래도 나름대로는 공책 정리를 한 뒤, 한동안 산책을 하는 습관이 생겼다. 그런데 그렇게 산책을 하다 보면 일곱 시 무렵에는 신기하게도 꼭 에나네 아파트 앞에 와 있게 되었다. 예전에 에나는 오후에 하이메를 만났다가도 일곱 시까지는 꼭 집으로 돌아와 나랑 함께 번역 연습을 하곤 했었다. 가끔 대학 동아리 친구들이 한꺼번에 모일 때에는 오후 내내 에나네 집에서 보내기도 했었다. 한참 문학에 심취해 있던 남학생들은 우리에게 자작시를 낭송해주곤 했다. 그러면 나중에 에나 어머니가 오셔서 노래를 한곡 불러주기도 했다. 그런 날이면 보통 에나네 집에서 저녁을 먹었다. 그런데 그 모든 일들이 이젠 과거사가 되어버리고 말았다. (내 인생에서는 결코 변할 것 같지 않았던 많은 일들조차 내 눈앞에서 벌어지기 시작하나 보다 생각하면 어느새 사라지고 만다는 사실이 두렵기도 했다.) 어느덧 기말고사의 위협적인 그림자가 드리워지면서 동아리 학생들이 한꺼번에 에나네 집으로 쳐들어가곤 하던 일은 중단되고 말았다.

거기에 최근에는 에나와 나 둘 사이에조차 에나네 집에 가는 이야기를 꺼내지도 못하게 되어버린 것이었다.

어느 날 오후, 도서관에서 폰스를 만났다. 폰스는 날 보자 무척이나 반가워했다.

"도서관에 자주 오니? 예전엔 별로 못 본 것 같은데."

"응…… 책 좀 보려고…… 교재가 없거든."

"그래? 그럼 내 책 빌려줄게. 내일 가져다줄 수 있어."

"그럼 넌 어쩌려고?"

"내가 필요하면 돌려달라고 할게."

다음날, 폰스는 한번 펼쳐보지도 않은 듯한 새 책 몇 권을 학교로 가져다주었다.

"너 가져도 돼. 어쩌다 보니 금년에 부모님께서 책을 두 권씩 사셨더라고."

난 울음이라도 터져나올 것 같아 어쩔 줄 몰랐다. 폰스에게 무슨 말이든 해야 할 텐데…… 폰스는 기분이 좋아 보였다.

"요즘은 에나랑 별로니?"

폰스가 물었다.

"무슨…… 그냥 시험 때문에 자주 보지 못해서 그렇지 뭐……"

폰스는 무척 어려 보이는 타입이었다. 키도 작고, 몸

도 홀쭉한 데다, 기다란 속눈썹 덕에 눈빛도 아주 부드러워 보였다. 어느 날, 학교에서 폰스와 마주쳤는데, 그날따라 폰스가 무척 들뜬 목소리로 말했다.

"이봐, 안드레아! 있잖아…… 전엔 여자는 안 된다는 불문율이 있어서 네게 미처 말하지 못 했는데, 내가 네 얘기를 많이 했거든. 넌 보통 여자애들하고는 다르다고 말이야…… 그러니까, 내 친구 기홀스한테 말이야. 그래서 기홀스가 된대. 알았어?"

난 기홀스가 누군지도 몰랐다.

"아니, 알긴 뭘 안다는 거야? 도대체 무슨 소리야?"

"아! 맞다! 내가 내 친구들 얘길 한 번도 한 적 없었지……? 모두들 우리 학교 학생들인데, 솔직히 개인적인 친구라고 할 수는 없어. 기홀스나 이투르디아가 같은 애들 말이야…… 하여간, 곧 알게 될 거야. 모두들 예술을 하거나, 글을 쓰거나, 그림을 그려…… 완전히 보헤미안적 세계의 구성원이라 이거지. 정말 꿈 같은 세계야. 사회적 인습 같은 게 완전히 배제된 공간…… 기홀스 친구인 푸졸 같은 애는, 물론 내 친구이기도 하지만…… 하여간 푸졸은 목에 기다란 스카프를 두르고, 머리도 길게 기르고 다닌다고. 아주 멋진 녀석이지…… 화가인 기홀스의 아틀리에에서 보통 모이는데…… 기홀스도 아주 젊어……

내 말은 예술가로서는 아직 젊다는 말이야. 이제 겨우 스물이니까. 하지만 무궁무진한 재능을 지니고 있어. 사실 지금까지 우리 모임에 여자를 끼워준 적이 없거든. 여자애들이 오면 구질구질한 아틀리에에 우선 놀랄 것이고, 또 여자애들이 주로 하는 그런 쓸데없는 얘기들이나 오가면 어쩌나 하는 걱정이 있었거든. 그런데 내가 네 얘기를 했어. 화장도 전혀 하지 않고, 좀 우울한 분위기지만 눈빛은 살아 있다고 말이야. 그래서 결국 오늘 오후에 한번 데려와도 좋다고들 동의해줬어. 아틀리에는 구시가지 쪽에 있는데……"

난 폰스의 이런 열띤 초대를 꿈에서라도 거절할 수 없었다. 당연히 폰스를 따라나섰다.

우리 둘은 한참을 구시가지를 따라 걸었다. 폰스는 무척 신이 난 것 같았다. 물론, 예전에도 늘 내게 참 잘해줬지만 말이다.

"산타 마리아 델 마르 교회 가본 적 있어?"

"아니."

"그럼, 잠깐 들렀다 갈까? 카탈루냐 지역의 대표적 순수 고딕 양식 건물로 꼽히는 곳이니까. 정말 근사해. 내전으로 교회 건물이 불탔었지만……"

특이한 형태의 종탑들, 아주 자그마한 광장 등 독특한

매력이 넘치는 산타 마리아 델 마르 교회가 곧 우린 눈앞에 나타났다. 교회 건물 앞 쪽으로는 다닥다닥 붙은 낡은 주택들이 즐비했다.

폰스가 모자를 벗어 내게 주었다. 내가 제대로 써 보려고 모자를 움직거리는 걸 보고는 미소지었다. 우린 함께 교회로 들어갔다. 교회 내부는 꽤 널찍하고 시원했으며, 몇몇 신도들이 기도드리고 있었다. 고개를 들어보니 화염으로 시커멓게 변해버린 돌 벽 사이로 깨진 유리창이 눈에 띄었다. 다소 황폐해진 외관이 오히려 시적 감흥을 불러일으켰고, 교회를 더욱더 신성하게 보이게 했다. 잠시 교회에 머문 뒤 옆문을 통해 밖으로 나와보니, 출입구 부근에서 꽃장수들이 카네이션과 금작화를 팔았다. 폰스가 향기 좋은 빨간색, 흰색 카네이션을 한 다발 사서 안겨주었다. 내가 좋아하는 모습을 지켜보는 그의 눈에 기쁨이 서렸다. 우리 둘은 다시 기홀스의 아틀리에가 있다는 몽카다 가까지 걸어갔다.

돌 방패가 새겨진 큼지막한 입구를 들어섰다. 앞뜰에는 마차에 매인 말 한 마리가 한가로이 여물을 씹고 있었고, 암탉들도 모이를 쪼아 먹고 있어 평화로운 느낌이 물씬 풍겼다. 마당 한 귀퉁이에 큼지막하지만 낡아서 곧 무너져내릴 것 같은 돌계단이 보였다. 그 돌계단을 올라 맨

꼭대기 층에 이르자 폰스가 문 앞에 매달린 가느다란 줄을 잡아당겼다. 저 멀리 안쪽에서 종소리가 울렸다. 웬 청년이 문을 열어주었다. 폰스가 겨우 어깨에 닿을락 말락할 만큼 키가 큰 청년이었다. 아마도 기홀스 같았다. 폰스가 그 청년과 반갑게 포옹하고 나서 내게 소개했다.

"안드레아, 이 친구는 이투르디아가야⋯⋯. 지난 한 주 동안 베루엘라 수도원에 들어가 베케르의 발자취를 좇다가 이제 막 돌아온 참이야."

이투르디아가가 나를 내려다보며 살폈다. 기다란 손가락 사이에는 파이프 담배가 끼워져 있었는데, 외모에서는 위엄이 넘치는 듯 했지만 자세히 보면 우리 나이 또래의 청년임을 알 수 있었다.

우리 두 사람은 이투르디아가의 뒤를 따라 제멋대로 방치된 빈 방을 지나 미로처럼 꼬불꼬불한 복도를 가다가 마침내 기홀스가 아틀리에로 쓰는 방에 다다랐다. 볕이 환하게 드는 아주 넓은 방이었는데 —— 의자와 소파 같은 —— 온갖 가구들에는 천 보자기를 씌워놓고 기다란 등의자 하나와 작은 탁자 하나만 사용했다. 탁자 위에 놓인 —— 역삼각형 모양의 —— 컵 속에는 온갖 스케치용 연필들이 꽂혀 있었다.

이젤 위에도, 벽에도 기홀스의 그림이 걸려 있었고,

가구에도 바닥에도, 그야말로 방 안 곳곳에 기홀스의 작품들이 놓여 있었다.

남학생들 두세 명이 모여 있다가 나를 보더니 자리에서 일어섰다. 기홀스는 언뜻 보면 꼭 운동 선수 같은 느낌을 주었다. 체격이 건장하고 성격도 쾌활했는데, 반면 아주 침착한 구석도 있었다. 한마디로 폰스하고는 완전히 대조적인 유형이었다. 그 옆에 말로만 듣던 푸졸의 모습이 보였다. 예상대로 기다란 스카프를 걸쳤는데, 그야말로 철저하리만치 소심한 친구였다. 나중에 푸졸의 그림을 감상할 기회가 있었는데, 피카소의 결점이란 결점은 모조리 본떠 그린 듯한 그림들이었다 —— 그것도 모방만 했을 뿐 독창성과는 거리가 멀었다. 그러나 대가의 작품을 모방한다고 해서 푸졸을 탓하겠는가, 열일곱이라는 그의 나이를 탓하겠는가? —— 일행 중에서도 가장 눈길을 끄는 사람이 바로 이투르디아가였다. 그는 늘 과장된 몸짓을 섞어가며 말하는가 하면, 거의 고함을 치듯 목소리를 높여 말하기도 했다. 나중에 안 일이지만, 그는 네 권짜리 장편 소설을 탈고해놓은 상태였는데, 출간하겠다고 나서는 출판사를 찾지 못한 상황이라고 했다.

"이것 봐! 정말 아름답지 않아? 얼마나 아름다운지!"

이투르디아가는 베루엘라 수도원 이야기를 하던 중

이었다.

"그곳에 있으니 종교적 헌신과 신비로운 정신적 고양, 고독으로의 영원한 은거를 이해할 수 있겠더라고…… 아쉬운 것이 있다면, 너희들, 그리고 사랑뿐이었지…… 사랑이라는 것이 이토록 끊임없이 굴레가 되지만 않았더라도 나도 저 하늘의 대기처럼 자유로울 수 있었을 거야, 안드레아!"

그가 나를 쳐다보며 말했다.

그러고는 심각한 얼굴로 말을 이었다.

"모레 마르토렐과 결투를 벌일 거야. 달리 대안이 없거든. 기홀스! 네가 내 들러리가 되어줘야겠다."

"그럴 것 없어. 일이 그 지경까지 가기 전에 우리가 알아서 처리할 테니까."

기홀스가 내게 담배를 권하면서 말했다.

"너도 내가 그 정도는 알아서 할 수 있을 거라고 믿지……? 마르토렐이 람블라스 거리에서 꽃 파는 아가씨에게 좀 험한 말을 했다고 해서 결투까지 벌인다는 건 바보짓이야."

"람블라스 거리에서 꽃 파는 아가씨라고 다른 숙녀들과 다를 게 뭐가 있어?"

"그건 나도 동감이야. 하지만 그 아가씨랑 네가 원래

알던 사이도 아니고, 반대로 마르토렐은 우리 친구잖아. 좀 제멋대로인 구석이 없진 않지만, 그래도 괜찮은 녀석이야. 더구나 마르토렐이 그저 장난으로 한 거였다고 하니, 네가 좀 봐줘야 하는 것 아냐?"

"천만에!"

이투르디아가가 고함을 질렀다.

"그 자식, 이미 그 순간부터 내 친구가 아니었어……"

"자, 그럼 저 문 뒤에 있는 빵과 햄으로 우리 안드레아 아가씨께서 맛좋은 샌드위치를 만들어주실 수 있을지 어디 한번 볼까요?"

폰스는 계속해서 친구들의 대화를 들으며 내가 어떤 반응을 보이는지 관찰하다가는 나와 눈이 마주치면 싱긋 웃곤 했다. 내가 커피를 끓여낸 뒤 기홀스가 찬장에 잘 넣어둔, 모양과 크기는 가지각색이었지만 하나같이 오래된 도자기 찻잔에 따랐다. 폰스 말로는 찻잔들이 모두 기홀스가 에스칸테스 경매장에서 낙찰받아온 것들이라고 했다.

나는 기홀스의 그림들을 살펴보았다. 하나같이 바다를 그린 것들이었다. 폰스의 상반신 초상화도 눈길을 끌었다. 아직 개인전을 가진 것도 아닌데 벌써 그림이 잘 팔리는 걸 보니 기홀스는 제법 운이 좋은 화가인 것 같았다. 나도 모르게 기홀스의 그림과 후안 삼촌의 그림을 내심 비교하지 않을 수 없었다. 물론, 기홀스의 그림이 백번 나왔다. 그림 값이 몇천 페세타네 어쩌네 하는 친구들의 소리를 듣는 순간, 후안 삼촌의 성난 목소리가 귓전을 때리는 듯했다…… '글로리아 외숙모 누드화가 정말 10두로 짜리로밖에 안 보이니?' 내게는 이 아틀리에의 '보헤미안'적 분위기가 꽤 편안하게 느껴졌다. 행색이 구질구질하고 귓불에 때가 낀 사람도 푸졸밖에 없었다. 푸졸은 아무 말없이 내가 만든 샌드위치를 게걸스럽게 먹어치우는 중이었다. 하지만, 실은 푸졸이 꽤 부자라는 걸 나중에 알게 되었다. 기홀스의 아버지는 제조업을 하시는 분으로 엄청난 부자였고, 이투르디아가와 폰스 역시 카탈루냐 지역에서는 꽤 알아주는 사업가 집안 자제들이었다. 더욱이 폰스는 외동아들로, 집안에서 무척 애지중지하는 아들이라고 했다. 나중에 내가 그 사실을 알게 되자 폰스는 귓불이 빨개지도록 부끄러워했다.

"우리 아버지는 도무지 날 이해하지 못하셔."

이투르디아가가 불평했다.

"하긴, 재산 불리는 데만 관심 있으시니 어떻게 날 이해하시겠어? 내 소설 출판을 도와주실 생각은 눈곱만큼도 없으시다니까. 보나마나 손해보는 장사라는 거야……! 설상가상으로, 지난번 사고 친 이후로는 완전히 옴짝달싹 못하게 해놓으셨다니까. 수중에 땡전 한푼 없이 말이야."

"지난번 일은 그리 잘못한 것도 아니잖아?"

기홀스가 미소 띤 얼굴로 말했다.

"당연하지! 더군다나 내가 거짓말을 한 것도 아니고…… 아, 글쎄, 아버지께서 얼마 전에 부르시더니 얘야, 가스파르! 내가 잘못 들은 거면 좋겠다만…… 크리스마스 선물로 네게 준 2천 페세타를 벌써 다 써버렸다는 게 사실이냐? 이러시는 거야. (그때가 크리스마스 지난 지 딱 보름째 되는 날이었어.) 그래서 내가 말씀드렸지. 네, 아버지. 다 썼습니다. 그랬더니 갑자기 사나운 맹수처럼 두 눈알을 부라리면서 소리치시는 거야. 그 많은 돈을 어디다 다 써버렸는지 냉큼 말해봐! 난 천하의 노랭이 우리 아버지한테 조목조목 돈 쓴 걸 말씀드렸는데, 도무지 심드렁하시더라고. 하는 수 없이 이렇게 둘러댔지. 나머지는 모두 로페스 솔레르에게 줬습니다. 사정이 하도 딱해 빌려줬는데…… 아버지께서 냅다 소리치시더라고. 한 푼도 되돌려주지 않을 그런 뻔뻔스러운 녀석에게 돈을 모조리 빌려줬다고? 이 맞아 죽을 놈아! 지금부터 스물네 시간 안에 그 돈을 모두 회수해오지 못하면, 그 로페스 솔레르인가 뭔가 하는 놈은 감옥에 처넣고, 너도 한 달 내내 빵과 맹물만 먹게 할 거다…… 돈을 함부로 낭비하는 놈이 어떤 꼴을 당하게 되는지 내 똑똑히 가르쳐주고 말 테야…… 내가 얼른 둘러댔어. 그건 안 되겠는데요, 아버지. 로페스 솔레르는 지금 빌바오에 가고 없거든요. 아버지는 잠시 맥이 풀리는 것 같더니만, 곧바로 원기를 회복하시고는 소리치셨어. 오늘 밤 당장 빌바오로 가거라. 형하고 같이 가. 이 망할 놈! 내 피 같은 돈을 함부로 써댔으니 내 똑똑히 가르쳐주겠다! 그래서 그날 밤에 형하고 야간 열차를 타고 빌바오로 갔다는 거 아냐. 너희들도 알지? 우리 형, 어떤 사람인지. 별것 있지도 않으면서 공연히 점잔만 빼는 돌대가리. 빌바오에 가서는 날 데리고 아버지 친척이란 친척은 다 찾아다니며 인사를 하더라고. 하여간, 로페스 솔레르는 마드리드로 떠나고 없는 상황이었어. 형이 바르셀로나로 연락을 넣었더니, 우리 아버지 왈, 그럼 마드리드로 가거라. 난 너만 믿는다, 이그나시오…… 이번에 가스파르 그 녀석 호되게 좀 가르쳐야겠어…… 이러시더라고. 덕분에 우린 다시 마드리드 행 야간열차를 탔지. 마드리드 카스티야 카페에서 로페스를 찾아냈어. 얼마나 반가워하는지 두 팔을 활짝 벌리며 눈물을 다 글썽이더라고. 그런데 내가 왜 왔는지를 알고 나더니, 날더러 죽일 놈이라며 돈을 갚기 전에 나부터 죽여버리겠다고 하더라고. 그런데 내 등 뒤에 권투 선수 부럽지 않은 주먹을 자랑하는 이그나시오 형이

떡 버티고 선 걸 보더니 함께 있던 친구들한테 돈을 걷어 모아 내 돈을 갚았어. 이그나시오 형이 흡족한 얼굴로 돈을 받아 챙기더군. 공연히 나만 로페스 솔레르하고 원수지간이 되고 말았지 뭐야…… 형하고 집으로 돌아갔더니, 아버지께서 일장 연설을 하시고는 내게는 벌로 회수해온 돈을 아버지가 압수하시겠다는 거였어. 거기에 기차타고 다니느라고 쓴 돈을 상쇄하기 위해 앞으로 여드레 동안 용돈도 주지 않겠다고 하시고. 그때, 우리 형 이그나시오가 말없이 로페스 솔레르에게 되돌려받은 25페세타짜리 지폐 한 장을 꺼내서는 아버지께 내밀었어. 불쌍한 우리 노인네, 모래성처럼 무너지며 묻더라고. 도대체 이건 또 뭐야? 로페스 솔레르에게 빌려줬던 돈입니다, 아버지. 내가 대답했지. 그 다음에 내 인생이 어떻게 꼬였는지는 짐작할 수 있겠지? 이제 내 작품을 내 돈으로 출간하려면 돈을 모아야 해."

난 무척 재미있고 즐거웠다.

"어허! 그나저나 진리는 왜 저렇게 돌아 서있는 거지?"

이투르디아가가 벽 쪽을 향해 돌려놓은 액자를 보며 말했다.

"얼마 전에 미술 평론가 로만세스 그 양반이 다녀갔는데, 나이가 벌써 쉰이 넘어서 그런지 작품을 그다지 날카롭게 보지 못하는 것 같더라고……"

이렇게 말하면서 푸졸이 재빨리 일어나 돌려놓은 액자를 전면으로 다시 되돌려놓았다. 검은 캔버스 위에 큼지막한 흰 글씨로 이렇게 씌어 있었다.

우리가 조상들보다 훨씬 더 나음에 하늘에 감사드릴지어다——호머——그 옆에 보란 듯이 화가의 서명이 있었다. 난 실소를 금할 길 없었다. 기홀스의 아틀리에에서 난 꽤 즐거운 시간을 보냈다. 절대 무의식과 원초적 행복으로 가득한 그곳 분위기가 내 영혼을 보듬어주었다.

14

학기말 고사가 그리 어려운 것도 아니었는데, 난 워낙 걱정을 많이 했던 탓에 그만큼 시험 공부도 열심히 했다.

"너 이러다가 병나겠다. 난 크게 신경 쓰지 않는데. 재시험 걸리면, 다음 학기에 다시 하면 되지 뭘 그래?"

폰스가 말했다.

사실, 최근 들어 나는 툭하면 깜빡거렸고 가끔 두통도 났다.

글로리아 외숙모 말에 따르면, 그동안에도 에나가 로만 삼촌을 만나러 삼촌 방에 몇 번 다녀갔고, 그때마다 삼촌은 에나를 위해 직접 작곡한 바이올린 독주곡을 연주해 주곤 했다고 한다. 이런 문제와 관련해서는 글로리아 외숙모가 정통한 소식통이었다.

"로만 삼촌이 에나하고 결혼할 것 같으니?"

외숙모가 봄이면 엄습하곤 하는 일종의 홍분 증세를 동반하며 느닷없이 내게 물었다.

"에나가 로만 삼촌하고 결혼요? 무슨 말도 안 되는 소리세요?"

"아니 그러지 않고서야 그 아가씨가 저렇게 성장을 하고 나타날 리 없잖아. 집안도 꽤 빵빵한 아가씨인 것 같던데…… 아마도 로만 도련님이 꽉 잡고 싶어할걸."

"쓸데없는 말씀 마세요. 두 사람 사이에 그런 감정 같은 건 없어요…… 원, 참…… 외숙모, 제발 그런 얼토당토 않은 생각 마시라고요! 에나가 우리 집에 온 건, 전적으로 삼촌의 음악을 감상하기 위해서였던 것 외숙모도 아실 텐데요?"

"정말 그렇다면, 왜 넌 안 만나고 갔을까?"

심장이 가슴 밖으로 튀어나올 것만 같았다. 그만큼 나도 그게 궁금했다.

날마다 학교에서는 에나를 볼 수 있었다. 더러 몇 마디 대화를 나누기도 했다. 하지만 둘만의 속깊은 이야기는 전혀 오가지 않았다. 에나는 그녀의 삶에서 나를 완전히 밀어냈다. 한 번은 조심스럽게 하이메 안부를 물었다.

"잘 지내."

에나가 대답했다.

"요즘은 일요일 피크닉은 가지 않지만 말이야."

(에나는 내 눈을 피했다. 아마도 내가 그녀의 눈빛에서 슬픔을 감지하는 걸 원치 않았기 때문일 것이다. 그 누구인들 에나를 이해해줄 수 있겠는가?)

"로만 삼촌은 여행 중이셔."

내가 부지불식간에 말했다.

"나도 알아."

에나가 대답했다.

"아, 그렇구나……"

우린 둘 다 입을 다물고 말았다.

"엄마가 아프셔."

"언제 꽃을 가져다드려야겠네……"

에나가 평소와는 좀 다른 눈빛으로 날 쳐다보며 말했다.

"너도 어디 아픈 것 같아, 안드레아…… 오늘 오후에 나랑 산책 좀 할래? 맑은 공기 마시면 좀 나아질 거야. 티비다보에 가보자. 맛있는 것도 좀 사먹고……"

"급히 처리해야 할 일이 있다더니, 이제 끝났나 보지?"

"아니, 아직은…… 그렇게 비아냥거리지 마. 하여튼 오늘 오후엔 좀 쉴까봐. 너도 함께면 좋겠고."

난 그다지 기쁘지도, 또 슬프지도 않았다. 그간의 거

리감으로 인해 우리 둘 사이의 우정도 어느 정도 희석되어버린 것 같았다. 하지만 내가 에나를 진심으로 좋아한 건 사실이었다.

"그래, 같이 가자…… 네게 더 급한 일만 없다면."

에나는 내 손을 잡아끌더니 손바닥을 죽 펴서 복잡하게 얽힌 손금을 들여다보았다.

"어쩌다가 이렇게 비쩍 말랐어……? 안드레아! 내가 요즘 혹 너를 마음 아프게 했다면 정말 미안해. 용서해 줘…… 그렇다고 내가 너에게만 못되게 군 건 아니지만 말이야…… 하지만 오늘 오후만큼은 예전처럼 지내고 싶어. 알았지? 소나무 숲을 함께 뛰어다니며, 즐겁게 지내자."

정말 우리는 즐겁게 지냈고 웃기도 많이 웃었다. 에나와 함께라면 뭐든 다 재미있고 신이 났다. 나는 에나에게 이투르디아가를 비롯해 새로 사귄 친구들 이야기를 들려주었다. 티비다보에서 보면 바르셀로나 뒤쪽으로 바다가 보였다. 촘촘하게 심어진 소나무 숲에서는 솔향이 풍겨나왔고, 그곳에서부터 나지막한 둔덕이 시작되어 널찍한 숲으로 이어지는가 하면 그 끝 쪽에서 도시가 펼쳐지기 시작했다. 푸르름이 도시 전체를 감싸안고 있었다.

"지난번에 너희 집에 갔었을 때…… 널 만나려고 네 시간이나 기다렸어."

에나가 말했다.

"아무도 말 안 하던걸."

"좀 무료하기도 하고 해서 로만 삼촌 방으로 올라갔거든. 참 친절하게 대해주시더라. 연주도 들려주시고. 가끔씩 아래층 가정부 아주머니에게 전화를 걸어 네가 돌아왔는지 확인했어."

갑자기 내 기분이 울적해졌고, 그걸 알아차렸는지 에나도 역시 언짢은 기분이 되었다.

"안드레아! 네게 마음에 들지 않는 점이 하나 있어. 가족에 대해 수치스럽게 생각하는 것 말이야…… 하지만 로만 삼촌의 경우, 그분은 세상에 얼마 있지 않은 아주 독창적이고 예술가적 기질이 다분한 그런 분이셔…… 만일 네가 우리 삼촌들을 만나보았더라면, 제아무리 등잔을 들이대고 보아도 도무지 영혼의 불꽃 같은 것이라고는 눈곱만큼도 찾아볼 수 없었을 거야. 우리 아버지 역시 감수성이라고는 도무지 없으신, 그야말로 세속적인 분이시지…… 물론, 그렇다고 해서 우리 아버지가 형편없는 분이라는 뜻은 아니야. 게다가 너도 알다시피 미남이시기도 하고. 하지만 우리 엄마가 로만 삼촌이나 뭐 그런 비슷한 사람과 결혼했더라면 훨씬 나았으리라는 생각은 해…… 이를테면 말이야…… 네 삼촌은 아주 특별한 분이셔. 눈빛만 보아도 상대가 원하는 게 무엇인지 알 수 있는 사람. 누군가를 이해한다는 건 때로 정신나간 짓처럼 보이기도 해…… 하지만 안드레아! 너도 은근히 삼촌을 닮은 데가 있는 거 알지? 어쩌면 그래서 내가 너랑 친구가 되고 싶어했는지도 몰라. 두 눈은 초롱초롱 빛나는데, 아무 곳에도 시선을 두지 않은 채 멍하니 걸어다니는 너…… 우린 그런 널 보며 비웃어댔지만, 사실 난 너랑 사귀어보고 싶다는 생각이 들더라. 어느 날인가, 아침 나절에, 폭우가 퍼붓는데 네가 교문 밖으로 나가는 걸 봤어…… 학기 초 무렵이었지. (넌 기억조차 못 하겠지만.) 나는 비옷에 우산까지 챙겨들었는데도 비가 어찌나 억수같이 쏟아지던지 감히 빗속으로 걸어 나갈 엄두를 내지 못하고 다른 애들하고 같이 문가에서 비가 잦아들기를 기다렸어. 바로 그때 널 본 거야. 머리에 뭐 하나 뒤집어쓰지도 않은 채 평상시와 다름없는 걸음걸이로 그 빗속을 걸어가는 너를…… 비바람이 세차게 몰아치니까 머리카락이 네 뺨에 달라붙더라. 난 네 뒤를 따라갔어. 비가 퍼붓듯이 쏟아지는데 말이야. 넌 날 보고 이상하다는 듯 쳐다보면서 잠시 눈을 깜빡이더니, 그제서야 마치 피난처라도 찾는 사람처럼 정원 울타리 밑으로 달려갔어. 그리고 그 밑에 멈춰 선 뒤에야 비로소 네가 쫄딱 젖었다는 사실을 깨달은 것 같더라.

정말 볼 만한 광경이었지. 난 한편으로는 감동을 먹었지만, 또 한편으로는 우스워 죽는 줄 알았어. 아마도 그때부터 널 좋아하게 되었던 것 같아…… 그러고 나서 너 꽤 아팠지……?"

"그래, 기억 나."

"내가 로만 삼촌과 어울리는 거, 네가 싫어한다는 것 알아. 전에 언젠가 네게 로만 삼촌을 소개시켜달라고 한 적 있었지…… 사실 너랑 계속 친구로 남고 싶다면 그런 일은 생각지도 말아야 한다는 걸 그때 알았어…… 그리고 널 만나러 갔다가 삼촌이랑 함께 있었던 날, 네가 얼마나 화가 나고 불쾌했는지도 알아. 다음날, 네가 그 일에 대해 얘기할 작정을 하고 온 걸 알 수 있었어. 말하자면, 계산을 끝내야 한다고 생각한 거겠지. 글쎄, 나도 잘 모르겠어…… 하여간 널 만나고 싶지 않더라. 너도 내 친구는 나 스스로 선택할 수 있다는 걸 이해해줬으면 좋겠어. 그리고 로만 삼촌은 꽤 흥미로운 사람이고 (나도 그 사실은 부정하지 않는다.) 워낙 독특한 사람이라서 그렇기도 하고, 천재적인 데다, 또……"

"비열하고 사악하기까지 하지."

"난 사람을 볼 때, 그 사람이 착한지, 교육은 제대로 받았는지 같은 건 신경 쓰지 않아…… 물론, 교육 수준이라

는 게 함께 어우러져 친구가 되는 데 필수불가결한 조건
인 것은 알지만 말이야. 난 다른 사람들과 좀 다른 눈으로
세상을 보는 사람, 대다수의 사람들과는 좀 다른 각도에서
사물을 바라보는 사람이 좋아…… 어쩌면 너무나 정상
궤도만을 걷는 사람들, 그런 자기 자신에 너무나도 만족해
하는 사람들만 접하고 살아서 그런지도 모르겠어…… 우
리 엄마와 동생들은 자신들이 이 세상에 꼭 필요한 인간
들이라는 확신을 갖고 사는 사람들이야. 언제고 자신들이
원하는 것이 무엇인지, 좋고 나쁜 건 무엇인지 분명히 아
는 사람들…… 그러다 보니 그 어떤 일이 닥쳐도 그다지
고민하지 않아."

"아빠는 사랑하잖아?"

"물론 사랑하지. 하지만 이건 별개의 문제야…… 아
빠가 미남이시고, 내가 아빠를 쏙 빼닮았다는 사실에 감
사해…… 하지만 지금도 엄마가 왜 아빠 같은 분과 결혼
하셨는지 이해할 수가 없어. 어린 시절, 내 눈에 엄마는 그
야말로 열정 그 자체였어. 어린 내 눈에도 엄마는 다른 사
람들과 좀 달라 보였거든…… 그래서 난 엄마를 늘 관찰
했지. 그런데 점차 엄마가 아빠를 사랑하고, 아빠와 더불
어 행복해한다는 걸 깨닫게 되자 일종의 실망감이 엄습하
더라고……"

에나는 진지했다.

"보상받을 길이 없었어. 난 평생 단순하고 모범적인 삶을 살아온 친척들과의 만남을 피해왔어…… 단순하면서도 동시에 지성적인 사람들. 그런 사람들을 난 견딜 수 없더라고…… 난 존재 자체가 천편일률적이지 않도록 만드는, 일종의 광기를 지닌 사람들이 좋아. 설사 그 때문에 불행해진 사람들이라도 말이지. 그런 광기 때문에 늘 구름 위에 뜬 것 같은 사람들…… 너처럼 말이야…… 우리 가족들에 따르면, 원치 않는 불행에 처한 그런 사람들……"

나는 에나를 쳐다보았다.

"여기서 우리 가족은 엄마를 뺀 나머지 사람들을 말하는 거야…… 사실 우리 엄마는 세상 물정을 전혀 모르셔. 그게 엄마의 매력이기도 하지만…… 네 실제 모습이 어떤지 알게 되신다면 우리 아빠나 외할아버지가 뭐라 하실 것 같아? 난 알지만, 너라는 애가 늘 먹을 게 없어 배를 곯고 다니고, 단 사흘조차 부잣집 자제들과 어울리는 데 필요한 옷을 사 입지 못해 쩔쩔매는 애라는 걸 아신다면……? 네가 밤늦은 시간에 혼자 밤거리를 쏘다니는 애라는 걸 아신다면? 자신이 진정 원하는 게 뭔지도 모르면서 늘 뭔가를 갈구하는 애인 걸 아신다면? 말할 것도 없어, 안드레아! 아마도 널 보시면 무슨 악령이라도 본 듯이 성호를 그으실 거야."

에나는 내 앞으로 바싹 다가오더니 날 마주보고 섰
다. 그러고는 두 손을 내 어깨에 얹고 내 눈을 바라보며 말
했다.

"그런데 오늘 오후, 아니 네 삼촌이나 네 가족들에 대
해 말할 때의 너는 내 친척들과 다를 바 없는 것 같아……
넌 내가 너희 집에 있다는 사실만으로도 진저리를 치지.
넌 네가 속한 세상에 대해 내가 아무것도 모를 거라고 생
각하는가 본데, 사실 난 처음부터 이미 그 세상 속으로 빨
려 들어가기 시작했고, 지금도 그 세상을 완전히 파악하
고 싶은 바람뿐이야.

"네가 뭔가 잘못 생각하는 거야. 로만 삼촌과 우리 집
안 사람들은 거칠고 구질구질한 삶을 살아가는, 네가 지금
까지 알아온 사람들과는 완전히 다른 아주 형편없는 종족
들이야."

나는 도저히 에나를 설득할 수 없음을 알고도 강한
어조로 강변했다.

"지난번에 너희 집에 갔을 때 내 눈 앞에 펼쳐진 세상
은 전혀 낯선 새로운 것이었어. 마치 마법에 걸려버린 듯
한 느낌이랄까. 아리바우 거리 한복판에서 로만 삼촌이 그
린 그런 그림을 볼 수 있으리라고는, 온갖 골동품으로 가

득 찬 방에서 촛불에 의지해 나를 위해 피아노를 연주해 주는 사람이 있으리라고는 꿈도 꾸어보지 못했거든……
내가 얼마나 네 생각을 하며 지냈는지 넌 모를 거야. 그런 환상적인 공간에서 살아가는 일에 내가 얼마나 큰 관심을 가지고 있었는지 넌 모를 거라고. 그날, 난 널 제대로 이해할 수 있을 것 같았고…… 그래서 널 더욱 좋아하게 되었어. 네가 들어올 때까지는 말이야…… 그런데 넌 무의식 중에 나의 그런 열광을 산산조각 내어버리는 눈빛으로 날 쳐다보더구나. 하지만 내가 네 집에 들어가서 너의 모든 것을 보게 되었다고 해서 내게 화낼 필요 없어. 난 너의 모든 것에 관심 있었으니까…… 너희 집 마녀 같은 가정부 아줌마부터 해서 로만 삼촌이 키우는 앵무새까지 모든 것에…… 로만 삼촌에 대해서는, 딱 그 정도밖에 안 되는 사람이라고 말하지 마. 그분은 아주 특별한 분이셔. 삼촌의 자작곡 연주를 들어 보았다면 너도 인정할 거야."

우리는 전차를 타고 다시 시내로 돌아왔다. 오후의 잔바람에 에나의 머리카락을 가볍게 흩날렸다. 아주 예뻐 보였다. 에나가 말했다.

"언제든 오고 싶을 때 우리 집에 와도 돼…… 지난번에 오지 말라고 한 것 미안하고…… 그건 다른 일이었지만 말이야. 너도 알지? 넌 내 하나밖에 없는 친구야. 엄마

도 가끔 네 소식을 물으셔. 네가 안 오니까 좀 걱정하시는
것 같아…… 사실 내가 여자 친구랑 친하게 지내니까 꽤
흐뭇해하셨거든. 철든 뒤로는 날마다 남학생들 속에만 둘
러싸여 지냈으니까……"

15

집에 도착할 무렵엔 두통이 심하게 났다. 그런데 저녁 식사 시간쯤인데도 집 안이 너무 조용한 게 이상했다. 가정부 아줌마 안토니아도 평소와는 달리 민첩하게 움직였다. 잠시 후, 부엌에 앉아 무릎 위에 기댄 천둥이 머리를 쓰다듬고 있는 아줌마의 모습을 발견했다. 예전에도 가끔 벼락 맞은 사람처럼 있는 대로 신경질이 뻗쳐 가정부 아줌마에게로 달려갈라치면, 그녀는 늘 푸르둥둥한 이를 드러내며 미소짓곤 했다.

"장례 치르게 생겼어."

아줌마가 말했다.

"네?"

"꼬맹이가 죽게 생겼다고……"

얼른 후안 삼촌 부부의 방 쪽을 돌아보니 불빛이 새

나오는 게 보였다.

"의사가 왕진을 다녀갔어. 나도 약국에 가서 마땅한 약이라도 좀 구해보려고 했는데 사람들이 도무지 내 말을 믿어줘야 말이지. 하긴, 이 댁 영감님 돌아가시고 나서 집 구석이 어떻게 돌아가는지는 온 동네가 다 아는 일이니, 뭐…… 안 그러냐, 천둥아?"

나는 후안 삼촌네 방으로 들어가 보았다. 삼촌은 전등 빛이 아이 얼굴에 닿지 않도록 등을 헝겊으로 가려놓았다. 아이는 고열로 혼수 상태인 것 같았다. 삼촌이 아이를 두 팔에 안고 있었다. 요람에 내려놓기만 하면 자지러지게 울어댔기 때문이었다…… 할머니는 완전히 정신이 빠져 있었다. 아이를 싼 담요 속으로 한 손을 집어넣고 아이의 발만 주물러주었다. 다른 한 손으로는 묵주를 돌리며 기도했는데, 울음을 터뜨리지 않는 게 신기할 정도였다. 후안 삼촌과 할머니는 부부용 침대 가장자리에 걸터앉았는데, 침대 안 쪽으로는 글로리아 외숙모가 등을 벽에 기댄 채 걱정스러운 표정으로 카드 점을 치는 게 보였다. 여느 때와 마찬가지로 흐트러진 옷차림에 머리는 온통 헝클어져 엉망인 상태였다. 아마도 카드로 재수를 점치는 것 같았다.

"도대체 무슨 병이에요?"

내가 물었다.

"잘 모르겠다는구나."

할머니가 황급히 대답했다.

후안 삼촌이 할머니를 쳐다보며 말했다.

"의사 말로는 폐렴 초기 증상 같다고 하는데, 내가 보기에는 배탈이에요."

"음, 그래……"

"별것 아니에요. 우리 애가 얼마나 튼실한데요. 이 정도 열은 잘 견뎌낼 겁니다."

삼촌이 아이의 머리를 조심스럽게 쓰다듬더니 가슴에 꼭 안으며 말했다.

"여보! 얼른 나가봐야지요!"

글로리아 외숙모가 앙칼지게 소리쳤다.

후안 삼촌은 걱정스러운 눈빛으로 아이를 내려다보았다. 조금 전에 별것 아니라고 말했던 걸로 봐서는 별나다 싶을 정도였다.

삼촌이 부드러운 목소리로 대꾸했다.

"여보, 내가 나가도 될지 모르겠어…… 당신 생각은 어때? 아이가 나만 찾는데……"

"내 생각에는 말이죠, 여보! 그런 쓰잘 데 없는 생각 같은 건 안 하는 게 좋겠어요. 이렇게 편하게 몇 푼이라도 벌 수 있게 된 건 하늘이 내려준 기회예요. 저하고 어머니가 있잖아요. 게다가 백화점에는 전화도 있을 거고요. 안 그래요? 그러니 무슨 급한 일이 있으면 전화할게요. 경비가 당신 하나는 아닐 테니, 연락하면 얼른 올 수 있을 거 아녜요. 그러면 하루치 임금은 못 받게 되겠지만요……"

후안 삼촌이 일어서자, 아이가 끙끙 앓는 소리를 냈다. 삼촌은 얼굴을 기묘하게 일그러뜨리며 어색한 미소를 지었다.

"얼른 가요, 여보! 얼른! 애는 어머니한테 주고요!"

후안 삼촌은 아이를 할머니 품으로 넘겨주었다. 아이가 자지러지게 울기 시작했다.

"어디, 이리 줘보세요."

아이는 엄마 품에 안기더니 좀 나은지 울음이 잦아들었다.

"고얀 녀석! 제 몸 멀쩡할 땐 할미만 찾더니……"

할머니가 섭섭한 얼굴로 말했다.

후안 삼촌은 외투를 걸치고도 상심한 얼굴로 아이 얼굴만 내려다보았다.

"뭐 좀 먹고 나가요. 부엌에 가면 수프하고 찬장에 빵한 조각 있을 거예요."

"알았어. 내 따끈하게 데워 먹고 갈게. 유리잔에 덜어 가지고……"

삼촌은 집을 나서기 전에 다시 한번 침실로 돌아왔다.

"아무래도 이 외투는 두고 헌 옷을 입고 가야겠어."

삼촌은 벽에 걸린 구깃구깃하고 얼룩이 여기저기 묻은 낡은 외투를 조심스레 집어들었다.

"날도 별로 춥지 않고, 하룻밤 경비만 서도 옷이 많이 상할 테니까……"

아무래도 삼촌은 여전히 출근할 마음이 내키지 않는 것 같았다. 글로리아 외숙모가 다시 소리 질렀다.

"늦었어요, 어서 가요!"

마침내 삼촌이 집을 나섰다.

글로리아 외숙모는 아이를 안은 채 안절부절못했다. 그러다가 삼촌이 나가며 문 닫히는 소리가 나자 잠시 목을 길게 빼고 소리를 듣더니 할머니를 불렀다.

"어머니!"

할머니는 마침 저녁 식사를 하러 가서 빵 조각을 수프에 찍어 먹다 말고는 서둘러 방으로 달려왔다.

"자요, 어머니, 자요! 빨리요!"

외숙모는 울든 말든 상관없이 어린애를 할머니 무릎에 내려놓더니, 나름대로 제일 좋다고 생각되는 옷으로 갈아입기 시작했다. 나염 무늬가 들어간 옷인데 목깃은 바느질을 하다 만 데다 의자 위에 걸쳐놓아 몹시 구겨진 상태였다. 거기에 파란 구슬을 이어 만든 목걸이까지 걸쳤다. 목걸이 아래쪽에는 파란 왕구슬도 두 개 달려 있었다. 얼굴에는 주근깨를 가린답시고 여느 때와 마찬가지로 분가루를 덕지덕지 처바른 뒤 떨리는 손으로 입술과 눈두덩에도 화장을 마쳤다.

"오늘 밤, 그나마 그이가 야간 경비 일이라도 맡게 되어 천만다행이에요."

너무 연로해 노쇠한 두 팔로 안기에는 벅찬 아이를 안고 오락가락하면서 못마땅한 듯 고개를 절레절레 젓는 할머니를 쳐다보며 외숙모가 말했다.

"전 언니 집에 좀 다녀올게요, 어머니. 절 위해 기도해주세요. 아이 약값이라도 하게 언니가 돈을 좀 쥐어줘야 할 테니까요…… 절 위해 기도해주셔야 해요, 어머니! 그렇게 못마땅해하지 마시고요…… 안드레아도 있잖아요."

"그래요. 저도 책 보고 있을게요."

"나가기 전에 뭘 좀 먹고 가지 그러니?"

글로리아 외숙모가 잠시 생각하더니 한두 술이라도 뜨고 가는 게 낫겠다고 생각한 것 같다. 할머니가 드시던 수프는 그대로 식어 빠져 기름기가 둥둥 떠 있었지만 누구 하나 신경써주는 사람도 없었다.

글로리아 외숙모가 나가자 가정부 아줌마와 천둥이

는 방으로 들어가 잠들었다. 나는 식당에 불을 켠 뒤── 식당이 이 집 안에서 그래도 제일 나은 공간이었다── 책을 펼쳤다. 하지만 그날 밤에는 도무지 집중도 되지 않고, 읽어도 이해도 되지 않았다. 결국 특별히 한 것도 없이 공연히 책장만 뒤적이며 두세 시간을 보냈다. 5월 말경이었기 때문에 열심히 공부해야 할 때였는데 말이다. 코 앞에 놓인 반쯤 먹다 만 할머니의 수프 그릇이 자꾸 신경을 잡아끌었다. 뜯어먹다 만 빵 조각도.

어디서 가녀린 모기 소리 같은 게 들려왔다. 할머니가 아이를 팔에 안고 자장가를 불러주며 이쪽으로 왔다. 할머니는 여전히 자장가를 부르는 듯한 어조로 내게 말했다.

"안드레아, 얘야……! 안드레아, 아가야……! 나랑 같이 묵주 기도 드리자꾸나."

무슨 소린지 알아들을 수가 없어 자세히 귀를 기울여야 했다. 무슨 뜻인지 알아들은 나는 할머니를 따라 삼촌 방으로 들어갔다.

"제가 잠깐 아기 좀 안고 있을까요?"

할머니가 완강하게 고개를 가로저었다. 그러고는 다시 침대 가장자리에 걸터 앉았다. 아이는 자는 것 같았다.

"주머니에서 묵주 좀 꺼내다오."

"팔 아프지 않으세요?"

"아니, 괜찮다…… 어서 묵주나 꺼내다오."

나는 성모송을 읊기 시작했다. 성모송은 늘 우울한 느낌을 주었다. 그때 현관문 열쇠 따는 소리가 들렸다. 난 글로리아 외숙모일 거라 생각하고 얼른 일어서 나갔다. 그런데 후안 삼촌이 들어서는 걸 보고는 그만 숨이 탁 막히는 것 같았다. 보아 하니 너무 불안해 해가 뜨기도 전에 좀 일찍 들어온 것 같았다. 할머니의 얼굴도 흙빛이 되어버렸다. 후안 삼촌은 곧 상황을 파악한 것 같았다. 재빨리 입을 헤벌린 채 벌겋게 열에 들떠 잠든 아이 얼굴을 한번 들여다보더니 꼿꼿하게 몸을 세우고 물었다.

"글로리아는 어디 있어요?"

"응…… 좀 쉬러 갔다, 얘야…… 아니, 그게 아니라…… 그러니까…… 맞다! 약 사러 갔다! 그렇지, 안드레아……? 내가 왜 이리 깜빡깜빡하는지. 아휴, 얘, 안드레아! 네가 말씀드려라……"

"거짓말 마세요, 엄마! 내 입에서 험한 말 나오게 하지 말라고요!"

삼촌은 또다시 울화가 치미는 모양이었다. 어린 애가 잠에서 깨 칭얼댔다. 삼촌은 밖에서 들어와 습기를 먹은 축축한 외투를 벗지도 않고 그대로 잠시 동안 아기를 안고 얼렀다. 그러면서도 틈틈이 악다문 이 사이로 욕지거리를 내뱉었다. 점점 더 화가 치솟는 것 같았다. 결국 삼촌은 아기를 할머니 무릎 위에 내려놓았다.

"얘야, 후안! 어딜 가려고 그래? 애가 우는데……"

"글로리아 그걸 잡아와야겠어요. 머리채라도 휘어잡고 제 자식 앞에 끌어다놓아야겠다 이겁니다……"

삼촌은 온몸을 부들부들 떨더니 방문을 발로 뻥 차고 나갔다. 할머니가 결국 울음을 터뜨렸다.

"얼른 따라가봐라! 얼른 따라가! 저러다 며늘애 잡을라! 어서 가보라니까!"

난 더 생각할 것도 없이 얼른 외투를 주워입고 후안 삼촌을 뒤따라 계단을 뛰어내려갔다.

이것 아니면 큰일날 사람처럼 정신없이 삼촌 뒤를 따라갔다. 겁이 났다. 가로등과 사람들이 마구 뒤섞여 내게로 다가오는 것 같았다. 밤 공기는 푸근했지만 습도가 꽤 높았다. 아리바우 거리를 벗어나는 모퉁이 제일 마지막 나무에 매달린 연초록의 잎사귀들이 새하얀 조명을 받아 기묘한 빛을 발했다.

후안 삼촌은 어찌나 빨리 걷는지 거의 뛰는 것에 가까웠다. 처음에는 삼촌의 모습이 보인다기보다는 저 멀리로 언뜻언뜻 눈에 띄는 정도였다. 저러다가 삼촌이 전차에라도 올라타면 어쩌나 하는 걱정에 초조했다. 수중에 전차

표 살 돈조차 없었기 때문이었다.

플라사 데 라 우니베르시닷 광장에 도달했을 무렵 종탑에서 열두 시 반을 알리는 종소리가 들려왔다. 후안 삼촌은 광장을 가로지르더니 론다 데 산 안토니오 거리와 어두컴컴한 타예르스 거리로 갈라지는 길모퉁이에서 잠시 발걸음을 멈췄다. 저 아래쪽 펠라요 거리를 따라서 불빛이 강물처럼 흘렀고, 온통 네온사인이 깜빡였다. 후안 삼촌 앞으로 전차가 휙 지나갔다. 삼촌은 마치 어느 길로 가야 할지 방향을 가늠하기라도 하는 사람처럼 사방을 두리번거렸다. 입고 있는 외투가 바람에 날리면서 앙상하게 마른 두 다리에 휘감겼다. 나는 사실 삼촌 바로 옆까지 다가갔지만 감히 삼촌을 부를 엄두가 나지 않았다. 하긴, 지금 이 상황에서 삼촌을 불러본들 무슨 소용이 있겠는가?

심장이 마치 백 미터 달리기라도 하고 난 사람처럼 심하게 요동쳤다. 삼촌이 론다 데 산 안토니오 쪽으로 방향을 잡자 나도 그 뒤를 따라갔다. 그런데 갑자기 삼촌이 뒤로 휙 돌아서는 바람에 삼촌과 나는 서로 정면으로 마주본 형상이 되고 말았다. 하지만 삼촌은 나를 알아보지도 못한 채 눈길 한 번 주지 않고 그냥 비껴 지나가 왔던 길을 되돌아갔다. 결국 다시 플라사 데 라 우니베르시닷 광장으로 나온 삼촌은 이번엔 다시 타예르스 거리로 접어들었다.

거리에는 아무도 없었다. 가로등도 다른 곳보다 어두웠고, 도로 포장 상태도 형편없었다. 또다시 길이 두 갈래로 갈라지는 곳까지 왔다. 당시 그곳에 공용 수도가 하나 있었는데, 수도꼭지가 제대로 잠기지 않아 발아래 물웅덩이가 생겼던 것으로 기억된다. 후안 삼촌은 잠시 선 채로 람블라스 거리 쪽에서 흘러드는 화려한 불빛을 주시했다. 그러더니 돌아서서 라마예라스 거리 쪽으로 들어섰다. 좁다랗고 꼬불꼬불한 골목길이었다. 난 부지런히 뛰다시피 삼촌 뒤를 쫓았다. 어느 문 닫힌 상가에서 밀짚 냄새와 뒤섞인 과일 냄새가 풍겼다. 건물 지붕 위로 휘영청 떠오른 달도 보였다. 내 온몸의 혈관은 거친 고동 소리를 내며 혈액을 곳곳으로 실어 날랐다.

골목과 샛길이 연결될 때마다 샛길을 통해 저 멀리로 람블라스 거리가 보일 때면 후안 삼촌은 깜짝깜짝 놀라는 것 같았다. 그래서 사방으로 눈알을 굴리며 볼 안쪽 살을 질근질근 씹어대기도 했다. 카르멘 거리로 들어서는 입구에 도달하자 —— 이곳은 다른 골목보다는 그래도 좀 밝은 느낌이었다 —— 무슨 심각한 문제라도 고민하는 사람처럼 왼쪽 손바닥으로 오른쪽 팔꿈치를 받치고는 턱 끝을 만지작거리며 한참 골똘히 생각에 잠겼다.

우리 두 사람의 여정은 끝이 없을 것 같았다. 난 도대체 삼촌이 어디로 가려는 것인지도 몰랐고, 또 어딜 간들 상관할 바도 아니었다. 그저 내 머릿속에는 오로지 삼촌 뒤를 따라가야 한다는 생각뿐이었고, 온통 그 생각에 사로잡혔으면서도 왜 그런지조차 생각하지 못했다. 그제서야 보통 때보다 두 배는 멀리 빙빙 돌아 여기까지 왔음을 알았다. 이번에는 산 호세 시장 한쪽을 가로질렀다. 높다란 건물들 사이에서 우리 두 사람의 발소리만 크게 울렸다. 방대한 시장통에서 하나같이 문을 닫아 건 상점들은 죽음을 연상시켰고, 드문드문 내걸린 희뿌연 전등 빛이 얼마나 서글픈 느낌을 주었는지 모른다. 인광을 발하는 고양이처럼 두 눈이 반짝거리는 큼지막한 쥐들이 우리 발소리에 놀라 달아났다. 피둥피둥 살찐 어떤 놈들은 마치 우리에게 달려들기라도 하겠다는 듯 길 한복판에 버티고 서 있었다. 계속해서 과일 썩는 냄새와 고기와 생선 비린내가 풍겨왔다…… 마치 쫓고 쫓기는 사람처럼 우리 두 사람이 골목에서 툭 튀어나오자 야경꾼 하나가 심상찮은 시선으로 우릴 노려보았다.

오스피탈 거리에 이르러 후안 삼촌은 느닷없이 람블라스 거리의 화려한 불빛을 향해 내달렸다. 여태까지 그 불빛을 피해 도망쳐온 것 같던 사람이 말이다. 이제 우리 두 사람은 람블라스 거리 한복판에 서 있는 셈이었다. 틈틈이 뒤를 살피는 것으로 보아 삼촌은 무의식중에 나의 미행을 눈치챈 것 같았다. 하지만 삼촌의 시선이 나를 스쳐 지나갔는데도 삼촌이 나를 알아보는 것 같지는 않았다. 삼촌은 사람들 틈바구니를 뚫고 도망가는 도둑놈만큼이나 수상쩍어 보였다. 나를 지나친 남자들이 나를 보고 웃어대며 집적거린 것 같은데 정확히 기억은 나지 않는다. 나는 이 길이 과연 어디에서 끝날 것인지 생각지 않았으며, 이렇게 분통이 폭발하면 어디로 튈지 뻔히 아는 삼촌을 진정시키기 위해 내가 지금 무슨 짓을 하는 건가에 대해서도 생각지 않았다. 그나마 삼촌이 무기를 지니고 있지 않다는 사실만으로도 적잖이 안심이 되던 터였다. 하여간 이런 생각들로 신경이 어찌나 흥분 상태에 달해 있었는지 목구멍이 쏴 하다 못 해 아픈 지경이었다.

후안 삼촌이 콘데 델 아살토 골목으로 접어들었다. 그곳은 늦은 시각이었음에도 사람들로 들끓고 휘황찬란하게 등불이 밝았다. 이곳이 바로 중국인촌 중심가임을 알 수 있었다. 예전에 앙구스티아스 이모가 틈만 나면 악령이 빛을 발하는 곳이라고 했던 이곳은 온갖 무희들의 포스터가 덕지덕지 붙은 조악하고 칙칙하기만 한 곳이었다. 처마 밑에 천막까지 덧댄 수많은 카바레 입구가 눈길을 잡아끌었다. 사방에서 시끄러운 음악 소리가 제각각 흘러나와 뒤

섞이면서 귀가 얼얼한 소음을 이루어냈다. 나는 사람들 틈
바구니를 뚫고 부지런히 앞으로 걸어나갔다. 가끔씩 인파
속에서 삼촌의 모습을 놓쳐 조바심이 일기도 했다. 이런
속에 있으니 아주 어렸을 적 보았던 카니발의 장면이 생
생히 떠올랐다. 그 당시 사람들 모습은 정말 엽기적이었
다. 챙이 넓은 모자를 쓴 어떤 남자가 눈 주위에 분장을 하
고 지나갔다. 양 볼에도 빨간 분칠을 했다. 사람들 분장술
은 모두 삼류 같았고, 주위는 온통 시끄러운 소음과 포도
주 냄새로 가득 차 있었다. 하지만 그날은 엄마 치맛자락
을 붙잡고 있었기 때문에 사람들의 웃음 소리도, 다소 엽
기적으로 보이는 가면들도 전혀 무섭지 않았었다. 지금 삼
촌 뒤를 따르며 내 주변에서 일어나는 모든 일들과 마찬
가지로, 그날의 기억도 너무나 비현실적인 하나의 악몽으
로 여겨졌다.

　　삼촌의 모습을 놓치는 바람에 난 무척 당황했다. 누군
가가 날 밀쳤다. 눈을 들어 보니 저 멀리로 밤의 적막 속에
정원으로 둘러싸인 몬주익 언덕의 모습이 눈에 비쳤다.

　　그러다가 다시 삼촌의 모습을 찾아냈다. 가엾은 후
안 삼촌은 발걸음을 멈춘 채 가만히 서 있었다. 맛있는 푸
딩이 진열된 불켜진 유제품 전문점 진열장을 물끄러미 들
여다보았다. 삼촌은 입술을 들썩거리며 무슨 생각을 하는

지 콧수염 끝을 만지작거렸다. 지금이야── 내가 생각했다── 얼른 삼촌의 팔에 내 손을 얹자. 삼촌이 제정신을 되찾게 해야 해. 글로리아 외숙모는 지금쯤 집에 있을 거라고 말하는 거야…… 하지만 나는 아무 말도 하지 못했다.

후안 삼촌이 다시 움직이기 시작했다── 어디로 갈까 잠시 망설이더니── 으슥하고 지린내가 진동하는 골목 어귀로 들어섰다. 이제 나의 순례 길은 어느덧 갈수록 짙어가는 어둠 속에서 사냥 길로 바뀌어갔다. 난 이제 내가 어디쯤에 와 있는지조차 알 수 없었다. 주변의 높다란 주택들은 다닥다닥 달라붙은 채 음습한 기운을 내뿜었다. 몇몇 집 안쪽에서는 음악 소리가 들려오기도 했다. 우리 앞으로 저속하게 부둥켜안은 웬 남녀가 밀고 지나가는 바람에 내 한쪽 발이 흙탕물이 고인 웅덩이에 빠지고 말았다. 어느 좁은 골목길에서는 어둠 속에 온통 불그스름한 조명이 새어나왔고, 또 다른 골목은 푸르스름한 빛을 쏟아냈다…… 남자들 몇이 지나가면서 질러대는 술주정 소리가 정적을 갈랐다. 순간 정신이 퍼뜩 든 나는 후안 삼촌 옆으로 바싹 다가섰다. 내가 곁에 있다는 걸 알려주고 싶었다. 다시 삼촌과 나만 남게 되자 삼촌의 발소리에만 귀기울이며 따라 걷는 내 마음도 조금 놓이는 듯했다.

그러다가 쥐죽은 듯 정적만이 감도는 어느 캄캄한 골

목길을 지났던 게 기억난다. 때마침 어느 집 문이 활짝 열리면서 술취한 취객 하나가 떠밀리듯 뛰어나오다가 재수가 없으려니 삼촌과 부딪혀버리고 말았다. 삼촌이 휘청했는데, 그 순간 삼촌은 마치 전기가 오르기라도 한 사람처럼 눈 깜짝할 새 주먹을 날려 취객의 턱주가리를 갈겨버렸다. 그러고는 상대더러 반격이라도 해볼 테면 해보란 듯가만히 기다리고 서 있었다. 잠시 후, 격렬한 몸싸움이 벌어졌다. 난 그저 손 놓고 보고 있을 수밖에 없었다. 두 사람의 거친 숨소리와 욕설이 귀전을 때렸다. 머리 위 어둠 속창문 어딘가에서 누군가가 냅다 소리질렀다. 거기 어떤 새끼들이야?

순식간에 골목길에 사람들이 몰려드는 바람에 나도깜짝 놀라지 않을 수 없었다. 땅 속에서 솟아나왔는지, 느닷없이 두세 명의 남자들이 환호를 내지르며 싸우는 사람들을 둘러쌌다. 어느 집 문이 활짝 열리면서 환한 불빛이새나오는 바람에 눈이 부셨다.

난 너무나 무서워, 사람들 눈에 띄지 않도록 몸을 숨기기에 급급했다. 잠시 후에는 어떤 상황이 벌어질지 상상조차 할 수 없었다——마치 골목길 공중에 마녀들이 떠다니기라도 하듯——저 위에서 이전투구를 바라보는 뻔뻔한 인간들의 목쉰 함성이 들려왔다. 여자들도 상스러운 욕설과 웃음을 뒤섞어가며 싸움을 부추겨댔다. 완전히 멍해진 내 눈에 그 여자들의 얼굴이 마치 어린아이들이 뺑 차올린 공만큼이나 빵빵하게 부풀어오른 채 공중에 둥둥 뜬 것처럼 보였다.

맹수의 울부짖음 같은 괴성이 들리더니 후안 삼촌과 취객이 서로 뒤엉겨 골목길 진창 속으로 넘어졌다. 말리는 사람은 하나도 없었다. 어떤 사람이 손전등 불빛을 비추자 후안 삼촌이 상대방 목덜미를 향해 달려들며 물어뜯으려 하는 게 보였다. 순간 구경꾼들 가운데 하나가 삼촌을 향해 빈 병을 날렸고, 정통으로 병에 맞은 삼촌이 벌렁 나자빠지며 진흙탕 속으로 곤두박질쳤다. 잠시 후, 삼촌이 벌떡 일어섰다.

바로 그때, 누군가가 경보음 비슷한 소리를 냈다. 꼭 영화 같은데서 나오는 소방차 경보음이거나 경찰차의 경적 소리 같았다. 순식간에 골목길에는 후안 삼촌과 나만 달랑 남았다. 삼촌과 뒤엉겨 싸우던 그 취객마저도 어디론가 사라지고 없었다. 삼촌은 후들거리는 다리로 겨우 몸을 일으켜세웠다. 어디선가 숨죽인 듯한 웃음 소리가 들려왔다. 무기력증에라도 걸린 듯 꼼짝 못하던 내가 갑자기 미처 열이 치받치기라도 한 사람처럼 쏜살같이 튀어나가 후안 삼촌에게로 갔다. 나는 삼촌이 제대로 일어서도록 부축해준 뒤 피와 포도주를 뒤집어써 엉망이 되어버린 삼촌의 옷자락을 털어주었다. 숨이 다 가빠졌다.

머리통 속에서 맥 뛰는 소리가 어찌나 쿵쿵 하고 울려왔던지 귀가 다 멍해질 정도였다.

'가요, 삼촌! 어서 가자고요!'

이렇게 말하고 싶었다.

하지만 목구멍에서는 한마디도 나오지 않았다. 나는 그저 삼촌 등을 떠밀었다. 할 수만 있다면 훨훨 날아가버리고 싶었다. 곧 경찰이 올 게 뻔했기 때문에 얼른 삼촌을 다른 골목으로 끌고 들어갔다. 두 번째 모퉁이를 꺾어들었을 때 사람들 발소리가 났다. 후안 삼촌은 잠시 버텼지만 결국 내가 이끄는 대로 따라왔다. 내가 삼촌 어깨에 바싹 달라붙자 삼촌도 나를 껴안았다. 사람들 한 무리가 우리 옆을 지나갔다. 모두들 농담들을 주고받으며 왁자지껄하게 지나갔지만, 우리에게 시비를 걸지는 않았다. 잠시 후, 나는 삼촌을 떼어냈다. 삼촌은 주머니에 두 손을 쑤셔박은 채 벽에 기대섰다. 가로등 불빛이 우리 두 사람의 머리 위를 비쳤다.

삼촌이 날 물끄러미 쳐다보더니, 그제서야 내가 누군지 알아본 모양이었다. 하지만 그날 밤, 그 시각에 내가 중국인촌 한가운데 있는 게 당연하기라도 하다는 듯 아무

말 하지 않았다. 나는 주머니에서 손수건을 꺼내 피가 뚝 뚝 떨어지는 삼촌 눈자위를 닦아낸 뒤 손수건을 이마에 묶어주었다. 삼촌은 내 어깨에 넌지시 기대더니 고개를 옆으로 돌리고 오줌을 누었다. 난 그즈음 곧잘 나를 엄습하곤 하던 바로 그 피로감을 느끼기 시작했다. 무릎이 부들부들 떨려와 걷기가 힘들 지경이었다. 두 눈에는 눈물이 가득 고였다.

"삼촌, 이제 그만 집에 가요……! 가자고요!"

"넌 내가 한방 맞고 어떻게 돌아버리기라도 한 줄 아나본데…… 난 내가 뭣 하러 여기까지 왔는지 똑똑히 기억해……"

삼촌은 다시 불같이 화를 냈고, 나는 턱 끝을 달달 떨었다.

"글로리아 외숙모는 지금쯤 집에 와 있을 거예요. 아이 약값으로 쓰려고 언니 댁에 돈을 꾸러 잠깐 갔을 뿐이라고요."

"거짓말 마! 뻔뻔한 것 같으니! 누가 널더러 너랑 상관도 없는 일에 끼어들라던?"

삼촌이 잠시 마음을 진정시키더니 말을 이었다.

"글로리아는 그 마녀 같은 여자한테 돈을 빌릴 이유가 없어. 그간 그림 값을 주지 않았던 사람들이 내일 아침 여덟 시에 집으로 와 100페세타를 갚아주겠다고 전화로 약속했으니까…… 그런데 누구한테 돈을 빌린다고? 따뜻한 인사말 하나 건넬 줄 모르는 그 언니라는 작자한테……! 내 오늘은 머리통을 박살내버리고야 말 거야! 나한테 못되게 구는 건 봐 넘기겠지만, 제 자식한테조차 짐승만도 못하게 구는 여편네는 용서 못 해!…… 그 못된 여편네를 요절을 내고야 말거야……! 그저 제 언니 집에서 먹고 노는 것만 밝히는 것 같으니라고. 그것이 어떤 종자인지는 내가 다 안다! 새대가리 같으니라고……! 너도 마찬가지야! 계집애들은 다 똑같다고……! 최소한 자식 새끼가 있으면 좀……"

하여간 삼촌은 이런 말들을 마구 주워섬겼다. 내가 굳이 반복할 필요도 없는 그런 말들이었다.

나란히 걸으면서도 삼촌은 계속 떠들어댔다. 삼촌은 내 어깨에 기대어 갔는데, 그 무게에 내가 옆으로 밀릴 지경이었다. 또 날 붙잡은 손에는 어찌나 힘이 들어갔던지, 마치 온 신경의 힘이란 힘은 다 손가락으로 몰려 내 몸 안으로 파고드는 것 같았다. 한 걸음 옮길 때마다, 한마디 내뱉을 때마다 손가락의 힘이 더욱더 날카롭게 느껴졌다.

한참을 걷다 보니, 아까 싸움을 벌였던 그 자리로 되돌아온 걸 알아챘다. 골목길은 이제 완전히 정적에 잠겼다. 삼촌은 갑자기 냄새를 찾아나선 사냥개 모양으로 코를 벌름거렸다. 마치 쓰레기를 뒤지며 냄새를 맡는 병든 개 같았다…… 집 없는 고단한 개의 상처뿐인 몸뚱이 위로 달빛이 비쳤다. 삼촌은 그저 고개를 들어 달님을 한번 쳐다보았다. 달빛 아래 이 골목길에서는 달님의 존재조차 잊혀지고 있었지만……

후안 삼촌이 어느 집 문을 마구 두들겼다. 아무런 대답도 없이 그 소리의 여운만 울려퍼졌다. 삼촌이 한참을 계속해서 대문에 대고 주먹질을 해대고 발길질도 해대자 마침내 누군가 문을 열어주었다. 삼촌은 나를 옆으로 확 밀쳐내고는 나만 길바닥에 내버려둔 채 대문 안으로 들어가버렸다. 안쪽에서 숨죽인 고함 소리가 들려왔다. 그리고 잠시 후에는 침묵뿐이었다. 대문은 내 코앞에서 쾅 닫혀버린 상태였다.

순식간에 피로가 엄습하면서 나는 대문 앞 문턱에 주저앉아버렸다. 아무런 생각도 할 수 없었고, 그저 두 손에 머리를 파묻고 있었다. 한참 지나니 갑자기 웃음이 터져나왔다. 웃음 소리가 어찌나 크게 울렸는지 나는 부들부들 떨리는 두 손으로 허겁지겁 내 입을 틀어막았다. 내가 이러려고 여태까지 뛰어다녔단 말인가! 이러려고 파김치가 되도록 삼촌 뒤를 따라다녔단 말인가……! 밤새도록 저

집 문이 열리지 않았더라면 어찌 되었을 뻔했는가? 이제 어떻게 혼자 집을 찾아간단 말인가? 이런 생각 끝에 아마도 난 울어버린 모양이다. 한참이 지났다. 아마 한 시간쯤 되었을 것이다. 맨 흙바닥에서 습기가 올라왔다. 옥상에 은색 수조가 있는 어느 집 지붕이 달빛에 환히 비쳤다. 봄이었지만 한기가 느껴졌다. 추위, 그리고 왠지 모를 두려움. 난 온몸을 떨었다. 그때, 내 등 뒤에서 문이 열리더니 여자 머리 하나가 살짝 튀어나와 날 불렀다.

"저런……! 들어와요, 어서 들어와!"

나는 문닫은 가게 안으로 들어갔다. 약간의 스낵과 술을 파는 가게였다. 천장에 매달린 희뿌연 백열등 달랑 하나가 가게 안을 비추었다. 카운터 앞에 후안 삼촌이 앉아 있었다. 뭔가가 가득 든 컵 하나를 손 안에 넣고 손가락으로 빙글빙글 돌리고 있었다. 한쪽 방 커튼 밑으로 시끄러운 소리와 불빛이 새어나왔다. 아마도 카드 게임이 한창인 것 같았다. 글로리아 외숙모는 어디 있는 걸까? 조금 전에 내게 문을 열어주었던 여자는 아주 뚱뚱한 몸집에 머리는 온통 염색을 했다. 그녀는 연필 심에 침을 묻히더니 공책에 뭔가를 써내려갔다.

"제부! 제부도 이젠 상황을 알아야 할 것 같네. 솔직히 제부를 먹여살리는 건 순전히 우리 글로리아란 사실을 말이야…… 지금 내 동생 글로리아를 잡아 죽이겠다고 달려온 모양인데…… 저 병신 같은 내 동생이 참고 살아서 그렇지, 제부 그림이란 게 솔직히 넝마주이들이나 주워가려고 하지 누가 탐을 내겠냐고…… 그런데도 아리바우 거리에 떡 버티고 앉아 화가랍시고……"

외숙모의 언니인 듯한 그 여자가 날 쳐다보며 말했다.

"독한 술 한 잔 마실라우, 아가씨?"

"아니요. 괜찮습니다."

"아따, 조신하기도 하지."

그러면서 여자가 웃어댔다.

후안 삼촌은 시무룩한 얼굴로 처형의 질책을 들었다. 내가 문 밖에 쭈그리고 있는 동안에 이 안에서 과연 무슨 일이 일어났는지 도무지 상상조차 할 수 없었다. 삼촌은 아까 머리에 두른 손수건을 벗어버린 상태였다. 셔츠는 온통 구깃구깃했다. 여자가 다시 말했다.

"제부! 그나마 내 동생이 제부를 좋아하는 것만으로도 감사한 줄 알아. 솔직히, 내 동생 정도의 몸매면, 고작 카드놀이 한 판 하러 왔다가 이 꼴을 당하고 있어서 그렇지, 맘만 먹으면 얼마든지 괜찮은 남자를 꿰어찰 수도 있다고. 그래도 제 서방이랍시고, 잘난 화가입네 하고 살게 만들어주느라……"

여자는 고개까지 끄덕여가며 웃어댔다. 후안 삼촌이 대꾸했다.

"입다물지 않으면, 당신부터 요절을 내버릴 거요! 개 같으니라고……"

여자가 성난 낯빛으로 벌떡 일어났다…… 하지만 글 로리아 외숙모가 옆문에서 나오는 걸 보고는 얼굴색을 싹 바꾸며 미소지었다. 후안 삼촌도 외숙모가 나온 걸 알면서 도 일부러 모른 체하고 컵만 내려다보았다. 외숙모가 지친 표정으로 다가와서 말했다.

"가요, 여보!"

외숙모가 삼촌 팔짱을 꼈다. 아마도 아까부터 삼촌이 와 있다는 걸 알았던 것 같다. 두 사람 사이에 도대체 무슨 일이 있었던 건지 난 정말 모르겠다.

우리 셋은 가게를 나섰다. 등 뒤에서 문이 닫히자, 후 안 삼촌이 글로리아 외숙모의 허리에 한 팔을 두르고 어 깨에 기댔다. 잠시 우리 셋은 아무 말없이 걸었다.

"애가 죽은 건 아니죠?"

글로리아 외숙모가 물었다.

후안 삼촌이 고개를 끄덕이더니 울음을 터뜨렸다. 글 로리아 외숙모는 무척 난감해했다. 삼촌이 외숙모를 꼭 껴 안더니 자기 가슴팍에 꽉 끌어안고 계속 울어댔다. 어찌나

서럽게 울던지 삼촌의 온몸이 들썩였고, 결국에는 외숙모
까지 따라 울고 말았다.

16

로만 삼촌이 새로이 젊음을 되찾기라도 한 듯 힘찬 발걸음으로 집 안으로 들어섰다.

"내 새옷 배달 왔습니까?"

삼촌이 가정부에게 물었다.

"그럼요, 로만 도련님. 방에 올려다놓았어요……"

뒤룩뒤룩 살이 오른 천둥이가 느릿한 동작으로 로만 삼촌을 맞으려는 듯 일어섰다.

"천둥이 이 녀석! 너무 망가지는 거 아냐? 너 계속 이 상태로 가다가는 내가 돼지새끼 멱 따듯 네 녀석 멱을 따 버릴 거야!"

삼촌이 미간을 찌푸리며 말했다.

가정부 아줌마의 얼굴에 잔잔한 미소가 퍼져나갔다. 두 눈도 빛을 발했다.

"어머머! 그런 농담 마세요, 로만 도련님! 아이쿠, 우리 귀여운 천둥이! 이 녀석, 얼마나 잘생겼는데…… 그렇지, 천둥아? 그렇지, 우리 새끼?"

가정부가 개 앞에 쭈그리고 앉자 천둥이가 가정부의 양 어깨에 앞발을 걸치고는 그녀의 거무튀튀한 얼굴을 혓바닥으로 핥았다. 로만 삼촌은 그 모습을 재미난 듯 지켜보더니 어느새 기묘한 표정으로 입술을 일그러뜨렸다.

"하여튼, 계속 이 모양으로 간다면 이놈의 개새끼 죽여버릴 거야…… 난 개새끼가 팔자 늘어져 뒤룩뒤룩 살만 찌는 꼴은 못 보거든."

로만 삼촌은 홱 돌아서 나가다가 멈춰 서서 내 볼을 가볍게 토닥거렸다. 삼촌의 검은 눈동자가 광채를 발했다. 삼촌의 피부는 가무잡잡하고 팽팽해 보였지만 자세히 보면 가는 펜으로 그린 것처럼 잔주름이 많이 패여 있었다. 또 윤기가 자르르 흐르는 고수머리도 언뜻 보면 새까맣게 보였지만, 군데군데 흰머리가 섞여 났다. 처음으로 삼촌이 나이가 들었다는 생각을 하게 되었다. 그것도 삼촌이 다른 날보다 유난히 젊어 보였던 그날 말이다.

"용돈 좀 주랴? 네게 뭔가 선물을 해주고 싶은데. 이번에 돈 좀 벌었거든."

난 뭐라 대답을 해야 할지 몰랐다.

"감사하지만, 지금은 별로 필요한 게 없어요, 삼촌."

삼촌은 별나다는 듯 살포시 미소만 띠었다.

"그래? 그럼 담배라도 주마. 아주 고급 담배도 있으니까……"

삼촌은 뭔가 더 할 말이 남았는지, 걸음을 떼다 말고 다시 멈춰서서 말했다.

"저것들은 모처럼 좀 조용한가 보네. 간만에 집에 좀 있어도 되려나……"

삼촌이 후안 삼촌 방을 가리키며 조소 어린 투로 말했다.

내가 아무런 대꾸도 하지 않자 삼촌은 가버렸다.

"너도 들었지? 새 옷을 샀나봐…… 실크 와이셔츠도 샀대…… 어떻게 생각해?"

글로리아 외숙모가 말했다.

"잘 되었네요."

내가 어깨를 한번 으쓱 하며 대답했다.

"로만 삼촌이 원래 옷 같은 거에 신경 쓰는 사람이 아니잖아. 솔직히 말해봐, 안드레아. 아무래도 삼촌이 누굴 좋아하는 것 같지 않아? 삼촌이 원래 여자한테 쉽게 빠지는 스타일이라서 말이야!"

글로리아 외숙모는 오늘따라 무척 초췌해 보였다.

5월이라 그런지 피부도 유난히 꺼칠해 보였고, 눈도 푹 꺼져 보였다.

"솔직히 처음엔 로만 도련님이 안드레아 널 좋아했어. 내 말 맞지? 물론 지금은 아니지만 말이야. 지금은 네 친구 에나한테 푹 빠진 것 같아."

삼촌이 조카인 나를 여자로 좋아했다는 말에 어이가 없었다. 도대체 이 여자의 머리로는 사람들 언행을 이런 식으로밖에 해석하지 못하는 거야? 난 너무 황당해서 그저 외숙모의 허여멀건 얼굴만 쳐다보았다.

외출해서도 내 머릿속에서는 조금 전의 대화가 떠나지를 않았다. 이 생각에 빠져 정신없이 걷는데, 저만치서 딸기코 노인네 하나가 내 쪽으로 걸어오는 게 보였다. 언제나처럼 기분이 언짢아진 나는 얼른 건너편 인도로 건너갔지만 노인을 피할 수는 없었다. 딸기코 영감 역시 잽싸게 길을 건너 내 앞으로 다가오더니 낡아빠진 모자를 벗어들고는 인사를 건넸기 때문이었다.

"안녕하십니까, 아가씨?"

교활한 늙은이의 두 눈이 조바심을 내며 반짝였다. 나도 고개를 숙여 답례를 하고는 얼른 그 자리를 피했다.

그 영감은 내가 익히 잘 아는 영감이었다. 불쌍한 거지 늙은이지만 결코 남에게 구걸하는 법 없는 그런 사람.

영감은 아리바우 골목 모퉁이에 제법 멀끔한 옷을 차려입고 지팡이를 짚은 채 하루 종일 서서 지나는 사람들을 지켜보곤 했다. 추우나 더우나 한결같이 그 자리에 서 있을 뿐, 다른 거지들처럼 내놓고 자신들을 빈민 구호소로 들어갈 수 있게 해달라고 애걸하지도, 소리소리 질러대지도 않았다. 그저 지나는 사람들 하나하나에 정중하고 깍듯하게 인사를 건넸고, 그러다 보면 개중에 마음이 동해 동전 몇 닢을 쥐어주는 사람이 있을 뿐이었다. 그러니 그 영감을 뭐라 욕할 수도 없었다. 물론 내게는 그 영감을 싫어할 만한 특별한 이유가 있기는 했다. 그리고 시간이 가면 갈수록 그를 싫어하는 마음은 점점 더 커갔고, 보면 볼수록 더욱더 화가 났다. 사실 난 어쩌다 보니 피치 못하게 그 영감의 후원자가 되어버렸는데, 아마도 그래서 더 그 영감이 미운 것인지도 모른다. 물론, 그 당시만 해도 내가 그 거지 영감의 후원자라는 생각을 한 건 아니었다. 다만, 어쩐지 적선을 해야 할 것 같은 의무감이 느껴졌고, 줄 돈이 없는 날에는 부끄럽기까지 했던 게 사실이다. 그 영감은 앙구스티아스 이모가 떠나면서 뒤이어 넘겨받게 된 짐인 셈이었다. 이모는 나와 외출할 때마다 공손하게 인사를 올리는 그 거지 영감의 불그죽죽한 손바닥에 꼭 5센티모씩을 쥐어주었다. 그러고는 영감 앞에 서서 잔뜩 무게 잡은 목소리로 영감의 인생 유전 이야기를 하게 만들곤 했다. 거짓말로 둘러대는 것이든 사실이든 상관없이 말이다. 영감은 이모가 꼬치꼬치 캐묻는 질문에 하나하나 대답했다……가끔은 그렇게 대화를 나누다가 영감이 우리에 가로막혀 제대로 보지 못한 채 지나가려는 다른 고객에게로 시선을 돌릴라치면 이모가 다그치며 물었다.

"그래서요! 자꾸 딴 데 신경 쓰지 말고요! 정말 영감님 어린 손자가 고아원에도 갈 수 없다는 말이에요? 따님이 결국 죽었는데도요? 그렇다면……"

그러고는 결국 이렇게 매듭을 지었다.

"하여튼 내게 한 말이 정말 사실인지 다 확인해볼 거예요. 손톱만큼이라도 거짓이 있었다가는 비싼 대가를 치를 줄 아세요."

그 순간, 이미 그 영감과 나 사이에는 강압적인 유대가 이루어졌다. 그 영감이 내 안에 잠재한 앙구스티아스 이모에 대한 반감을 눈치채버렸다. 희끗희끗해진 콧수염 아래 영감의 입가에 여유로운 미소가 떠올랐다. 날 바라보는 눈동자에서는 순간적인 기지가 번득이는 듯했다. 난 거의 절망적인 심정으로 영감을 쳐다보았다.

왜 그만 꺼져버리라고 하지 않는 거죠? 내가 말을 입 밖에 내지는 않았지만 이렇게 물었다.

영감의 두 눈은 여전히 초롱초롱 빛났다.

"알겠습니다요, 아가씨! 아가씨에게 신의 축복이 있기를! 아가씨, 우리 불쌍한 인간들 신세를 굽어 살피세요. 하느님과 몽세랏 성녀님, 필라르 성녀님의 축복이 아가씨에게 깃들기를!"

이렇게 비굴함의 극치를 보이고 온갖 아부의 말을 해댄 결과 영감은 마침내 이모에게서 5센티모를 받아낼 수 있었다. 앙구스티아스 이모는 잔뜩 빼기면서 말했다.

"안드레아! 사람은 자고로 불쌍한 사람에게 자비를 베풀 줄 알아야 해……"

그날 이후, 난 그 거지 영감을 싫어하게 되었다. 처음 내 손에 돈을 쥐었던 날, 나는 내가 맛보았던 기쁨이 컸던 만큼이나 그 영감도 앙구스티아스 이모에게서 벗어난 자유를 만끽하라는 의미에서 거금 5페세타를 적선했다. 그날 하루만큼은 하느님의 피조물인 이 세상 모든 사람들과 나누어 갖고, 서로 융화되는 기쁨을 누리고 싶었다. 돈을 받아 쥔 영감이 내게 달라붙어 온갖 아첨의 말을 해대자 진저리가 난 나는 얼른 달아나며 혼잣말을 되뇌었다.

"영감탱이! 그만 좀 하시지!"

다음날엔 이미 거지 영감에게 적선할 돈이 남아 있지 않았다. 그건 그 다음날도 마찬가지였다. 그런데도 그 영감이 던지는 인사와 번득이는 시선은 줄기차게 내 뒤를 쫓았고, 이제는 아리바우 골목이 지겨워질 정도가 되어버렸다. 나는 있는 대로 머리를 짜내 그 영감을 골탕 먹일 궁리를 했다. 그래서 때로는 골목 아래로 걸어 내려가는 대신 문타네르 거리까지 고갯길을 걸어 올라가 우회하는 수고도 마다하지 않았다. 그 무렵, 내게는 길을 걸으면서 견과류를 먹는 습관이 생겼다. 그래서 어떤 때에는 귀가 길에 주린 배를 채우기 위해 모퉁이 상점에서 아몬드 한 봉지를 사곤 하는데, 보통은 너무나 배가 고파 집까지 참고 들고 가지 못했다. 그러면 어느새 신발도 신지 못한 거지 아이들 두셋이 따라붙곤 했다.

"아몬드 한 개만 줘요! 배고파 죽겠어요!"

"욕심 사납게 혼자 먹지 말고요!"

(에잇, 젠장할! 나는 생각하곤 했다. 너희들은 복지 재단 구호 시설에서 뭐라도 먹었을 것 아냐? 나처럼 쫄쫄 굶었느냐고?) 난 성난 눈빛으로 아이들을 노려보았다. 그러고는 아이들을 쫓아내려고 발을 쿵쿵 굴러대기도 했다. 어떤 날에는 한 녀석이 내게 침을 뱉었다…… 하지만 그 거지 영감을 맞닥뜨리면, 그것도 영감과 정통으로 눈이라도 마주치는 날이면, 손에 들고 있던 아몬드를 봉지째로 줘버리지 않을 수 없었다. 어떤 날에는 거의 손도 대지 못한 상태로

말이다. 나도 내가 왜 그랬는지 모르겠다. 그렇다고 내가 그 영감을 그다지 가여워한 것도 아니었는데 말이다. 다만, 그의 평화로운 두 눈을 바라보면 신경이 온통 곤두섰다. 그 영감의 면상에 집어던지는 기분으로 아몬드 봉지를 영감 손에 쥐여주고 나면 배고픔을 달래지 못해 머리끝까지 화가 치밀곤 했다. 도저히 참을 수가 없었다. 그러면서도 연금 수령일만 되면 그 거지 영감을 떠올렸고, 매달 월급 주듯이 5페세타씩을 적선했다. 그건 내가 하룻밤 저녁을 굶어야 한다는 걸 의미하는 것이기도 했다. 그 영감은 교활한 데다 상당히 고단수였기에, 이제는 내가 적선을 해도 고맙다는 인사조차 하지 않는 대신 날마다 안부 인사는 거르지 않고 했다. 실제로 그 인사 덕분에 난 거지 영감의 존재 자체를 망각하지 않을 수 있었고, 결국 그것이 그 영감의 전략이었다.

막 방학에 들어간 어느 날이었다. 기말고사도 끝났고 졸업까지 이제 한 학년만 남은 참이었다. 폰스가 내게 물었다.

"이번 여름 방학에는 뭐 할 거니?"

"글쎄, 뭐 특별한 건 없어……"

"졸업하고 나면?"

"그것도 잘 모르겠어. 그냥 교사나 하면 어떨까 싶어."

(폰스는 온갖 질문을 퍼부음으로써 나 자신이 머쓱해지게 만드는 재주가 있었다. 폰스에게 앞으로 교사가 될까 싶다고 말하는 순간 이미 내 안에서는 난 결코 좋은 선생이 될 수 없으리라는 생각을 했으니까 말이다.)

"차라리 결혼하는 게 낫지 않겠어?"

난 대답하지 않았다.

오후의 햇살이 어찌나 좋았던지 난 무작정 거리로 나와 정처 없이 걸었다. 나중에 기홀스의 아틀리에로나 가볼까 생각 중이었다.

그런데 막 거지 영감 앞을 지나는 순간, 나만큼이나 넋을 잃고 있는 하이메의 모습이 눈에 띄었다. 하이메는 저쪽 아리바우 거리 인도 옆에 주차된 자동차 안에 앉아 있었다. 하이메의 얼굴을 보는 순간, 갖가지 추억들이 주마등처럼 내 머리를 스쳤고, 그와 함께 에나가 무척이나 보고 싶어졌다. 하이메는 핸들에 기댄 채 담배를 피웠다. 그러고 보니 지금까지 하이메가 담배 피는 모습은 한 번도 본 적이 없었던 것 같았다. 우연히 고개를 들었던 하이메가 나를 발견했다. 그는 아주 민첩하게 움직였다. 얼른 차에서 뛰어내리더니 내 손목을 잡아끌었다.

"마침 잘 왔어, 안드레아. 널 정말 만나보고 싶었거든…… 에나 지금 너희 집에 있니?"

"아니."

"그럼, 이리 올 거야?"

"모르겠어, 하이메."

하이메는 망연자실한 표정이었다.

"잠깐 시간 좀 내줄래?"

"좋아."

나는 하이메의 자동차 조수석에 앉아 그의 얼굴을 쳐다보았다. 그는 완전히 딴 생각에 빠진 사람 같았다. 자동차는 발비드레라 가를 지나 바르셀로나를 빠져나갔다. 잠시 후, 짙은 솔향이 주변을 온통 감쌌다.

"요즘 나 에나하고 안 만나는 거 아니?"

하이메가 물었다.

"아니, 몰랐어. 나도 꽤 오랫동안 에나를 보지 못했거든."

"그래도 너희 집에 가는 것 같던데."

내 얼굴이 벌겋게 달아올랐다.

"날 보러 오는 게 아냐."

"그래, 나도 알아. 그러리라 짐작은 했으니까…… 그래도 너랑 가끔은 만나 대화를 나눌 줄 알았지."

"전혀."

"어쨌든 부탁 좀 하자. 혹 에나 만나거든 내 대신 말 좀 전해줄래?"

"그래."

"난 에나를 믿는다고 말해줘."

"알았어. 그렇게 전해줄게."

하이메는 도로변에 자동차를 세웠고, 우리는 차에서
내려 불그스름하면서도 황금빛이 도는 소나무 숲을 따라
난 도로 가를 잠시 걸었다. 그날따라 사람을 보는 내 자세
가 좀 특이했던 것 같다. 전에 로만 삼촌을 보며 생각했던
것처럼, 그날은 하이메를 보며 도대체 몇 살쯤 되었을지
가늠해보았다. 체격이 아주 늘씬한 하이메는 내 곁에서 걸
으면서 아름다운 경관을 바라보았다. 미간에 세로로 주름
이 패여 있었다. 하이메가 갑자기 날 쳐다보며 말했다.

"오늘이 내 스물아홉 번째 생일이야…… 그런데 너
왜 그래?"

내가 무척이나 놀란 표정을 지었던가보다. 속으로 나
이를 궁금해하던 차에 하이메가 갑자기 나이를 말했기 때
문이었다. 하이메는 내 얼굴을 들여다보더니 내가 왜 그리
놀란 표정을 지었는지도 모르면서 그냥 웃었다. 내가 놀란
이유를 설명해주었다.

우리 두 사람은 아무 말없이 완벽한 내면의 조화와
이심전심 속에서 그렇게 한참을 서 있었다. 자동차 시동을

걸으면서 하이메가 내게 물었다.

"너 에나를 무척 좋아하는 것 같더라."

"정말 좋아해. 세상에서 에나보다 더 좋은 사람이 없을 정도로."

하이메가 날 흘긋 쳐다보았다.

"그렇다면…… 가엾은 이들에게나 해주는 말을 네게 해줘야 할 것 같네…… 부디 하느님의 축복이 깃들기를……! 그런데, 지금은 그보다 다른 말을 해야 할 것 같아. 제발 에나를 혼자 내버려두지 마. 꼭 곁에 있어줘…… 에나에게 뭔가 미심쩍은 일이 일어나고 있는 것 같아. 분명해. 불행하게 될 것 같다는 생각이 들어."

"왜?"

"안드레아! 내가 그 이유를 정확히 안다면 그간 뭣 하러 에나와 그렇게 다퉜을 것이며, 뭣 하러 네게 항상 에나 곁에 있어달라고 부탁하겠니? 차라리 내가 직접 하고 말지. 내가 그동안 에나에게 잘못한 것 같아. 이해하려고 노력하지도 않고…… 이제야 반성하고 에나를 열심히 찾아다니고 어떻게든 만나려고 온갖 바보짓까지 다 하지만 에나가 도무지 내 말을 들어주려고조차 하지 않네. 그저 내가 저만치 보이기만 해도 피할 생각만 해. 어젯밤에는 편지를 써봤는데…… 다시 읽어보지도 못했어. 읽어보면 내 손으로 찢어버릴 것 같아서. 또 장장 열두 장에 달하는 기나긴 연애 편지를 쓴다는 게 꼭 늙은이들이나 하는 짓 같아서 우체통에 넣지도 못했어. 하지만 오늘 널 만나지 못했더라면 아마 보내긴 보냈을 것 같아. 어쨌든, 편지로 하는 것보다는 네가 말로 해주는 게 나을 것 같은데, 그렇게 해줄 수 있는 거지? 꼭 전해줘. 난 에나를 믿으며, 앞으로는 아무것도 캐묻지 않겠다고. 그러니 꼭 만나달라고 말이야."

"그래. 꼭 전해줄게."

이 말을 끝으로 우리는 더 이상 아무 말도 하지 않았다. 하이메의 말은 온통 혼란스럽고 두서없어 보였는데, 한편으로는 그런 면이 내게 감동으로 다가왔다.

"어디로 데려다줄까?"

바르셀로나로 들어서자 하이메가 물었다.

"괜찮다면 몽카다 거리에 좀 내려줘."

하이메는 말없이 나를 몽카다까지 데려다주었다. 기홀스의 아틀리에가 있는 낡은 고성 입구에서 우리는 작별 인사를 나누었다. 마침 그때 이투르디아가가 나타났다. 하이메와 이투르디가가 서로 냉랭하게 인사를 교환하는 것 같았다.

"이 숙녀분께서 오늘 자가용을 타고 오신 것 다들 아

나?"

아틀리에에 들어서자 이투르디아가가 말했다.

"아무래도 하이메로부터 안드레아를 지켜줘야 할 것
같은데."

이런 말도 했다.

"무슨 소리야?"

폰스가 답답하다는 표정으로 날 쳐다봤다.

이투르디아가 말로는 하이메가 천하의 탕아라고 했
다. 아버지는 유명한 건축가 출신으로 아주 부유한 가문이
라고도 했다.

"한마디로 마마보이라 이거야. 제 힘으로는 아무것도
할 줄 모르는, 도무지 창의적 사고라고는 할 줄 모르는 그
런 인간 말이야."

이투르디아가가 말했다.

하이메는 외아들로 아버지를 따라 건축학 공부를 시
작했다. 그런데 대학 공부를 하던 중 내란이 터졌고, 전쟁
이 끝났을 때에는 부모님이 다 돌아가시고 막대한 유산만
상속받게 되었다. 건축 학사 학위를 따려면 두 학기를 더
다녀야 했지만, 공부에는 어차피 뜻이 없었다. 그래서 흥
청망청 노는 데 세월을 허비했다. 이투르디아가 눈에 그런
하이메는 그야말로 경멸의 대상일 뿐이었다. 바닥에 책상

다리를 하고 앉아 정의의 사도 같은 표정으로 분노의 불 길에 타올라 하이메를 비난하던 이투르디아가의 모습이 지금도 생생하게 기억난다.

"그나저나, 이투르디아가! 국가 고시 준비는 언제쯤 시작할 생각이야?"

잠시 틈을 타 내가 미소지으며 물었다.

이투르디아가가 거만스러운 눈빛으로 날 쳐다보더 니, 알게 뭐냐는 듯 두 팔을 들어올려 보였다. 그러고는 또 다시 하이메에 대한 혹평을 늘어놓기 시작했다.

"그 증거로, 어젯밤에도 내가 그 녀석을 파랄렐로에 있는 한 카바레에서 봤거든. 혼자 와서는 한쪽 구석쟁이에 원숭이 새끼 모양 따분한 표정으로 앉아 있더라고."

이투르디아가가 말했다.

"넌 카바레엔 뭣 하러 갔는데?"

"나야 영감이 필요해서 갔지. 소설을 쓰자면 그게 필 요하거든…… 게다가, 거기 잘 아는 웨이터가 하나 있어 서 내가 가면 진짜 프랑스제 압생트를 내오니까……"

"흥, 웃기고 있네! 그것도 아마 파란 색소를 탄 가짤걸."

기홀스가 말했다.

"아냐, 천만의 말씀……! 그건 그렇고, 내가 이 세상 에 태어나 가장 정신없이 빠져들었던 새로운 모험담 하나

애기해줄게. 실은 어젯밤에 내 영혼의 반쪽, 그러니까 내 이상형의 여인을 만났어. 말 한마디 주고받지 않았지만 둘 다 첫눈에 반해버렸지. 외국 여잔데, 아마도 러시아나 노르웨이나 뭐 그쪽 출신인 것 같았어. 광대뼈가 슬라브 혈통처럼 생겼거든. 난 여태까지 그렇게 신비스러운, 꿈꾸는 듯한 눈동자를 본 적이 없어. 그 여자는 하이메를 보았던 바로 그 카바레에 있었는데, 어째 좀 분위기에 뒤섞이지 못하는 것 같더라고. 정말 아름답기 그지없었는데, 아니 같이 온 웬 녀석이 당장에 꿀꺽 삼켜버리기라도 할 듯한 눈으로 그 여잘 쳐다보고 있잖겠어. 여자는 별로 신경도 쓰지 않는데 말이야. 좀 따분해하는 데다 신경질도 난 것 같았어…… 그 순간, 나와 눈길이 마주쳤지…… 아주 눈 깜짝 할 새였지만, 아! 그 눈빛이라니…… 그녀는 눈빛 하나로 모든 걸 말하더군. 그녀의 꿈과 희망까지…… 분명 일러두는데, 그 여자 바람둥이는 아니야! 안드레아처럼 젊고, 섬세하고, 순수하기 그지없는 아가씨였으니까……"

"이투르디아가! 내가 널 알아서 하는 말인데…… 그 여자, 아마도 머리를 물들여서 그렇지 나이 마흔은 족히 됐을 거다. 바르셀로나 어디 구석진 동네 출신일 거고……"

"기홀스, 너 이 자식!"

이투르디아가가 소리질렀다.

"미안, 안 그럴게! 그저 네 얘기가 어떻게 끝날지 뻔해서 한 말이야……"

"알았어. 하여간, 얘긴 거기서 끝나지 않아. 바로 그때, 계산하러 잠시 자리를 떴던 동행이 되돌아와서는 둘 다 자리를 뜨더라고. 난 어찌해야 할지 몰랐어. 카바레 출구 부근에서 그녀가 뒤돌아 봤어. 날 찾는 것 같았는데…… 그래서!!! 내가 자리를 박차고 일어났지. 커피 값도 안 내고 말이야……"

"거 봐! 압생트가 아니라 커피였잖아."

"커피 값도 치르지 않고 두 사람 뒤를 따라갔어. 이름조차 모르는 그 금발의 아가씨와 동행이 막 택시에 오르더라고…… 그때의 심정이라니. 그 비통한 심정을 어찌 말로 표현할 수 있겠냐고…… 택시에 오르는 순간, 그녀가 마지막으로 날 돌아다 봤어. 정말 슬픈 표정이었지. 그건 구해달라는 외침에 다름 아니었어. 오늘도 나는 반나절 동안 미친 듯이 그녀만 찾아다녔어. 이것들 봐! 난 그녀를 꼭 만나야 해. 이런 강렬한 느낌은 사람에게 평생 한번 찾아올까 말까 한 것이니까."

"너에게는 (넌 워낙 특별한 녀석이니까) 매주 찾아오잖아, 이투르디아가……"

이투르디아가가 일어서더니 파이프 담배를 빨아대며 아틀리에를 오락가락하기 시작했다. 잠시 후, 푸졸이 기홀스 그림의 모델로 쓸 거라며 어디서 구질구질한 집시 여자 하나를 데리고 들어왔다. 꽤 큰 입이 온통 새하얀 이로 가득 찬 느낌을 주는 아직 나이 어린 소녀였다. 푸졸은 보란 듯이 소녀를 얼싸안고 들어왔다. 아마 정부라도 되는 양 행세하고 싶었던 것 같았다. 난 내가 있어서 푸졸이 마음껏 떠들어대지 못한다는 걸 눈치챘고, 그래서인지 친구들 사이에서 우쭐대는 푸졸에게 그날따라 화가 치밀어올랐다. 반대로 포도주와 간식거리를 싸온 폰스는 무척 매력적으로 느껴졌다. 난 이번 학기를 무사히 끝낸 걸 축하하고 싶은 심정이었다. 정말 잘 마무리되었던 것이다. 모두들 집시 소녀에게 춤을 추어보라 시켰는데, 소녀의 춤 솜씨가 매우 좋았다.

우리 일행은 꽤 늦게야 아틀리에를 나섰다. 내가 집까지 걸어가겠다고 하자 폰스와 이투르디아가가 데려다주겠다고 했다. 거리에서 느껴지는 밤 공기는 마치 혈관 속을 흐르는 따뜻한 선홍색 피처럼 활력이 넘쳤다.

비아 라예타나 고갯길을 걸어 올라가다 보니 어쩔 수 없이 에나네 집을 지나지 않을 수 없었다. 에나의 얼굴과 하이메가 남겼던 의미심장한 말들이 떠올랐다. 그렇게 에나 생각을 하며 걷는데 정말 눈앞에 에나가 불쑥 나타났다. 아버지와 팔짱을 낀 채 길 건너 반대편에서 걸어왔다. 아버지와 딸은 미남 미녀에 우아함이 넘치는, 그야말로 잘 어울리는 부녀지간이었다. 에나 역시 나를 알아보고는 미소를 지어보냈다. 아마도 외출했다 돌아오는 길인 것 같았다.

"잠깐만 기다려줘."

이투르디아가의 수다를 가로막으며 내가 말했다. 그런 뒤 길을 건너 에나에게로 갔다. 에나와 아버지는 막 아파트 로비로 들어서려던 참이었다.

"잠깐만 얘기할까?"

"물론이야. 널 여기서 보다니 얼마나 반가운지 모르겠다. 잠깐 올라갈래?"

이건 저녁 식사에 초대한다는 의미였다.

"아니, 친구들이랑 같이 있어서……"

에나 아버지가 미소지으셨다.

"두 분, 숙녀분들! 나 먼저 올라갑니다. 에나! 잠시 후에 보자."

에나 아버지는 우리에게 손을 흔들고 갔다. 에나 아버지는 카나리아 섬 태생이었기 때문에 거의 평생을 육지에서 보내셨음에도 섬 특유의 정감 넘치는 어법을 구사했다.

"하이메를 만났어. 오후에 잠시 함께 산책을 했는데, 네게 전해달라는 얘기가 있었어."

에나 아버지가 들어가자마자 내가 재빨리 말했다.

에나가 경직된 표정으로 날 쳐다보았다.

"널 믿는다고 하더라. 앞으론 아무것도 캐묻지 않겠다고. 널 꼭 만나고 싶대."

"응! 알았어, 안드레아. 정말 고마워."

에나는 내 손을 잡고 토닥이더니 들어가버렸다. 난 무척 낙담했다. 에나의 눈빛을 살펴볼 여유조차 없었다.

막 돌아서다 보니 이투르디아가가 달리는 차들 사이를 뚫고 그 긴 다리로 껑충껑충 뛰어 길을 건너오는 게 보였다.

이투르디아가는 망연자실한 표정으로 입구를 쳐다보았다. 에나를 태운 엘리베이터가 이미 올라가고 있었다.

"저 여자야! 슬라브 공주…… 에잇, 바보같이…… 네가 얘기를 끝낼 무렵에야 그녀를 알아봤잖아! 그나저나, 세상에! 어떻게 네가 그녀를 알지? 자, 말 좀 해봐! 도대체 어느 나라 사람이야? 러시아? 스웨덴? 아님 폴란드?"

"스페인 카탈루냐."

이투르디아가가 황당한 표정을 지었다.

"그런데 어떻게 어젯밤엔 카바레에 나타난 거지? 너

322

저 여자 어떻게 알아?"

"같은 과 친구니까 알지."

나는 얼렁뚱땅 대답한 뒤, 이투르디아가의 팔을 잡아 끌고 길을 건넜다.

"그럼, 그 옆에 같이 다니는 남자들은?"

"오늘 같이 있던 남자는 걔 아버지셔. 어제 같이 있던 남자는, 알다시피, 나도 모르고……"

(이투르디아가에게 이렇게 말하는 순간, 내 머릿속에 로만 삼촌의 모습이 선명하게 떠올랐다.)

집까지 가는 동안, 나는 생각에 빠져 있었다. 사람이 제 아무리 돌고 돌며 열심히 움직여간다 해도 결국에는 같은 사람들로 이루어진 원 안에서 회전할 뿐이라는 생각에.

17

6월이 되면서 기온이 올라가고 더위가 기승을 부렸다. 방 구석구석의 더께로 쌓인 먼지와 찌든 때로 덮인 벽지 틈 바구니에서는 굶주린 빈대들이 떼지어 쏟아져 나왔다. 난 밤마다 그 빈대 떼와 처절한 싸움을 벌여야 했던 탓에 해 뜰 무렵이면 기운이 다 빠져 기진맥진해 있곤 했다. 다른 식구들은 어쩜 그리도 태연한지 신기할 정도였다. 그러다 가 급기야는 살충제와 뜨거운 물을 가져다놓고 방 안 구 석구석을 청소하자 외할머니가 방 안을 기웃거리며 못마 땅한 듯 고개를 설레설레 저었다.

"애야, 안드레아! 이런 일은 가정부한테 시키지 그 러니!"

"냅둬요, 엄마. 안드레아가 다른 식구들보다 방을 더 럽게 쓰니까 이런 일도 생긴 거라구요……"

후안 삼촌이 거들었다.

나는 이 힘겨운 작업을 위해 수영복을 입었다. 지난 여름, 아직 시골에 살 때, 강물에서 멱 감을 때 입곤 하던 바로 그 파란색 수영복이었다. 사촌언니 이사벨의 채마밭 바로 옆으로 강물이 흘렀는데, 수심이 제법 깊은 강으로, 강물이 부드럽게 굽이져 흐르면서 강가에는 등심초가 가득했고 진흙 갯벌도 펼쳐져 있었다. 봄이면 수온이 올라가고, 수표면 위로는 온갖 씨앗이 둥둥 떠다니는가 하면 흐드러지게 꽃이 핀 유실수의 그림자가 비치곤 했다. 여름이면 우거진 녹음의 그림자가 드리웠고, 내가 수영을 하느라 양팔을 허우적거리면 그 물결에 그림자가 산산이 부서져버리곤 했다. 강물 위에 드러누워 물살에 몸을 싣고 흘러가다 보면 그 녹음의 그림자들이 하늘을 향한 내 눈동자 위로 드리워졌으며, 해질 녘이면 강물 전체가 석양에 붉은 황금빛으로 물들곤 했다.

그 시절에 입던 빛바랜 수영복, 지금 온통 비눗물을 뒤집어쓴 이 수영복은 또한 에나와 하이메와 더불어 지난 봄 해변에서 일광욕을 하기도 하고, 아직 차갑지만 4월의 따사로운 태양 아래 푸르른 바다 속으로 뛰어들 때 입었던 바로 그 수영복이기도 했다.

뜨거운 물을 침대에 끼얹어가며 닦고, 빳빳한 수세미

에 걸려 손톱이 마구 긁히는 걸 느끼며, 나도 모르게 에나가 생각났다. 에나와의 추억이 어찌나 침울한 느낌으로 다가왔는지 내 주변을 둘러싼 그 어떤 열악한 환경보다도 더 심하게 나를 짓누르는 듯했다. 가끔은 실컷 유희의 대상이 되었다가 내팽개쳐진 게 하이메가 아니라 마치 나인 것 같아 울컥 울고 싶은 생각이 들기도 했다. 이젠—— 내 나이 열여덟에 지녀왔던—— 사람의 감정이 아름답다거나 진실되다거나 하는 믿음도 더는 유지할 수 없게 되었다. 에나의 두 눈동자에 투영되던 그 모든 것들이—— 예를 들어, 하이메와 함께 있을 때면 에나의 두 눈동자가 발하던 초롱초롱한 광채, 두 눈동자 가득 담긴 애정 같은 것 말이다—— 순식간에, 단 하나의 흔적도 남기지 않고, 그렇게 사라져버리는 걸 보았기 때문이었다.

내 가슴속에 지닌 숭고하고 아름다운 비밀 때문이었는지, 지난봄의 에나와 하이메는 내 눈에 거의 신격화되다시피 해 다른 사람들과는 완전히 다른 그런 종족으로 보였다. 두 사람의 사랑은 단지 그 사랑이 존재한다는 사실만으로도 내게 존재의 의미를 일깨워주었다. 그런데 지금 나는 쓰디쓴 버림을 맛보는 것이다. 에나는 전화를 걸어도 받지 않고 집으로 찾아가지도 못하게 하면서 계속해서 날 피하려고만 들었다.

하이메의 전갈을 전해준 날 이후, 난 에나와 관련해 아무런 소식도 들을 수 없었다. 그렇게 풀죽어 지내던 어느 날 오후, 나는 문득 하이메에게 전화를 걸 생각을 했지만, 수화기 저쪽에서 전화를 받은 사람 말로는 하이메가 현재 바르셀로나에 없다는 것이었다. 하이메가 어떻게든 에나와 다시 가까워지려 했던 노력도 다 물거품이 되어버렸음을 알았다.

난 최대한 에나 생각에 집중해보려 했다. 마음의 문을 활짝 열고, 에나가 왜 그런 이상한 행동을 하는 것인지, 왜 그렇게 완강한 태도를 취하는 것인지 이해해보려 했다. 순간 좌절감이 나를 사로잡았다. 내가 에나를 얼마나 사랑하는지 다시 한번 깨달았기 때문이었다. 에나 앞에서는 불가능하더라도 어떻게 해서든 그녀를 이해하려는 생각밖에 들지 않는 게 그 증거였다.

로만 삼촌이 들어오는 게 보였다. 삼촌에게 수많은 질문을 쏟아내고픈 마음에 심장이 미친 듯이 방망이질 쳐댔다. 때로는 삼촌을 따라나가, 뒤를 밟은 뒤 에나와 만나는 현장을 확인하고 싶기도 했었다. 이런 충동을 억누르지 못해 몇 번인가는 지금쯤 에나가 삼촌 방에 와 있을지도 모른다는 생각을 하며 삼촌의 다락방으로 향하는 계단을 올라가기도 했다. 하지만 계단을 비추는 전등불에 글로리아 외숙모의 모습이 중첩되면서 그런 행동을 하는 내가 부끄러워졌고, 결국 되돌아 내려와버리곤 했다.

로만 삼촌은 내게 다정하게 대해주면서도 한편으론 냉소적인 태도를 보였다. 줄곧 자그마한 선물을 안겨주기도 하고, 마주치기라도 하면 언제나처럼 두 뺨을 토닥거려주기도 했다. 하지만 삼촌 방으로 놀러오라는 소리만은 절대로 하지 않았다.

한번은 내가 열심히 청소를 하는데, 삼촌이 흐뭇한 얼굴로 지켜본 적이 있었다. 난 그즈음 늘 그랬듯이 —— 아니, 사실은 늘 그랬지만 —— 언짢고 짜증난다는 듯한 표정으로 삼촌을 흘겨보았지만 삼촌은 도무지 눈치채지 못하는 것 같았다. 삼촌의 치아가 유난히도 희게 반짝거렸다.

"대단한걸, 안드레아! 이제는 제법 살림 좀 하겠는데…… 혼기가 찬 조카딸이 장차 남편될 사람을 행복하게 해줄 준비가 되어 있다고 생각하니 뿌듯하구나. 네 남편될 사람은 쭈그리고 앉아 양말을 꿰맨다거나, 애새끼 끼고 앉아 밥 먹일 일은 없겠다. 그렇지?"

도대체 무슨 소릴 하는 거야? 난 이런 생각을 하면서 그저 어깨만 한번 으쓱했다.

그런데 로만 삼촌 등 뒤로 부엌 문이 열려 있었다. 로만 삼촌이 부엌을 향해 돌아서며 말했다.

"이봐요, 후안 형님! 형님 생각은 어떠쇼? 애처럼 부지런한 마누라 하나 있었으면 하는 생각 들지 않아요?"

그제서야 나는 후안 삼촌이 부엌에 앉아 아이에게 컵에 담긴 우유를 먹이고 있음을 알았다 — 아이는 지난번에 된통 앓고 난 후 어리광이 무척 심해졌다 — 후안 삼촌이 식탁을 주먹으로 내리치자 우유 컵이 바닥으로 떨어져 버리고 말았다. 삼촌이 벌떡 일어서며 소리쳤다.

"지금 마누라면 충분해, 이 자식아! 그리고 안드레아 저애도 실은 지가 밟고 선 저 바닥을 핥을 만한 자격도 없는 애야! 내 말 알아 듣냐? 네가 지금은 저애에게 알랑거리느라고 저애가 얼마나 파렴치한 짓을 하고 다니는지 잘 모르는 모양인데, 저애가 얼마나 여우같은지 알기나 해……? 안드레아 저앤 그저 연극이나 꾸며대면서, 남들 무시하기나 하고, 그저 너랑 쿵작쿵작할 뿐 아무 짝에도 쓸모없는 애라고!"

난 그즈음 후안 삼촌이 내게 극심한 반감을 표시하는 이유를 알아서 좀 겁을 먹고 있던 참이었다. 후안 삼촌은 틈만 나면 내게 삼촌 방 청소를 해놓으라고 했는데, 물론 난 그 말을 듣지 않았다. 그러다가 대청소를 시작한 첫날 내가 부엌에서 쓰던 비누를 들고 나오는 걸 보더니 자기가 좀 써야겠다며 내 손에서 거칠게 비누를 빼앗아 작업실로 들고 가버렸다. 그즈음 삼촌은 그림 그리는 일은 완전히 접어버리고 그저 두 손으로 머리를 감싸 쥔 채 쭈그리고 앉아 방바닥만 노려보곤 했다. 그런 삼촌을 보다 보면, 살짝 열린 문짝 뒤에 몰래 숨어 삼촌을 훔쳐보는 가정부 안토니아의 모습이 영락없이 눈에 띄곤 했다. 내 발소리가 나면 안토니아 아줌마는 짐짓 언제 그랬냐는 듯 재빨리 허리를 세우곤 한다. 하지만 곧 손가락을 세워 입술에 가져다대면서 웃음 진 얼굴로 날더러도 한번 들여다보라고 시키곤 했다── 말을 듣지 않았다가는 그 지저분한 손으로 날 잡아 끌기라도 할 것 같았다── 가정부 안토니아의 얼굴에는 저능아를 쫓아다니며 돌팔매질을 해대는 짓궂은 아이들의 얼굴에나 나타날 법한 미련스러운 쾌감이 담겨 있었다. 온갖 낡아빠진 잡동사니들 틈바구니에서 반쯤 넋이 나간 채 의자에 앉은 덩치 큰 남자를 보고 있자니 가슴이 뭉클해왔다.

그래서 그렇잖아도 날씨까지 무더워 삼촌의 발작 증세가 더욱 심해진 그즈음에는 삼촌이 그 어떤 무례한 언행을 하더라도 아무런 대꾸 없이 꾹 참았다. 그러던 차에 로만 삼촌이 성질을 긁어대니 후안 삼촌이 발끈해서 저렇게 펄펄 뛰는 것이었다. 로만 삼촌은 웃었고, 후안 삼촌은 여전히 고래고래 소리를 질러댔다.

"저애! 아주 모범이지, 모범이야……! 사내 녀석들 줄줄이 꿰 차고 바르셀로나 시가지를 온통 휘젓고 다니는 개 같은…… 내가 저앤 다 안다고. 야! 내가 너 다 알아, 인마! 이 위선자야……!"

후안 삼촌이 문간에 매달려 내게 악담을 퍼부어대는 사이 로만 삼촌은 어느새 나가버리고 없었다.

나는 바닥에 떨어진 물기를 걸레로 닦아냈다. 나도 모르게 두 손이 바들바들 떨렸다…… 나는 어떻게든 재미난 일을 생각해보려 했다. 삼촌 말마따나 내가 꿰차고 다닌다는 그 사내 녀석들을 한번 그려보려고 했다. 하지만 잘 되지 않았다. 나는 구정물이 가득 든 물통을 비우러 방 밖으로 나갔다.

"저 입 꼭 다문 것 좀 봐! 한마디도 대꾸조차 하지 못하는 걸 좀 보라고!"

후안 삼촌이 계속 소리를 질렀다.

하지만 아무도 삼촌의 말에 신경 쓰지 않았다. 가정부 안토니아는 부엌에서 콧노래를 흥얼거리면서 분쇄기에 뭔가를 빻고 있었다. 그러자 삼촌은 타고난 성질을 못이겨 복도를 가로질러 가서는 삼촌 방 문짝을 마구 발로 찼다. 방 안에서는 — 이젠 대놓고 카드놀이를 하러 다니는 — 글로리아 외숙모가 새벽녘에야 잠든 탓에 여지껏

늦잠을 자고 있었다. 삼촌의 발길질에 방문이 활짝 열리면서, 글로리아 외숙모의 비명 소리가 들려오기 시작했다. 삼촌이 쏜살같이 외숙모에게로 달려들어 마구 주먹질을 해댄 것이다. 그때까지 식당에 가만히 앉아 있던 어린애 역시 큰 소리로 울어대기 시작했다.

난 모른 체하고 욕실로 들어갔다. 내 몸 위로 쏟아져 내리는 차가운 물줄기조차 미적지근하게 느껴졌다. 도저히 그 정도로는 내 몸을 식힐 수도, 깨끗하게 정화시킬 수도 없을 것 같았다.

여름 더위가 시작되면서 바르셀로나는 다소 우울한 구석이 없지는 않지만 그래도 숨 막힐 듯한 아름다움을 내뿜었다. 다만, 해질 무렵, 기홀스의 아틀리에 창문을 통해 내려다보이는 바르셀로나의 전경이 내게는 침울하게만 보였다. 거기서 내려다보면 주택가 지붕과 옥상이 온통 붉은 노을 속에 잠겼고, 오래된 교회의 낡은 종탑들은 마치 노을의 바닷속을 항해하는 돛단배 같았다. 저 높이 하늘 위에서는 구름의 색깔이 시시각각 바뀌었다. 잿빛 어린 푸른색을 띠는가 하면 곧 핏빛 빨강으로 변하기도 하고, 황금빛을 발하는가 하면 곧 자수정 빛을 띠기도 했다. 그리고 잠시 후, 어둠이 내려앉았다.

창가에 선 내 곁에 폰스도 함께 있었다.

"우리 어머니가 널 만나보고 싶어하셔. 네 얘길 워낙 많이 했거든. 이번 여름엔 코스타 브라바로 휴가를 갈 생각인데, 어머니께서 너도 초대했으면 하셔 ……"

우리 등 뒤로 친구들 목소리가 왁자하게 들려왔다. 모두 모였기 때문이었다. 특히 이투르디아가의 목소리가 튀었다.

폰스가 내 옆에서 손톱을 물어뜯었다. 내 대답이 어떻게 나올지 긴장한 어린애 같았다. 그런 폰스의 모습이 날 피곤하게 만들기도 했지만, 또 한편으로는 애틋해 보이기도 했다.

그날 오후가 우리 일행이 휴가 전에 모임을 갖는 마지막 날이었다. 기홀스가 휴가를 떠날 예정이었기 때문이었다. 이투르디아가의 경우에는 아버지가 가족들을 모조리 시체스로 휴가 보낼 생각이었지만 이투르디아가가 단호히 거절한 상태였다. 그러자 휴가 끝 무렵 며칠만 시체스로 가 합류할 예정이었던 그의 아버지는 바르셀로나에서 아들 녀석하고 식사라도 같이하며 지낼 수 있다는 생각에 오히려 흡족해하고 계신다고 했다.

"드디어 아버지를 설득 중이야! 거의 설득해가고 있다고!"

이투르디아가가 환호했다.

"우리 어머니하고 형들의 유해 영향권에서 벗어나면 우리 아버지의 판단력이 훨씬 나아지시거든…… 요즘 내 책을 출간하는 데 얼마면 될지 계산하고 계셔…… 게다가 내가 예술 비평까지 한다는 사실에 한껏 뿌듯해하시기도 하고……"

내가 돌아서며 물었다.

"예술 비평도 해?"

"유명한 신문에 쓸 거야."

의외가 아닐 수 없었다.

"예술 쪽 공부한 것 있니?"

"아니, 없어. 하지만 비평에는 감성이 최곤데, 내가 감성 하나는 확실하잖아. 그 다음에 필요한 게 친구들인데…… 내가 또 친구들도 확실하게 있고. 기홀스의 첫 전시회가 열리면 기홀스 양식의 절정에 달한 작품들이라고 평가할 생각이야. 그 순간, 내 명성은 확고해질 거야. 아무도 범접할 수 없을 만큼…… 내 성공은 불 보듯 뻔한 일이라고나 할까……"

"내 예술이 이미 절정에 달했다고 하는 건 날 너무 늙은이 취급하는 거 아닐까? 그런 비평이 나오고 나면, 난 연필을 잘 모셔두고 그 황금빛 영광 속에서 그저 잠이나 자야 되는 것 아니냐고?"

기홀스가 말했다.

하지만 이투르디아가는 이성적 판단을 하기에는 너무 붕 떠 있었다.

"여러분! 이제 바야흐로 뜨거운 불꽃이 타오르기 시작하려나 봅니다!"

푸졸이 가식으로 가득 찬 외침을 쏟아냈다.

그날은 산 후안 성일을 하루 앞둔 날이었다. 폰스가 말했다.

"닷새 정도 시간을 줄 테니 한번 생각해봐, 안드레아. 산 페드로 성일까지만. 나도 우리 아버지도 모두 산 페드로 성일이 생일이야. 그래서 집에서 생일 파티를 열 건데, 너도 왔으면 좋겠어. 댄스 파티니까 나랑 춤도 추고. 우리 어머니도 널 보시면 나보다 네가 훨씬 훌륭하다는 걸 인정하실 거야. 네가 생일 파티에 안 오면, 내게는 생일도 아무런 의미가 없을 것 같아…… 생일이 지나면 곧바로 휴가를 떠나게 될 텐데, 산 페드로 성일에 꼭 와줄 거지? 생일 파티에 오면 휴가도 함께 가도록 우리 어머니가 널 설득할 수 있을 텐데……"

"닷새 생각할 시간을 주겠다고 했지?"

이렇게 폰스에게 반문하는 순간, 나는 내 안에서 이미

모든 근심걱정을 떨쳐버리고 싶은 열망과 갈급한 바람을 느꼈다. 모든 것에서 자유로워진다니…… 폰스의 초대를 받아들이기만 하면, 나를 둘러싼 암울한 현실에서 탈피해 아이들 동화 속에서처럼 폰스가 인도하는 멋진 해변에서 편안히 누워 햇살을 즐길 수 있었다. 하지만 아직은 내게 빠져버린 폰스의 감정에 신경이 쓰였다. 일단 그의 초대를 받아들이게 되면 내 본심과는 상관없이 또 다른 면에서 그와 엮이게 될 게 뻔했기 때문이었다.

하여튼, 늦은 밤의 댄스 파티라는 말이 —— 댄스 하면 내 머릿속에 어린 시절 읽었던 '신데렐라' 이야기 속의 이미지, 그러니까 멋진 드레스, 화려하게 반짝이는 플로어 같은 꿈같은 장면들이 떠오르곤 했다 —— 내 마음을 유혹했다. 혼자서는 음악에 몸을 싣고 빙글빙글 돌며 스텝을 밟아본 적이 몇 번 있었지만, 실제로 남자와 파트너가 되어 춤을 춰본 적은 한 번도 없었기 때문이었다.

헤어질 때 폰스는 잔뜩 긴장한 얼굴로 내 손을 꼭 쥐었다. 우리 뒤에서 이투르디아가가 소리쳤다.

"산 후안 성일은 마법과 기적이 일어나는 날이래!"

폰스가 살짝 내 귀에 대고 속삭였다.

"오늘 밤 산 후안에게 기적이 일어나게 해달라고 빌었어."

그 순간, 난 솔직히 그 기적이 일어나주기를 바랐다. 진심으로 내가 폰스를 사랑하게 되었으면 하고 바랐다. 폰스도 내 안에서 새롭게 이는 감정을 즉각 눈치챈 것 같았다. 하지만 나로서는 그저 한 손을 내밀어 악수를 청할 뿐, 달리 내 마음을 표현할 길이 없었다.

집에 도착했을 때에는 1년에 단 한 번 찾아오는 산 후안 성일 전야답게 마술에라도 걸린 듯 주변 분위기가 온통 열기를 뿜어냈다. 난 도무지 잠을 이룰 수 없었다. 하늘은 청명한데도 난 마치 폭풍우라도 몰아쳐 머리털과 손가락 하나하나가 감전이라도 된 듯 찌릿찌릿거리는 것 같았다. 가슴속은 갖가지 꿈과 추억들로 벅차올랐다.

잠옷 바람 그대로 앙구스티아스 이모가 서있곤 하던 창가로 가 섰다. 곳곳에서 모닥불을 피워놓은 탓인지 하늘까지 붉은 기운이 퍼졌고, 심지어 아리바우 거리조차 꽤 오래도록 사람들의 목소리로 소란스러웠다. 다른 거리와 교차되는 골목길 모퉁이에서도 두 세군데 모닥불이 타올랐다. 잠시 후, 젊은 청년들은 하나같이 열기와 불꽃과 불꽃이 내뿜는 마법의 힘에 두 눈이 벌겋게 충혈된 채, 전설대로라면 잿더미 속에서 들려온다는 미래의 연인의 이름을 듣기 위해 타다 남은 장작불 위를 껑충껑충 뛰어넘었다. 한참 후, 소란이 잦아들었다. 모두들 전야제 행사가 열리는 곳으로 몰려간 것이었다. 아리바우 거리에는 잠시 동안 더 흥분의 여운이 맴돌았지만 곧 정적이 감돌았다. 멀리 어디선가 폭죽 쏘는 소리가 들렸고, 주택가 지붕 위로 보이는 하늘 곳곳은 모닥불의 흔적으로 여전히 벌겋게 빛났다. 시골에 살 때 산 후안 축제날 불렀던 노래가 떠올랐다. 산 후안 성일에 열기로 뜨거워진 들판에서 마법의 네잎클로버를 따는 사람은 사랑에 빠진다는 말이 있었지…… 나는 캄캄한 발코니 틀에 팔꿈치를 고이고 턱을 받치고 선 채 강렬한 희망과 떠오르는 영상 속에 빠져들었다. 밤새도록 발코니를 떠날 수 없을 것 같았다.

어디선가 치는 손뼉 소리에 바삐 달려가는 야경꾼의 발소리가 두어 번 들렸다. 얼마 후, 발코니 아래쪽에서 아파트 출입문 여닫는 소리가 요란스럽게 들리기에 아래 인도 쪽을 쳐다보았더니, 마침 로만 삼촌이 아파트 입구를 나서는 게 보였다. 삼촌은 몇 걸음 걸어가더니 가로등 밑에 멈춰 서서 담배에 불을 붙였다. 설사 가로등불 아래가 아니었더라도 그 사람이 로만 삼촌이라는 건 얼마든지 알아볼 터였다. 밤이 워낙 청명했고, 하늘도 온통 금실로 수놓기라도 한 듯 별들이 환히 빛났으니까…… 검은 실루엣으로 드러나는 놀랄 만큼 완벽하게 균형 잡힌 삼촌의 모습을 지켜보는 것은 적잖은 즐거움이었다.

저만치서 누군가 걸어오는 발소리가 들리자 삼촌이 고개를 들었다. 삼촌에게는 생생하고 민감한 동물적 감각이 뿜어져 나왔다. 나도 소리 나는 쪽을 쳐다보았다. 글로리아 외숙모가 길을 건너 우리 쪽으로 걸어오는 게 보였다. (저 아래 인도에 서 있는 외삼촌과 허공 위 어둠 속 내 시야 쪽으로.) 아마도 언니 집에 갔다가 돌아오는 길인 것 같았다.

로만 삼촌 가까이까지 온 외숙모는 사람이 서 있는 걸 보고는 흘긋 상대를 쳐다보았다. 가로등 불빛에 외숙모의 붉은 머리와 하얀 얼굴이 비쳤다. 이때 로만 삼촌이 좀 특이한 행동을 했다. 물고 있던 담배를 바닥에 휙 내동댕이치더니 악수라도 청하듯 한 손을 내밀며 외숙모를 향해 나아갔다. 글로리아 외숙모가 흠칫 놀라 뒷걸음질을 쳤다. 로만 삼촌이 외숙모의 한 팔을 잡아끌자 외숙모가 거칠게 삼촌을 뿌리쳤다. 그러고 나서 두 사람은 서로 마주선 채 잠시 동안 무슨 이야기인가를 했는데, 뭐라고 하는지 알아들을 수는 없었다. 난 좀 놀랍기도 하고 또 꽤 흥미롭기도 해 꼼짝 않고 숨어 있었다. 내가 있는 곳에서 내려다보니 두 사람은 마치 격렬하고 거친 커플 댄스라도 추는 사람들 같았다. 결국 글로리아 외숙모가 옆으로 몸을 피하더니 아파트 안으로 들어가버렸다. 로만 삼촌이 다시 담배에 불을 붙이는 게 보였다. 하지만, 잠시 후 삼촌은 다시 담배를 바닥에 던져버리고는 몇 걸음 걸어가다 말고 결심한 듯 뒤돌아서서 외숙모 뒤를 따라 안으로 들어갔다.

그 사이 우리 집 현관문 여는 소리가 들렸고, 글로리아 외숙모가 들어오는 모양이었다. 외숙모가 까치발을 하고 부엌을 지나 부엌 발코니 쪽으로 조심스레 가는 소리가 들렸다. 아마도 로만 삼촌이 여전히 저 아래 있는지 확인하려는 것 같았다. 난 이 일이 마치 내 일이라도 되는 양 가슴을 졸였다. 조금 전 내 눈으로 본 장면을 사실이라고 믿기 어려웠다. 로만 삼촌일 것으로 짐작되는 누군가가 현관문 열쇠 따는 소리가 들리자 내 흥분은 어느새 떨림으로 바뀌었다. 로만 삼촌과 글로리아 외숙모가 식당에서 맞닥뜨렸다. 로만 삼촌이 목소리를 낮춰 말하는 소리가 똑똑히 들렸다.

"할 얘기가 있다고 했잖아! 이리 와!"

"당신하고 얘기할 시간 없어요!"

"바보 소리 말고, 어서 와보라니까!"

두 사람이 발코니로 나가더니 등 뒤로 유리 미닫이문을 닫아버리는 것 같았다. 내게는 지금 일어나는 일들이 마치 꿈인 듯 도무지 믿기지 않았다. 정말 산 후안 성일의 마법이라도 일어나는 게 아닐까? 혹 마법으로 내 눈에 헛것이 보이는 건 아닐까? 나는 남의 말을 엿듣는 것이 얼마나 파렴치한 행위인가 같은 문제는 생각할 겨를도 없이 재빨리 앙구스티아스 이모가 쓰던 방 발코니로 갔다. 부엌 발코니가 바로 옆이었다. 거의 두 사람의 숨소리까지 들릴 정도였다. 저 멀리서 간간히 폭죽 터지는 소리와 음악 소리가 가늘게 들려왔지만, 이 지역은 완전히 정적에 잠긴 탓에 두 사람의 말소리는 그야말로 그대로 내 귀에 들어왔다.

로만 삼촌이 말했다.

"하찮은 것들에 매일 필요 없어…… 이봐, 글로리아! 전쟁통에 이곳 바르셀로나까지 우리 둘이 함께 온 일 잊었어? 고성에 흐드러지게 피었던 빨간 붓꽃 기억나지 않느냐고…… 그 붓꽃들 속에서 당신의 육체가 얼마나 하얗게 빛을 발했고, 그 머리칼은 또 얼마나 붉게 타올랐는데…… 사실 내가 겉으로는 당신을 좀 막 대했지만, 속으론 늘 그 시절의 당신 모습을 생각했어. 내 방에 한 번 올라와봐. 내가 당신을 생각하며 그린 그림을 보여줄 테니까. 내 방에는 아직도……"

"이봐요, 나도 다 기억해요. 아니, 늘 그 생각만 하며 산다고요. 그리고 언젠가는 당신이 내게 그 기억을 상기시켜주기만을 바라왔어요. 당신 얼굴에 침을 뱉어주기 위해서 말예요……"

"질투하는군그래. 당신이 날 좋아하는 것 내가 모를 줄 알아? 식구들이 다 잠든 깊은 밤마다 당신이 발소리를 죽여가며 내 방 문 앞을 오락가락한 사실 내가 모를 줄 아느냐고? 올해 겨울만 해도 숱한 밤을 당신이 계단에 쭈그리고 앉아 훌쩍거리는 소리 다 들었어······"

"내가 운 건 당신 때문이 아니에요. 내가 당신 생각하는 마음은 도살장에 끌려가는 돼지새끼한테 느끼는 동정심만큼도 안 돼요. 그만큼도 안 된다고요······ 내가 우리 그이한테 일러바치지 못할 것 같아요? 이런 날이 오기만 기다렸어요. 우리 그이한테 동생이란 작자가 감히 형수한테 이런 파렴치한 짓을 했다고 말할 수 있는 순간이 오기만을 기다렸다고요······"

"목소리 낮춰······! 내가 잠자코 있어서 그렇지, 당신이 왜 입 다물어야 할지는 나보다 당신이 더 잘 알 텐데······ 당신이 내게 몸 바치러 왔던 날 밤, 내가 몰매를 줘서 쫓아보냈던 일 기억나지? 당신 남편에게 그 순간을 지켜봤던 증인들을 들이대볼까······? 자꾸 내 신경 건드리면 지금 당장이라도 증인들 불러올 거야. 글로리아! 그 당시 얼마나 많은 병사들이 고성에서 그 장면을 지켜봤는지 알지? 그 중 상당수는 이곳 바르셀로나에 산다고······"

"그날, 당신은 내게 술을 잔뜩 먹여 취하게 해놓고는

키스를 마구 퍼부었어요⋯⋯ 난 정말 당신을 사랑한다고 생각했고, 그래서 당신 방으로 갔던 거고요. 그런데 당신은 정말 최악의 방법으로 그런 내게 창피를 줬지요. 친구들을 방에 잔뜩 숨어 있게 해놓고는, 배꼽 잡고 웃게 해서 내게 모욕을 줬어요. 그러면서 말했지요. 형이 가지고 놀던 여자 훔칠 생각 없다고요. 이봐요! 난 그때 어렸어요. 그날 밤, 내가 당신에게로 간 건 이미 형과는 끝났다고 생각했기 때문이었어요. 그 당시만 해도 신부님 축복을 받으며 결혼식을 올린 상태도 아니었고요. 그걸 명심해요!"

"하지만 당신은 이미 형의 아이를 임신한 상태였어. 당신도 그걸 명심해! 그러니 공연히 청교도처럼 굴지 말라고. 내게 이럴 필요까진 없잖아⋯⋯ 그땐 내가 좀 어리석었던 것 같아. 하지만 지금은 당신을 원하고 있다고. 내 방으로 올라가자. 쉽게 끝내잔 말이야."

"당신이 무슨 생각을 하는지 모르겠지만, 이봐요! 당신은 가룟 유다 같은 배신자예요⋯⋯ 그 에나인가 뭔가 하는, 당신이 정신없이 빠져버린 그 금발머리 계집애하고 뭐가 잘못 돼서 내게 이러는지는 모르겠지만⋯⋯"

"그애 얘긴 꺼낼 필요 없어⋯⋯! 날 만족시켜줄 여자는 그애가 아니라 당신이라고. 그러면 되는 거 아냐, 글로리아?"

"그간 당신 때문에 내 눈에서 눈물깨나 뽑았던 건 사실이지만, 지금껏 이 순간만 기다려왔던 것도 사실이에요…… 지금도 당신은 내게 관심이 있는 모양인데, 착각 말아요. 그 에나라는 계집애를 당신 침실로 끌어들였다고 해서 내가 상심했다고 생각하는 것 자체가 당신이 우리 그이보다 변변치 못하다는 걸 증명하는 거라고요. 이봐요! 난 당신을 증오해요. 당신이 내게 모욕을 주었던 그날 밤 이후, 당신 때문에 내 자존심이 통째로 상처받아야 했던 그날 밤 이후, 난 줄곧 당신을 증오해왔단 말이에요. 당신이 총살당하도록 밀고한 사람이 누군지 궁금하지 않아요? 바로 나예요! 나! 나였다고요……! 누구 때문에 당신이 옥살이를 했는지도 궁금하지요? 앞으로도 틈만 나면 당신을 고발할 수 있는 사람이 과연 누구일지 궁금하지 않아요? 그것도 나예요! 지금 이 순간, 당신 얼굴에 침을 뱉을 수 있는 사람도 바로 나라고요!"

"바보 같은 소리 작작해! 피곤하니까! 설마 내가 울며 매달리길 바라는 건 아니겠지……? 이봐! 날 좋아하는 건 당신이라고! 그러니, 내 방으로 올라가서 남은 이야기를 마무리짓는 게 어때? 자, 올라가자고!"

"나쁜 자식! 내 몸에서 손 떼! 남편을 부르겠어! 조금만 더 가까이 왔다가는 눈알을 후벼 파버릴 거야!"

이야기 끝에, 어느새 글로리아 외숙모의 목소리가 높아져 신경질적으로 소릴 질렀다.

식당으로 들어오는 외할머니의 발소리가 들렸다. 두 사람이 발코니 유리문을 닫아버렸던 탓에 할머니 눈에는 별빛에 비친 두 사람의 실루엣만 보였을 뿐이었다.

로만 삼촌은 꿈쩍도 하지 않았지만, 그래도 목소리는 좀 긴장한 것 같았다. 바로 내뱉은 첫 마디에서 그 긴장감이 그대로 느껴졌다.

"주둥이 닥쳐! 병신 같은 게……! 하여튼 난 완력으로 어찌해볼 생각은 눈곱만큼도 없으니, 생각 있으면 네가 와…… 하지만 오늘 밤뿐이야. 오늘 밤이 아니면 평생 내 얼굴 다시 볼 생각도 말고. 이게 마지막 기회야!"

로만 삼촌은 발코니에서 식당으로 들어오다가 외할머니와 딱 맞닥뜨리고 말았다.

"뉘쇼? 누구냐고? 세상에! 로만, 너 이 정신 나간 녀석!"

할머니가 말했다.

삼촌은 멈춰 서지 않고 나가버렸다. 문 닫는 소리가 쾅 하고 들렸다. 할머니가 발바닥을 끌며 발코니 쪽으로 다가갔다. 할머니의 목소리에는 놀람 반, 절망감 반이 뒤섞여 있었다.

"아가……! 아가! 거기, 너냐, 글로리아? 맞지? 새아가지?"

그때서야 난 글로리아 외숙모가 울고 있다는 걸 알았다. 외숙모가 소리쳤다.

"얼른 가서 주무세요, 어머니! 전 좀 내버려두시고요!"

잠시 후, 외숙모가 흐느끼며 방으로 쪼르르 달려갔다.

"여보! 여보……!"

외할머니가 다가가 말했다.

"그만 울거라, 얘야, 그만 울어…… 후안은 잠깐 나갔다. 잠이 안 온다면서……"

그리고 사방이 조용해졌다. 곧 계단에서 누군가 올라오는 소리가 들렸다. 후안 삼촌이었다.

"아니, 아직 다들 깨어 있었어요? 무슨 일이 있었나?"

한참을 아무런 대꾸도 없었다.

"아무 일도 없었어요. 가서 자요."

마침내 글로리아 외숙모가 대답했다.

산 후안 성일 밤은 내겐 너무 기이하기만 한 밤이었다. 밤새 방 한가운데 선 채 온 집안의 목소리에 귀를 쫑긋 세우고 듣다 보니 나중에는 목줄기가 다 뻐근할 지경이었다. 손도 얼음장처럼 차가웠다. 인간의 영혼과 인간이 내뱉는 언어 사이의 간극을 메워주는 몇천 개 실 가닥의 의미를 이해할 사람이 과연 있을까? 물론 나 같은 나이 어린 여자애는 아니겠지. 난 어디 병이라도 난 사람처럼 침대에 누웠다. 눈이 있으되 보지 못하고, 귀가 있으되 듣지 못하고……라는 성경 말씀 한 구절을 떠올리며 완전히 세속적 의미로 해석해보았다…… 휘둥그레 뜬 나의 두 눈이나 딱지가 앉을 만큼 모든 것들을 다 주워듣는 내 귀조차도 그 속에 숨겨진 미세한 동요, 즉 심오한 의미를 잡아내지는 못하는 것 같았다. 정말이지 로만 삼촌이 남녀 관계에서 글로리아 외숙모에게 사랑을 애걸했다는 게 믿기지 않았다. 에나에게까지 자신의 음악으로 마법을 걸었던 로만 삼촌이…… 늘 외숙모를 함부로 대하고 공공연히 면박을 주곤 하던 로만 삼촌이 특별한 계기가 있었던 것도 아닌데 돌연 외숙모에게 매달리는 것도 있을 수 없는 일이었다. 그렇다면 삼촌의 불안하게 떨리던 목소리 속에 감추어진 계기를 내 귀가 감지하지 못 했거나, 발코니를 휘감았던 깊고 찬란하고 청명했던 밤 공기 속에 감추어진 계기를 내 눈이 감지하지 못한 것이리라…… 나는 감당하기 힘들 정도로 아름다운 그 밤, 너무나도 불가해할 만큼 아름다운 그 밤을 외면하기 위해 두 손바닥으로 얼굴을 가려버렸다. 그리고 잠 속으로 빠져들었다.

에나 꿈을 꾸다가 잠에서 깨어났다. 꿈속에서 로만 삼

촌의 달콤한 사탕발림과 비열한 행동과 배신은 에나를 사정없이 옭아맸다. 그 즈음 에나를 생각할 때마다 밀려오던 쓰디쓴 감상이 나를 온통 휘감아왔다. 나는 거의 충동적으로 에나의 집을 향해 달려갔다. 무슨 말을 할지 생각할 겨를도 없이 어떻게 해서든 삼촌으로부터 에나를 보호해야 한다는 생각뿐이었다.

하지만 에나는 만날 수 없었다. 외할아버지 생신이라 외할아버지 소유의 보나노바 별장에서 하루 종일 지낼 거라고 했다. 그 말을 듣는 순간, 알 수 없는 흥분이 일었다. 무슨 수를 써서라도 에나를 만나야 할 것 같았다. 당장 에나와 이야기를 나눠야 했다.

전차를 타고 바르셀로나 시가지를 가로질러 갔다. 지금 생각해보니 아주 쾌청한 아침이었던 것 같다. 보나노바 별장 지역에는 집집마다 정원에 아름다운 꽃들이 만발했는데, 그 아름다운 광경이 무거운 내 마음을 더욱 짓누르는 듯했다. 뿐만 아니라 ── 흐드러지게 핀 나리꽃과 관목들, 담쟁이 덩굴들이 담장 너머까지 넘쳐나듯이 ── 내 친구 에나의 인생과 꿈을 아끼려는 내 사랑과 그 때문에 느껴지는 초조한 두려움도 넘쳐흐르는 듯했다. 지금까지 이어온 우리 두 사람의 우정을 되돌아볼 때, 산 후안 성일 아침에 찬란한 아침 햇살을 받으며 아름다운 별장 정원 사이를 막연히 걸어가던 그 순간만큼 그렇게 아름답고 순수했던 순간도 없었던 것 같다.

　햇살이 내리쬐는 그 길을 그렇게 한참 걸어, 마침내 널찍한 정원의 쇠창살에 기대섰다. 장미향이 코를 찔렀고, 머리 위로 꿀벌 한 마리가 날아가며 평화롭기 그지없는 메아리를 자아냈다. 그런데 도무지 벨을 누를 용기가 나지 않았다.

　느닷없이 — 흰 칠이 된 테라스와 통하는 — 유리문 열리는 소리가 나더니 에나의 막내 동생 라몬 베렝게르가 까만 머리의 어린 사촌동생을 데리고 나타났다. 두 아이는 계단을 뛰어내려 정원 쪽으로 왔다. 난 덜컥 겁이 났다. 마치 몰래 장미꽃이라도 꺾으려고 손을 내밀었다가 들킨 사람 같았다. 앞뒤 생각할 것도 없이 그 자리를 벗어나기 위해 내가 더 빨리 달려가기 시작했다…… 나중에 정신을 수습하고 나니, 나 스스로에 대해 웃음밖에 나오지 않았다. 하지만 다시 정원의 쇠울타리로 돌아가지는 않았다. 그날 아침, 에나를 향해 부지불식간에 용솟음쳤던 흥분과 애정만큼이나 충동적으로 솟아나는 어마어마한 좌절감이 나를 엄습했기 때문이다. 해질 무렵이 되었을 때에는 에나가 우리 둘 사이에 벌려놓은 간극을 뛰어넘겠다는 생각은 아예 하지 않게 되었다. 이제 무슨 일이 일어나든, 그냥 내버려두는 게 상책이라고 생각하게 되었다.

　천둥이가 겁에 질린 채 로만 삼촌의 방에서 나와 계
단을 내려오며 깽깽거리는 소리가 들렸다. 나중에 보니 한
쪽 귀에 물린 자국이 선명했다. 소름이 좍 끼쳤다. 로만 삼
촌은 사흘 밤낮을 방에만 틀어박혀 있었다. 안토니아 아줌
마 말에 따르면, 담배만 뻑뻑 피워대며 작곡에 몰두해 방
분위기가 아주 침통할 정도라고 했다. 천둥이도 이런 분위
기라면 주인의 기분 상태가 어떤지 짐작했어야 했다. 가정
부는 로만 삼촌이 이빨 자국이 선명하도록 개 귀를 물어
뜯어버린 걸 보고는 수은 중독에라도 걸린 사람처럼 온몸
을 부들부들 떨더니 개를 치료해주면서 개만큼이나 똑같
이 앓는 소리를 냈다.

　난 달력을 쳐다보았다. 산 후안 축제일 전야에서부터
사흘이 지났다. 폰스네 집 파티까지 이제 사흘 남은 셈이
었다. 내 영혼은 모든 것에서 벗어나고 싶다는 생각에 조
바심을 내며 두근거렸다. 폰스만이 이 절망적인 열망을 실
현시켜줄 수 있다고 생각하니 그를 사랑할 수도 있을 것
같았다.

18

지금 내 뇌리 속에는 아리바우 거리의 숱한 밤들이 주마 등처럼 스쳐 지나간다. 마치 유령이 솟아나오듯 고인 물 썩는 냄새를 풍기는가 하면, 하루하루라는 교각 아래를 시 커먼 강물이 흘러가듯이 그렇게 흘러간 수많은 밤들의 기 억이.

처음 아리바우의 집에서 보낸 가을밤들, 그리고 그 밤 들로 인해 더욱더 절감해야만 했던 불안감들도 떠오른다. 감상에 젖은 겨울밤 역시 기억난다. 의자 삐걱거리는 소 리에 잠을 설쳐야 했고, 인광을 발하는 ── 고양이의 ── 작은 두 눈과 그 시선이 내게 못 박혀 있는 걸 느낄 때면 소 름이 끼치곤 했던 겨울밤들. 그 얼어붙듯 추운 겨울밤이 면 때로 인생 그 자체도 내 두 눈앞에서 모든 가식을 벗어 던지고 벌거벗은 모습을 드러냈으며, 놀라움만을 안겨주며 삶의 서글프고 은밀한 면면을 소리쳐 들려주곤 했다. 물론, 그 은밀한 면면들은 해가 밝아 잠이 깰 때면 과연 존재했는지조차 의심스러울 만치 깨끗하게 지워져버리고 말았지만 말이다…… 그런가 하면 여름밤들도 떠오른다. 바르셀로나 하늘 위로 펼쳐지던 달콤하고도 농익은 맛을 풍기는 지중해의 여름밤들. 금가루 뿌리듯 흐르던 달빛, 새하얀 등허리와 황금빛 꼬리 위로 물처럼 흐르는 머리채를 늘어뜨린 채 빗질하는 인어 아가씨의 촉촉한 향내가 풍기던 여름밤들…… 그 후텁지근한 여름밤이면 때로 내 젊음의 갈증과 슬픔과 에너지가 나를 감정의 홍수 속으로 몰아넣기도 했고, 또 폭풍 전야의 메마른 대지처럼 먼지에 뒤덮인 메마른 내 육체로 하여금 사랑을 갈구하게 만들기도 했다.

새벽녘이 되어 지친 몸을 침대 위에 뉘었지만 두통과 더불어 공허감이 밀려오고 머릿속이 윙 하고 울리는 것 같았다. 하는 수 없이 베개를 치우고 머리를 낮추었다. 그래야만 거리와 집 안에서 들려오는 온갖 낯익은 소리가 들려오는 가운데 아주 천천히 진정되었기 때문이었다.

잠시 후, 아주 천천히 잠이 파도처럼 밀려오면서 점차 내 육신과 영혼까지 망각해버릴 수 있는 깊고 완전한 잠 속으로 빠져들었다. 하지만 악몽을 꾸었는지, 뜨거운 열기가 마치 성난 오징어가 뿜어대는 먹물처럼 거친 호흡을 내쉬며 나를 덮치면서 또다시 잠에서 깨어났다.

절대 정적. 거리에서는 가끔씩 야경꾼의 발소리만 들려왔다. 발코니 위로는 저만치 지붕과 옥상 위로 별빛만이 반짝였다.

불안감에 침대에서 벌떡 일어나지 않을 수 없었다. 저 하늘에서 내려오는 만질 수는 없지만 찬란하게 빛나는 빛줄기가 어느 정도라고 강도를 규정짓기는 힘들지만 실제로 역동성을 지닌 채 내 안에서 작용했기 때문이었다.

달빛이 환하던 어느 날 밤도 기억난다. 무척이나 많은 일들을 겪었던 탓에 그날 밤에는 흥분이 채 가시지 않았었다. 침대에서 일어나니, 앙구스티아스 이모가 쓰던 거울에 온통 잿빛 실크 빛깔로 가득한 방의 전경이 들어 있었다. 그리고 기다란 흰 그림자도 하나. 내가 거울 앞으로 가까이 다가서자 그 그림자 같은 형상도 나를 따라 움직였다. 마침내 거울 속에서 니트 잠옷을 입고 선 내 모습을 발견했다. 내 니트 잠옷은 오래된 것으로 —— 닳고 닳아 부드러워졌을 정도로 —— 예전에 엄마가 입으시던 레이스가 잔뜩 달린 것이었다. 난 거울을 별로 들여다보지 않고 살았기 때문에 이렇게 두 눈을 휘둥그레 뜬 채 거울 속 내 모습을 지켜보는 게 낯설게 느껴졌다. 금방이라도 사라져버릴 것 같은 거울 속 내 모습을 만져보려 한 손을 들어올렸더니, 얼굴보다도 더 파리한 색깔의 길쭉길쭉한 손가락이 불쑥 튀어나와 눈썹에서부터 콧등을 거쳐 양 볼까지 얼굴 골격을 따라 내려왔다. 한마디로, 나 안드레아는 나를 둘러싼 환영과 감흥 속에서 사는 셈이었다. 더러 정말 그런지 의심스럽기는 했지만 말이다.

그날 저녁이 폰스네 집에서 파티가 열린다던 그날이었다.

지난 닷새 동안 나는 지금의 내 삶에서 벗어나기 위해 꿈을 꾸어보려 노력했다. 사실 그때까지만 해도 지난 과거에 등을 돌리는 일도, 매순간 새로운 삶을 꿈꾸는 것도 쉽게만 여겨졌다. 그날도 또 다른 지평이 열리는 듯한 느낌을 받았다. 그 예감이란 기차역에서 막 출발하는 기차의 기적 소리를 듣거나, 부둣가를 산책하다가 배 냄새가 확 풍길 때면 가끔 느끼고 했던 들뜬 조바심 같은 것이었다.

아침 나절에 폰스가 전화를 걸어왔다. 그의 목소리를 듣는 순간, 애정이 솟구쳐올랐다. 내가 누군가의 기다림의 대상이 되었다는 느낌, 누군가에게 사랑받는다는 느낌이 내 안의 본능을 자극했다. 그것은 일종의 승리감이기도 했고, 칭송받고 찬양받고 싶은 바람이기도 했으며, 오랜 세월 동안 없는 듯이 지내다가 마침내 불과 몇 시간 동안이나마 공주가 될 수 있었던 동화 속 신데렐라가 된 듯한 느낌이기도 했다.

어린 시절, 꽤 여러 번 똑같은 꿈만 꾸었던 기억도 난다. 어린 시절의 나는 파리한 낯빛에 비쩍 마른 아이로, 손님이 오시더라도 결코 이 집 딸이 참 예쁘다는 둥의 인사치레는 받아본 적이 없을 정도였다. 그런 빈말이나마 해주었더라면 우리 부모님께 큰 위안이 되었을 텐데…… 아이들은 정신없이 노는 데 빠져 어른들 대화에는 전혀 관심 없는 것처럼 보이지만, 실은 따님이 크면 정말 예쁜 아가씨로 자라겠어요라든지 아이들은 자라면서 놀랄 만큼 예뻐지더라고요 같은 말은 귀신같이 주워듣는 법이다.

잠결에 나는 달려가기도 하고 또 넘어지기도 하는 내 모습을 지켜보았다. 순간 입은 옷이, 아니면 내 몸을 둘러싼 고치가 벗겨지면서 발 아래로 주르륵 흘러내리는 듯한 느낌이 들었다. 사람들이 놀란 눈으로 날 쳐다보는 게 보였다. 거울 앞으로 달려가 떨리는 마음으로 거울을 들여다보니, 그 속에는 금발의 공주로 변한 내가 서 있었다── 정말이지 동화 속에 나오는 그런 금발이었다── 아름답고, 부드러우며, 매력적이고, 착한 심성을 갖춘 채 상냥한 미소를 보내는 경이로운 모습의 내가……

어린 시절 꽤나 자주 꾸었던 이 동화 같은 꿈을 생각하며 미소를 머금은 채 나는 왠지 좀 떨리는 손으로 공들여 머리를 빗었다. 파티를 위해 정성껏 다림질한, 내가 가진 옷 중에 그나마 좀 덜 낡아 보이는 옷도 입었다. 조금이나마 더 예뻐 보이기 위해서였다.

어쩌면—이런 생각을 하니 얼굴이 붉어졌지만—오늘이 바로 그날이 될지도 몰라. 폰스 눈에 내가 예쁘고 매력적으로 비친다면 (전에도 폰스는 좀 서툴게나마, 아니 많은 경우 직접 말로 표현하지는 않았지만 다른 방법으로 꽤 여러 번 그런 뜻을 내비치기는 했다) 나를 가리던 베일은 거둬지는 셈이었다.

어쩌면 여자에게 삶의 의미는 오로지 이렇게 '발견'되는 데, 스스로 빛을 발한다는 느낌을 갖게 해주는 남성의 시선을 받는 데 있는 것일지도 모른다. 다른 사람들의 독설과 험담에 귀 기울이거나 시선을 두는 데 있는 게 아니라, 자신만의 감정과 감상에 충실한 삶을 사는 데, 자신의 좌절과 환희, 그리고 선악에만 관심을 두는 데 있는 것일지도……

그런 생각 끝에 결국 나는 로만 삼촌이 성난 듯 두들겨대는 피아노 소리를 듣지 않기 위해서는 두 귀를 틀어막는 수밖에 달리 도리가 없었던 아리바우 거리의 우리 집에서 도망쳐 나왔다.

로만 삼촌은 닷새째 방구석에만 처박혀 있더니 (글로리아 외숙모 말에 따르면, 그동안 외출도 한번 안 했다고 했다) 그날 아침에 마침내 아래층 집으로 내려와서는 날카로운 눈빛으로 그동안 혹 무슨 변화는 없었는지 살펴냈다. 그러다가 곳곳에서 글로리아 외숙모가 고물장수에게 팔아먹은 가구 빈자리를 발견했다. 가구 빼낸 자리가 선명한 데다 그 빈 자리에 바퀴벌레들이 종횡무진 오락가락햇기 때문이었다.

"이게, 우리 어머니 물건을 훔쳐내다니!"

삼촌이 소리쳤다.

그 말에 외할머니가 얼른 달려와 말했다.

"아니다, 애야, 아니라고! 내가 팔았단다. 내 물건이잖니. 내가 돈이 좀 필요해서 판 거야. 파는 건 내 권리 아니냐……?"

음식이라도 떨어졌더라면 조금이라도 다른 식구 먹이려다 굶어 죽었을 게 뻔하고, 담요 한 장이라도 있으면 요람의 아기 덮어주려다 얼어 죽고도 남았을 기구한 팔자의 노인네 입에서 권리네 뭐네 하는 말이 나오니 참 황당할 뿐이었다. 로만 삼촌도 웃고 말았다.

오후부터 로만 삼촌은 피아노를 치기 시작했다. 현관

입구에서 보니 거실 피아노 앞에 앉은 삼촌의 모습이 보였다. 삼촌 머리 너머로 둥그런 해가 비쳤다. 삼촌이 돌아보다가 나와 눈이 마주치자 이 생각 저 생각 할 겨를도 없이 떠오른 활기찬 미소를 보냈다.

"그렇게 예쁘게 차려입은 걸 보니, 내 음악을 감상하러 나온 건 아닐 거고…… 너도 이 집구석 다른 여자들처럼 도망 나갈 생각인가 보구나……"

삼촌이 열정적으로 피아노 건반을 두들기자 화사한 봄날의 느낌을 담은 선율이 흘러나왔다. 삼촌의 눈은 숙취에 시달리거나 며칠 밤을 한숨도 못 잔 사람처럼 벌겋게 충혈되었다. 피아노에 열중한 삼촌의 얼굴이 잔뜩 주름으로 덮였다.

하여튼 난 전에도 누차 그랬듯이 삼촌에게서 도망쳐 나왔다. 하지만 거리를 걸으면서도 오로지 삼촌의 멋진 모습만 떠올랐다. 다른 모든 건 차치하고— 나는 생각했다— 로만 삼촌이 주변 사람들에게 생기를 불어넣는 것만은 사실이야. 삼촌은 실제로 주변 사람들에게 무슨 일이 일어나는지 다 안다니까. 아마도 오늘 오후에 내가 잔뜩 꿈에 부풀어 있다는 것도 알 거야.

로만 삼촌 생각을 하다 보니 자연스럽게 에나의 얼굴이 떠올랐다. 내 입장에서는 어떻게든 두 사람이 만나는 걸 막아보려고 기를 썼지만, 이젠 심지어 머릿속에서조차 두 사람을 갈라놓을 수 없게 되고 만 모양이었다.

"산 후안 축제일 전날 밤에도 에나라는 애가 로만 삼촌을 만나러 왔던 거 알아?"

글로리아 외숙모가 나를 힐끔 훔쳐보며 말했었다.

"꼭 천둥이가 달려 내려가듯이 계단을 막 뛰어내려가는 걸 내 두 눈으로 똑똑히 봤다니까…… 꼭, 뭐랄까, 꼭 미친년처럼 말이야…… 네가 보기엔 어때……? 그날 이후로는 안 오는 것 같던데……"

난 두 손으로 귀를 틀어 막아버렸다. 저만치로 폰스네 집으로 들어가는 골목길 입구가 보였다. 눈을 드니 마치 아치를 만들듯 가지를 뻗친 아름드리 나무들이 보였다. 나뭇잎은 짙은 녹음을 자랑했다. 석양에 물든 하늘이 나뭇잎 새로 마치 별빛처럼 반짝였다.

나는 다시 한번 이 아름다운 거리에서 이제 막 첫 번째 댄스 신청자와 춤을 추려고 하는 열여덟 소녀가 되었다. 기분 좋고 날 듯한 기대감에 다른 모든 일들이 자아내는 메아리들은 완전히 지워져버리고 말았다.

폰스네 집은 문타네르 거리 제일 안쪽에 자리 잡은 아주 멋진 저택이었다. 정원을 둘러싼 울타리 앞으로 ── 꽃들이 어찌나 정교하게 가꾸어졌는지 꽃향기보다는 오히려 밀랍이나 시멘트 냄새가 풍기는 듯했다── 자동차들이 기다랗게 주차되어 있었다. 심장이 고통스러우리만치 거세게 방망이질 치기 시작했다. 잠시 후면 나 자신이 저 유쾌하고 황홀한 세계 속에 속하게 될 터였다. 그 세계는 돈이라는 견고한 주춧돌 위에서 돌아가는 세계로, 그런 세계만의 낙관적 시각에서 바라보면 부자 친구들과의 대화 한마디 한마디가 다 이해되었다. 제대로 된 사교 파티에 간 건 그때가 처음이었다. 그동안 에나의 집에서 파티가 열리긴 했지만 그건 그저 문학이나 예술을 논하기 위해 친한 친구들끼리 격의 없이 모이는 그런 파티였다.

지금도 대리석으로 치장된 시원한 느낌의 입구가 생각난다. 또 출입문 앞에서 손님을 맞는 하인을 마주쳤을 때 나를 엄습했던 혼란스러움과 온갖 화초와 도자기로 장식된 현관의 장엄하기까지 했던 인상도 떠오른다. 폰스 어머니와 악수를 나누기 위해 다가온, 온몸에 보석을 치렁치렁 매단 어떤 여자의 진한 향수 냄새도, 내 낡은 구두를 향하다가 다시 어머니를 지켜보며 안절부절못하는 폰스를 향하던, 무어라 형언할 수 없는 폰스 어머니의 시선도 생생하게 떠오른다.

폰스 어머니는 큰 키에 기품이 넘치는 분이었다. 그녀는 미소지으며 내게 말을 붙였지만 그 미소는 입가에서 떠오르다 말고 정지되어버린 듯해 —— 영원히 움직이지 못할 것 같이 —— 너무도 쉽게 내게 상처를 입히고 말았다. 그 미소를 마주하는 순간 이미 나는 초라한 내 행색 때문에 당혹감을 느꼈다. 나는 폰스의 한 팔에 자신 없이 손을 얹고 집 안으로 들어갔다.

집 안에는 꽤 사람이 많았다. 거실 옆의 작은 방에는 주로 연로하신 분들이 모여 앉아 음식을 나누며 웃어댔다. 입 안 가득히 케이크 조각을 집어넣는 순간 우스운 이야기를 듣는 바람에 얼굴이 벌겋게 되어 어쩔 줄 모르던 어떤 뚱뚱한 부인의 모습이 지금도 뇌리에 생생하다. 온통 혼란스럽고 수많은 사람들이 움직이는 모습 속에서 왜 하필 그 부인의 모습만 정지된 이미지로 내게 각인되었는지 모르겠다. 젊은이들 역시 먹고 마시고 이리저리 자리를 옮겨가며 이야기를 나누었다. 예쁜 여자애들도 무척 많았다. 폰스는 사촌들이라는 네다섯 명의 젊은 애들에게 나를 소개했다. 그들 사이에서 나는 부쩍 소심해졌다. 아니, 차라리 울고 싶은 지경이었다. 그 순간 나를 사로잡은 감정들은 내가 기대했던 찬란한 느낌과는 전혀 딴판이었다. 초조함과 분노로 정말 울고 싶은 마음뿐이었다.

난 무조건 폰스에게만 딱 달라붙어 있었다. 그러다 보니 우리 두 사람에게 쏟아지는 악의 어린 시선에 폰스가 좀 당혹스러워한다는 느낌이 들었다. 그러다가 누군가가 폰스를 불렀다. 폰스는 여자애들과 알지도 못하는 웬 두 청년 사이에 나를 남겨두고 가버렸다. 난 그들과 무슨 말을 해야 할지 몰랐다. 도무지 즐겁지도 않았다. 저만치 거울 속에 경쾌한 여름 옷으로 치장한 수많은 사람들 사이에 흰색과 회색 옷차림의 내 모습이 비쳤다. 파티에 온 사람들은 모두들 즐거운데 내 표정만 너무 침통한 게 다소 생뚱맞아 보였다.

폰스는 이제 보이지조차 않았다. 느릿한 폭스트롯이 연주되자 사람들은 모두 춤 속으로 빠져들었고, 나만 혼자 창가에 서서 춤추는 사람들의 모습을 지켜봐야 했다.

춤이 끝나고 사람들이 다시 왁자지껄 떠들어대기 시작했지만 내게 다가오는 사람은 아무도 없었다. 어디선가 이투르디아가의 목소리가 들려 얼른 돌아다보았다. 저만치에 이투르디아가가 여자애들 두세 명에 둘러싸여 무슨 도면 같은 걸 펼쳐 보이며 미래의 계획을 장황하게 설명하던 참이었다. 이투르디아가가 말했다.

"지금 현재는 이 바위산에 접근할 수 없지만, 난 여기까지 가는 케이블카를 놓을 생각이에요. 그리고 그 바위산 정상에 나만의 궁전을 지을 거고요. 결혼 후에는 사랑하는 아내와 더불어 아무도 없는 이곳에서 1년 내내 지낼

겁니다. 바람 소리를 듣고, 매 울음소리도 듣고, 천둥 소리
도 들으면서요……"

아주 예쁘장하게 생긴 여자애 하나가 입을 헤 벌린
채 이투르디아가의 말을 듣다가 대뜸 끼어들었다.

"어머! 그건 힘들 거예요, 이투르디아가……"

"아니, 왜 힘들다는 겁니까? 이렇게 설계까지 마쳤는
데요. 벌써 건축가, 기술자들하고 얘기도 다 마친 상태라
고요. 그런데 힘들 게 뭐가 있겠어요?"

"제 말은, 그런 곳에서 평생 함께 살려고 들 여자분을
만나기가 힘들 거라는 거예요……! 정말 그럴걸요, 이투
르디아가……"

이투르디아가의 눈썹 꼬리가 바짝 치켜올라가는가
싶더니 표정이 한없이 우울해졌다. 그가 입은 기다란 남색
바짓단 아래로 거울처럼 반짝거리는 구두코가 삐죽 내비
쳤다. 난 그에게 아는 척을 하러 가야 할지 말아야 할지 몰
랐다. 형편없이 주눅이 든 데다 어떻게 해서든 아는 사람
을 찾아야 하는 상태였지만 말이다. 외톨이 개처럼……
그 순간, 등 뒤에서 "이투르디아가"라는 이름을 부르는 소
리가 또렷이 들려왔다. 난 번쩍 뒤를 돌아보았다. 당시 나
는 정원 쪽으로 난 나지막한 창가에 몸을 기대고 서 있었
는데, 창밖 정원에 난 아스팔트로 단장한 한 오솔길에서

두 신사가 걸어오는 게 보였다. 아마도 산책을 하며 사업 이야기를 나누는 중인 것 같았다. 둘 중 통통하고 몸집이 큰 양반이 가스파르 이투르디아가와 많이 닮아 보였다. 두 사람은 창문 바로 아래까지 걸어와서도 열띤 대화를 나누었다.

"이 전쟁이 우리에게 벌게 해줄 돈이 얼마나 되는지 아십니까? 장장 몇백만입니다, 몇백만⋯⋯! 이게 정말 어린애 장난이 아니라니까요, 이투르디아가 씨!"

두 사람은 다시 걸음을 옮겼다.

유럽 각지의 전장 위를 날아다니는 전쟁이라는 검은 유령의 등에 올라탄 채 (마법의 망토를 두르고 주요 인물들 머리 위를 날며) 붉게 물든 해질 녘 하늘을 마구 헤집고 다니는 그들의 모습이 눈앞에 보이는 듯해 내 입가에 미소가 번졌다.

내게 시간은 너무 더디게만 흘러갔다. 한 시간, 아니 어쩌면 두 시간쯤을 그렇게 혼자 서 있었던 것 같다. 나는 그 사이 사람들의 행동을 지켜보았는데, 일단 누군가의 모습이 내 시야에 들어왔다 하면 거의 편집적으로 그 뒤를 쫓곤 했다. 완전히 그런 놀이에 익숙해질 무렵, 폰스의 모습이 다시 내 시야에 들어왔다. 그는 얼굴이 발갛게 상기된 채 홀 저만치 나와는 완전히 멀리 떨어진 곳에서 아가씨 둘과 행복하게 술잔을 나누고 있었다. 나 역시 한 손에 외로이 술잔을 들고 있었기에 맥없이 그 술잔만 들여다보았다. 내 안에서 굴욕감과 쓸모없는 서글픔이 일었다. 사실 그 파티에 아는 사람이 하나도 없었기 때문에 철저하게 소외되었던 것이다. 어린애들 놀이에서처럼 블록을 쌓아 근사한 성을 만들었지만 한줄기 바람에 와르르 무너져 내리고 만 것 같은 느낌이었다. 내게 카네이션을 사주던 폰스라는 성이, 내게 멋진 여름 휴가를 약속했던 폰스라는 성이, 우리 집에서 내 손을 잡아 끌어내 행복으로 이끌어 준다던 폰스라는 성이…… 아마도──내게 갖은 애정으로 감동을 주며 이 자리에 와달라고 간청했던──폰스가 그날 밤에는 나라는 존재가 부끄러웠던 모양이었다…… 아마도 내 낡은 구두로 쏟아지던 폰스 어머니의 첫 시선으로 모든 것은 이미 산산조각 나고 말았을 것이다…… 어쩌면 내 잘못일 수도 있겠지. 세상사가 이러리라는 걸 몰랐던 내 탓일 거야.

"쯧쯧, 저런…… 심심한가보네. 아니, 이 녀석은 도대체 어딜 간 거야? 내 얼른 가서 찾아볼게요."

폰스 어머니는 아마도 한참 전부터 날 주시했던 게 분명했다. 내가 늘 상상해왔던 모습과는 사뭇 다른 모습을 보여주는 그녀를 나는 성난 눈동자로 쳐다보았다. 그녀가 폰스에게 다가가더니 잠시 후 폰스가 내게로 왔다.

"미안해, 안드레아! 정말로…… 우리 춤 출까?"

다시 음악이 연주되었다.

"됐어. 컨디션이 별로라서 그만 가야 할까봐."

"아니, 왜 그래, 안드레아……? 혹 나 때문에 기분 상한 거 아냐……? 몇 번이나 네게 오려고 했는데…… 오다가 계속 다른 사람들한테 붙잡혀서 말이야…… 그래도 네가 다른 남자들이랑 춤추지 않아서 좋더라. 내가 몇 번 네 쪽을 보긴 했거든……"

우린 둘 다 아무 말 하지 않았다. 폰스가 몹시 당혹스러워하는 것 같았다. 금방이라도 울음을 터뜨릴 것 같은 표정이었다.

폰스의 사촌누이라는 여자애 하나가 우리 앞을 지나가면서 시답잖은 질문을 던졌다.

"사랑싸움 하나봐?"

그녀의 얼굴에는 마치 영화 배우들이나 지을 듯한 작위적인 미소가 떠올랐다. 어찌나 고소하다는 표정이었는지 지금도 그녀의 얼굴을 떠올리면 웃음이 난다. 하여튼, 폰스의 얼굴이 빨갛게 달아오르는 게 보였다. 순간 몹시 짜증이 나며 가슴에서 욱 하는 게 치밀었다.

"'이 따위' 사람들 속에 있는 건 정말 고역이야. 지금

지나간 저런 애 같은 사람들 말이야……"

내가 말했다.

폰스가 마음이 상했는지 따지듯 대꾸했다.

"저애가 뭐 어떻다는 거야? 난 평생 저 아이를 봐왔어. 얼마나 야무지고 착한 앤데…… 왜? 너무 예뻐서 그래? 여자들은 왜 다 그래? 예쁜 여자만 보면……"

내 얼굴이 벌겋게 달아오르는 걸 보자 폰스는 곧바로 자신이 실수했음을 깨닫고 내 손을 붙잡았다.

기가 막혀! ─ 나는 생각했다 ─ 내가 어쩌다 이런 황당한 장면의 주인공이 된 거지?

"안드레아! 도대체 오늘 왜 그래? 평소의 너답지 않 게……"

"맞아. 오늘은 컨디션이 좋지 않아…… 폰스! 사실, 나 오늘 이 파티에 오는 거 별로 내키지 않았어. 그래서 잠 깐 축하 인사만 전하고 갈 생각이었고…… 그래서 어머 니께 인사까지 드리게 되어 몹시 당혹스러웠지…… 이렇 게 옷도 제대로 갖춰 입고 오지 못했는데 말이야. 봐! 나, 평소에 신던 낡아빠진 신발을 그냥 신고 왔잖아. 몰랐어?"

세상에! ─ 나 스스로 내심 혐오감이 치밀었다 ─ 내가 지금 무슨 바보 같은 소리를 지껄이는 거야? 폰스는 어찌해야 할 바를 모르는 듯했다. 그저 놀란 토끼눈으로 날 처다볼 뿐이었다. 귓불까지 빨갛게 달아오른 폰스는 우아한 검은 양복을 입어서인지 평소보다도 더 왜소해 보였다. 그는 본능적으로 멀찍이 서 있는 엄마를 고민스러운 눈빛으로 쳐다보았다.

"네가 그런 심정인 줄 미처 몰랐어, 안드레아. 어쨌든, 네가 그만 돌아가고 싶다니……글쎄, 난……어떻게 말릴 수도 없을 것 같구나."

폰스가 더듬거리며 말했다.

나도 조금 전에 했던 말이 마음에 걸렸던 터라 잠시 침묵했다가 이렇게 말했다.

"너희 집 손님들에 대해 심한 말 한 것 나도 사과할게, 폰스."

우리 두 사람은 아무 말없이 현관으로 나왔다. 현관을 장식한 장엄한 도자기들이 자아내는 추한 느낌이 오히려 내게는 확신과 자신감을 불어넣어 주었고, 긴장도 어느 정도 풀리는 것 같았다. 순간 감정이 북받쳤는지 작별 인사를 하면서 폰스가 내 손에 입 맞추며 말했다.

"도대체 뭐가 어찌 된 일인지 모르겠어, 안드레아! 후작 부인이 제일 먼저 도착하셨는데……(우리 어머니가 그런 면에서는 좀 고루하셔. 직위를 매우 중요하게 생각하시는 분이시거든) 사촌 동생 누리아가 느닷없이 날 정원으로 끌고 가더니…… 뭐 사랑 고백인가 뭔가를 하는 거야……
그러니까……"

말을 멈춘 폰스가 침을 한 번 꼴깍 삼켰다.

난 웃음을 터뜨리지 않을 수 없었다. 이 모든 장면들
이 유치하게만 느껴졌다.

"조금 전에 우리 곁을 지나면서 말을 건넸던 그 아리
따운 아가씨 말이야?"

"맞아. 사실 네게 이 말은 안 하려고 했어. 아니, 아무
에게도 말하지 않으려고 했어…… 그 다음에는, 안드레
아, 너도 알다시피, 내가 통 너랑 같이 있을 틈이 없었잖아.
여하튼, 누리아로서는 대단한 용기를 낸 거였어. 그앤 무
척 매력적인 애라, 구혼자가 줄을 서 있거든. 그애가 사용
하는 향수만 해도 아주……"

"그래, 그렇겠지."

"조심해서 가……! 이제…… 언제 또다시 만날 수 있
을까?"

폰스의 얼굴이 다시 빨갛게 달아올랐다. 그야말로 정
말 어린애 같았다. 나도 그랬지만, 폰스 역시 우리 두 사람
은 앞으로 개학 후 학교에서 우연히 마주치는 경우가 아
니고는 다시 볼 수 없음을 알았던 것이다.

바깥 공기는 후텁지근했다. 뭘 어찌해야 할지 모르는

채 나는 내 앞으로 길게 뻗은 문타네르 거리를 걸어 내려
갔다. 고개를 들어 하늘을 보니 구름 한 점 없었지만 곧 비
라도 내릴 듯이 검푸른 하늘이 위협적일 만큼 무겁게 펼
쳐져 있었다. 적막감이 감도는 거리 위로 짓누르듯 펼쳐진
고전적 장엄함을 느끼게 하는 하늘은 일면 무시무시한 느
낌도 자아냈다. 그리고 나 자신이 마치 그리스 비극의 주
인공이라도 된 양 우주적 힘에 짓눌려 위축되는 느낌이
들었다.

아스팔트와 보도 블록이 반사하는 빛과 타는 듯한 열
기에 질식이라도 할 것 같았다. 나는 삭막한 내 인생 행로
를 걸어나가듯 그렇게 문타네르 거리를 걸어 내려갔다. 내
옆으로, 도저히 잡을 수 없는 숱한 사람들의 환영이 스쳐
지나갔다. 내 삶은 매순간이 피치 못할 고독으로의 틈입이
었다.

자동차들이 지나기 시작했다. 승객으로 가득 찬 전차
도 올라왔다. 내 눈 앞에 디아고날 대로를 따라 난 산책로
와 종려나무 가로수, 줄지어 선 벤치들이 펼쳐졌다. 나는
벤치 가운데 하나에 가서 주춤거리며 앉았다. 전력을 다해
무슨 일인가를 끝내고 난 사람처럼 완전히 지쳐 늘어진
데다 삭신이 쑤시고 아팠다.

어차피 내 인생의 끝이 막다른 골목이라면, 인생을

군이 힘겹게 뛰어갈 필요가 전혀 없다는 생각이 들었다. 어떤 이들은 인생을 향유하기 위해 태어나고, 또 어떤 이들은 죽도록 일하기 위해 태어나고, 또 어떤 이들은 그저 인생을 지켜보기 위해 태어나는가 보다. 나라는 사람은 그 관조자의 역할을, 그것도 아주 미미한 역할을 하도록 타고 난 것 같았다. 도저히 그 역할에서 벗어날 수 없을 것 같았다. 결코 그 역할에서 자유로워질 수 없을 것 같았다. 그 순간 날 사로잡은 유일한 현실은 바로 어마어마한 비탄이었다.

눈앞으로 예쁜 잿빛 안개가 스미는 듯하더니 잠시 햇살을 받아 무지갯빛으로 변하면서 그 너머 세상이 바르르 떨렸다. 물기 없던 내 얼굴 위로 눈물이 흘러내렸다. 나는 손등으로 신경질적으로 눈물을 훔쳐냈다. 그러고 나서 그 자리에 앉은 채 꽤 한참을 울었다. 거리를 지나는 사람들의 무관심 덕에 마음껏 통곡할 수 있었다. 그렇게 한참을 울고 나니 서서히 내 영혼이 정화되는 느낌이었다.

사실, 절망감에 몸부림치는 어린 소녀의 이런 아픔 정도는 아픔이라 할 것도 없다. 따라서 나는 기억할 가치조차 없는 내 삶의 한 장을 재빨리 읽고 닫아버리기로 했다. 내 앞에는 이보다 더한 고통들이 무심한 표정으로, 아니 더러는 날 비웃으며 놓여 있었기 때문이었다.

집으로 돌아가는 길에 아리바우 거리에 들어서자마자 난 골목 끝까지 마구 뛰어갔다. 어찌나 생각에 깊이 빠져 내달렸던지 하늘이 다 노래 보일 정도였다. 황혼에 잠긴 아리바우 거리에는 그 속내를 드러내기라도 하듯이 곳곳의 상점 진열장 불들이 켜져 있었다. 그 불빛은 마치 어두컴컴한 계곡에서 번득이는 희누런 눈동자들 같아 보였다…… 갖가지 냄새와 슬픔과 사연들이 보도에서 피어오르는가 하면 아리바우 거리를 따라 늘어선 아파트 주택 발코니나 현관 입구에 매달린 듯했다. 견고한 아름다움을 자랑하는 디아고날 대로에서 밀려오는 활기에 찬 인파와 플라사 데 라 우니베르시닷 광장 쪽 역동하는 세계에서 걸어 올라온 인파가 만나는 곳…… 온갖 종류의 인생이, 온갖 종류의 사람이, 온갖 종류의 취향이 뒤섞인 곳, 그곳이 바로 아리바우 거리였다. 그리고 나는 그 속에서도 가장 미미하고 보잘것없는 존재였다.

멋진 여름 휴가 초대도 받지 못하고, 댄스 파티에 갔으나 춤 한 번 못 춰본 채로 집에 왔다. 그저 얼른 들어가 잠들어버리고 싶다는 생각만으로 꾸역꾸역 걸음을 옮겼다. 피곤한 내 눈 앞으로 사랑하는 연인이라도 되는 양 아파트 입구에서 검은 두 팔을 활짝 벌리고 선 낯익은 가로등의 모습이 들어왔다.

바로 그때, 우리 아파트에서 나오는 에나 어머니와 마주쳤다. 그녀도 놀란 나를 발견하고는 내 쪽으로 걸어왔다. 언제나 그랬듯이 그녀의 마법과도 같은 부드러움과 격조 높은 우아한 아름다움이 내 가슴 깊숙이 파고들었다. 그녀의 목소리가 내 귀청을 두들길 때에야 비로소 나는 꿈속에서 벗어나는 느낌이었다.

"여기서 만나니 정말 다행이네요, 안드레아!"

그녀가 말했다.

"안드레아의 집에서 꽤 오랫동안 기다렸거든요……잠시 시간 좀 내줄래요? 어디 가서 아이스크림이라도 먹으면서 얘기 좀 했으면 좋겠는데……"

19

에나의 어머니와 카페에서 마주앉는 순간까지도 나는 여전히 단꿈이 산산조각나 초라하고 씁쓸한 기분에 빠져 있었다. 하지만 곧이어 에나의 어머니가 과연 무슨 말을 하려는 것인지 들어 보고 싶다는 생각이 부쩍 들었다. 그러자 조금 전 일은 그만 까마득하게 잊히면서 마음의 평정도 되찾았다.

"무슨 일이라도 있어요, 안드레아?"

내게 깍듯이 존대해주는 우아한 중년 부인의 말투가 다정하고 친근하게 느껴졌다. 갑자기 울고 싶어진 나는 입술을 자근자근 깨물었다. 에나 어머니의 시선은 다른 곳을 향했다. 다시 나를 바라보는 모자챙 그늘에 가린 그녀의 눈빛은 열에 들떠 촉촉하게 젖은 채였다…… 난 이미 정상을 되찾았고, 오히려 그녀가 조금 겁먹은 듯 미소지었다.

"아뇨. 아무 일도 없어요."

"다행이에요, 안드레아…… 난 요즘 들어 만나는 사람들마다 눈빛에서 묘한 그늘을 발견하곤 한답니다. 혹 자신의 기분이 주변 환경에 따라 달라지는 것 같다는 생각 안 해봤어요?"

그녀는 스스로 얼굴에 미소를 지음으로써 나도 미소 짓게 만들려고 애쓰는 것 같았다. 어조도 경쾌했다.

"그런데 요즘은 왜 통 들르지 않아요? 에나한테 혹 섭섭한 일이라도 있나요?"

"아니요. 저보다는 에나가 제게 싫증난 것 같아요. 당연하겠죠……"

내가 눈을 내리깔았다.

"그럴 리가 있겠어요? 우리 에나가 안드레아를 얼마나 좋아하는데…… 정말이에요. 그러니 그런 어두운 표정 짓지 말아요. 안드레아는 우리 딸 아이의 하나밖에 없는 친구예요. 그래서 오늘 내가 이렇게 찾아온 것이기도 하지만 말이에요……"

그녀는 장갑 끄트머리를 계속 잡아당겼다. 손이 그야 말로 섬섬옥수였다. 살짝 건드리기만 해도 얼른 오무려버릴 것 같은 손. 그녀가 침을 꼴깍 삼켰다.

"우리 에나 얘기를 하려니 무척 힘드네요. 한 번도 남에게 우리 딸 이야기를 해본 적이 없어서…… 그러기에는 우리 딸을 너무 사랑하거든요. 우리 에나를 향한 내 감정은, 그야말로 깊은 사랑 그 자체예요, 안드레아."

"저도 안드레아를 정말 사랑해요."

"알아요, 물론 알고말고요. 하지만, 이걸 어떻게 설명해야 할지 모르겠지만…… 내게 에나는 다른 자식들과 또 좀 다르답니다. 내 인생 모든 가치에 우선하는 게 바로 에나거든요. 내가 에나에게 느끼는 애정은 정말 남달라요."

나도 이해할 것 같았다. 그녀의 말보다는 말투에서 그대로 드러났기 때문이었다. 단순한 말투보다는 음성 아래 깔린 열의를 통해서 말이다. 나는 늘 에나의 어머니를 볼 때마다 스스로를 불태우는 여인이라 생각했다. 늘 그랬다. 에나의 집에서 처음으로 그녀의 노래를 듣던 날에도 그랬고, 나중에 나를 향하던 그녀의 고뇌에 찬 시선을 보았을 때에도 그랬다.

"요즘 들어 에나가 고민에 빠진 것 같아요. 그게 나에게 어떤 의미를 갖는지 알아요? 지금까지 에나의 삶은 완벽 그 자체였어요. 한 걸음 한 걸음 성공의 연속이었지요. 그 아이의 웃음소리는 내게 삶의 의미를 일깨워줬고…… 그 아이는 늘 건강했고, 문제도 없었으며, 행복했답니다.

하이메라는 청년과 사랑에 빠졌을 때에도……"

(내가 놀라는 표정을 짓자 그녀는 슬픈 표정을 짓는가 하더니 동시에 장난기 어린 눈빛을 보내기도 했다.)

"하이메와 사랑에 빠졌을 때에도 모든 것이 꿈 같았지요. 우리 애를 이해해줄 남자를, 그것도 청소년기를 막 벗어나며 정말 남자 친구가 필요한 그 시점에 그런 남자를 만난 것이 내 눈에는 경이로운 자연의 법칙이 실현된 것 같았어요……"

난 그녀와 눈을 마주치고 싶지 않았다. 좀 초조해졌다. 나는 생각했다. 이 양반이 내게서 뭘 알아내려는 거지? 난 무슨 일이 있더라도 에나의 어머니가 그토록 알고 싶어하는 에나의 비밀을 발설하는 배신 행위는 하지 않으리라 마음먹었다. 그녀만 실컷 말하게 하고 나는 한마디도 하지 않을 작정이었다.

"이봐요, 안드레아! 난 우리 아이가 비밀로 지켜줬으면 하는 이야기들을 말해달라고 하는 게 아니에요. 그보다는 오히려 내가 우리 에나에 대해 아는 모든 사실을 우리 아이가 모르게 해달라고 부탁하려고 해요. 난 에나를 잘 알아요. 그앤 때로는 얼마나 냉정해지는지 모른답니다. 내가 자신에 대해 모든 걸 안다면 절대로 날 용서하지 않을 거예요. 아마도 언젠가는 그애 스스로 이 이야기들을 내게 해줄 날이 있겠지요. 사실 에나에게 무슨 일이 일어날 때마다 난 그 아이 입으로 그 일에 대해 말해줄 날을 기다리곤 해요…… 그리고 그앤 지금껏 단 한 번도 날 실망시킨 적 없었고요. 그애 입으로 말해주는 그날이 늘 찾아왔으니까요. 그러니 안드레아는 그저 내 말을 들어주기만 하면 돼요…… 요즘 우리 에나가 안드레아 집에 자주 간다는 거 알아요. 물론 안드레아를 만나러 가는 게 아니라는 것도…… 로만이라는 안드레아 친척하고 사귄다는 것도 알아요. 또 그 이후로 하이메와의 사이가 급격히 냉각되었거나 아주 끝나버렸다는 것도. 에나 그 아이는 완전히 달라져버린 것 같답니다…… 자, 안드레아! 외삼촌에 대해서 어떻게 생각하는지 좀 말해봐요."

난 어깨를 으쓱했다.

"저도 이 문제에 대해 곰곰이 생각해봤어요…… 문제가 많지만 그 중에서 가장 큰 문제는 로만 삼촌이 추천할 만한 사람이 못 됨에도 꽤 매력적이라는 거예요. 아직 우리 삼촌을 못 보셨을 테니, 뭐라 설명드려야 할지 모르겠지만……"

"로만요?"

에나 어머니의 환한 미소가 그녀를 다시 한번 아름다워 보이게 만들었다.

"알아요, 잘 알고말고요. 아주 오래전부터 이미 로만을 알았어요…… 우린 음악원 동창이었거든요. 내가 처음 로만을 알았을 당시, 그 사람 나이는 겨우 열일곱이었고, 이 세상이 모두 자기 것인 양 자신감으로 넘쳤지요…… 재능이 아주 뛰어났는데 타고난 게으른 성품으로 그 재능을 발전시키지 못하더군요. 교수님들도 그에 대해 큰 기대를 하고 계셨어요. 그런데 그 사람은 점점 나락으로 떨어지더니 종국에는 최악의 모습을 보이더라고요…… 며칠 전, 그 사람을 다시 만나 보니 이젠 완전히 끝난 사람 같은 인상이 풍기더군요. 신비를 벗기는 동방의 마술사 같은 몸짓을 취하는 배우 기질만은 여전했지만요…… 여전히 사기꾼 기질과 음악이라는 예술가적 기질도 잃지 않았고…… 하여간, 난 우리 딸이 그런 남자에게 휘둘리는 걸 원치 않아요. 에나가 눈물 흘리는 것도 원치 않고, 불행하게 되는 것도 볼 수 없어요."

그녀의 입술이 파르르 떨렸다. 새삼 나와 마주하고 있다는 사실을 상기하면서 감정을 억누르느라 눈빛마저 달라 보일 정도였다. 하지만 잠시 후, 그녀는 두 눈을 감았고, 그녀의 입에서는 무너진 둑을 흘러나와 세상 모든 것을 휩쓸어 가버리는 거센 물줄기처럼 충격적인 말들이 줄줄 흘러나왔다.

"그래요! 난 로만을 잘 알아요. 얼마나 오랜 세월 동안 그를 사랑했는데, 모른다고 할 수 있겠어요? 그러니 그 사람이 지남철처럼 끌어당기는 힘이 있고, 매력적인 사람이라는 걸 내가 어떻게 모른다고 하겠어요? 그 사람 때문에 가슴 아팠고, 그에게 첫사랑을 느껴 내 마음이 흔들리고 파도쳤다는 걸 어떻게 부인할 수 있겠어요? 난 그 사람의 결점을 너무나 잘 알고, 게다가 내 생각이 맞다면 그 사람은 이제 인생에 짓눌리고 실패해버린 것 같은데, 그런 지금 예전에 내가 그랬듯이 우리 딸이 오점 투성이의 그 사람에게 빠져든다는 생각만 해도 상상할 수 없을 만큼 두려워져요. 세월이 흐르면서 이런 잔인한 운명의 장난이 찾아오리라고는 생각지도 못했는데…… 사실 한 사람을 이루는 것은 그 사람의 몸짓, 마음 상태, 행동, 이 모든 것의 총체예요. 하지만 안드레아도 알아요? 열여섯, 열일곱, 열여덟이라는 나이에는 그것들의 어느 한 단면만 보고도 그것이 그 사람의 전부인 양, 환상적인 모습인 양 판단해버릴 수 있다는 걸요. 실은 그게 아닌데도 말이에요. 아! 정말 가슴이 터져버릴 것 같네! 안드레아의 조용한 두 눈을 보니 아무것도 모르는 것 같네요. 봇물 터지듯 넘쳐흐르는, 어찌해볼 수 없는 감정의 물결을 억누른다는 게 어떤 건지 결코 이해하지 못하는 것 같아요. 내 소녀 시절, 내게 허용된 것이라고는 오로지 혼자 외로이 눈물 흘리는 것밖에 없었어요. 다른 행동을 했다가는 수많은 감시의 눈들이 나를 주시했을 테니까…… 멀리서나마 사랑하는 남자를 몰래 숨어서 보는 게 어떤 건지 알아요? 예전에 내가 로만을 지켜보았듯이 그렇게 말이에요. 그 시절, 나는 아침 나절이면 비가 내려도 아리바우 거리 귀퉁이에 숨어 로만이 걸어 나올 저 아파트 입구에 시선을 고정시킨 채 지켜보곤 했답니다. 그는 늘 한쪽 팔에 가방을 끼고 막 아침잠에서 깨어난 강아지 새끼들이 서로 장난을 치듯이 형의 등을 툭툭 건드리며 아파트 입구를 나서곤 했지요. 아니, 하긴 내가 혼자 숨어 지켜본 건 아니었어요. 우리 집 하녀를 매수해서 데리고 다니곤 했으니까요. 그 하녀는 워낙 남의 일에 참견하기를 좋아하는 성품이었는데, 평소 자기가 생각했던 사랑의 개념과는 달리 막연한 기다림으로 일관된 이 일을 무척 따분해했지요…… 난 그 하녀의 툭 튀어나온 두 눈과, 입술 위로 가뭇가뭇하게 솟은 콧수염 같은 솜털을 떠올리면서 우리 딸 에나에게만은 최대한의 자율을 허용해주었답니다. 겨울 아침, 우산을 받쳐든 채 하품만 쏟아내던 하녀의 모습이라니…… 하루는 아버지를 설득해 마침내 내 피아노 연주와 로만의 바이올린 연주로 로만이 작곡한 협주곡을 연주하는 소규모 음악회를 우리 집에서 열게 되었지요. 정말 대단한 성공이었어요. 음악회에 참석한 손님들은 그야말로 감전이라도 당한 사람들 같았고요…… 아! 정말이지 안드레아! 내가 아무리 오래 산다 해도 그 날 그 순간에 맛보았던 그런 감동은 다시 느끼지 못할 거예요. 감동의 눈물로 촉촉이 젖은 로만의 두 눈동자가 나를 향해 미소지었을 때는 그대로 무너져내릴 것만 같은 감동을 느꼈지요. 잠시 후, 정원으로 나갔을 때, 로만은 이미 내가 그에 대해 느끼던 황홀한 열광을 어느 정도 눈치챘는지 마치 다 잡은 생쥐를 가지고 노는 고양이처럼 호기심 어린 냉소를 보내며 날 희롱했어요. 내게 머리채를 잘라달라고 하더라고요. 너 날 위해 네 머리채를 잘라줄 수 있겠니? 그가 두 눈을 반짝거리며 묻더군요. 난 사실 그가 내게 뭔가 부탁을 했다는 사실만으로도 세상을 다 얻은 듯 행복했어요. 하지만 내가 치러야 할 희생이 너무도 엄청난 것이었기 때문에 사실 겁이 나기도 했지요. 나이 열여섯에 불과했던 내게 유일한 아름다움이라고는 그 머리채밖에 없었으니까요. 당시 나는 기다란 머리를 땋아 내리고 다녔는데, 숱이 풍성해 도톰한 머리채를 가슴 앞으로 늘어뜨리면 그 길이가 허리에 닿았지요. 그 머리채는 내 자긍심 자체였어요. 그 후 며칠 동안 로만은 날 만날 때마다 변함없는 미소를 머금은 눈길로 내 머리채만 쳐다보더군요. 한번은 그 눈길에 그만 울어버린 적도 있었지요. 결국 난 더는 그의 시선을 감당할 수 없었어요. 그래서 어느 날 밤, 밤새 잠 못 이루다가 결국 두 눈 질끈 감고 머리채를 잘라버렸답니다. 머리숱도 많았던 데다 손까지 덜덜 떨려 시간이 꽤 걸렸어요. 머리털을 자르는 순간 나도 모르게 한 손을 목덜미에 가져다 댔어요. 마치 어설픈 망나니가 내 목을 싹둑 자르는 것 같은 느낌이었거든요. 다음날, 거울을 들여다본 나는 그만 울음을 터뜨리고 말았지요. 젊은 혈기에 얼마나 바보짓을 했던지…… 하지만 동시에 한심스러운 긍지가 불쑥 솟아오르는 것도 느꼈지요. 이 세상 그 누구도 나처럼 하지 못할 것임을 알았으니까요. 이 세상 그 누구도 나만큼 로만을 사랑하지 못할 거야…… 난 타는 듯한 조바심을 안고 잘라낸 머리채를 로만에게 보냈어요. 냉정하게 생각해보아도 그 일은 연애 소설 속 주인공이나 할 수 있는 아주 엄청난 희생이었으니까요. 우리 집은 집안에 크나큰 재앙이 닥치기라도 한 것처럼 완전히 발칵 뒤집혀버렸지요. 그 벌로 난 한 달 동안 꼼짝 못하고 집에 갇혀 지내야 했고요…… 하지만 얼마든지 견딜 수 있었어요. 두 눈을 꼭 감으면 나 자신의 일부나 마찬가지인 그 황금빛 머리채를 두 손으로 감싸 쥔 로만의 모습이 떠올랐으니까요. 그건 그 어떤 보상보다 훨씬 값진 보상이었어요…… 결국 한참 후 로만을 다시 만나게 되었지요. 로만은 호기심 가득한 눈초리로 날 쳐다보며 말하더군요. 네 가장 소중한 보물은 우리집에 잘 보관해두었어. 그나저나 내가 너의 매력을 송두리째 훔쳐내버린 것 같구나 ─ 그러더니 곧바로 이러는 거였어요 ─ 이 아가씨야! 왜 그런 바보짓을 했어? 왜 내 앞에만 서면 비굴한 개처럼 구는 거지? 이제와 한 걸음 떨어져서 그 당시 일을 상기해보면, 내가 어쩜 그런 바보짓을 했는지, 어쩜 그토록 아플 수 있었는지, 어쩜 그렇게도 인간의 감정 속에 고통조차 기쁨으로 여길 능력을 가졌던지 신기하기만 해요…… 난 그 당시 정말 아팠어요. 열이 펄펄 끓었지요. 얼마간 침대에서 일어나지조차 못할 정도였어요…… 아까 날더러 로만을 아느냐고 했지요? 난 숱한 외로운 날들을 그의 면면을 속속들이 지켜보며, 그의 세세한 버릇까지 관찰하며 보냈답니다…… 우리 아버지께서는 꽤나 놀라셨지요. 아버지가 조사에 나서셨고, 내 하녀가 나의 '광적인 행위'에 대해 다 일러바치고 말았답니다…… 가장 감추고 싶었던 은밀한 부분이 까발려지고 만천하에 드러나는 아픔이라니…… 그건 근육 속 사이사이에서 팔딱이는 붉은 정맥을 찾아내기 위해 피부를 한 꺼풀 한 꺼풀 벗겨내는 것과 같은 아픔이었어요…… 결국 나는 1년 동안 시골에 내려가 있게 되었답니다. 게다가 우리 아버지께서는 로만에게 돈을 쥐어주며 내가 다시 바르셀로나로 돌아왔을 때 서로 만나지 못하게 어디 먼 곳에 가 있도록 조치해놓으셨더군요. 로만이라는 사람은 파렴치하게도 우리 아버지의 제안을 받아들였을 뿐 아니라 대가로 받은 현금에 대해 영수증까지 써주었답니다. 1년 후, 바르셀로나로 돌아오던 날이 지금도 생생하게 기억나네요. 엄청난 장거리 기차 여행을 했지요 —— 네 시간이나 되는 여행길에 필요하다며 담요며, 모자며, 장갑이며, 베일들은 또 얼마나 많이 준비를 해놓았던지 —— 지금도 기차역에서 날 기다리던 아버지의 큼지막한 자동차가 기억나네요. 달리는 내내 어찌나 덜컹거리던지 한 번 튀어 올랐다 내려앉을 때마다 털 코트 속으로 떨어지는 것 같았고, 엔진 소리는 또 어찌나 요란했던지 귀가 다 멍해질 지경이었지요. 난 로만이라는 이름을 단 한 번도 들어보지 못 한 채 꼬박 1년의 세월을 보냈던 터라 나무 한 그루 한 그루 —— 바르셀로나 특유의 강렬한 —— 햇살 한줄기 한줄기마다 로만의 체취가 묻어 있는 듯해 그 냄새를 맡아보려 코를 벌름거렸더랬지요…… 날 보자 가슴이 뭉클해진 우리 아버지는 —— 나도 우리 에나처럼 남자 형제들만 잔뜩 있는 집안에 유일한 딸이었거든요 —— 날 꼭 껴안아주시더군요. 나는 아버지와 재회하기 무섭게 아버지께 앞으로도 피아노와 성악 레슨은 계속 받고 싶다고 말씀드렸지요. 아마도 아버지를 만나 내가 드린 첫 마디였을 거예요. 그래, 넌 그 자식 뒤꽁무니를 그렇게 쫓아다니고도 창피한 줄도 모른다 이거지? 아버지의 두 눈동자가 분노로 타올랐어요. 안드레아는 우리 친정아버지 아직 뵌 적 없지요? 그분 눈은 지금까지 내가 본 눈 중에 가장 초롱초롱하면서도 따뜻한 눈이랍니다. 넌 다른 남자는 안 보이냐? 어떻게 네가, 내 딸이, 지참금이나 노리는 그 따위 녀석 뒤를 쫓아다닐 생각을 하는 거야? 아버지의 그 말씀은 로만을 사랑한다는 나의 자긍심을 여지없이 무너뜨리는 것이었지요. 난 로만을 변호했어요. 그가 얼마나 천재적인 음악가인지, 그의 심성이 얼마나 좋은지를 말씀드렸지요. 아버지는 내 말을 가만히 듣고 계시더니 결국 예의 그 영수증을 꺼내 내 손에 쥐여주시더군요. 너 혼자 있을 때 보거라. 나도 네 얼굴 더 보고 싶지 않으니까. 그 후, 우리 두 사람은 다시는 로만이라는 이름을 입에 담지 않았어요. 여자들이 이런 일에 나타내는 반응은 참 특이한 것 같아요. 난 그날의 모욕감이 가슴속 깊은 곳에서나마 아직도 느껴지는 듯하거든요. 하여간, 그날 이후, 내게 집중되는 가족들의 시선 속에서 그 남자에 대한 애정을 지속적으로 드러낸다는 건 불가능했어요. 일종의 의기소침이라고나 할까. 그래서 난 아버지가 마음에 들어하시는 최초의 청혼자와 덜컥 결혼해버렸지요. 지금의 남편하고 말이에요…… 지금은 안 드레아도 알다시피 난 과거의 모든 기억을 떨쳐버렸고, 행복하게 생활하고 있어요."

나로서는 안드레아 어머니의 이야기를 듣는 일 자체가 부끄러운 일이라는 생각이 들었다. 사실 날마다 식구들의 거친 입담을 듣고 살고, 야만적인 물질만능주의에 젖은 글로리아 외숙모의 수다를 한 치의 놀라움도 없이 태연하게 듣고 살아온 나였지만 오히려 에나 어머니의 이런 고백에 기분이 상해 얼굴까지 벌겋게 달아올랐다. 당시 젊은이들이라면 누구나 그랬겠지만 나 역시 타협에 굴하지 않는 강경한 일면을 지녔다. 따라서 자의를 꺾고 타의에 복종하는 그 모든 행위가 나의 반감을 자아냈으며, 내 앞에 앉은 부인이 자신의 서글픈 과거사를 보란 듯이 들려주는 것도 마음에 거슬렸다.

에나 어머니를 쳐다보니 두 눈에 그렁그렁 눈물이 고여 있었다.

"안드레아! 내가 이런 이야기를 어떻게 에나에게 할 수 있겠어요? 그야말로 고해실에서나 할 수 있을, 방금 안드레아에게 들려준 이런 이야기를 어떻게 너무나도 사랑하는 내 딸에게 할 수 있겠느냐고요……? 에나에게 나는 평화와 광명의 상징이었어요…… 그런데 그 아이가 신격화시키기까지 했던 엄마의 이미지도 실은 평형 감각을 상실한 열정의 진흙탕에서 싹튼 것임을 알게 된다면 절대로 견딜 수 없을 거예요. 더는 날 지금처럼 사랑하지 못하겠지요…… 에나가 쏟아주는 애정 하나하나가 내게는 생명과도 같이 소중한 것이랍니다. 에나가 있었기에 지금의 내가 있을 수 있었던 거고요. 안드레아 같으면 심혈을 기울여 만든 자신의 작품을 자기 손으로 부숴버릴 수 있겠어요? 나라는 사람은 에나와 나 사이에 침묵과 침잠으로 점철된 민감한 교류를 통해 만들어진 작품이라 할 수 있어요."

그녀의 두 눈에 다시 그늘이 드리웠다. 고양이 눈처럼 기다란 두 눈이 가늘어졌다. 그녀의 얼굴은 가녀린 풀포기와 비슷한 데가 있었다. 어떤 때에는 가느다란 주름살로 가득해 제 나이보다 훨씬 더 늙어 보이는가 하면, 또 어떤 때에는 한 송이 꽃처럼 활짝 피어나기도 하니 말이다…… 어떻게 예전에 그녀를 밉상이라고 생각했는지 이해가 가지 않았다.

"안드레아! 사실 난 에나가 막 태어났을 무렵만 해도 그 아이를 예뻐하지 않았어요. 에나가 첫 아이였지만, 사실 난 아이를 원치 않았거든요. 신혼 시절에는 결혼 생활 자체가 버겁기만 했답니다. 서로를 이해하지 못하는 두 사람이 살을 맞대고 함께 살아간다는 사실을 과연 어느 선까지 그저 기묘한 현상 정도로 봐야 하는지 모르겠어요. 어쨌든, 다행히 우리 남편은 하루 종일 어찌나 일에 쫓기며 바쁘게 생활했던지, 우리 두 사람의 서먹한 관계에 대해 깊이 생각할 겨를조차 없었어요. 하지만, 그이도 말 한마디 건네는 법 없는 신혼의 아내에게 거리감을 느끼긴 했겠지요. 길고 긴 저녁시간 동안 나는 늘 독서에 열중했고, 그 사이 줄담배만 피워대면서 공연히 시계 한 번 쳐다보고, 내 신발 한 번 들여다보고, 카펫 한 번 내려다보고 하던 그의 모습이 지금도 기억나네요. 우리 두 사람 사이에는 한없는 거리감이 느껴졌고, 세월이 흐르면 흐를수록 이 괴리감은 더욱 심화될 것 같았어요. 가끔씩 그이는 벌떡 일어나 창가로 가 서 있곤 했답니다. 마침내 그이는 날더러 뭔가 취미 생활이라도 해보는 게 어떻겠느냐고 했어요…… 나는 늘 완벽하게 성장을 했고, 집 안팎을 아늑하고 호화롭게 장식해놓곤 했기 때문에 그이도 꽤 흐뭇해했는데…… 그렇게 모자라는 것 없이 다 갖춘 상황에서 도대체 뭐가 부족해 내가 그러는 건지 가엾은 우리 남편은 이해하지 못하더라고요. 더러 힘겹게 미소를 지으며 내 손을 잡아보기도 하지만 그때마다 그의 큼지막한 손 안에 놓인 내 가느다란 손가락들이 너무나 수동적으로 반응하는 것을 느끼며 놀라는 것 같았지요. 고개를 들어 나를 바라보는 그의 눈동자 속에 어린애 같은 번민이 가득했어요. 그런 순간이면 난 깔깔거리고 웃어버리고 싶은 충동이 느껴졌지요. 그건 과거에 내가 겪었던 실패에 대한 복수심 같은 거였어요. 이젠 내가 더 힘 있는 강자가 된 듯한 느낌이요. 그제서야 나의 괴로움을 지켜보면서 로만이 느꼈을, 영혼이 통째로 뒤흔들리는듯한 쾌감을 이해할 것 같았지요. 남편이 묻더군요. 고향 스페인이 그리워서 그래요? 난 어깨를 한 번 으쓱 하며 그건 아니라고 대답했어요. 시간은 우리 인생에 짙은 잿빛 장막을 드리우며 쏜살같이 흘러갔어요…… 아! 안드레아! 난 그 당시 정말이지 우리 남편의 아이를 갖고 싶은 생각이 전혀 없었어요. 하지만 덜컥 임신이 되고 말았고요. 신체의 변화가 하나하나 나타날 때마다, 힘겹게 버텨가야 할 인생에 또 하나의 짐을 더하는 격이라고 생각했지요. 딸이라는 소릴 듣자 그렇잖아도 아이가 생긴 게 달갑지 않던 차에 고뇌만 더 깊어졌어요. 아이를 보고 싶지도 않더군요. 난 침대에 누운 채 고개를 돌려버리고 말았어요…… 그때가 가을이었지요. 창밖으로 우울해 보이는 잿빛 아침이 밝아오더군요.

아름드리 나무의 바싹 마른 황금빛 가지가 바람에 흔들리며 창문을 두들겨대는 소리도 들려왔어요. 내 귓전에서 아이가 울어대는 소리가 들려왔어요. 그 아이를 태어나게 한 것 때문에, 내가 겪었던 모든 아픔을 되풀이해 겪을 운명을 타고 나게 했다는 사실에 회한이 밀려들었답니다. 결국 나도 울음을 터뜨리고 말았지요. 내 잘못으로 인해 저 어린것도 언젠가는 여자로 자라나야 한다 생각하니 서러움이 북받쳤어요. 거의 충동적인 연민으로—— 거리에서 맞닥뜨린 거지들에게 동전 몇 푼을 던져주며 느끼게 되는 그 시덥잖은 연민의 정으로 말예요—— 난 그 어린 핏덩이를 가슴에 바싹 당겨 안고 젖을 물렸어요. 마음껏 내 정수를 물고 빨아 양식으로 삼으라고 말이지요…… 그 순간부터 에나는 나보다 더 강력한 존재로 등장했어요. 난 전적으로 에나에게 의존했고요. 아이의 넘치는 활력과 에너지와 아름다움은 경이로움 그 자체였답니다. 아이가 커가는 모습을 지켜보면서 그 아이 속에서 내가 이루지 못했던 삶의 열망이 커가는 것 같아 놀랍기도 했고요. 나도 한때는 건강과 활기와 개인적 성공을 꿈꾸었지만 이루지 못했었는데, 그 모든 것이 에나의 성장 과정 속에서는 이루어져가는 게 보이는 거였어요. 아마 안드레아도 우리 아이에게서는 에너지와 삶의 활력이 발산된다는 걸 봐서 알 거예요…… 에나 속에서 나의 자긍심과 나의 에너지와 완벽을 지향하던 내 궁극적 열망이 마치 마법에라도 걸린 듯이 실현되는 걸 지켜보면서 난 겸손한 자세로 나의 존재 의미를 되새기게 되었답니다. 그제서야 남편을 새로운 시각으로 바라볼 수 있게 되었고요. 새로운 시각으로 그를 보니, 그가 가진 모든 장점들이 얼마나 대단한 것인지 알 것 같았어요. 그가 지닌 모든 장점들을 그대로 물려받은 에나를 통해 이미 보아왔기 때문이었지요. 결국, 그 어린 에나를 통해 나는 정교하기 그지없는 삶의 면면들과, 희생과 사랑이라는 개념이 지닌 고귀한 가치를 발견하게 되었어요. 사랑이란 한 남자의 영육과 한 여자의 영육 간에 생겨난 열정과 맹목적 이기심의 발동이 아니라, 상호 이해와 우정, 정에 다름 아니라는 걸 알게 된 거지요. 내가 남편을 사랑할 수 있게 해주고, 아이를 더 갖고 싶게 만든 건 에나였어요——에나를 통해 인간이 지닌 완벽하고 건전한 자질에 걸맞은 엄마가 되어 갔으니까요——또한 내가 병적인 사고와 폐쇄적 이기심을 떨쳐버릴 수 있게 해준 것도 에나였어요…… 덕분에 타인을 향해 내 마음의 문을 열었고, 그러면서 그간 알지 못했던 지평을 발견할 수 있게 되었지요. 사실 자의는 아니었지만 하여튼 나 자신의 피와 뼈와 내 안의 쓸쓸한 모든 요소들로 에나를 탄

생시키기 전까지만 해도 나라는 사람은 뒤틀리기만 한 보잘것없는 존재에 불과했으니까요. 매사에 불만스럽고 나 자신만 생각하는…… 에나가 나 자신에 대해 의혹의 시선을 보내기 전에 차라리 죽어 없어지는 게 낫겠다 싶을 그런 여자 말예요……"

이제 우리 두 사람은 침묵했다.

이 정도면 더는 할 얘기도 없었다. 같은 여자인 나로서도 에나 어머니가 토해내는 피와 고통과 창조의 언어를 어렵잖게 이해할 수 있었으니 말이다. 내 몸 역시 종의 번식을 위해 준비된── 씨앗을 담아두는── 그릇이었기에 얼마든지 그녀의 말을 이해할 수 있었다. 아직은 나의 내면이 농익지 않아 떫고 불완전하더라도 그녀를 이해하는 것쯤은 가능했다.

에나 어머니가 이야기를 끝냈을 무렵 내 생각과 그녀의 생각은 완벽하게 하나가 되어 있었다.

그리고 그때서야 주변에서 수많은 사람들이 (마치 잠시 멈춰서는가 하면 순식간에 절벽에 부딪치면서 요란한 파도소리와 더불어 물거품을 뿜어내는 검푸른 파도처럼) 여전히 시끄럽게 떠들어대고 있었다는 걸 새삼 깨달았다. 그리고 카페의 조명과 거리의 불빛도 그제서야 눈에 들어왔다. 에나 어머니가 다시 말을 이었다.

"그래서 부탁인데…… 안드레아가 나를 좀 도와줘요…… 도와줄 사람이라곤 안드레아하고 로만뿐인데, 로만은 거절하더군요. 내가 바라는 건, 우리 에나가 지금까지 안드레아에게 들려준 이 뼈저린 과거사를 모르는 채 스스로 로만에게 실망감을 느꼈으면 하는 거예요…… 우리 딸 에나도 날 닮아 가슴에 병을 담은 채 살아갈 수 있는 성격이랍니다. 난 내 인생을 갉아먹었던 그 열병을 내 딸이 똑같이 앓게 만들 수는 없어요…… 내가 구체적으로 안드레아더러 어떻게 해달라고 부탁할 형편은 못 돼요. 그저 두 사람이 음악을 한답시고 로만의 다락방에 단둘이 있거나 할 때 누군가가 방문을 열어 그 방의 어둠을 쫓아내고 위선적 마법을 깨뜨려주었으면 할 뿐이에요. 나 아닌 다른 누군가가 에나에게 로만이 얼마나 거짓말쟁이인지 말해주었으면 할 뿐이에요…… 그러니 부디 에나에게 로만이 안드레아에게 손찌검을 한 적이 있다고 말해줘요. 그에게 사디즘적 성향이 있고, 잔인하고 광적인 구석이 있다고 말해줘요…… 내가 안드레아에게 너무 힘든 부탁을 한다는 거 잘 알아요…… 한 가지만 물어볼게요. 안드레아도 삼촌에게 그런 면이 있다는 거 알아요?"

"네."

"그래요? 그럼 좀 도와줘요. 특히 우리 애를, 지금까지 그랬던 것처럼, 혼자 내버려두지 말아줘요…… 에나가 유일하게 믿고 의지하는 사람이 있다면, 그건 바로 안드레아랍니다. 우리 에나는 안드레아가 생각하는 것보다 훨씬 더 안드레아를 좋아해요. 그건 내가 장담해요."

"어머니께서 부탁하신 점은 최대한 도와드리도록 하겠습니다. 하지만 별 소용은 없을 거예요."

(내 영혼은 종잇장이 구겨지듯 온통 구겨지는 소리를 냈다. 언젠가 에나가 내 눈앞에서 로만 삼촌의 손을 잡았을 때 느꼈던 바로 그 느낌이었다.)

에나 어머니는 두통이 나는 모양이었다. 내게도 그녀의 통증이 거의 그대로 전달되는 듯했다.

"에나를 데리고 바르셀로나를 떠날 수 있으면 좋으련만…… 안드레아에게는 말도 안 되게 들리겠지만, 지금 나로서는 여름 휴가를 어디로 떠날 건지에 대해서조차 목소리를 내지 못하고 있어요. 현재 남편은 사업을 접어두고 휴가를 떠날 형편이 못 되는데, 에나가 아버지만 두고 피서를 갈 수는 없다면서 저렇게 안 가겠다고 버티네요…… 내가 계속 휴가를 가자고 우기니까 결국 남편은 화를 낼 지경에 이르렀어요. 농담 반 진담 반으로 우리 둘다 좋아하는 맏딸을 나 혼자 독차지하려 든다고 핀잔을 주면서요. 꼭 가고 싶으면 아들 녀석들만 데려가고 에나는 아빠 곁에 놓아두라더군요. 그도 그럴 것이, 에나는 평소 애정 표현에 인색하던 애였는데, 요즘 들어 부쩍 아빠한테 각별히 곰살맞게 구니 그야말로 신이 났거든요. 난 밤에 잠도 못 이루는데······"

(평화롭게 잠든 남편 곁에서 밤새 말똥말똥 뜬 눈으로 지새는 에나 어머니의 모습이 떠올랐다. 혹 잠든 남편을 깨울까 조심스러워 허리가 아파와도 뒤척이지도 못하면서, 밤새 침대 삐걱거리는 소리와, 불면으로 무거워진 눈꺼풀과 가슴속 번민에 온 신경을 기울이는 그녀의 모습을.)

"사실, 지금까지 안드레아에게 내 기억 속을 가득 채우는, 로만과 관련된 저속하고 야비한 온갖 일화들을 들려줬지만, 실은 이런 이야기를 털어놓기에 나는 너무 소심하답니다. 그래서인지 에나가 날 쳐다보기만 해도 마치 무슨 죄라도 지은 사람처럼 얼굴이 달아오르곤 하지요. 그애의 눈빛이 내 속을 다 꿰뚫어 보기라도 하는 것처럼 말예요······ 우리 친정아버지께서 오는 9월부터 남편이 마드리드에서 근무할 수 있도록 발령을 내주시겠다고 약속해주셨어요······ 하지만 9월까지 기다리는 사이 얼마나 많은 일들이 일어날지······"

잠시 후, 내게 이런 이야기를 들려준 뒤였지만 여전히 깊은 시름에 잠긴 채 그녀는 자리를 떴다. 왜소하고 가녀린 그녀의 모습이 인파 속으로 사라져가는 게 보였다.

그리고 또 얼마 후, 나 역시 한밤의 고요 속에서 내 방에 앉아 있었다. 에나 어머니의 이야기를 곰곰이 되살려보았다. 로만에게 도와달라고 부탁해보았지만 전혀 도와줄 생각이 없었어요…… 그렇다면, 에나 어머니가 한때 그녀를 옭아맸었던 로만 삼촌을 홀홀단신으로 만났다는 말이었다— 그러면서도 로만 삼촌을 생각하면 왜 내 가슴이 시린지, 왜 삼촌이 가엾게 여겨지는지 나도 모르겠다— 그녀는 삼촌의 작은 방을 보았을 것이다. 삼촌이 오래도록 스스로를 은폐시켜온 그 작은 무대를. 그리고 자신의 딸이 마법에 걸려들었던 바로 그 장소를 쓰디 쓴 눈빛으로 지켜보았을 것이다.

어느새 동이 텄다. 손가락처럼 가로로 기다랗게 늘어진 구름들이 하늘 위를 두둥실 떠갔다. 그렇게 마침내 달빛은 사그라들었다.

20

아침이 찾아왔다 — 아직 눈꺼풀을 내리깐 채 누워 있었지만 — 아침이 밝아왔음이 느껴졌다. 푸른 입김을 내뿜는 새벽의 여신 오로라가 거대한 마차를 타고 오다가 마차 바퀴로 내 머리통을 으깨버리기라도 한 것 같은 느낌이 들었다 — 창밖 인도 쪽에서 들려오는 뼈가 으스러지는 듯한, 목재와 쇳덩이가 부딪히는 — 엄청난 소음에 귀가 다 멍해졌기 때문이었다. 실은 전차가 레일 위를 달려가며 울려대는 기적 소리와, 첫 햇살을 받으며 마구 흔들리는 나뭇잎 소리, 저 멀리서 여운처럼 들려오는 고-물 삽니다! 고-물 사요!라는 고물 장수의 외침이 뒤섞여 들려오는 소리였다. 내 방 가까이에 있는 어느 발코니로 연결된 문짝들이 열렸다 닫히면서 일으킨 바람의 여파로 내방 문도 활짝 열렸다 다시 쾅 하고 닫히는 바람에 눈을 뜨지 않을 수 없었다. 방 안은 부드러운 아침 햇살로 가득했다. 꽤 늦잠을 잔 모양이었다. 글로리아 외숙모가 식당 쪽 발코니에 매달려서 골목길에서 목청껏 호객을 하고 다니던 고물 장수를 불러댔다. 후안 삼촌이 외숙모 팔을 잡아 끌고는 발코니로 통하는 문을 세게 닫아 거는 통에 유리창이 바르르 떨리는 소리가 났다.

"이거 봐요!"

"하나도 더 내다 팔면 안 된다고 했지! 내 말 알아들어? 이 집 안 물건들은 당신 게 아니라니까!"

"그래도 먹고 살아야 하는데 어쩌냐고요?"

"내가 먹고살 만큼은 벌어 오잖아!"

"웃기지 말아요. 우리가 지금까지 누구 덕에 먹고 살았는지 이젠 다 아실 텐데……"

"이게! 너 정말 내 성미 건드릴래?"

"맘대로 해요! 하나도 겁나지 않으니까."

"그래? 겁 안 난다 이거지?"

삼촌이 외숙모의 어깨를 사납게 잡아 흔들었다.

"그래요! 겁 안 나요!"

글로리아 외숙모가 바닥으로 내동댕이쳐지면서 발코니 쪽 문에 머리를 세게 박는 게 보였다.

유리창이 쨍 소리를 내며 금이 가버렸다. 외숙모가 바

닥에서 비명을 질러댔다.

"너 오늘 내 손에 죽을 줄 알아!"

"흥! 겁 안 난다고! 이 비겁한 겁쟁이!"

글로리아 외숙모의 목소리는 바들바들 떨리면서도 날카롭기 그지없었다.

후안 삼촌이 물병을 집어들고는 막 바닥에서 일어서려는 외숙모 머리통 위로 날려버렸다. 이번에는 유리 파편이 사방으로 튀었다. 물병이 벽에 부딪치면서 산산조각이 나버린 것이었다. 파편 하나가 튀면서 유아용 의자에 앉아 놀란 토끼 눈으로 이 장면을 지켜보던 아이 손을 베고 말았다.

"애가 다쳤잖아! 봐! 네 자식이 다쳤다고! 몹쓸 에미 같으니라구!"

"내가 뭘요?"

후안 삼촌이 잠시 놀랐다가는 그만 째지는 울음을 터뜨린 아이를 얼른 안아들고는 다정한 말로 진정시키려 했다. 잠시 후, 삼촌은 아이 손을 치료하기 위해 식당을 나갔다.

글로리아 외숙모가 울면서 내 방으로 들어왔다.

"조카도 봤지? 저 짐승 같은 인간 말이야. 정말 짐승이야, 짐승!"

나는 침대에 앉아 있었는데, 외숙모도 침대로 와 걸터 앉으면서 삼촌한테 맞아 아픈지 목덜미를 문질렀다.

"내가 더는 이 집구석에서 버틸 수 없다는 것 안드레 아도 알지? 더는 못 살겠어...... 저 인간, 날 죽이려 들 텐데, 난 정말 죽고 싶지 않다고. 인생이 얼마나 재미난데. 안드레아! 다 봤으니까 알지? 정말 다 봤잖아? 지난번에, 내가 카드놀이 하는데 저 인간이 쳐들어왔던 날 밤 말이야. 그날, 우리 식구가 굶어 죽지 않게 뭐라도 한 사람은 나밖에 없었다는 것, 저 인간도 인정한 거...... 안드레아가 보는 앞에서 내 말이 옳다면서 눈물을 흘리며 내게 입맞추는 거 봤지? 말해봐! 저자가 내게 입맞췄잖아?"

외숙모는 눈물 젖은 두 눈을 쓱 문지르더니 슬슬 콧 구멍이 벌름거리도록 미소를 지어가며 말했다.

"하긴, 그날 밤, 좀 웃기는 일도 없지 않았어. 좀 웃기긴 웃었다고...... 안드레아도 아는 얘기지만...... 사실 예전에 내가 우리 그이더러 그이 그림을 예술품을 취급하는 가게에 갖다 팔았다고 했거든. 사실은 고물 장수한테 그림 한 점당 오류 두로를 받고 팔아넘겼지만 말이야. 그리고 그 돈으로 우리 언니네 집에서 노름을 한 거지...... 언니네 집에는 언니 친구들인 노름 패거리가 밤마다 모이곤 했어. 우리 언닌 그 모임을 무척 반겨했고. 노름 하는 동안에 술이라도 내다 팔면 수입이 생기니까 말이야. 더러는 패거리가 밤을 꼬박 새고 새벽까지 있는 경우도 있어. 거기 모이는 사람들은 그야말로 꾼들이라 판돈이 내걸리곤 해. 내가 늘 따지만 말이야…… 그나마 그 일이 정당하게 일해 돈을 벌 수 있는 유일한 길이었어. 사실 말이지만, 어떤 날에는 한꺼번에 사오십 두로씩 들고 들어오는 날도 있었다구. 그나저나, 카드 노름이 얼마나 재미난지 몰라…… 그날 밤에도 내가 좀 따던 중이었어. 내 앞에 판돈만 대략 삼십 두로 정도는 쌓였으니까…… 그런데 우연이었지만, 때마침 우리 그이가 잘 나타나 준 거야. 실은 내가 살짝 눈속임을 좀 하면서 어떤 무지막지한 남자랑 한판 벌이던 차였거든…… 노름판에서 눈속임 좀 하는 건 병가지상사고. 하여간, 그 남자 한쪽 눈이 사팔뜨기였는데, 좀 별난 사람이지만 안드레아도 만나보면 좋아하게 될거야. 어쨌거나, 문제는 그 사람이 지금 어딜 쳐다보는 건지 도무지 종잡을 수가 없다는 거였어. 보는 것 같기도 하고, 안 보는 것 같기도 하고…… 그 사람, 원래 하는 일이 밀수인데, 로만 도련님하고도 좀 얽힌 것 같더라고. 아 참, 안드레아도 그거 알아? 로만 도련님이 더러운 밀수 일에 관여하고 있다는 거?"

"그래서 후안 삼촌 얘기는 어떻게 되었는데요?"

"아 참, 맞아, 맞아! 하여간 그이가 나타났을 때는 막 분위기가 심상치 않게 돌아가던 때였어. 모두들 입을 꾹 다물고 있는데, 토네트 그치가 그러더라고. 누구든 날 속이려고 들었다가는 각오 해…… 난 내심 뜨끔했지…… 바로 그 순간, 누군가가 문을 막 두들기는 거야. 우리 언니 친구 중에 카르메타라는 언니가 있는데 ─ 엄청 미인이 야. 믿거나 말거나지만 말이야 ─ 그 언니가 대뜸 이러는 거야. 토네트! 당신 잡으러 온 것 같은데요! 그 말에 토네트가 두 손을 귓등에 갖다 대고 가만 귀를 기울이더니 눈 깜짝할 새에 벌떡 일어서더라고. 그 즈음 경찰에 쫓기는 중이었거든. 우리 형부가 얼른 이러셨어. 아니, 사실, 정확히 말하자면 법적인 형부는 아니지만, 뭐 어때? 마찬가지지 뭐. 하여간 형부가 말했어. 얼른 옥상으로 올라가 옆집 마르티예트네 집으로 뛰어 넘어가도록 해. 스물까지 세고 나서 현관문을 열 테니까. 보아하니, 밖에 온 사람은 많아야 둘일 것 같은데…… 토네트가 잽싸게 계단을 뛰어 올라가더라고. 현관문은 금방이라도 부서질 것 같았고. 제일 사교적이라고 할 수 있는 우리 언니가 대표로 문간으로 가서 문을 열었어. 곧 우리 그이가 횡설수설하는 소리가 들리니까, 형부 인상이 확 찌그러들더라고. 도무지 감상적인 이야기에는 관심 없는 사람이니까. 그래서 얼른 무슨 일이냐며 뛰어나갔지. 곧 후안 삼촌이 형부와 언쟁을 벌이더라고. 그 형부라는 사람, 퉁퉁하게 살집도 있는 데다 키가 2미터나 되는데, 조카도 알겠지만, 원래 미친 사람이 힘이 넘치는 법이잖아? 우리 그이는 미친 거나 진배 없는 상태였고. 그래서 형부도 도저히 우리 그이를 저지할 수 없었던가봐. 어쨌든 우리 그이가 형부를 밀치고 들어와 커튼을 확 열어젖혔는데, 바로 그 순간에 형부가 우리 그이 등짝을 한 대 후려친 거야. 그이가 우리가 있던 방으로 머리통을 들이밀며 바닥으로 푹 고꾸라지더라고. 난 마음이 아팠어. 가엾게도······ (난 삼촌을 사랑하거든. 조카도 알아? 내가 우리 그이한테 완전히 푹 빠져서 결혼까지 한 거 말이야.) 내가 삼촌 옆에 무릎을 꿇고 앉아 삼촌 머리를 감싸안으며 말했지. 내가 여기 온 건 아이 치료비에 쓸 돈을 조금이나마 벌기 위해서였다고 말이야. 그이가 날 거칠게 밀쳐내더니 일어섰는데, 선 자세가 아슬아슬하더라고. 그러자 우리 언니가 허리에 두 손을 떡 받치고 서더니 일장 연설을 해대는 거였어. 나더러 돈 좀 나올 듯한 남자들한테 돈을 우려내는 게 어떻겠느냐고 먼저 제안한 건 언니였는데, 내가 남편이 변변치 못해 궁상떨며 살면서도 남편만을 사랑하기 때문에 그럴 수는 없다고 거절했다면서. 또 언니는 내가 남편 때문에 고생을 하면서도 입 꾹 다물고 산다는 말도 했어. 가엾은 우리 그이는 두 팔을 축 늘어뜨린 채 찍 소리도 못 하고 그저 주변만 두리번거리더라고. 그러다가 카르메타 언니와 테레사 언니, 그리고 언니들의 기둥서방격인 남자 둘이 둘러앉은 테이블을 본 거야. 판돈이 수북하게 쌓인 테이블 말이야. 그리고 그제서야 여기서 신나게 놀자판이 벌어진 게 아니라 심각한 노름판이 벌어졌다는 걸 깨닫게 된 거지…… 우리 언니가, 그이는 날 잡아 죽일 생각을 하는 사이에도 난 거금 삼십 두로를 벌어들였다고 했어. 그때, 한쪽 귀퉁이에서 두 손을 허리띠에 걸친 채 이 장면을 지켜보던 형부가 하품을 했어. 우리 그이는 금방이라도 또다시 분노를 폭발시키며 공격을 가할 것 같은 태세였지…… 그런데, 우리 언니가 원래 대단한 여걸이야. 안드레아도 우리 언니를 보면 알겠지만…… 우리 언니가 그이한테 말하더군. 이봐요, 제부! 나랑 술이나 한잔 합시다. 그 사이, 글로리아는 오늘 밤에 딴 판돈을 챙겨오라고 해요. 어차피 여기 모인 이 친구들도 이제 집으로 가 아이들을 돌봐야 할 테니까 말예요. 순간 내 머리가 핑핑 돌아가기 시작했어. 언니가 그이를 가게로 끌고 간 사이, 후안이 일찍 귀가했다면 아마도 조카나 어머님이 직장으로 전화를 걸었기 때문일 거고, 그렇다면 지금쯤 우리 아이가 죽었을 수도 있겠다는 생각이 들었던 거지…… 내가 워낙 생각이 깊은 사람이잖아. 안드레아 눈에도 그렇게 보이지? 하여간 난 원래 깊이 생각을 하며 산다니까. 어쨌든, 그런 생각을 하자 아픔과 비탄이 몰려오면서, 우리가 노름을 하던 테이블 위에 내 몫으로 쌓인 돈을 챙길 엄두도 나지 않더라고…… 그만큼 난 우리 애를 사랑하거든. 우리 애 정말 귀엽지 않아? 가엾은 것 …… 그랬더니 마음씨 고운 카르메타 언니가 내 돈을 챙겨주더라고. 더는 내가 속임수를 쓴 것에 대해서는 모두들 일언반구도 없었어…… 그러고 나서 보니까 조카도 우리 그이랑 언니랑 같이 있더라고. 그런데도 그땐 이상하다는 생각을 못한 걸 보니, 나 정말 바보인가봐. 그때 내 머릿속에는 온통 '우리 아이가 죽었나봐, 우리 아이가 죽었나봐' 이 생각뿐이었어 …… 나중에 내가 우리 그이한테 아이가 죽었느냐고 물었더니 그이가 진심으로 내게 애정을 표시했던 것, 조카도 봐서 알지? 하여간 날 좋아하는 남자들이 얼마나 많았는지…… 그 사람들 아마도 날 그렇게 쉽게 잊지는 못할 거야. 뭐, 조카야 믿든지 말든지지만…… 우리 그이하고 나도 서로 무척이나 사랑했는데……"

이제 외숙모와 나 둘 다 말이 없었다. 난 옷을 갈아입기 시작했다. 글로리아 외숙모는 아무 말없이 두 팔을 쭉 뻗어 나른하게 기지개를 켰다. 그러더니 느닷없이 날 쳐다보며 말했다.

"어머나, 이 발 좀 봐! 어쩜 이렇게 야위었을까! 예수 그리스도 발이라고 해도 되겠다!"

"맞는 말씀이세요. 제 발에 비해, 외숙모 발은 꼭 요정 발 같네요."

글로리아 외숙모는 언제나 그랬듯이 어느새 미소띤 얼굴로 되돌아갔다.

"정말 예쁘지?"

"네."

(외숙모의 두 발은 자그맣고 새하얀 게 꼭 어린애 발처럼 동글동글했다.)

이때 현관문 여닫는 소리가 들렸다. 후안 삼촌이 밖으로 나가는 것 같았다. 외할머니가 만면에 미소를 머금은 채 나타났다.

"애 데리고 산책 나갔다…… 그래도 내 아들이 좀 낫구나. 못된 것!"

외할머니가 글로리아 외숙모를 쳐다보며 말했다.

"아니, 왜 남편한테 말대꾸는 해가지고 분란을 일으켜? 쯧쯧…… 남자들한테는 그저 늘 져줘야 한다는 걸 아직도 모르니?"

글로리아 외숙모도 싱긋 웃더니 외할머니를 토닥거

렸다. 순간 외숙모의 미간이 찡긋거렸다. 다른 고물 장수가 지나간 것이다. 외숙모는 얼른 창가로 달려가 고물 장수를 불렀다. 할머니가 고뇌에 찬 표정으로 고개를 절레절레 흔들었다.

"할 거면 빨리빨리 해치워라, 새아가. 후안이나 로만 들어오기 전에 말이다⋯⋯ 로만 들어오는지 좀 잘 살펴봐라! 상상도 하기 싫으니까 말이다."

"어머니! 이 세간들은 다 어머니 거예요. 아들들 게 아니라니까요! 내 말 맞지, 안드레아? 내 자식이 굶어 죽을 지경인데 이깟 세간들은 지켜서 뭐 하겠어요? 그리고 로만 도련님만 해도 그래요. 우리 그이한테 빚도 있으면서⋯⋯ 내가 다 안다구요⋯⋯"

할머니는 ─ 할머니 표현에 따르면 ─ 공범으로 얽히기 싫은지 얼른 나가버렸다. 할머니는 몹시 야위었다. 헝클어진 흰머리 아래로 투명한 두 귓불이 엿보였다.

샤워를 하고 ─ 자기 영역인 부엌에 누구든 들어오는 걸 견디지 못하는 가정부 아줌마 안토니아의 따가운 눈총 아래 ─ 부엌에서 다림질을 하는 내내 째지는 듯한 목소리의 글로리아 외숙모와 감기라도 걸린 듯 컬컬한 목소리의 고물 장수가 카탈루냐어로 시끄럽게 가격 흥정을 하는 소리가 들려왔다. 나는 오래전, 글로리아 외숙모가 들려주었던 후안 삼촌과의 연애담을 떠올렸다…… 이렇게 영화가 막을 내리는 것 같았어. 모든 슬픔도 이렇게 끝나는 것 같았다고. 이제 남은 것은 행복뿐이라고 생각했어…… 이제 그 이야기는 모두 다 지나간 옛 이야기일 뿐이었다. 전쟁 통에 살아남은 후안이 자신의 아이를 낳아줄 여자를 아내로 삼기 위해 고향으로 데리고 돌아오던 시절의 이야기였다. 이제 그 일을 기억하는 사람은 아무도 없는 것 같았다…… 하지만, 얼마 전, 그러니까 조금 전에 글로리아 외숙모가 기억을 상기시켰던 그 비통했던 날 밤에 난 분명히 두 사람이 하나로 융합되는 장면을 지켜봤다. 똑같은 아픔을 나누며 서로가 서로에게 기댄 채 사랑하는 마음으로 혈관의 고동까지 함께 느끼던 두 사람의 모습. 그것은 또한 모든 미움과 몰이해에 막을 내리는 것이기도 했다.

만일 그날 밤 — 나는 생각했다 — 세상의 종말이 찾아왔다거나 두 사람 중 하나가 죽었더라면, 하나의 동그라미처럼 두 사람의 사연도 완전히 세상과 단절된 아름다운 추억으로 남았겠지. 하지만 그런 일은 소설이나 영화에서나 있을 뿐, 현실은 결코 그렇지 않은 법이다…… 생전 처음, 나는 모든 존재는 점차 잿빛으로 시들어가고 점차 소멸되어갈 때까지 삶을 지속하게 마련이란 사실을 깨닫게 되었다. 죽음이 찾아와 육신이 소멸하기 전에는 결코 그 어떤 사연도 막을 내릴 수 없다는 걸 깨달았다⋯⋯

"뭘 봐, 안드레아? 거울 앞에서 눈을 동그랗게 뜬 채 뭘 그렇게 쳐다보느냐고?"

어느새 기분이 한결 좋아진 글로리아 외숙모가 옷을 갈아입고 선 내 등 뒤로 다가와 물었다. 그 뒤로 환한 얼굴을 한 할머니의 모습도 보였다. 하지만 할머니는 글로리아 외숙모가 세간을 또 팔아치운 일 때문에 겁을 먹고 있었다. 할머니는 고물 장수들이 우리 집에 쌓인 너절한 세간들을 사주는 것만으로도 큰 은혜를 베푸는 것이라 철썩같이 믿었던 탓에 글로리아 외숙모가 값을 흥정한답시고 고물 장수와 목소리를 높이는 걸 보면 늘 심장을 벌렁거리곤 했다. 그래서 벌벌 떨며 먼지 쌓인 제단 앞으로 가 제발 며느리가 저런 무모한 행동을 하지 않게 해달라고 성모님께 기도하곤 했다. 마침내 무시무시한 고물 장수가 떠나고 나면, 할머니는 병원에서 겨우 빠져나온 어린애처럼 큰 한숨을 몰아쉬었다.

난 애정이 듬뿍 담긴 눈빛으로 외할머니를 쳐다봤다. 할머니를 대할 때면 늘 내게 알지 못할 회한이 밀려들었다. 몹시 배고팠던 날들, 점심도 저녁도 쫄쫄 굶은 채 밤 늦은 시간에 집에 와 보면 내 방 작은 테이블 위에 마치 깜

빡 잊고 놓아둔 듯이 너무 오래 삶아 맛없어 보이는 야채
나 빵 쪼가리가 조금 담긴 접시가 놓여 있곤 했다. 나는 내
의지력보다 훨씬 더 강력한 음식에 대한 욕구를 이기지
못하고 허겁지겁 그것들을 먹으면서도 한편으로는 가엾
은 할머니가 날 위해 먹을 것을 아껴 남겨둔 것임을 생각
하며 그렇게 먹어대는 나 자신에 환멸을 느끼곤 했다. 그
런 다음 날이면 나는 외할머니 주변을 공연히 얼쩡거리곤
했다. 할머니와 눈이 마주쳐, 할머니의 맑은 눈동자에 감
도는 상냥한 미소를 발견하는 순간 내 영혼을 통째로 잡
아끄는 듯한 감동을 느끼며 울컥 울고 싶어지기도 했다.
그만 감정이 북받쳐 할머니를 끌어안기라도 하면 품 안의
할머니 몸은 마치 철사를 구겨 만든 인형인 듯 뻣뻣하고
냉기가 돌았다. 하지만 그 작은 몸 안에서 뛰는 심장의 박
동만은 얼마나 생기가 넘쳐흘렀는지……

　글로리아 외숙모가 살짝 내 쪽으로 고개를 숙이며 등
뒤에서 블라우스를 문질러보더니 만족스러운 음성으로
말했다.

　"안드레아! 조카도 꽤 말랐네……"

　그러고는 재빨리 할머니가 알아듣지 못하게 살짝 귀
띔했다.

　"오늘 오후에 조카 친구 에나가 로만 도련님 방에 온

다네."

(내 안에서 뭔가가 치밀어오르는 듯했다.)

"어떻게 아세요?"

"조금 전에 가정부더러 올라와 방 청소도 하고, 술도 좀 사오라고 시키더라고…… 안드레아! 난 바보가 아냐."

외숙모가 눈을 살짝 흘기면서 말했다.

"아무래도 조카 친구인 그 아가씨가 로만 도련님 거시기쯤 되는 것 같은데?"

내 얼굴이 어찌나 확 달아올랐던지 놀란 외숙모가 황급히 뒷걸음질 쳤다. 할머니의 따사로운 두 눈동자에 불안이 서렸다.

"외숙모, 정말 금수 같은 거 알아요? 외숙모나 후안 삼촌이나 다 짐승 같다고요. 남녀 사이엔 그런 것밖에 없대요? 사랑이란 게 고작 그런 거냐고요? 아! 정말 불결해요!"

내가 성난 목소리로 소리쳤다.

격해진 감정에 뇌가 반응을 일으켰는지 눈물이 마구 흘러나왔다. 에나 때문에 걱정이 되었다. 에나를 너무도 사랑했기 때문에 에나에 대해 그런 불순한 말을 내뱉는 것조차 용납할 수 없었다.

글로리아 외숙모의 입술이 일그러지면서 얼굴에 조소가 피어올랐다. 하지만 나도 더는 흥분하지 않았다. 외숙모 또한 막 울음을 터뜨릴 지경임을 알았기 때문이었다. 놀라고 상처받은 할머니가 말했다.

"안드레아! 아니, 네가 이런 소리를 다 하다니!"

내가 글로리아 외숙모를 쳐다보며 말했다.

"왜 내 친구에 대해 그런 불순한 생각을 하신 거죠?"

"그야 내가 로만 도련님이 어떤 사람인지 확실히 아니까 그렇지…… 뭐 한 가지 알려줄까? 로만 그 사람은 내가 후안 삼촌하고 결혼한 뒤에도 날 꼬드기려 했어…… 그래, 그런 사람에게 무슨 다른 걸 기대할 수 있단 말이야? 안 그래?"

"그래요? 그렇다면, 전 에나를 잘 알아요…… 그애는 말이죠, 외숙모가 상상도 할 수 없는 그런 고매한 부류에 속하는 아이에요…… 만일 로만 삼촌에게 관심을 보였다면, 그건 친구로서의 관심에 불과할 거예요. 하지만……"

(이렇게 큰소리를 치고 나니 마음이 편해지긴 했지만, 또 한편으로는 내 친구에 대해 외숙모와 이렇게 언쟁을 벌인다는 사실 자체가 혐오스럽기도 해서 그만 입을 다물어버리고 말았다.)

난 휙 돌아서서 밖으로 나와버렸다. 할머니 옆을 지날 때 할머니가 내 옷자락을 건드리며 말했다.

"애야, 안드레아! 어쩜…… 한 번도 화낼 줄 모르던

우리 귀여운 손녀딸이…… 아이쿠, 하느님!"

입안에서 씁쓸하고 짭짤한 맛이 느껴졌다. 나도 현관
문을 쾅 소리 나게 닫고 나왔다. 다른 식구들이 하나같이
그러듯이……

어찌나 흥분했던지 거리로 나오자마자 두 눈에 눈물
이 가득히 고여왔다. 하늘은 온통 온기를 가득 머금은 먹
구름이 낮게 깔려 찌뿌둥해 보였다. 사람들의 목소리가,
늘 듣던 소리가 내 귓전을 따라오며 속삭이는 듯했다. 에
나의 목소리가 안드레아! 너 너무 배를 곯아서 히스테릭
해진 것 같아…… 너 히스테릭해졌어, 히스테릭해졌다
고! 히스테릭해진 게 아니라면 도대체 왜 우는데……? 울
이유가 없지 않냐고……?라고 속삭였다. 지나던 사람들
이 놀란 눈으로 날 흘낏거렸다. 나는 더욱더 화가 나 입술
을 자근자근 깨물었다. 나 지금 꼭 후안 삼촌처럼 광기를
부리고 있어…… 나도 미쳐버렸나봐…… 못 먹어서 돌
아버린 사람들도 있다던데……

나는 람블라스 거리를 따라 내려가 항구까지 갔다. 순
간순간 에나가 떠오르며 내 안에서 그녀를 향한 애정이
솟구쳐 올랐다. 에나의 어머니 역시 에나가 얼마나 소중한
사람인지 확인시켜주지 않았던가. 너무나도 사랑스럽고
밝게 빛나는 에나 또한 나를 존중하고 높이 평가했다. 그

런 에나를 위해 내가 막중한 사명까지 맡게 된 걸 생각하니 한편 우쭐해지기도 했다. 하지만 내가 그녀의 삶에 끼어드는 것이 정말 그녀에게 도움이 될지에 대해서는 확신이 서지 않았다. 오늘 저녁에 에나가 삼촌을 찾아오리라는 글로리아 외숙모의 말이 나를 온통 불안하게 만들었다.

항구. 항구 연안 바다 위를 둥둥 떠다니는 기름이 햇살에 반사되며 반짝거렸고, 역청 냄새와 밧줄 특유의 냄새가 코를 찔렀다. 선박들은 높다란 선체를 자랑하며 거대한 몸집을 드러냈다. 물고기 꼬리지느러미가 스쳐 지나가기라도 한 듯 가끔씩 물결이 너울거리며 작은 거룻배들과 뱃전에 묶인 노를 흔들어댔다. 한여름의 정오를, 나는 그 광경을 지켜보며 보내고 있었다. 어쩌면 북유럽 선적의 선박 갑판 위에서는 북구인들의 푸른 눈동자가 외국 그림 엽서에나 나오는 풍경화의 한 장면이라도 되는 듯 나를 지켜보고 있을지도 모를 일이었다…… 바르셀로나 항구에 선 검은 머리 스페인 처녀의 모습으로. 잠시 후면, 내 인생의 톱니바퀴가 여전히 굴러가면서 나는 또 다른 그림 속의 한 점으로 이동해 가 있을 수도 있으리라. 그래서 또 다른 장식들로 치장한 나 자신을 발견하게 될지도 모를 일이었다…… 어쩌면── 나는 생각했다. 언제나 그랬듯이 처절한 본능에 굴복해── 어느 식당엔가 앉아서 식사를 하고 있을지도 모르지. 돈이 거의 바닥났지만, 그래도 조금 남기는 했다. 나는 아주 천천히 바르셀로네타 해안에 기분 좋게 늘어선 바와 식당들 쪽으로 걸어갔다. 햇살 좋은 날이면 주로 흰색이나 파랑색으로 칠해진 식당들이 훨씬 더 바다 분위기를 띠어 유쾌한 기분을 느끼게 한다. 일부 식당에는 테라스가 있어서 손님들이 백사장과 정박장 쪽에서 불어오는 뜨끈하고 온갖 냄새가 뒤섞인 여름 냄새를 반찬 삼아 밥과 해산물 요리를 맛있게 먹고 있었다.

그날따라 바다에서는 묵직하고도 후끈한 바람이 불어왔다. 누군가가 곧 폭풍이 몰아칠 징조라고 말하는 소리가 들렸다. 난 웨이터에게 맥주 한 잔과 치즈, 아몬드를 주문했다…… 내가 들어간 식당은 온통 쪽빛으로 칠해진 2층짜리 건물로, 항해용 도구들로 장식해놓은 곳이었다. 거리의 야외 테이블에 자리 잡은 내 눈에 바닥이 움직이기 시작하는 것 같았다. 마치 지하 어딘가에 숨겨진 모터가 작동하면서 어디 멀리로 날 데려가 새로운 지평을 열어주기라도 할 것처럼…… 내 삶에서는 자그마한 동기만 주어져도 늘 이렇게 열망이 싹트곤 했다.

그 자리에 꽤 오랫동안 앉아 있었나보다…… 머리가 아파왔다. 마침내 자리에서 일어선 나는 양 어깨에 양털구름이 잔뜩 든 보따리를 둘러메기라도 한 사람처럼 느릿느

릿한 걸음으로 집을 향했다. 공연히 먼 길을 빙글빙글 돌기도 하고, 때로는 발걸음을 멈춰 서 있기도 했다…… 하지만 시간이 가면 갈수록, 아리바우 거리로, 우리 아파트 현관으로, 아파트 꼭대기에 자리 잡은 로만 삼촌의 방으로 연결된 눈에 보이지 않은 어떤 끈이 날 잡아당기는 것 같았다…… 오후도 절반이 지나갈 무렵, 난 더는 그 힘에 저항하지 못하고 아파트 현관을 들어섰다.

계단을 올라갈수록 한 계단 한 계단 온통 익숙하고 적막한 침묵이 감돌았다— 계단참의— 깨진 유리창 너머로 어느 집 하녀가 마당에서 흥얼거리는 콧노래 소리가 들려왔다.

저 위에 로만 삼촌과 에나가 있을 터였고, 그래서 나도 올라가야 했다. 왜 삼촌 방에 에나가 있으리라고 그토록 확신했는지는 나도 잘 모르겠다. 물론 글로리아 외숙모의 귀띔이 없었던 건 아니었지만, 그것만으로 그토록 강하게 확신하기는 어려웠다. 나는 마치 수색견처럼 후각으로 에나의 존재를 느꼈다. 평소 일이 벌어지는 대로 그저 나 자신을 내맡기는 데 익숙하던 나로서는 에나의 행위에 제동을 가하려는 나의 행동 때문에 모종의 흥분을 느꼈다……

한 계단 한 계단 올라갈수록 발에 신은 구두가 더욱

더 무거워지는 듯한 느낌이 들었다. 온몸의 피가 모조리 발끝으로 몰려 내려가 금방이라도 제자리에 굳어 서버릴 것 같기도 했다. 로만 삼촌 방문 앞에 다다랐을 때에는 두 손이 꽁꽁 얼어붙은 것 같으면서도 동시에 땀에 흠뻑 젖었다. 나는 문 앞에서 멈춰 섰다. 오른쪽으로 옥상으로 통하는 문이 열린 게 눈에 띄자 난 그냥 그 문으로 들어가버릴까 하는 생각도 했다. 이렇게 마냥 로만 삼촌의 방 앞에 서 있을 수도 없었고, 그렇다고 노크를 할 엄두도 나지 않았기 때문이었다. 방 안에서 이야기 소리가 들려왔다. 다소나마 휴전이 필요한 순간이었다. 마음을 좀 진정시킬 필요가 있었다. 나는 우선 옥상 문을 열고 나갔다. 갈수록 더 위협적으로 변해가는 하늘을 향해——마치 커다란 흰 새 떼처럼—— 수많은 건물의 옥상이 내 머리 위로 쏟아져 내릴 듯한 형상으로 솟아 있었다. 에나의 웃음소리가 들려왔다. 어딘지 인위적인 느낌이 드는 그 웃음소리에 전율이 스쳐갔다. 로만 삼촌 방 창문이 열려 있었던 모양이다. 나는 나도 모르게 고양이 새끼처럼 네 발로 살금살금 기어가 아무 눈에도 띄지 않게 살짝 그 창문 아래로 가 앉았다. 에나의 목소리가 크고도 선명하게 들렸다.

"로만, 당신에게는 이 모든 일이 아주 간단했을 거예요. 도대체 무슨 생각을 했던 거예요? 혹 내가 당신이랑 결혼이라도 할 거라고 기대했나요? 우리 엄마가 그랬듯이 돈을 뜯어내려는 당신 협박에 두려워하면서 평생 전전긍긍하며 살 거라고 생각했나요?"

"내 말 좀 들어봐……"

로만 삼촌이 지금껏 한 번도 들어 보지 못한 애원조로 부탁했다.

"그럴 필요 없어요. 더는 할 말도 없고요. 내겐 모든 증거가 다 있단 말예요. 당신도 내 손에 증거가 쥐어져 있다는 걸 알 거예요. 이 악몽은 이렇게 끝장날 거라고요……"

"내 말 듣는 게 좋을걸. 설사 듣고 싶지 않다 해도 말이야…… 난 네 엄마한테 돈 같은 것 요구한 적 없어. 내가 돈을 갈취했다는 증거를 네가 가지고 있을 리도 없고……"

로만 삼촌의 목소리는 마치 뱀이 스르르 기어오듯이 그렇게 내 귓가로 다가왔다.

난 더 이상 들어볼 생각도 않고 그대로 담벼락을 따라 미끄러지듯 달려가 옥상을 빠져나온 뒤 삼촌 방 앞으로 달려가 문을 마구 두들겼다. 아무도 대답이 없자 나는 다시 문을 두들겼다. 그러자 로만 삼촌이 문을 열었다. 순간 그의 얼굴이 하얗게 질렸지만 난 미처 알아채지도 못했다. 아주 침착한 얼굴로 가만히 앉아 담배를 피워 문 에나의 모습이 보였다. 에나는 역겹다는 듯 나를 흘긋 쳐다보았다. 담배를 들고 있는 그녀의 손가락이 가볍게 떨렸다.

"아주 때맞춰서 나타났구나, 안드레아!"

로만 삼촌이 냉랭한 목소리로 말했다.

"에나! 에나…… 네가 여기 있는 것 같아서…… 인사나 하려고 올라왔어……"

(하여간 뭐 이런 식의 인사말을 건네고 싶었지만, 제대로 말을 잇기나 했는지 모르겠다.)

로만 삼촌이 화를 낼 기세였다. 타는 듯한 눈동자로 에나와 나를 노려보았다.

"이봐! 안드레아! 너 심보 좀 곱게 쓰고 살아야겠다, 응? 당장 꺼져버려!"

삼촌은 매우 흥분한 상태였다.

생각지도 않게 에나가 자리에서 일어섰다. 아주 탄력 있고 재빠른 동작으로 내 옆에 와 서더니 내 팔을 잡아끌었다. 로만 삼촌과 내가 미처 생각할 겨를도 없이 말이다. 에나가 내게 바싹 다가와 섰을 때 격렬하게 뛰는 심장의 고동이 느껴졌다. 에나의 심장 소리인지, 화들짝 놀란 내 심장 소리인지 알 길이 없었다.

로만 삼촌의 얼굴에 익히 아는 매력적이고 고혹적인 미소가 피어올랐다.

"너희들 맘대로 하렴, 꼬마들아."

삼촌은 에나를 쳐다보며 말했다. 나는 아니고 오로지 에나만 쳐다보면서.

"하지만 이렇게 갑작스레 가다니 의외인걸. 아직 얘기를 절반밖에 하지 못했는데 말이야, 에나. 너도 알잖아? 이런 얘기는 이런 식으로 끝낼 수 없다는 걸…… 아무렴, 너도 알 거야."

로만 삼촌의 상냥하고 팽팽하게 긴장된 그 목소리에 왜 그렇게 겁이 났는지는 나도 모르겠다. 하여간 삼촌이 에나를 쳐다볼 때의 눈빛이 마치 후안 삼촌이 광기를 작열시키기 직전의 그 눈빛과 같은 광채를 발한다는 생각이 들었을 뿐이다.

에나가 나를 문간으로 밀고 갔다. 그러고는 아주 가볍게, 경멸조로 삼촌에게 인사를 건넸다.

"다음에 다시 얘기하도록 해요, 로만. 그때까지 내가 한 말 잊지 마시고요. 안녕히 계세요……!"

삼촌은 여전히 미소를 지었다. 두 눈도 여전히 번득였고, 안색은 창백할 정도로 하얗게 질려 있었다.

바로 그 순간, 로만 삼촌의 오른손이 재빨리 바지 주머니 속으로 미끄러져 들어가는 게 보였다. 불룩한 주머니 속으로. 도대체 어떤 망상 때문에 내가 그 주머니 속에 까만색 권총이 들었을 거라고 생각했는지 모르겠다. 삼촌의 미소가 한층 깊어졌다. 촌각을 다투는 문제였다. 나는 미친 여자처럼 삼촌을 껴안고는 에나더러 도망치라고 소리쳤다.

삼촌이 날 확 밀쳐냈다. 삼촌의 얼굴을 다시 보니 아까의 고뇌와 긴장감은 이미 깨끗하게 사라지고 없었다. 대신 이글거리는 분노만 온통 얼굴을 뒤덮고 있었다.

"병신 같으니! 내가 총이라도 쏴서 죽여버릴 줄 알았니?"

평소의 냉정을 회복한 삼촌이 날 노려보았다. 난 계단 난간으로 밀리면서 등을 부딪쳐 충격을 느꼈다. 로만 삼촌이 한 손을 들어 이마에 흘러내린 곱슬한 머리카락을 쓸어 올렸다. 찰나였지만 ── 전에도 몇 번 그랬던 것처럼 ── 순간적으로 늙어버린 그의 얼굴이 내 시야에 잡혔다. 삼촌이 획 돌아서더니 방으로 들어가 버렸다.

온몸이 아파왔다. 먼지바람이 일면서 옥상 문을 흔들어댔다. 멀리서 우르릉 하고 천둥 소리가 들려왔다.

계단참에서 날 기다리고 선 에나의 모습이 보였다. 에나의 눈빛은 나를 가장 가슴 아프게 했던 순간에 그랬듯이 조소를 가득 담고 있었다.

"안드레아! 넌 왜 매사를 그렇게 비극적으로만 보는

거야?"

에나의 눈빛은 내게 곧 상처였다. 고개를 들고 쳐다보니 에나의 입술은 나로서는 도저히 견디기 힘든 경멸감으로 일그러졌다.

난 한 대 치고 싶은 충동을 느꼈다. 하지만 곧 나의 분노는 비탄으로 변해버리고 말았다. 나는 고개를 돌리고 계단을 뛰어내려갔다. 눈물이 앞을 가린 채, 당장이라도 죽어버릴 사람처럼…… 눈에 익은 상점들이 눈앞을 스쳐 지나갔다. 회전 광고판들, 네온등이 반짝이는 간판들, 불 꺼진 간판들, 각 상점의 주인들이 뭘 해서 먹고 사는 사람들인지를 알려주는 간판들…… 약국, 양복점…… 그 간판들이 춤을 추며 내게로 쏟아져 내리는가 싶다가 나의 절규에 놀라 사라져버리곤 했다.

이렇게 주체할 수 없게 폭발해버린 고통에 못 이겨 나는 모든 것들로부터 달아나듯 거리를 내달렸다. 행인들을 밀쳐버리고, 플라사 데 라 우니베르시닷 광장 쪽을 향해 아리바우 거리를 마구 달려 내려갔다.

21

폭풍우를 머금은 하늘이 통째로 내 가슴속으로 들어와 슬픔으로 눈이 멀게 만들어버렸다. 나를 온통 휘감은 비탄의 안개 속을 뚫고 아리바우 거리의 온갖 냄새들이 줄지어 지나갔다. 향수 가게 냄새, 약국 냄새, 식료품 가게에서 풍겨나는 냄새. 이 냄새나는 거리 위로 숨 막힐 듯 캄캄하게 내려앉은 하늘 한가운데를 관통하며 먼지 구름이 지나갔다.

플라사 데 라 우니베르시닷 광장의 모습이 마치 얼마 전에 꾼 악몽 속에서처럼 거대하고 적막한 모습으로 내 눈앞에 펼쳐졌다. 그 꿈속에서는 광장을 가로지르는 몇 안 되는 행인들과 광장을 지나는 자동차며 전차들이 하나같이 마비되어버렸다. 지금도 기억나는 것은 한쪽 발을 막 들어올리다가 그대로 멈춰 선 어떤 사람의 모습이었다. 당

시 나는 그 모든 광경에 시선을 던졌지만 그 모습이 어찌
나 낯설었는지 곧 그 꿈속에서 보았던 모든 것을 잊고 말
았다.

어느덧 울음은 그친 상태였지만 여전히 목이 아프고
관자놀이에서는 맥이 쿵쾅거리며 뛰었다. 나는 언젠가 에
나가 뇌리에 되살려주었던 비 내리던 날의 모습처럼 대학
정원을 둘러 친 격자 울타리에 기대섰다. 아마도 그날 나
는 내 위로 비가 쏟아져 내린다는 사실조차 깨닫지 못했
던 것 같다……

누덕누덕해진 종이 조각이 날아와 내 무릎에 달라붙
었다. 땅바닥을 나지막이 타고 불어대는 바람에 눈길을 주
니 바람결에 먼지와 낙엽이 휘날리면서 죽음의 춤을 추어
대는 게 보였다. 아픈 고독감이 밀려왔다. 며칠 전, 폰스네
집에서 나오면서 느꼈던 고독감이 되풀이되면서 훨씬 더
견디기 힘들게 느껴졌다. 더는 울음조차 터져나오지 않는
것이 내게는 오히려 형벌과도 같았다. 내 속은 여전히 할
퀴어진 상처로 눈꺼풀과 목구멍까지 아파왔다.

더는 아무런 생각도 하지 않고 아무런 기대도 하지
않을 때, 곁에서 인기척이 느껴졌다. 에나였다. 열심히 뛰
어왔는지 숨을 헐떡였다. 내가 천천히 고개를 돌렸다—
마치 온몸의 연골이 병들어 웬만큼 힘을 들이지 않고는

움직이기조차 힘든 사람이 된 듯했다 —— 두 눈에 눈물을 글썽이는 에나의 모습이 보였다. 에나가 우는 모습을 본 것은 그때가 처음이었다.

"안드레아……! 이 바보……! 이 바보……!"

에나는 얼굴을 일그러뜨리며 어떻게든 웃어 보이려 했지만 울음소리만 더 높아질 뿐이었다. 그녀의 울음이 마치 나를 위한 것인 양, 그녀의 고뇌에 찬 오열을 보는 순간 내 마음이 풀어지기 시작했다. 에나는 아무 말도 못 하고 그저 두 팔을 벌렸고, 우리는 거리에 선 채 서로를 부둥켜안았다. 심장이 —— 내 심장 말고 에나의 심장 말이다 —— 어찌나 거세게 뛰는지 내 심장에까지 그 박동이 전달되었다. 우리는 그렇게 잠시 서 있었다. 하지만 잠시 후, 난 거칠게 에나를 밀쳐냈다. 에나가 얼른 눈물을 훔치는 게 보였다. 이제 에나는 언제 울었나 싶게 아무렇지도 않은 듯 미소를 환하게 지어 보냈다.

"안드레아! 내가 널 얼마나 좋아하는지 알지? 나도 내가 널 이렇게 좋아하는지 미처 몰랐어…… 사실 다시는 널 보지 않을 생각이었어. 아리바우에 있는 너희 집에 대한 그 어떤 기억도 남기고 싶지 않았으니까…… 하지만 네가 떠나면서 날 바라볼 때 그 눈빛이……"

에나가 말했다.

"그 눈빛이 어땠다는 거야? 어땠다는 거냐고?"

우리가 그때 무슨 이야기를 나눴는가는 그리 중요한 게 아니다. 내게 중요한 건, 당시 우리 두 사람이 편안한 동료 의식을 느꼈고, 서로 위로받으며, 내 영혼을 향유로 씻기는 느낌을 받았다는 사실이었다.

"그건 말이지…… 글쎄, 뭐라 설명해야 할지 잘 모르겠어. 절망감으로 가득한 눈빛이었다고나 할까? 더욱이 그 눈빛을 통해 난 네가 날 정말로 사랑한다는 걸, 진심으로 아껴준다는 걸 알 수 있었어. 내가 널 사랑하는 것만큼이나 말이야. 네가 믿을지는 잘 모르겠지만……"

에나는 감정이 북받쳤는지 두서없는 말들을 늘어놓았다. 아스팔트에서 젖은 먼지 냄새가 피어올랐다. 뜨뜻미지근한 굵은 빗방울이 떨어지기 시작했지만 우리는 둘 다 꼼짝하지 않았다. 에나가 내 어깨에 한 팔을 두르고는 보드라운 한 뺨을 내 뺨에 비비댔다. 그간의 감정이 눈 녹듯 녹아버리는 것 같았다. 그간의 서운했던 모든 감정들이 사라지는 것 같았다.

"에나! 오늘 저녁 일은 내가 사과할게. 너는 남의 말을 엿듣는 행위 같은 것 절대로 용납하지 못할 거란 거 알아. 나도 지금까지 한 번도 그런 짓 해본 적 없었어. 정말이야…… 내가 두 사람이 얘기하는 중에 끼어든 건, 로만 삼촌이 널 위협하고 있다고 생각했기 때문이었어…… 물론 말도 안 되는 소리라는 것 알지만, 그래도 그때는 그렇게 생각되었어."

에나가 내 뺨에서 얼굴을 떼면서 나를 쳐다봤다. 그녀의 입가에는 미소가 서렸다.

"엿들을 만한 이유가 있었겠지, 안드레아! 넌 하늘에서 내려온 천사야! 아직도 모르겠어? 네가 날 구해줬다는 걸……? 내가 네게 뻣뻣하게 굴었던 건 신경이 너무 곤두섰기 때문이었어. 울고 싶을 만큼 무서웠거든. 봐! 그래서 지금 이렇게 울었잖아……"

에나는 긴 한숨을 몰아쉬었다. 마치 그렇게 함으로써 차오르는 감정을 진정시킬 수 있기라도 한 듯이. 그러고는 스트레칭 하듯 두 손을 등 뒤로 깍지 끼더니 긴장감을 털어버릴 듯 쭉 폈다. 에나의 시선은 나 아닌 다른 곳을 향했다. 꼭 누군가 다른 사람에게 얘기하는 것처럼.

"사실, 안드레아! 난 늘 너를 아주 특별한 가치를 지닌 사람으로 가슴속 깊이 생각했어. 다만 그걸 인정하려 들지 않았을 뿐. 너를 알기 전까지만 해도 진실한 우정이란 그저 신화에 불과할 거라고 생각했어. 하이메를 만나기 전까지 사랑이란 감정도 신화에 불과할 거라고 믿었듯이 말이야…… 가끔씩 나는."

에나가 수줍은 미소를 띠었다.

"운명이 내게 준 이 두 가지 선물을 받기 위해 과연 내가 무얼 했던가 생각해보곤 해…… 사실 난 성질 고약하고 냉소적인 아이였거든. 게다가 난 황금빛 찬란한 꿈 같은 건 아예 믿지도 않는 아이였어. 그런데도 어찌 된 일인지 다른 사람들에게 일어나는 것과는 달리 내게는 최상의 아름다운 현실만 다가오는 거야. 그래서 늘 행복했고……"

"에나! 그럼 너 로만 삼촌을 좋아했던 게 아니야?"

나는 아주 작은 목소리로 중얼거리듯 물었다. 이미 규칙적인 리듬을 타고 떨어지는 빗소리가 내 목소리를 삼켜버리고 말았다. 내가 다시 물었다.

"대답해봐! 삼촌을 좋아했던 게 아니냐고?"

에나가 언뜻 내 눈을 쳐다보았다. 몹시도 반짝거리는 게 뭐라 표현할 수 없는 그런 눈빛이었다. 그러더니 고개를 들어 하늘을 쳐다보며 소리쳤다.

"둘 다 쫄딱 젖겠다, 안드레아!"

에나는 얼른 날 잡아 끌고 학교 정문으로 들어서 비를 피했다. 마치 열병에라도 걸린 듯 약간 창백했지만 빗물이 뚝뚝 떨어지는 에나의 얼굴은 상큼해 보였다. 폭풍이 몰아치면서 장대비가 쏟아 붓기 시작했고, 그 비와 더불어 사나운 천둥소리도 울려댔다. 우리는 잠시 말없이 서서 빗소리를 들었다. 마음이 진정되면서 마치 물먹은 나뭇잎처럼 내 안에 초록의 기운이 샘솟는 듯한 느낌이 들었다.

"정말 아름답지 않아?"

에나가 콧구멍까지 벌름거리며 감탄사를 내뱉었다.

"조금 전 나더러 로만 삼촌을 좋아하지 않느냐고 물었지······?"

에나의 표정이 꿈을 꾸는 듯했다.

"엄청나게 관심이 가더라! 정말 엄청날 정도로!"

에나가 소리 죽여 웃었다.

"나 지금껏 그 누구도 이렇게 절망시켜버린 적 없었어. 이렇게 자존심을 짓밟아본 적도 없었고······"

내가 놀란 눈으로 에나를 쳐다보았다. 에나는 번갯불이 번득이는 가운데 그 뿌연 장막을 드리우는 빗줄기만 하염없이 바라보았다. 떨어지는 빗줄기에 대지가 부글부글 들끓는 것 같았다. 마치 내부의 독기를 모두 뿜어내기라도 하려는 듯 거친 숨을 헐떡이면서.

"아! 진짜 신나더라! 한 번 상상해봐! 누군가가 널 제 손아귀에 다 넣었다고 생각하는 순간, 네가 한껏 비웃으며 달아나버리는 장면을····· 이거야말로 기발한 유희 아니겠니?····· 안드레아! 로만 삼촌은 타락한 영혼의 소유자야. 물론 매력적이기도 하고 훌륭한 예술가인 것도 사실이지만, 내면 깊숙이 들여다보면 그야말로 비열하고 천박한 인간이라고……! 도대체 어떤 여자들이 지금껏 그라는 사람을 용인할 수 있었을까? 아마도 내가 로만 삼촌을 만나러 아파트 계단을 오를 때마다 주위를 어슬렁거리곤 하던 그 두 그림자의 주인공 같은 여자들이었겠지…… 너희 집에서 일하는 그 끔찍한 가정부와 빨간 머리를 한 좀 별난 여자 말이야. 알고 보니 이름이 글로리아라던데…… 어쩌면 우리 엄마처럼 성정이 부드럽고 소심한 또 다른 여자도 있을 수 있겠지……"

에나가 나를 흘긋 쳐다보았다.

"너도 알지? 우리 엄마가 처녀 시절에 로만 삼촌을 무척 좋아했다는 것…… 사실 그래서 처음부터 로만 삼촌을 만나보려 했던 거였어. 아! 하지만 정말 실망스럽더라! 지금은 이렇게 가증스러울 지경이고…… 넌 그런 경험 없어? 예를 들어, 누군가를 마치 전설적 인물이라도 되는 걸로 여겼는데, 나중에 알고 보니 환상은 덧없이 깨지고 사실 너에도 못 미치는 형편없는 인간이라는 걸 알게 되었을 때 그 인간이 정말 미워지는 그런 경험 말이야…… 때로는 내가 로만 삼촌에 대해 느끼는 증오심이 어찌나 강했던지 그걸 눈치챈 그도 마치 벼락이라도 맞은 사람처럼 얼른 고개를 돌려버리곤 하더라고…… 로만 삼촌과 내가 처음 만났을 무렵은 참 특이한 시간이었던 것 같아. 당시 내가 스스로를 불행하다 생각했는지 아니었는지 잘 모르겠어. 하여튼, 그즈음 난 로만 삼촌에게 푹 빠졌던 게 사실이야. 그래서 널 멀리했고. 툭하면 아무것도 아닌 일로 하이메와도 다투게 되었고, 나중에는 하이메가 내 곁에 있다는 사실 자체를 견딜 수 없더라고. 지금 생각하면, 그 당시 나는 하이메를 다시 만난다는 걸 로만 삼촌과의 모험을 인위적으로 그만둬야 한다는 의미로 받아들였던 것 같아. 그즈음, 난 로만 삼촌에게 너무 큰 흥미를 느꼈고, 그의 모든 것에 거의 중독되다시피 한 상태였어…… 그런데, 안드레아! 하이메하고 있기만 하면 착한 애가 되어 버리는 걸 보면, 나 정말 이상한 애인가봐…… 나도 때로는 내 안에서 꿈틀대는 서로 다른 이중적 모습에 두려움을 느끼곤 해. 나라는 사람은 어느 정도 고매한 모습으로 앉아있다 보면, 내심 뭔가를 긁어 상처를 내고 싶은 욕구가 생긴다 이거야."

그러면서 에나가 내 손을 잡자, 나는 나도 모르게 뒷걸음질을 치고 말았다. 에나가 정답게 웃어 보이며 말했다.

"놀랐어? 어쩜…… 그래가지고야 어떻게 내 친구가 될 수 있겠어? 안드레아! 내가 널 무척 사랑하는 건 사실이지만, 난 결코 천사가 아니야…… 하이메나 엄마나 너처럼 나름대로의 방식으로 내 가슴을 따뜻하게 채워주는 사람들이 있지만…… 그래도 내 가슴 한켠에서는 이러저리 마구 튀기도 하고 여기저기에 독소를 마구 흩뿌려버리고 싶은 충동도 있어. 넌 내가 하이메를 좋아하지 않는다고 생각하니? 아냐. 실은 너무너무 좋아해. 그와 헤어져서는 살아갈 수 없을 정도야. 난 그가 내 곁에 있어주기를 바라고, 그의 모든 것이 다 마음에 들어. 거의 열정적으로 그를 흠모한단 말이야…… 그런데도 또 다른 뭔가가 있으니 어떡하니…… 호기심 말이야. 도무지 억누를 수 없는, 가슴을 가득 채운 사악한 불안감……"

"로만 삼촌도 널 사랑한 것 같아? 어때 보였어?"

"날 사랑했느냐고? 글쎄, 잘 모르겠어. 다만, 날 보면 어쩔 줄 몰라 했던 건 사실이야. 때로는 너무 흥분해서 금방이라도 내 목을 조를 것도 같았고…… 하지만 그래도 스스로를 잘 통제하더라고. 난 사실 로만 삼촌이 자제력을 잃었으면 하고 바랐지. 실제로 그런 건 딱 한 번뿐이었지만…… 한 일주일 좀 더 되었을까? 그러니까 오늘 빼고는 내가 마지막으로 로만 삼촌 방을 찾았던 날이었지. 지금까지 난 그 방을 다섯 번 찾아갔는데, 그때마다 어떻게든 내가 와 있다는 걸 누군가에게 알리려고 무진 애를 썼어. 그건 내심 로만 삼촌에 대해 늘 일종의 두려움을 느꼈기 때문이야. 네가 없는 줄 뻔히 알면서도 괜히 너희 집 벨을 눌러 네 안부를 물어보곤 했지. 내가 올 때마다 무척이나 못마땅해하던 그 호기심 많은 두 여자도 어쨌든 겉으로는 잘 대해주더라고. 그쯤 되고 나면, 난 내 등 뒤에 보디가드 둘을 달고 있는 셈이라고 생각하곤 했어. 이렇게 하면 분위기는 숨 막히지만 얼마나 재미있는지 넌 모를 거야. 때로는 내가 늘 감시받고 있다는 걸 깜빡깜빡 잊어버리기도 해서, 잔뜩 흥이 올라 신나게 깔깔대며 웃기도 했지. 사실 그런 경험은 난생처음이었으니까…… 그리고 그럴 때면 로만 삼촌이 슬그머니 내 옆에 와 앉는 거야. 그런데 뜨겁게 달아오른 그의 몸이 곁에서 느껴지는 순간, 내 안에서 알 수 없는 분노가 치밀어올랐어. 그걸 드러내지 않으려 얼마나 애썼는지 몰라. 나는 얼른 깔깔 웃어대며 방 반대편 끝으로 달려갔지. 로만 삼촌은 꼭 미쳐버릴 것 같은 표정이더군. 그 전에도 삼촌이 연주해주는 음악에 정신없이 심취하거나 반쯤 넋이 나갔다 싶을 때나, 우리의 대화가 기묘한 방향으로 엇나간다고 생각될 때면 난 재빨리 다리 짧은 침대 매트리스 위에 벌떡 올라서서는 이렇게 말했지. 훨훨 날아가고 싶어요! 그러면서 침대 위에서 폴짝폴짝 뛰는 거야. 집에서 동생들하고 놀 때처럼, 거의 머리끝이 천장에 닿을 정도로 높이 뛰어오르면서 말이야.
내가 마냥 깔깔거리며 튀어 오르다 보면 로만 삼촌은 도
대체 나라는 애가 돌아버린 앤지 어디가 좀 모자라는 앤
지 잘 모르겠다는 표정을 짓더라고…… 물론 그 순간에
도 분노로 이글거리는 내 눈동자는 그 자의 동태를 하나
도 놓치지 않고 살펴보았지. 느닷없는 내 행동에 그의 얼
굴은 그만 언제나의 그 알쏭달쏭한 표정으로 돌아가더라
고…… 그런데, 내가 정말 바라는 건 그게 아니었어. 로만
삼촌이 젊었을 때 우리 엄마를 얼마나 힘들게 했는지 네
가 안다면 아마 너도……"

"그 얘긴 어떻게 알았어?"

"어떻게 알았냐고……? 아! 우리 아빠가 알려주셨어.
언젠가 엄마가 무척 아프셨었는데, 고열에 시달리며 헛소
리를 하는 와중에 로만이라는 이름을 부르셨나봐…… 가
엾은 우리 아빠, 그날 밤에 무척 마음 아프셨던 데다 엄마
가 금방이라도 돌아가실 걸로 생각하셨나봐."

　(난 미소 짓지 않을 수 없었다. 불과 며칠 사이에 인생은
그때까지 내가 생각했던 것과는 완전히 다른 모습으로 펼쳐졌
기 때문이었다. 복잡하면서도 동시에 아주 단순하게. 나 자신
은 마음 졸이며 조심스레 감추어온 비밀이 어쩌면 온 세상 사
람들이 다 아는 일일지도 모른다는 생각이 들었다. 이 얼마나

바보스러운 비극이며, 눈물은 또 얼마나 부질없는지…… 인생
은 그렇게 내 눈앞에 펼쳐졌다.)

에나가 내게로 고개를 돌렸다. 내 눈빛 속에서 무얼
발견했는지는 모르겠다. 에나가 느닷없이 이렇게 말했다.

"안드레아! 나를 본래의 나보다 높이 평가하지 말아
줘. 또 내가 뭔가 미안한 마음을 갖고 있을 거라고도 생
각하지 말아줘…… 단지 그런 이유로 로만 삼촌을 짓밟
으려 한 건 아니었으니까…… 갈수록 성격이 변해가는
이 재미난 게임을 네게 어떻게 설명해야 할지 모르겠구
나…… 이 게임은 갈수록 분노를 자아내는 투쟁과도 같
았어. 죽음을 걸고 벌이는 투쟁이랄까……"

에나는 말하는 동안 줄곧 나를 똑바로 응시했다. 그녀
의 시선이 내게 쏠리는 게 느껴졌다. 하지만 난 그저 떨어
지는 빗줄기를 바라보며 에나의 소리에만 귀 기울였다. 빗
줄기는 어느 순간 세차게 쏟아지다가 또 어느 순간 뚝 그
쳐버릴 것 같이 변덕스럽게 내렸다.

"내 말 들어줘, 안드레아! 사실 그동안 난 하이메 생각
을 할 겨를도 없었고, 너나 다른 사람 생각을 할 겨를도 없
었어. 오로지 로만 삼촌의 냉정과 자제심, 그리고 나의 사
악한 면모와 확신감 사이에서 벌어지는 이 게임에만 몰두
했으니까…… 안드레아! 난 언젠가 그가 날 손아귀에 넣

었다고 생각하는 그 순간 그 손아귀에서 빠져나온 뒤 실 컷 그를 비웃어줄 수 있는 날이 온다면 정말 대단할 거라 고 상상해왔어……"

에나가 웃었다. 난 조금 놀란 눈으로 그녀를 쳐다보았 다. 에나는 두 눈이 반짝거리는 게 다른 때보다도 훨씬 더 예뻐 보였다.

"지난주, 그러니까 정확히 말하자면 산 후안 축제 일 전야제에 우리 두 사람이 어떤 식으로 그동안의 관계 에 종지부를 찍었는지 아마 상상도 하지 못할 거야. 난 아 주 똑똑히 기억하지만…… 난 도망쳤어…… 마구 달려 서…… 계단을 굴러떨어질 것처럼…… 그 사람 방에 핸 드백도, 장갑도, 심지어 머리핀까지 다 두고 말이야. 로만 그 사람은 여전히 자기 방에 남아 있더구나…… 그의 얼 굴이 그렇게 천박해 보인 건 처음이었던 것 같아…… 너 나더러 그 사람을 좋아했느냐고 물었지? …… 그런 인 간을……?"

난 그때에야 비로소 에나를 찬찬히 뜯어보았다. 처음 으로 에나 본연의 모습을 발견하게 된 것 같은 느낌이었 다. 에나의 눈동자는 먹구름 낀 하늘이 빚어내는 희뿌연 빛을 받아 잿빛으로 그늘졌다. 난 결코 그녀를 비난할 수 없음을 알았다. 그래서 한 손을 그녀의 팔에 올리고 고개를 떨구어 그녀의 어깨에 기댔다. 극심한 피로가 몰려왔다. 수많은 생각들이 주마등처럼 스치며 선명하게 그 본체를 드러내는 것 같았다.

"그러니까, 산 후안 성일 전야에 그 일이 일어났다 이거지?"

"응."

우린 잠시 침묵했다. 그 침묵은 나도 모르게 하이메를 떠올리게 만들었다. 순간 서로 마음이 통했는지 에나가 말했다.

"이번 일로 제일 큰 상처를 입은 사람은 하이메일 거야. 나도 잘 알아."

에나의 얼굴이 심통난 어린애처럼 변했다. 그러고는 날 쳐다보았는데, 그녀의 눈빛에 더 이상 도전이나 냉소 따위는 남아 있지 않았다.

"하이메를 생각할 때마다 마음이 너무나 아팠어. 하지만 나를 사로잡은 이 악마적 힘을 도무지 어찌할 수가 없더구나…… 하루는 로만과 데이트를 하기로 했는데, 그날따라 날 파랄렐로 가로 데려 가더군. 너무나도 지치고 지겨운 가운데 다시 사람들과 담배 연기로 가득 찬 웬 카페로 들어가는 거야. 난 무슨 헛것이라도 본 줄 알았어. 글쎄, 내 눈 앞에 하이메가 앉아 있더라고. 뿌연 담배 연기 너머 저편에, 그 후텁지근한 열기 너머 저편에 앉아 있는데, 내겐 인사도 건네지 않는 거야…… 그날 밤, 난 무척 많이 울었어. 바로 다음날 네가 하이메의 전갈을 가져온 거고. 생각나지?"

"응."

"나도 하이메를 만나 화해하고 싶은 마음이 간절했던 터였어. 하이메와 다시 만나던 순간, 얼마나 가슴 벅찼는지! 그런데 잠시 후, 모든 기대가 산산조각 나버리고 말았어. 글쎄, 내 탓이었는지 하이메 잘못이었는지 그건 나도 잘 모르겠어. 하여간, 하이메는 뭐든 다 이해하겠다고 해놓고도 대화를 하면 할수록 점점 더 흥분하는 거였어…… 보아하니 내 뒤도 미행하고 로만의 사생활까지 모두 파헤친 것 같더라고. 내게 너희 삼촌은 아주 더럽기 그지없는 밀수에 깊이 개입한 좋지 않은 사람이라고 했어. 그가 하는 일에 대해서도 설명해주고…… 그러다가는 결국 내가 그런 형편없는 밀수꾼하고 어울려 다닌다며 잔뜩 흥분해가지고는 날 마구 몰아세우기 시작하는 거야…… 그쯤 되니까 나도 더는 듣고 있을 수 없더라고. 격해진 내가 로만을 두둔하기 시작했지. 너도 이런 경험 해봤지? 그러니까 자기가 쏟아내는 말에 꼼짝없이 말려들어 헤어나지도 못하는 황당한 처지에 처하는 경우 말이야…… 그날 결국 하이메와 나는 완전히 절망감에 사로잡힌 채 헤어지고 말았어…… 하이메는 바르셀로나를 떠나버렸고. 그건 너도 알지?"

"그래."

"내가 편지라도 보내주길 바라겠지? 그렇지?"

"분명히 그럴 거야."

에나가 미소 지으며 돌담에 머리를 기댔다. 피곤해 보였다……

"내가 너무 떠들어댔나봐. 그렇지, 안드레아? 너무 떠들어댔어…… 내 말 들어주기 지겨웠지?"

"그래도 아직 정작 중요한 얘기는 하지 않은걸…… 지난 산 후안 성일 전날 밤에 두 사람 관계가 끝났다면서, 오늘 왜 또다시 로만 삼촌을 찾아왔는지에 대해서 말이야……"

에나가 거리를 한번 바라보더니 대답했다. 폭풍우는 어느덧 잠잠해졌고, 어두운 하늘에는 노오란 별빛이 총총 빛나기 시작했다. 거리 양측의 인도 끝자락을 따라 흘러내린 빗물이 하수구 속으로 콸콸 쏟아져 들어가고 있었다.

"우리 걸으면서 얘기할까?"

우리는 정답게 팔짱을 끼고는 발길 닿는 대로 무작정 걸었다.

"오늘," 하고 에나가 말했다.

"내가 로만 삼촌을 찾아간다는 건 내 모든 걸 다 걸었음을 의미하는 거였어. 그 사람이 자기 방에 내 물건을 몇 가지 보관하고 있다면서 돌려주고 싶으니 한번 들러달라는 전갈을 보냈더라고…… 난 그 사람이 날 이렇게 쉽게 놓아줄 리 없다는 걸 알았어. 엄마 생각을 하면서, 지금 결단을 내리지 못한다면 평생을 우리 엄마처럼 도망다니며 살게 될지도 모른다는 생각이 들더라…… 그 순간, 하이메가 내게 말해준 로만에 대한 조사 결과가 떠올랐어. 그야말로 로만 삼촌에 대항하기 위한 마지막 보루였지. 이 유일한 안전 장치를 믿고 난 로만을 찾아갔어. 이것이 마지막이라고 생각하면서…… 물론 나도 겁이 났지. 네가 왔을 때에는 완전히 두려움에 사로잡힌 때였어. 안드레아! 그냥 겁만 먹은 게 아니라, 일을 충동적으로 저질러버린 데 대해 후회까지도 겹치더라고…… 로만 삼촌이 완전히 미쳐버린 것 같았으니까…… 내 눈엔 정말 미쳐버린 것 같더라고…… 네가 문을 두드렸을 때, 난 정말 쓰러지기 직전이었어. 신경이 곤두설 대로 곤두서서……"

에나가 거리 한복판에서 걸음을 멈추더니 날 쳐다보았다. 조금 전 들어온 가로등불이 시커먼 도로를 환히 비췄다. 빗물에 깨끗이 씻긴 가로수에서 푸른 향내가 풍겨

났다.

　"안드레아! 이제 알겠어? 이젠 이해하겠느냐고? 내가 널 계단에서 만났을 때 왜 한마디도 할 수 없었는지, 왜 그렇게 못되게 굴었는지 말이야. 그 순간에는 나라는 존재가 완전히 지워져버리고 없는 것 같더라고. 나중에 지금 살아 숨 쉬는 게 바로 나, 에나라는 걸 실감하고 나서야 겨우 널 찾아 아리바우 거리를 달려 내려왔어. 모퉁이를 돌아서서야 널 발견할 수 있었고. 보니까 대학교 정원을 둘러 싼 돌담에 기대서 있더라. 폭풍우를 머금은 무겁게 내려 앉은 하늘 아래 네 모습이 너무나도 왜소해 보였고, 완전히 넋 나간 사람 같아 보였어…… 네 모습이 말이야."

22

에나가 여름 휴가를 보내기 위해 북부 노르테 해변으로 떠나기에 앞서 에나와 하이메, 나 이렇게 우리 셋은 지난 봄 행복했던 시절에 그랬듯이 함께 야외로 바람을 쐬러 나갔다. 하지만 나 자신이 예전과는 달라졌음이 느껴졌다. 하루하루 마음이 약해져갔고, 감정은 또 얼마나 예민했는 지 정말 별것도 아닌 일에 눈시울을 적시곤 했다. 친구들 과 함께 구름 한 점 없는 화창한 하늘을 바라보며 풀밭에 누울 수 있다는 것은 별것 아니지만 행복한 일이었고, 그 야말로 완벽한 즐거움이었다. 그렇게 누워 있다 보면 때로 나는 꿈결 같은 모호한 환상 속으로 빠져들곤 했다. 저 멀 리 푸르른 하늘 어딘가에서 파리들이 날아다니는 것 같은 윙윙 소리에 가만히 눈을 감았다. 잠시 후 다시 눈을 떠 보 면 쥐엄나무 가지 사이로 여름 하늘이 펼쳐져 있고 새들의 노랫소리가 가득했다. 나라는 사람은 이미 몇 세기 전에 죽어서 자잘한 먼지로 화한 뒤 드넓은 산과 바다로 날려진 게 아닌가 싶었다. 그래서 이렇게 온몸이 자유롭고, 가뿐하며, 붕 뜬 것 같은 느낌이 드는 게 아닐까…… 가끔씩 정신을 차리고 보면 내 얼굴 위에서 불안한 눈빛으로 날 들여다보는 에나의 얼굴이 보였다.

"웬 잠을 그렇게 자? 몸이 너무 허해진 거 아냐?"

내 건강을 챙겨주는 이런 정겨운 말조차 들을 날이 얼마 남지 않았다. 에나는 며칠 후 산 세바스티앙으로 피서를 떠났다가 바르셀로나로 돌아오지 않고 그곳에서 바로 마드리드로 갈 계획이었기 때문이었다. 새학년은 지난해와 마찬가지로 내적 고독과 함께 시작해야 할 모양이었다. 그래서인지 지금은 내 어깨 위에 짊어진 추억의 보따리가 너무 커 그 무게가 다소 힘겹게 느껴질 정도였다.

에나와 작별 인사를 나누러 가는 날, 난 몹시 위축되어 있었다. 인파로 북적대는 기차역에 에나가 나타났다. 주위는 온통 금발의 남동생들이 둘러쌌고 에나 어머니는 다소 들뜬 모습으로 탑승을 재촉했다. 에나가 내 목에 두 팔을 두르더니 뺨에 수없이 입을 맞추었다. 내 눈에 눈물이 고였다. 작별의 순간은 참으로 잔인한 것인가보다. 에나가 내 귀에 대고 속삭였다.

"곧 다시 만나게 될 거야, 안드레아! 나만 믿어!"

난 아마도 그녀가 하이메와 결혼식을 올린 후 조만간 바르셀로나로 돌아올 계획인가보다고 생각했다.

기차가 떠나고 나자 텅 빈 승강장에는 나와 에나 아버지만 남았다. 에나 아버지는 바르셀로나에 혼자만 남아 허전한 것 같았다. 택시를 잡은 그가 날더러 함께 타자고 권했는데 내가 사양하자 좀 당혹스러워하더니 사람 좋아 보이는 미소를 지어 보냈다. 내가 보기에 에나 아버지는 아무도 없는 곳에서 혼자 생각하며 지내는 데에는 도무지 소질이 없는 것 같았다. 아니, 어쩌면 생각 같은 게 아예 없는 사람일지도 모른다. 그러나 어쨌든 내게는 무척 잘 대해주었다.

찜통 더위가 기운을 쭉 빼는 날씨였지만 난 공연히 먼 길을 돌고 돌아 집으로 갔다. 걷고 또 걸었다…… 피서 인파가 빠져나간 바르셀로나는 도시 전체가 텅 비어버린 듯한 느낌이었다. 7월의 더위는 그야말로 살인적이었다. 나는 문을 닫아 걸고 철시해버린 보르네 시장 한가운데를 질러갔다. 골목길 곳곳에 썩은 과일과 지푸라기들이 널렸고, 마차에 매인 말들은 공연히 뒷발질을 했다. 불현듯 기홀스의 아틀리에가 생각나 몽카다 거리로 들어섰다. 낡기는 했지만 원래 잘 세공된 돌로 만든 돌계단이 있는 널찍한 뜰은 예나 다름없는 모습이었다. 저만치 놓인 뒤집힌 마차 속에는 아직도 싣고 온 알팔파 일부가 남아 있었다.

"아무도 없어요. 기홀스 군은 가고 없어요. 요즘은 아무도 안 온답니다. 이투르디아가 군도 지난주에 시체스로 휴가를 떠났고요. 폰스 군도 바르셀로나에 없고…… 그래도 올라가려면 열쇠는 여기 있어요. 기홀스 군이 누구든 오면 열쇠를 주라 했거든요……"

문지기 아주머니가 말했다.

내가 추억의 실 끝자락을 붙들고 여기까지 온 건 아무도 없는 문 닫힌 아틀리에에 들어가보기 위해서는 아니었다. 하지만 아주머니의 선심을 받아들였다. 잠시나마 낡아서 더 신선하게 느껴지는 빈 방의 고요 속에 있을 수 있다는 사실이 마치 한줄기 희망처럼 느껴졌다. 폐쇄된 방안에는 아직도 희미하게나마 유화 물감 냄새가 배어 있었다. 기홀스가 물건을 놓아두곤 했던 찬장을 열어보니 초콜릿 빵이 하나 들어 있었다. 작품들은 모두 흰 천을 덮어두어 마치 수의를 뒤집어쓴 유령 같았다. 모든 물건 하나하나에서 즐거웠던 지난날의 이야기들이 추억으로 되살아났다.

아리바우 거리에 도착했을 때에는 이미 주변이 어둑해졌다. 아틀리에를 나선 뒤 절망적인 도심의 거리를 꽤 오랫동안 걸어온 뒤였다.

내 방으로 들어서자 창문까지 걸어 잠근 탓에 후텁지근한 냄새와 더불어 눈물의 흔적이 느껴졌다. 침대에 엎드려 우는 글로리아 외숙모의 모습이 눈에 들어왔다. 누군가 방으로 들어오는 걸 느낀 외숙모가 신경질적으로 돌아보더니 나인 걸 알고는 마음을 진정시키고 말했다.

"내가 깜빡 잠이 들었나봐, 안드레아!"

불을 켜려고 했지만 그새 누가 전구를 빼내가버려 켤 수가 없었다. 나도 갑자기 내가 왜 그런 행동을 취했는지는 모르겠지만, 여하튼 난 침대에 걸터앉아 글로리아 외숙모의 한 손을 꼬옥 잡아주었다. 외숙모의 손은 땀과 눈물로 축축하게 젖어 있었다.

"왜 울고 계세요, 외숙모? 울고 계셨던 거 다 알아요."

그날은 나도 무척이나 울적했기 때문에 다른 사람의 울적함마저 받아들일 수 있을 것 같았다.

"나 무서워, 안드레아!"

"뭐가요?"

"전엔 이런 거 통 묻지 않더니…… 많이 착해졌네. 나도 내가 뭘 무서워하는지 정말 다 털어놓고 싶어. 하지만 그럴 수가 없어."

외숙모는 잠시 입을 다물었다.

"내가 울었다는 걸 후안 삼촌이 몰라야 할 텐데……
왜 눈이 퉁퉁 부었냐고 하면 낮잠을 자서 그렇다고 해야
할까봐."

나쁜 일이 일어날 징조였는지, 그날 밤따라 모든 것
들이 불길한 기운을 내뿜었다. 그즈음, 너무 피곤한 날이
면 곧잘 그랬듯이 그날도 밤이 되었지만 도무지 잠을 이
룰 수 없었다. 깜깜한 어둠 속에서 침대 옆 대리석 탁자 위
를 더듬어보니 어제 먹던 빵 한 조각이 손에 잡혔다. 난 허
겁지겁 그 빵을 먹어 치웠다. 가엾은 우리 외할머니는 이
작은 선물을 내게 주시는 걸 결코 잊지 않으셨던 거다. 겨
우 잠이 들자 나는 마치 혼수 상태에 빠진 사람처럼, 마치
죽음 직전의 사람처럼 그렇게 깊은 잠 속으로 빠져들었다.
그러다가 뭔가에 화들짝 놀라 깼다. 누군가가 기다랗게 비
명을 질렀던 것으로 기억된다. 어찌나 끔찍한 소리였는지
귀청이 먹먹해질 정도였다. 아니, 어쩌면 찰나였을지도 모
른다. 하여간, 꿈결에 비명 소리를 한참 듣고서야 현실로
돌아왔던 것 같다. 아리바우 거리의 그 집에 살면서 한 번
도 그런 비명은 들어본 적이 없었다. 광포한 짐승이 토해
내는 음침한 절규 같았다. 나는 자다 말고 벌떡 일어나 섰
다. 두 다리가 후들후들 떨렸다.

아파트 입구 현관 바닥에 가정부 안토니아가 시커먼 속옷이 다 보이는 것도 아랑곳하지 않고 맥 빠진 두 다리를 쩍 벌리고 주저앉은 채 정신없이 두 팔을 허우적거리고 있었다. 현관문이 활짝 열려 있어 놀라 뛰어나온 이웃 사람들이 몰려들기 시작했다. 완전히 넋이 빠진 나는 이 장면이 우습게만 느껴졌다.

옷을 입는 둥 마는 둥 하고 뛰어나온 후안 삼촌이 이웃 사람들 코앞에서 발길질로 현관문을 닫아걸었다. 그러고 나서 가정부 아줌마의 뺨을 두어 차례 때리더니 글로리아 외숙모에게 찬물을 한 주전자 가져오라고 시켰다. 얼굴에 물을 끼얹고 나서야 안토니아는 겨우 숨통이 트이는 듯 가쁜 숨을 몰아쉬더니 조금 살 것 같은지 축 늘어진 짐승 같은 꼴로 이번에는 거푸 딸꾹질을 해댔다. 그러더니 곧 휴식은 끝났다는 듯 다시 기괴한 비명을 질러대기 시작했다.

"죽었어! 죽었어! 죽었다고!!!"

그러면서 손가락으로 위를 가리켰다.

후안 삼촌의 얼굴이 흙빛으로 변하는 게 보였다.

"누가? 누가 죽었냐고, 이 병신아······?"

그러더니 후안 삼촌은 그녀의 대답을 기다리지도 않고 문을 열어젖히더니 미친 듯이 계단을 뛰어오르기 시작했다.

"면도칼로 목을 그었더라고요."

겨우 말을 마친 안토니아 아줌마가 바닥에 그대로 털썩 주저앉은 채 절망적으로 오열했다. 그녀가 눈물 흘리는 모습을 보는 건 처음이었다. 우는 그녀의 모습은 악몽 그 자체였다.

"아침 일찍 여행을 떠날 거라면서, 커피를 가져다달라고 했어요…… 꼭두새벽에 전화했더라고요…… 그런데 올라가보니 먹딴 돼지새끼 모양으로 피를 철철 흘리며 바닥에 널브러져 있지 뭐예요? 아이쿠! 이를 어째…… 불쌍한 우리 천둥이! 애비 없는 자식이 되어버렸구나……!"

세차게 내리치는 빗소리 같은 웅성거림이 들려오기 시작했다. 그러더니 곧 비명 소리와 고함 소리도 들려왔다. 굳은 듯이 얼어붙은 우리 네 여자의 눈에 열린 현관 문 밖으로 이웃 사람들이 로만 삼촌의 방으로 뛰쳐 올라가는 모습이 보였다.

"경찰에 알려야겠는걸!"

3층에 사는 뚱뚱한 약방 주인이 흥분한 표정으로 계단을 뛰어내려오며 소리쳤다.

이 믿을 수 없는 상황에 대해 그 어떤 반응도 취하지 못한 채 우리 네 여자는 멍청한 표정으로 몰려 서서 그렇게 부들부들 떨며 사람들 소리만 듣고 있었다. 안토니아 아줌마는 여전히 비명을 질러댔지만, 그 비명 소리도 이제는 글로리아 외숙모와 그녀 자신, 그리고 외할머니와 내 귀에만 들릴 정도였다.

잠시 후, 혈관에 피가 겨우 다시 도는 듯한 느낌을 받은 나는 현관으로 가 문을 닫았다. 돌아서는 내 눈에 외할머니의 모습이 들어왔다. 지금까지 할머니의 존재를 미처 제대로 느끼지 못했던 것이다. 매일 아침처럼 새벽 미사에 나가려던 중이었는지 머리에 검은 미사포를 쓴 채 잔뜩 위축되고 주눅 든 모습이었다. 할머니는 오들오들 떨었다.

"그 아인 자살한 게 아니야, 안드레아…… 죽기 전에 회개했거든."

할머니가 어린애 같은 천진한 표정으로 말했다.

"그럼요, 할머니. 그렇고 말고요."

내 대꾸도 할머니에게는 위로가 되지 못했다. 할머니의 입술은 파랗게 질렸다. 한마디 한마디 할 때마다 말을 더듬는가 하면, 두 눈에는 눈물이 가득 고여 금방이라도 평평 쏟아질 것 같았다.

"올라가 봐야겠다…… 우리 로만한테 가봐야겠어."

그렇게 하는 게 좋겠다고 생각했다. 나는 현관문을 열고 할머니를 부축해 참으로 익숙한 그 계단을 한 계단 한 계단 밟아 올라갔다. 얇은 잠옷에 겉옷만 하나 걸친 채인 것도 잊어버렸다. 계단참에 잔뜩 몰려든 사람들은 도대체 어디서 다 쏟아져 나온 건지 알 수 없을 정도였다. 아래 입구 쪽에서 몰려드는 구경꾼들을 통제하느라 경찰관들이 소리를 질러대는 게 들렸다. 계단참의 구경꾼들은 우리 두 사람을 쳐다보면서 길을 터주었다. 순간 머리가 말갛게 개는 느낌이었다. 한 계단 올라설 때마다 고통스러운 두려움과 혐오감이 파도치듯 밀려왔다. 두 무릎이 바들바들 떨려 걷기조차 힘들었다. 얼굴이 노래진 후안 삼촌이 비통한 표정으로 내려오더니 우릴 발견하고는 대뜸 멈춰 섰다.

"엄마! 에잇 씨!"

후안 삼촌이 할머니를 보자마자 왜 그리도 성질을 부렸는지는 모르겠다. 하여간 삼촌은 흥분해 소리를 질러 댔다.

"당장 집에 가 있어요!"

삼촌이 외할머니를 두들겨 패기라도 할 듯 주먹을 쳐들자 사람들이 웅성거렸다. 외할머니는 눈물은 흘리지 않았지만 어린애처럼 아래턱을 달달 떨면서 나지막이 말했다.

"내 아들이다! 내 자식이야……! 난 올라가 볼 권리가 있어! 꼭 봐야겠다고!"

후안 삼촌은 대답하지 않았다. 대신 그를 주시하는 사람들의 얼굴을 한 바퀴 둘러보았다. 잠시 머뭇거리는 듯하던 삼촌이 신경질적으로 길을 트며 말했다.

"안드레아! 넌 내려가! 너와는 아무 상관도 없는 일이니까!"

삼촌은 한 팔을 할머니의 허리에 두르더니 거의 잡아끌다시피 하며 계단을 올라갔다. 할머니가 큰아들의 어깨에 기대서서 오열하는 소리가 들려왔다.

우리 집으로 들어가니 집 안에도 사람들이 몰려들어 구석구석 차지한 채 호기심 어린 눈초리로 사방을 훔쳐보며 안됐다고 수군거리는 소리가 들렸다.

사람들 사이를 뚫고 몇 사람은 밀어젖히면서 안으로 들어온 나는 사람들이 침입하지 않은 목욕탕 한 구석으로 겨우 숨어든 뒤 문을 닫아걸었다.

어떻게였는지는 생각나지 않지만, 평소 늘 그랬듯이 아주 기계적인 동작으로 옷을 벗은 나는 더러운 욕조 안으로 들어가 섰다. 거울에 비친 내 모습은 처절하리 만치 비쩍 말랐고, 너무나 추워 이가 딱딱 소리를 내며 맞부딪쳤다. 사실 너무나도 충격적이어서 내가 견뎌낼 수 있는 비극적 상황의 한도를 넘어선 상황이었다. 샤워 꼭지를 틀자 평소와 다름없이 물을 맞고 선 내 모습에 기가 막혀 냉소적인 웃음이 터져나왔다. 마치 아무 일도 없었다는 듯이 말이다. 물줄기가 내 몸을 때리고 시원스럽게 씻어내는 동안 나는 생각했다. 나 정말 히스테릭해졌나봐. 어깨 위로 떨어진 물줄기는 가슴을 지나 복부에서 가느다란 운하를 형성하는가 싶더니 두 다리로 타고 쏟아져 내렸다. 저 위에서는 로만 삼촌이 피투성이가 된 채 누워 있을 터였다. 참수당한 사람처럼 얼굴을 온통 일그러뜨린 채. 샤워 물줄기는 마르지 않는 시원한 폭포수처럼 끝없이 내 위로 쏟아져 내렸다. 욕실 문 밖으로 사람들의 웅성거림이 더욱 거세지는 게 들려왔고, 나는 그곳에서 한 발자국도 움직일 수 없을 것처럼 생각되었다. 그야말로 천치가 되어버린 것 같았다.

누군가가 욕실 문을 마구 두들겨댔다.

23

이후 며칠 동안은 온 집 안이 완전한 어둠 속에 갇혀 있었다. 누군가가 재빨리도 발코니로 통하는 문들을 못질이라도 한 듯 틀어 잠가버렸기 때문이었다. 바람 한 점 스며들지 않았다. 온 집안이 후텁지근한 데다 악취까지 가득 찼으며, 그 속에서 나는 시간 감각을 완전히 상실해버리고 말았다. 몇 시간이 흐르고, 또 며칠이 흘러도 똑같은 시간 같았다. 낮과 밤도 다를 게 없었다. 글로리아 외숙모가 무척 아팠지만 아무도 거들떠보지 않았다. 침대 옆에 가 보니 열이 펄펄 끓었다.

"이제 그 사람 시신 옮겨갔나?"

외숙모는 날 볼 때마다 물었다.

내가 외숙모 입에 물컵을 가져다 대주자 외숙모는 허겁지겁 컵의 물을 다 마셔버렸다. 가끔 가정부 안토니아 아줌마가 외숙모 방을 들여다보곤 했는데, 두 눈에 어찌나 증오심이 서렸던지 겁이 난 나는 최대한 외숙모 옆에 붙어 있으려고 했다.

"저 마녀, 죽지는 않겠군! 죽지는 않겠어! 살인자 같으니라구!"

가정부가 말했다.

가정부 안토니아를 통해 로만 삼촌이 자살하기 직전 얼마간을 어떻게 보냈는지 세세히 알게 되었다. 하지만 세세하게 들었음에도 마치 안개 속에서 뭔가를 보는 듯한 느낌이었다. (나는 사물을 제대로 보는 능력마저 상실해가는 것 같았다. 사물의 형태마저 희미하게 보였다.)

자살 전날 밤, 로만 삼촌은 가정부 안토니아에게 전화를 걸어 방금 여행에서 돌아왔는데 —— 로만 삼촌은 며칠째 집을 비우고 없었다 —— 내일 이른 아침에 다시 어딜 좀 가야 한다고 했다는 것이다. 올라와서 방 청소 좀 해주고, 빨아놓은 옷 좀 다 가져와요. 이번에는 좀 오래 다녀와야 할 것 같으니까…… 안토니아 아줌마에 따르면, 이게 로만 삼촌이 남긴 마지막 말이었다고 했다. 따라서 목을 그어 자살한 것은 면도를 하다가 갑자기 광기가 치밀면서 저지른 충동적 사건인 것 같다고 했다. 안토니아 아줌마가 삼촌의 시신을 발견했을 당시, 삼촌의 얼굴에는 면도용 비누 거품이 잔뜩 묻어 있었다고 했다.

글로리아 외숙모는 다 죽어가는 목소리로 로만 삼촌에 대해 이것저것 물었다.

"그림들은 어떻게 됐어? 그림 찾았대?"

"무슨 그림 말씀이세요, 외숙모?"

나도 피곤한 얼굴로 외숙모 가까이로 몸을 숙이며 물었다.

"로만 그 사람이 날 그린 그림 말이야. 빨간 붓꽃을 배경으로 한 그림……"

"모르겠어요. 그 문제는 전혀요. 아무것도 들은 게 없는걸요."

글로리아 외숙모는 조금 회복된 뒤 내게 말했다.

"안드레아! 난 로만 그 사람 사랑하지 않았어…… 안드레아 얼굴에 무슨 생각을 하는지 다 써 있어서 하는 말이야. 안드레아는 내가 로만 그 사람 미워하지는 않았을 거라 생각하는 것 같은데……"

사실 나는 아무 생각도 하지 않았다. 머리가 완전히 무뎌졌기 때문이었다. 글로리아 외숙모가 내 손을 마주잡고 뭔가 이야기를 해대는 동안에도 심지어 그녀의 존재마저 잊어버릴 지경이었다.

"로만 삼촌을 죽게 만든 건 나야. 내가 경찰에 고발했거든. 그래서 자살한 거라고…… 그날 아침에 경찰이 들이닥칠 계획이었어……"

난 글로리아 외숙모가 하는 말을 한마디도 믿지 않았다. 외숙모의 말을 믿느니 차라리 로만 삼촌이란 사람이 실은 어느 망자의 혼령이었다고 하는 걸 믿을 터였다. 여러 해 전에 죽었다가 이제야 겨우 지옥 문턱을 넘게 된 어떤 이의 혼령 말이다…… 내가 무척 좋아했던, 절망적이면서 결과적으로는 죽음의 인상을 또렷이 풍기던 로만 삼촌의 음악을 떠올려보면 때로 울컥 감동이 일곤 했던 기억이 난다.

외할머니는 더러 휘둥그레 뜬 눈으로 날 찾아와서는 내 귀에 대고 뭔지 모를 위로의 말들을 읊조리곤 했다. 할머니는 마지막 순간에 죽은 아들의 병든 가슴에 성령이 임하셨으리라는 굳건한 믿음하에 끊임없이 기도하고 또 기도했다.

"애야! 성모님께서 분명 그렇게 말씀하셨단다. 어젯밤 천상의 후광으로 광채를 빛내며 나타나셔서 그렇게 말씀하셨다고……"

내가 보기에는 할머니가 말할 때마다 살짝 엿보이는 가벼운 치매 증상이 할머니에게는 오히려 위안이 되며 아픈 상처를 매만져주는 것 같았다.

후안 삼촌은 꽤 긴 시간 동안, 그러니까 한 이틀간 꼬박 집을 비운 것 같았다. 아마도 로만 삼촌의 시신을 수습해서 시체 안치소로 갔다가 다시 마지막 장지까지 다녀온 모양이었다.

마침내 어느 날 밤인지 낮인지 모를 시간에 삼촌이 집에 나타나자 이제 최악의 순간들은 지나갔나 보다고 생각했다. 하지만 실은 그의 통곡 소리를 듣는 일이 여전히 남아 있었다. 앞으로 내가 얼마를 더 살지는 모르지만, 평생 그토록 절망적인 통곡 소리는 잊지 못할 것 같았다. 로만 삼촌이 후안 삼촌은 자신의 소유물에 다름 아니라고 했던 말이 이해가 갔다. 결국 로만 삼촌이 죽어버린 지금, 후안 삼촌이 느끼는 고통은 그야말로 사랑하던 애인을 잃은 여인이나 소중한 첫아들을 먼저 보낸 젊은 엄마의 고통과 진배없는 무한하고 미칠 것 같은 고통인 듯했다.

두 눈을 멀뚱멀뚱 뜬 채 캄캄한 집구석 곳곳에 마치 벌레처럼 살아 스멀스멀 기어다니는 고통을 그대로 느껴가며 도대체 몇날 며칠을 그렇게 보냈는지 모르겠다. 그러다가 결국 침대에 쓰러졌고, 그후 또 몇 시간을 그대로 죽은 듯이 잠들었는지도 모르겠다. 하여간 내 평생 그렇게 자 본 적이 없었던 건 분명하다. 마치 다시는 눈을 뜨지 않을 사람처럼 그렇게 잤으니까……

마침내 아직은 내가 살아 숨 쉬고 있구나 하고 깨달았을 때에는 그야말로 깊고 깊은 우물 저 밑바닥에서 겨우 기어올라 온 듯한 느낌이었다. 아직도 캄캄한 어둠 속에서 온갖 소리들이 메아리쳐 울리던 동굴 같은 우물 속 느낌이 그대로 느껴지는 듯했다.

내 방은 어둑어둑한 상태였고, 집 안은 어찌나 고요했던지 마치 무덤 속에 들어온 듯한 기괴한 느낌이 들었다. 아리바우 거리의 우리집에서는 지금껏 경험해 보지 못한 고요였다.

처음 내가 잠들 무렵만 해도 집 안은 온통 사람들의 아우성으로 가득했었는데, 지금은 아무도 없는 것 같았다. 마치 온 집안 사람들이 다 떠나버린 것처럼. 부엌으로 갔다가 화덕 위에 냄비 두 개가 보글보글 끓는 걸 보았다. 벽돌로 된 식당 바닥도 깨끗하게 청소된 게, 이 집구석과는 도무지 어울릴 것 같지 않은 한가롭고 평화스러운 분위기였다. 부엌 저 안쪽에서 검은 상복 차림의 글로리아 외숙모가 아이 옷을 빨고 있었다. 나는 눈도 퉁퉁 부었고 머리도 꽤 아팠다. 외숙모가 날 보고 웃더니 내 쪽으로 오면서 말했다.

"안드레아! 도대체 얼마나 잔 줄 알아? 꼬박 이틀간을 잠만 자더라고…… 배도 안 고파?"

외숙모는 우유를 가득 따른 컵을 내밀었다. 따끈한 우유를 마시니 살 것 같아 단숨에 마셔버렸다.

"안토니아는 오늘 아침에 천둥이를 데리고 떠나버렸어."

글로리아 외숙모가 말했다.

"아, 네!"

부엌이 왜 이렇게 조용했는지 이제야 알 것 같았다.

"오늘 꼭두새벽 후안 삼촌이 일어나기도 전에 떠나더라고. 삼촌이 깨셨더라면 천둥이를 데리고 나가게 내버려두지 않을 것 같으니까 그랬겠지. 안드레아도 알지? 그 아줌마한테 천둥이가 남편 같은 존재였던 것⋯⋯ 하여간 둘이 같이 야반도주 해버렸다니까."

글로리아 외숙모가 실없는 웃음을 흘리면서 한 눈을 찡긋해 보였다.

"그나저나 어젯밤에 네 이모들이 오셨더라⋯⋯"

이번에는 외숙모의 음성에 비아냥이 묻어났다.

"앙구스티아스 이모가요?"

내가 물었다.

"아니! 다른 이모들. 넌 잘 모를 거야. 결혼한 이모 두 분인데, 이모부들하고 같이 오셨어. 널 보고 싶어하시는데, 내가 보기엔 옷이라도 좀 갈아입고 가는 게 나을 것 같다."

난 집에서 염색을 한 탓에 검은 물이 통 제대로 먹질 않아 추레해 보이는, 그래도 단 한 벌밖에 없는 여름 정장으로 갈아입었다. 그러고는 내키지 않았지만 하는 수 없이 예전에 내가 썼던 거실로 갔다. 거실 앞에 다다르기도 전에 마치 기도라도 올리는 것 같은 웅얼거리는 소리가 안쪽에서 새나왔다.

난 바로 들어가지 못하고 문 앞에 멈춰 섰다. 환한 햇살에도, 캄캄한 어둠에도 하나같이 눈알이 쑤셔댔기 때문이었다. 거실은 어둑어둑한 데다 꽃이 시들어 썩어가는 냄새도 풍겼다. 어스름한 방 안에 뒤룩뒤룩 살찐 사람들 몇이 땀 냄새를 잔뜩 풍기며 앉아 있는 게 보였다. 웬 여자가 말했다.

"엄마가 애를 잘못 키워서 그래요. 얼마나 버릇없이 키웠는지 한번 생각해보시라고요. 그러니까 결국 이 모양이 꼴로 끝을 냈지요……"

"엄마가 얼마나 자식을 차별하셨다고요. 아들만 신주단지 모시듯 하셨잖아요. 오늘날 일이 이 지경이 된 게 다 엄마 책임이란 거 아세요?"

"엄만 우리에게 단 한 번도 사랑을 주신 적 없었어요. 딸이라고 막 무시하셨다고요. 얼마나 자존심 상했는지. 날마다 딸들 때문에 속상해 죽겠다고 투덜거리셨지만, 사실 우리가 엄마 속 썩인 일이 뭐가 있어요……? 눈에 넣어도 안 아플 것 같다던 아들들이 되레 속 썩였지……"

"하여간, 아들의 영혼을 지옥 불에 떨어지게 했으니 하느님 앞에 큰 죄를 지으신 거예요."

난 내 귀를 믿을 수 없었다. 내 눈 앞에 보이는 기괴한 형상들 역시 믿기 어렵기는 마찬가지였다. 조금씩 어둠에 익숙해지면서 사람들의 얼굴이 보이기 시작했다. 고야의 카프리초에 나오는 엽기적 형상들처럼 하나같이 갈고리처럼 휘거나 짓눌려 납작한 모습이었다. 시커먼 상복을 입은 그 형상들은 마치 기괴한 마법의 집회에 참석한 사람들 같았다.

"얘들아! 난 너희들 모두를 사랑했단다!"

내가 선 자리에서는 할머니의 모습이 보이지 않았지만, 큼지막한 팔걸이 의자에 푹 파묻히듯 앉은 모습을 충분히 상상할 수 있었다. 오랜 침묵이 지속되더니, 누군가가 떨리는 한숨을 토해냈다.

"오! 주여!"

"이 놈의 집구석에 망조가 든 거예요. 아들들이라고 맨날 엄마 재산 빼먹기나 하고 들어먹기나 하는데도 엄만 완전히 그런 아들들에 눈이 멀어가지고는…… 우리가 어렵다고 손을 벌렸을 때에는 아무런 도움도 주지 않으

셨잖아요. 이젠 우리 앞으로 올 유산 한 푼도 남아 있지 않
고…… 설상가상으로 동생 녀석은 제 목숨을 제 손으로
끊질 않나……"

"나야 제일 불운한 자식들을 도와준 것뿐인데……
제일 어렵게 사는 애들을 말이야……"

"그런 식으로 하니까 이렇게 궁상떨며 사는 것 아녜
요? 그래서 결과가 어떻게 나왔는데요? 뜻대로라면 우리
딸들은 거지꼴이 나고, 아들들은 행복하게 살고 있어야
하는 것 아닌가요? 하지만 현실을 한번 보세요. 우리 말이
하나도 틀리지 않는다는 게 훤히 드러날 테니까요……"

"그리고 저기 찍 소리 못 하고 듣고만 있는 저애 후안
도 그래요. 제 밥벌이도 못 하는 주제에 어디서 근본도 알
지 못하는 그런 여자를 들여가지고는……!"

(난 후안 삼촌을 쳐다보았다. 이쯤이면 불같이 화를 낼 법
도 하다는 생각이 들었다. 하지만 삼촌은 마치 아무 소리도 듣
고 있지 않는 사람 같았다. 그저 창문 밖 거리에서 스며 들어오
는 불빛만 멍하니 바라볼 뿐이었다.)

"얘야! 후안!"

할머니가 말했다.

"너도 무슨 할 말이 있거든 좀 해보거라. 너도 정말 누
나들 생각이 맞다고 보는지 궁금하구나……"

"네, 엄마! 누나들 말이 다 맞아요…… 에잇, 씨! 젠장할!"

순간 온 방 안이 까마귀 떼의 날갯짓과 울음소리로 뒤흔들리는 것 같았다. 성난 까마귀 떼의 울음소리로.

24

로만 삼촌이 세상을 뜨고도 꽤 한참 동안이나 나는 삼촌의 죽음이라는 물리적 사실을 현실로 받아들이지 못했던 것으로 기억된다. 어느덧 여름이 지나고 황금빛과 붉은 빛으로 물든 9월이 찾아왔다. 하지만 난 여전히 위층 방에 올라가면 침대에 누운 로만 삼촌이 줄담배를 피면서 젊은 청년이 사랑하는 여인을 껴안듯이 가정부 아줌마가 정열적으로 끌어안곤 하던 그 윤기 흐르는 검은 털의 천둥이를 쓰다듬고 있을 것만 같았다.

가끔씩 나는 옷을 대충 벗어 던진 채 내 방 바닥에 쭈그려 앉아 있곤 했다. 조금이나마 시원함을 느껴볼까 싶었지만 내 방 바닥 역시 집 안 다른 구석들만큼이나 뜨뜻했다. 그렇게 앉아 있다보면 어디선가 목재가 툭 혹은 우두둑 부러지는 소리가 들리곤 했다. 마치 햇살이 창문 앞 쇠창살에 부딪치며 불꽃이 튀는 것 같은 소리였다. 그렇게 번민으로 가득한 오후면 로만 삼촌의 바이올린과 그 격렬한 선율이 생각나곤 했다. 눈앞에 놓인 거울 속을 들여다보면 그 안에 담긴 온갖 형상들…… 빛바랜 의자들, 청회색 벽지, 기괴한 느낌의 침대 한쪽 모서리, 그리고 벽돌 바닥에 책상다리를 하고 앉은 내 모습의 일부분…… 무더위에 짓눌린 이 모든 것들 위로 바이올린의 선율이 흐르는 듯했다. 그 무렵, 로만 삼촌은 도대체 어느 구석에서 바이올린 연주곡을 만들어낸 것일지 궁금해졌다. 이제 와 생각하면 자기 내면의 흐느낌을 끄집어내 고대 황금처럼 순도 높은 아름다움으로 용해시켜낼 수 있었던 삼촌이 그리 나쁜 사람만은 아니었으리라는 생각도 들었다…… 사실 그 무렵, 난 로만 삼촌이 몹시도 그립고 보고 싶었다. 삼촌이 살아 있는 동안에는 단 한 번도 느껴본 적 없는 그런 감정이었다. 바이올린 현 위에 올려진, 혹은 낡아빠진 피아노 건반을 두들기는 그의 손가락이 그리웠다.

어느 날, 난 로만 삼촌의 다락방으로 올라갔다. 밀려오는 감상을 억누르지 못해 결국 그 방에 올라갔지만, 삼촌 방은 처참하게 약탈당하고 난 뒤였다. 책들은 모두 사라지고 없었고, 다리가 짧은 나지막한 침대는 매트리스마저 없어진 채 틀만 벽에 기대 세워져 있었다. 로만 삼촌이 모아온 수집품들도 하나도 남은 게 없었다. 바이올린을 넣어두던 장롱문은 활짝 열렸고, 속은 물론 텅 비었다. 방 안은 찜통같이 더웠다. 옥상으로 통하는 창문으로 불같이 뜨거운 햇살이 그대로 쏟아져 내렸다. 삼촌 방에 여러 개 있던 시계들이 청명하게 울려대던 똑딱거리는 시곗바늘 소리를 들을 수 없다는 게 왠지 낯설게 느껴졌다.

그리고 그때서야 비로소 나는 로만 삼촌이 죽고 없으며, 그의 시신은 산산이 분해된 채 어디선가 썩어 들어가고 있다는 걸 실감할 수 있었다. 영혼을 떠나보낸, 이제는 쓸모없어진 삼촌의 육신에 뜨거운 햇살이 형벌이라도 가하듯 사정없이 내리쬘 터였다.

그 순간, 심신이 허약해진 이후 줄곧 날 엄습하던 무시무시한 악몽이 되살아났다. 수의를 입은 로만 삼촌의 모습이 보였지만, 선율의 조화를 이끌어낼 줄 알았고, 이 모든 것들을 음악으로 실현해낼 줄 알았던 삼촌의 섬세한 두 손이 사라지고 없었다. 인생을 힘겹게 만드는가 하면 또 동시에 탄력 있게 가꾸어갔던 그 손. 담뱃진에 찌들어 가무잡잡하고 누르스름했던 그 손. 하지만 일단 들어 올려졌다 하면 많은 이야기들을 쏟아낼 줄 알았던 그 손. 때에 맞는 적절한 말들을 웅변적으로 표현하게 해주었던 그 손. 재주 많던 그 두 손이 — 도둑의 손이자, 호기심으로 가득

찬 탐욕스러운 그 손이 —— 갑자기 퉁퉁 부어오르면서 말랑말랑해지더니 나중에는 뼈만 앙상하게 남은 포도가지처럼 변해버리고 말았다.

이 끔찍한 악몽의 잔상이 잔인하게도 여름 내내 내 뒤를 따라다녔다. 숨이 턱턱 막힐 만큼 무덥고, 나른한 피로로 찌뿌둥한 기나긴 밤이면 내 가슴은 그 무시무시한 형상들로 벌렁거려야 했다. 그들을 한 번에 몰아낼 수 있을 만큼 나의 이성이 명철하지 못한 탓이었다.

그 환영에서 벗어나기 위해 난 툭하면 밤거리를 배회하곤 했다. 공연히 도심 곳곳을 쏘다니느라 기운만 빼곤 했다. 집에서 염색 물감으로 물들인 검은 옷을 입고 다녔는데, 몸이 점점 더 말라가면서 옷은 점점 더 커져갔다. 행색이 너무나도 초라했던 탓에 가급적 호사스러운 동네나 번화가는 피해다녔다. 그러다 보니 조잡하고 먼지 뿌연 변두리 지역은 훤히 꿰뚫게 되었다. 사실 이런 구시가지에 마음이 끌린 것도 사실이었지만.

어느 날 해질 무렵, 대성당 부근을 지나다가 이 도시에 더욱더 고풍스러운 분위기를 더해주는 느긋한 종소리를 듣게 되었다. 고개를 들어 하늘을 바라보니, 막 초저녁 별이 떠오르기 시작한 하늘은 아직도 파르스름한 게 푸근해 보였다. 순간 신비스럽기까지 한 미적 감흥이 내 가슴에 차올랐다. 그건 바로, 이제 막 찾아오려는 밤의 달콤함 속에서 하늘을 바라보며 그 자리에 그대로 누워 죽고 싶다는 열망과도 같은 그런 감상이었다. 가슴이 아프도록 배가 고팠고, 말로 표현할 수 없을 만큼 깊은 심호흡을 하고 싶었다. 매혹적인 죽음의 향기가 피어나는 것 같았고, 두려움에 사로잡힌 이후 처음으로 마음이 느긋해짐을 느꼈다…… 세찬 바람이 한줄기 불어왔을 때에도 나는 여전히 멍한 표정으로 거의 반쯤 굳어버린 채 어느 담벼락에 기대선 상태였다. 어느 낡아빠진 주택 발코니에서 흰 침대보를 털어대는 통에 퍼뜩 정신이 들었다. 눈앞에서 펄렁거리는 기다란 흰 천이 마치 큼지막한 수의처럼 보여 정신없이 달아나기 시작했다…… 아리바우 거리의 우리 집에 도착했을 때는 반쯤 미쳐 있었던 것 같다.

이렇게 로만 삼촌의 비극적 자살 사건이 일어난 지 두 달이 지났을 때에야 비로소 나는 집 안에 머무는 죽음의 존재를 실감하기 시작한 셈이었다.

생활은 곧 예전과 똑같아졌다. 매일 똑같은 고함 소리가 온 집안을 들썩이게 했고, 후안 삼촌은 여전히 글로리아 외숙모에게 손찌검을 해댔다. 이제는 툭하면 주먹질을 하는 게 습관이 된 것 같았고, 포악함도 예전의 두 배는 된 것 같았다…… 하지만 내 눈에는 그리 큰 변화가 있어 보이지 않았다. 다만 무더위에 모두들 숨 막혀 했지만, 전보다 주름이 더욱 자글자글해진 외할머니만은 오히려 추운지 덜덜 떨고 있었던 게 특이했다. 그러나 그런 외할머니조차도 내가 보기엔 예전과 그다지 달라진 것 같지 않았다. 심지어 예전보다 더 슬퍼하고 계신 것 같지도 않았다. 할머니는 여전히 내게 따뜻한 미소를 보내주셨고, 여전히 자그마한 선물을 잊지 않으셨으며, 아침마다 글로리아 외숙모가 목청껏 고물 장수를 불러댈 때면 침실에서 꼼짝않고 성모마리아께 기도를 드리는 것도 여전했다.

어느 날, 글로리아 외숙모가 피아노를 팔아 치워버렸던 기억이 난다. 다른 것들에 비해 고물 피아노는 제법 많은 돈을 받을 수 있었는지, 곧바로 그날 저녁 내 코가 그 증거를 탐지해냈다. 외숙모가 고기가 있는 근사한 저녁 식탁을 준비한 것이다. 예전엔 가정부 안토니아가 부엌을 틀어쥐고 음식을 장만했고, 그러다 보니 그녀의 존재 그 자체만으로도 음식이 형편없었는데, 그녀가 없어지자 글로리아 외숙모가 나서서 매사가 좀 더 나아지도록 애쓰는 것 같았다.

난 외출하려고 막 옷을 갈아입은 참이었는데, 부엌에서 한바탕 소란이 일어났다. 노발대발한 후안 삼촌이 조금 전까지 내 식욕을 있는 대로 자극했던 고기 수프 냄비를 홀라당 뒤집어 엎어버리고는 글로리아 외숙모를 부엌 바닥에 내동댕이치고 마구 발길질을 했다.

"나쁜 것! 우리 로만의 피아노를 팔아먹다니! 우리 로만의 피아노를! 이 못된 것! 금수만도 못한 것!"

할머니는 언제나 그랬듯이 어린 손자 녀석이 아버지의 이런 험한 모습을 보지 못하도록 가슴에 꼭 끌어안은 채 벌벌 떨었다.

후안 삼촌의 입에서는 게거품이 일었고, 두 눈에서는 정신병자들의 눈에서나 볼 수 있는 광기가 번득였다. 삼촌은 한참을 지치도록 주먹질을 해대더니 숨이라도 막힌 사람처럼 두 손을 심장 위에 대고 심호흡을 하다 말고 이번에는 공연히 소나무로 만든 의자와 식탁, 식기들에 분풀이를 해대기 시작했다. 초주검이 된 글로리아 외숙모는 이때다 싶어 얼른 도망쳤고, 다른 식구들도 모두 뛰쳐나왔다. 부엌에서는 삼촌의 고함 소리만 울려퍼졌다. 한참 후 진정된 삼촌은—— 나중에 들은 바에 따르면—— 두 손에 얼굴을 파묻은 채 소리 죽여 울었다고 한다.

다음날, 글로리아 외숙모가 내 방으로 살그머니 찾아와서는 의사를 불러다 후안 삼촌을 정신병원에 집어넣어야겠다고 귀엣말을 소곤거렸다.

"그게 좋겠어요."

내가 대답했다. (하지만 이 계획은 결코 실현될 수 없으리라 확신했다.)

외숙모는 내 방 한가운데 주저앉더니 날 쳐다보며 말했다.

"안드레아는 내가 지금 얼마나 무서운지 아마 모를 거야."

글로리아 외숙모의 얼굴은 늘 그렇듯이 무표정하기만 했다. 하지만 두 눈에는 공포가 깃든 눈물이 그렁그렁하게 맺혀 있었다.

"난 이런 대접을 받을 이유가 없어, 안드레아! 내가 얼마나 착하게 살았는데⋯⋯"

잠시 침묵하는 그녀는 생각에 깊이 잠겨버린 것 같았다. 그러더니 거울 앞으로 가 다시 말했다.

"그리고 얼마나 예쁜데⋯⋯ 나 정말 예쁘지 않아?"

그러고는 온갖 고민은 다 떨쳐버린 사람처럼 만족스러운 표정으로 자기 몸 곳곳을 매만져보다가 다시 날 쳐다보며 물었다.

"나 우습지?"

외숙모는 한숨을 크게 내쉬더니 이내 걱정스러운 표정으로 되돌아갔다.

"안드레아! 이 세상에 나처럼 고생하며 사는 여자가

또 있을까……? 로만 삼촌이 죽은 이래로 후안 삼촌은 날 도무지 자게 내버려두지 않아. 나보고 자기 동생은 고통으로 절규하고 있는데 잠만 퍼자는 짐승만도 못한 인간이라나…… 보통 때 같으면 그냥 웃고 넘기지. 하지만 한밤중에, 그것도 자려고 누운 잠자리에서라니……! 안드레아! 자다 말고 누군가가 목을 졸라대는 통에 화들짝잠에서 깨어나봐! 그게 그냥 웃고 넘길 일인지! 후안 삼촌은 날더러 돼지새끼 같대. 낮이고 밤이고 잠만 퍼잔다면서. 하지만 생각해봐. 밤마다 이렇게 시달려 한숨도 못 자는데 어떻게 낮에도 안 자고 버틸 수 있는지……? 언니네 집에 갔다가 늦게 돌아오다 보면 어떤 날에는 후안 삼촌이 밖에서 기다리고 있는 거 알아? 글쎄, 지난번에 한번은 이따만 한 칼을 들고 서는 30분만 더 늦게 왔더라면 모가지를 따버리려고 했다나 뭐라나…… 물론 어지간한 사람 같으면 그런 짓 못 하겠지만, 그 사람 같이 미친 사람이면, 누가 알아……? 밤마다 죽은 로만이 꿈속에 나타나 날 죽여버리라고 시킨다는 거야……! 안드레아! 너 같으면 이 상황에서 어쩌겠니? 너라도 도망칠 것 같지 않아?"

외숙모는 내가 대답할 틈도 주지 않았다.

"하긴…… 사람이 한 손에 칼을 들고, 세상 끝까지라도 쫓아오겠다고 따라나서는데 어떻게 도망칠 수 있겠어? 아아! 안드레아 넌 정말 두렵다는 게 어떤 건지 모를 거야…… 새벽녘이 되어서야 완전히 지쳐빠진 몸을 미친 남자 옆에 뉘고 잠을 청해야 하는 게 어떤 건지…… 그러고도 남편이 베개에 머리를 푹 파묻고 깊은 잠에 곯아떨어질 때까지 누워서 기다리는데, 아니, 이 사람 도무지 자질 않는 거야. 내 옆에서 눈을 말똥말똥 뜬 채로 누워 있는 게 느껴져. 옷은 다 벗어 던지고, 똑바로 누우면 굵직한 갈빗대가 숨 쉴 때마다 불룩불룩 불거져 나오지. 그러면서 틈틈이 확인해. 자냐? 하고. 그럼 나는 그이 마음이 놓이게 해줘야 하니까 무슨 말이든 대꾸를 하지. 하지만 결국에는 눈꺼풀 위로 아프도록 무겁게 내리 깔리는 잠을 어쩌지 못해 그냥 축 늘어져 뻗어버리는 거야…… 그러면 곧바로 그이의 숨소리가 귓전에 들리고 그이의 몸이 내 몸에 닿는 게 느껴져. 그러고는 공포감이 엄습하면서 잠이 그대로 달아나버리고 말아. 왠지 알아? 삼촌의 두 손이 슬그머니 내 목덜미로 올라오니까 그래…… 아휴! 그러니 후안 삼촌이 하루 종일 그렇게 나쁜 사람이면 나도 지긋지긋해질 거고, 차라리 그러면 속이나 후련하겠어. 하지만 가끔씩은 내 얼굴을 매만지면서 미안하다고 사과하기도 하고 어린애처럼 훌쩍거리기도 하니까 문제야…… 그러니 내가 뭘 어쩌겠냐고? 같이 울고 마는 거지. 온갖 죄책감이 밀려들면서 말이야…… 사실, 안드레아는 어떻게 생각할지 모르지만, 나뿐 아니라 누구나 다 죄책감 같은 건 느끼고 사는 것 아냐……? 나도 그 사람 뺨을 다독거려주면서…… 그래서 다음날, 내가 그 기억을 상기시켜주려고라도 하면 또 날 죽이려 든다니까…… 이것 볼래?"

그러면서 글로리아 외숙모는 재빨리 블라우스를 벗어젖히고는 등에 난 시뻘건 피멍 자국을 보여주었다.

막 그 끔찍한 상처를 들여다보다 말고 우리 두 사람은 방 안에 누군가 다른 사람이 들어와 있다는 걸 깨달았다. 돌아다보니 외할머니가 성난 듯 주름 가득한 얼굴을 절레절레 저으며 서 있었다.

아! 외할머니가 얼마나 불같이 화를 내시던지! 내 평생 할머니가 화내는 모습을 본 건 그때가 처음이었다…… 할머니는 방금 도착한 편지 한 통을 손에 들고 들어오던 참이었다. 할머니는 원망 섞인 목소리로 손에 든 편지를 마구 흔들어대며 소리쳤다.

"못된 것! 못된 것들 같으니! 콩알만 한 것들이 숨어서 도대체 무슨 흉계를 꾸며대는 거야? 뭐, 정신 병원이라고? 제 애새끼 옷 입히고, 밥 먹이고, 밤이면 제 마누라 편히 자라고 애새끼 끌고 산책까지 나가주는 저 착한 애를 누구 맘대로……? 미친년들! 내 자식 머리털 하나라도 건드렸다간 봐라! 너희 두 년들하고 내가 먼저 죽어 나갈 테니……"

외할머니는 분을 삭이지 못해 편지를 방바닥에 내동댕이치고는 고개를 절레절레 저으며 가버렸다. 걸어가면서도 여전히 훌쩍거리며 혼잣말을 내뱉었다.

방바닥에 팽개쳐진 편지는 내게 온 것이었다. 에나가 마드리드에서 보낸 편지였다. 바야흐로 내 인생이 전환점을 맞이하게 된 것이다.

25

여행용 트렁크를 싼 뒤 중간에 열리지 않도록 끈으로 튼튼하게 동여맸다. 몹시 피곤했다. 글로리아 외숙모가 와서 저녁식사가 준비됐다고 알려줬다. 가족들과 함께 보내는 마지막 밤이라 저녁식사에 초대를 받았다. 그날 아침 일찍이 외숙모가 살짝 내 귀에 대고 말했다.

"집 안에 있던 온갖 뿔 장식들을 다 팔아버렸어. 그 흉물스러운 고물들이 돈이 될 줄은 미처 몰랐지 뭐야……"

그날 밤, 식탁에는 빵이 푸짐하게 놓였다. 흰살 생선도 있었다. 후안 삼촌은 한껏 기분이 좋아 보였다. 어린 꼬맹이도 높다란 유아용 의자에 앉아 혼자 종알거렸는데, 문득 한 해 사이에 부쩍 커버린 걸 보고 놀라움을 감출 수 없었다. 전등 불빛이 발코니로 통하는 침침한 유리문에 반사되었다. 외할머니가 말했다.

"고얀 것! 곧 우릴 보러 와야 한다……"

글로리아 외숙모도 식탁 위에 놓인 내 한 손을 꼭 쥐며 말했다.

"그래. 빨리 돌아와, 안드레아! 내가 안드레아 정말 좋아하는 거 알지……?"

후안 삼촌도 한마디 거들었다.

"안드레아, 신경 쓰지 말거라. 잘 떠나는 거야. 일자리도 생겼겠다, 이제야 뭔가 해볼 수도 있게 되었으니…… 사실 지금껏 특별히 하는 일도 없었잖니?"

저녁 식사가 끝났다. 난 무슨 말을 해야 할지 몰랐다. 글로리아 외숙모는 개수대 위에 먹고 난 빈 접시를 잔뜩 쌓아놓고는 재빨리 들어가 립스틱을 바르고 외투를 걸쳤다.

"자, 안드레아! 우리 한번 안아보자! 이게 마지막일 것 같으니까…… 내일 아침 일찍 떠난다고 했지? 몇 시였더라?"

"일곱 시요."

나는 외숙모를 껴안았다. 참 이상한 일이었다. 내가 외숙모를 무척 사랑하고 있음을 느낀 것이다. 잠시 후, 외숙모는 집을 나섰다.

후안 삼촌은 현관 한가운데 서서 아무 말없이 내가 트렁크를 현관문 바로 앞에 가져다놓는 걸 지켜보았다. 아침 일찍 떠날 거라 식구들을 깨우지 않고 가급적 조용히 떠나고 싶어서였다. 삼촌은 어색하게 웃으며 한 손을 내 어깨에 올린 뒤 꼭 삼촌의 팔 길이만큼 떨어진 거리에서 내 얼굴을 지켜보며 말했다.

"그럼, 잘 가거라, 안드레아! 가족들과 함께 내 집에서 살다가 남의 집에서 사는 게 얼마나 녹록치 않은 일인지 알게 될 거다. 하지만 이쯤에서 떠나는 건 잘하는 일이야. 인생이 뭔지도 배울 수 있을 테니 말이야……"

나는 마지막으로 앙구스티아스 이모가 쓰던 방으로 들어갔다. 창문이 열려 있었지만 여전히 방 안은 후텁지근했다. 익숙한 골목길 가로등 불빛이 서글픈 누런빛을 보도블록 위로 드리우고 있었다.

더는 나를 둘러싼 것들에 대해 생각하고 싶지 않아 침대로 기어들어갔다. 에나의 편지 한 통이 내 앞길을 열어주었다. 이번에는 구원의 지평을, 정말 현실 속의 길을 열어준 것이다.

……안드레아! 우리 아빠 회사에 네 일자리를 마련해놓았어. 혼자 독립해 생활하면서 대학을 마칠 정도의 수입은 될 거야. 당분간은 우리 집에서 함께 지내도록 하자. 혹 불편하면 나중에 네 맘에 드는 집을 구해 나가도 되니

까. 엄마도 네 방을 꾸미시면서 무척 즐거워하셔. 난 너무 좋아서 잠이 안 올 지경이고.

에나는 꽤 긴 편지를 써 보냈다. 그 속에는 에나의 고민과 바람, 모든 것이 다 담겨 있었다. 하이메도 금년 겨울에는 마드리드에서 함께 지낼 거라고 했다. 결국 학업은 이쯤에서 중단하고 조만간 결혼하기로 했다는 것이다.

나도 잠을 이룰 수 없었다. 멍청하게도 1년 전, 아침 여섯 시에 출발하는 바르셀로나행 기차를 놓치면 어쩌나 하는 걱정에 30분 간격으로 깨어나 시계를 들여다보곤 했던 그 순간의 설렘이 그대로 느껴졌다. 물론 지금은 그때와 같은 꿈을 꾸고 있지는 않았다. 그러나 이번에 느낄 수 있는 것은 해방의 감격이었다. 며칠간 바르셀로나에 출장 차 오신 에나의 아버지가 내일 아침 데리러 오기로 되어 있었다. 그분 차로 함께 마드리드로 갈 예정이었다.

운전 기사가 조심스레 현관문을 노크했을 때에 난 이미 겉옷까지 다 챙겨 입고 기다리던 참이었다. 집 안은 아주 조용한 게 발코니로 스며드는 희뿌연 불빛 속에 아직 고요히 잠들어 있는 것 같았다. 할머니 방에 들어가 볼 엄두가 나지 않았다. 공연히 깨울까봐 걱정되었다.

나는 아주 천천히 계단을 걸어 내려갔다. 울컥 감정이 북받쳐 올랐다. 이 계단을 처음 오를 때 가졌던 새 삶에 대한 가슴 떨리는 희망과 열망이 기억났다. 그런데 지금 나는 1년 전에 막연히 알기를 바랐던 충만한 인생과 기쁨, 심오한 관심, 사랑, 그 무엇에 대해서도 아무것도 알아내지 못한 채 다시 떠나는 것이었다. 아리바우 거리에 있는 외할머니 집에서 내가 얻은 건 아무것도 없었다. 적어도, 그당시에는 그런 생각이 들었다.

기다란 검은 자동차 옆에서 에나의 아버지가 날 기다리고 서 있다가, 반갑다며 정중하게 한 손을 내밀어 악수를 청했다. 그러고는 운전수에게 뭐라고 지시를 내린 뒤다시 날 보며 말했다.

"점심은 사라고사에서 먹도록 하지요. 하지만 그 전에 우선 간단하게 아침식사를 하는 게 어떻겠어요? 아마 즐거운 여행이 될 겁니다, 안드레아 양. 두고 봐요……"

에나 아버지가 환한 미소를 지었다.

아침 공기가 꽤 신선했다. 밤새 내린 이슬로 도로가 촉촉하게 젖어 있었다. 자동차에 타기 전에 난 잠시 고개를 들어 내가 1년 동안 살았던 집을 올려다보았다. 아침 첫햇살이 유리창에 반사되어 반짝거렸다. 잠시 후, 아리바우 거리도, 바르셀로나도 내 등 뒤로 멀어져 갔다.

작품해설

스페인 내전 이후의 삶을 다룬 최고의 이야기

《아무것도 없다》는 1944년 스페인 최고의 권위를 자랑하는 나달문학상을 수상했다. 스페인 바르셀로나 태생의 23세 신진 작가 카르멘 라포렛(1921~2004)은 《아무것도 없다》로 명성과 인기를 거머쥐었고, 1948년에는 스페인 한림원에서 수여하는 파스텐라스상을 수상하기도 했다. 《아무것도 없다》는 스페인 내전 이후의 삶을 다룬 최고의 이야기 가운데 하나로 평가받고 있다. 그러나 우리는 소설 《아무것도 없다》를 그 이상의 의미를 갖는 걸작으로 이해해야 할 것이다. 이 소설이 기존 스페인의 역사적·문화적 경험을 초월하고 있기 때문이다.

　　소설 《아무것도 없다》는 스페인 내전 직후의 피폐한

바르셀로나를 무대로 하고 있다. 1936년에서 1939년까지로 공식 기록되고 있는 스페인 내전은 1936년 2월 19일 스페인 제2공화국 인민전선 정부가 수립되자 7월 17일 군부 주축의 파시즘 진영이 일으킨 내란이라고 요약할 수 있다. 당시 좌익 인민전선 정부는 정교 분리·농지 개혁 등을 내걸고 중산층·노동자·농민의 지지를 얻고 있었는데, 이에 반대하는 교회·대지주·대자본의 지지를 얻은 군부·왕당파·우익 정당이 프랑코 장군의 지휘하에 군사 반란을 일으킨 게 그 시발점이었다. 이렇게 내전으로 시작되었던 전쟁은 각 진영에 독일·이탈리아·프랑스·구소련 등이 군사 원조를 하면서 국제전의 양상으로까지 발전하게 되었다.

전쟁 초기, 정치적 이념과 사회적 기득권의 차이에서 촉발된 내란이 본격화하면서 각지에서 암살과 폭력 행위가 일상적으로 일어났다. 곳곳에서 총파업이 발생하고 양대 진영 간 전투가 벌어졌으며, 유혈 폭동이 일어났는가 하면 군부의 강제 진압도 자행되었다.

결국 정권이 군부의 프랑코 장군 손에 완전히 넘어가면서 전쟁도 막을 내렸지만 스페인 내전은 스페인과 스페인 국민 모두에 지울 수 없는 상처를 남겼다. 스페인 내전 동안에 얼마나 많은 사람이 희생되었는지는 정확히 밝혀지지 않았다. 다만 영양실조, 기아 등 전쟁이 일으킨 부수적인 질병으로 죽은 사람을 제외하고도 전쟁과 전쟁 후 있었던 정치 보복 과정에서 발생한 희생자 수가 최소한 50만에서 100만 명은 되리라는 게 정설이다.

전쟁이 중반으로 치달으면서 스페인 내전은 주변 국가들의 참전으로 세력 경쟁과 군비 경쟁의 장이 되었으며, 이는 곧바로 2차 세계대전의 불씨로 작용했다. 이렇게 참혹한 내전을 겪고 또다시 2차 세계대전의 위험을 피부로 느끼게 된 스페인에서는 여타 유럽 국가들과는 달리 사회·혁명적 소설이 성숙할 수 없었다. 유능한 작가들이 내전 기간에 대부분 망명을 떠남으로써 소설에 새로운 길을 제시할 수 있는 가망성도 희박했다. 따라서 방향의식 없이 정체 상태만을 답보하는 문단에서 젊은 문학도들은 세계 소설의 경향을 접하지 못한 채 그저 시대에 뒤떨어진 전통 악자惡者소설과 19세기 사실주의 소설에만 탐닉하고 있었다.

그래서 전후에 나타난 것이 전통적 사실주의 소설과 내전을 체험했거나 참전한, 또는 역사적 평가를 한 사람들의 소위 '내전 소설', 그리고 노벨상에 빛나는 카밀로 호세 셀라의 《파스쿠알 두아르테 가족》처럼 '파괴적 의미에서 현실이 붕괴되거나 불쾌하거나 심지어 반감이 드는 사건들을 체계적으로 소개하는 소설' 즉 '공포 소설', 그리고 '실존적 의미에서 이해되는 일련의 내적 갈등을 담아낸 소설', 즉 '실존주의 소설' 등이다.

카르멘 라포렛의 《아무것도 없다》는 고통에 찌들고 괴기스럽다 못해 구토가 날 듯한 분위기의 등장 인물들, 무질서와 무기력으로 점철된 대도시 바르셀로나의 쓸쓸한 뒷모습, 그리고 무엇보다 불안한 인간의 운명, 소통 불가능, 인간관계에서 수반되는 갖가지 형태의 폭력을 다루면서도 끝까지 품위 있고 긍정적인 가치를 추구하려는 한 여대생의 몸부림을 함께 담고 있다는 점에서 공포 소설과 실존 소설의 경계에 있는 것으로 보인다. 이처럼 《아무것도 없다》는 전쟁이 사회에, 특히 젊은이들에게 끼친 심리학적이고 사회학적인 영향을 반영하고 있으며, 개인의 자유를 위해서는 희비가 엇갈리는 삶의 현실을 감당해야 한다는 것, 즉 희생과 그 대가를 치러야 한다는 것을 보여주고 있다. 따라서 비록 작품의 무대는 1939년 바르셀로나로 한정되어 있지만 소설의 플롯은 시공을 초월한 보편성을 담고 있는 것이다. 즉 변화하는 사회적 관습을 뚫고 자신의 정체성을 찾아가는 주인공이 묘사하고 있는 것은 이 시대의 좌절과 희망, 불안인 것이다. 좌절, 증오, 고독, 불화, 그리고 고통으로 점철된 인물들에 대한 작가의 감정이입은 작가가 대단히 좋아했던 도스토옙스키를 연상시킨다. 그러나 일면 소설 전반이 허무주의와 절망으로 점철되고 있다 해도 독자들은 저 멀리로 비치는 한줄기 희망의 빛을 발견할 수 있다. 결말 부분에서 주인공 안드레아가 아리바우 거리의 친척들과 헤어지고 새로운 시작이 기다리고 있는 마드리드로 떠나기 때문이다. 물론 이 역시 단순한 해피엔딩으로 이해해서는 안 될 것이다. 아마도 마드리드는 그녀가 바르셀로나에서 발견하고 싶었던, 또는 자신만의 정체성을 찾기 위해 다시 한번 시작해야 하는 새로운 지점을 의미하며 그녀의 존재가 '나다Nada', 즉 '무'로 환원되지 않도록 부단히 노력해야만 하는 실존적인 의미 그 자체일 것이다.

작품의 줄거리와 특징

이제 스물을 갓 넘긴 주인공 안드레아는 전후의 피폐함 속에서도 대학에서 문학을 공부해보겠다는 나름의 꿈을 안고 외가가 있는 바르셀로나로 오지만, 그녀가 만난 것은 전쟁의 소용돌이 속에서 양대 진영에 각각 속하면서 피폐해져버린 두 외삼촌, 또 전쟁의 와중에 큰외삼촌과 만나 결혼했지만 작은외삼촌과의 미묘한 관계 속에서 시종일관 가족간의 극한 대립을 불러일으키는 외숙모, 전쟁 전의 과거에서 좀처럼 벗어나지 못하면서 새로움을 받아들이길 거부하고 따라서 안드레아의 젊음과 젊음으로 인한 시도마저도 억누르고자 하는 이모, 그리고 이렇게 황폐해져가는 가족들을 지켜보면서 어떻게든 온 가족을 보듬어보려 하지만 힘에 부쳐 정신까지 살포시 놓아버린 외할머니뿐이었다.

전쟁의 참화 속에서 한 개인의 몸부림이 아무런 의미를 생성하지 못한 것처럼, 그런 가족들 속에서 안드레아의 바람과 욕구는 늘 억눌리고 빛바랠 수밖에 없었다. 그나마 그녀를 살아 숨 쉬게 하는 유일한 이유가 있다면 대학에서 만난 아름답고 지성적인 친구 에나였다. 안드레아는 에나를 통해 질식할 것 같은 현실에서 한줄기 청량한 바람을 느끼고, 그 속에서 안식을 추구한다. 어떻게든 인간으로서의 자존감을 확립하고 젊음의 에너지를 발산하려 하는 것이다.

그러나 때로 안드레아의 행위는 작품 전반에서 일인칭 화자의 입장에서 소설을 이끌어가고 있음에도 그리 적극적이지 못한 것으로 보인다. 즉 화자라기보다는 오히려 상황의 목격자 또는 증인으로 기능하고 있는 것이다. 그런가 하면,《아무것도 없다》는 일인칭 시점의 소설이지만 저자가 적절하게 배치하고 있는 인물들 간의 대화를 통해 독자들이 자칫 놓치고 지나갈 수 있는 문제들을 통찰할 수 있게 함으로써 일인칭 시점의 한계를 벗어나고 있다는 장점을 지니고 있기도 하다.

소설《아무것도 없다》는 쉽게 읽히도록 쓰인 소설이며 구성도 단순하지만 시적 형상으로 가득 차있는 작품이며 빠른 속도로 전개되어 나간다. 또한 미스터리 소설의 필수 요소인 서스펜스가 가미된, 끊임없이 변하는 영화적인 관점을 보여주는 작품이기도 하고, 삶의 궁극적 의미를 묻고 있는 작품이기도 하다. 작가 카르멘 라포렛은 "혼란스러운 운명에 처한 인물들 속에서 주인공 안드레아는 끝없이 진실에 대한 신념과 조화로운 삶, 존재의 의미를 깨닫는 데 도움을 줄 수 있는 굳건한 삶의 이상을 추구하고 있다"고 말한다. 결국 암울함과 광기와 체념과 고통의 몸부림이라는 작가의 묘사는 단순한 '전쟁'의 상흔에 대한 묘사에 그치지 않고 있다는 것이다.

통상 인류는 세상을 이해하기 위해 두 가지 방법을 선택한다고 한다. 그 하나가 이성이 빚어낸 논리이고 또 다른 하나가 전쟁이다. 그 가운데 인간의 잔혹한 본성을 가장 극명하고 극렬하게 드러내는 방식이 바로 전쟁일 것이다. 이렇게 전혀 달라 보이는 두 가지 길을 통해 인류가 불가해한 세상을 꿰뚫고자 했다면, 카르멘 라포렛은 전혼의 묘사라는 샛길을 통해 세상과 맞닥뜨리려 했던 게 아닐까? 그리고 그런 도전을 통해 세상이 온통 혼돈 덩어리임을 명철하게 깨달았고, 그 깨달음 뒤에 느낀 비통함이야말로 안드레아가 경험했던 '무'가 아니었을까?

스페인 현대 소설의 새로운 이정표

《아무것도 없다》의 출간은 스페인 현대 소설에 새로운 이정표를 세운 사건이었다. 카르멘 라포렛은 이 소설을 통해 바르셀로나에 있는 한 여대생의 일상을 잔잔히 풀어놓음으로써 내전이라는 비극적 시대를 관통하며 원기를 상실한 스페인 소설에 새로운 활력을 불어넣었으며, 동시에 언제 터질지 모를 2차 세계대전을 앞두고 감도는 폭풍 전야와도 같은 불안감을 생생하게 그려냈다. 아직 설익은 젊음에 다름 아닌 안드레아에게 물리적·언어적 폭력이 가득한 천박하고 추잡스럽기 그지없는 '집'이라는 울타리는 도저히 벗어날 길 없는 현실이었으며, 아무리 돌아보아도 주위에 펼쳐지는 것이라고는 온통 암울한 잿빛으로 찌든 슬픈 도시뿐이었다. 그러나 그녀에게 한 점 희망이 있었다면 바로 우정이었다. 그 우정을 통해 암울한 현실 저 너머에 존재할지도 모를 구원에의 희망을 기대할 수 있었던 것이다.

물론, 우정 너머 저편에 도달했을 때 안드레아는 또다시 조심스레 펼친 두 손바닥 위에서 '무'를 발견하게 될지도 모른다. 그 텅 비어있음에 또다시 좌절할지도 모른다. 그러나 우정 아닌, 아니 어쩌면 또 다른 우정이 그녀에게 남겨진 '무'를 채워줄 것이라 기대한다. 전쟁이 세상을 파악하기 위한 하나의 불가피한 방식이었다면 텅 빈 공간을 새로움으로 채워가는 것 또한 끝없는 도전의 대상인 세상을 걸어나가는 필연적인 방식이므로.

모두가 고민하는 화두를 통렬하게 작품 속에 녹여냈던 위대한 작가 카르멘 라포렛의 탄생 100주년을 맞아 다시 한번 《아무것도 없다》가 독자와 만나게 되어 감회가 새롭다. 그녀와 안드레아의 치열한 고민은 백 년이 지난 이 순간을 살아가는 우리 모두의 고민이기 때문이다. 인류가 전쟁을 멈추지 않고, 사회적, 도덕적, 그리고 정치적 가치들이 계속해서 변화하는 한, 사람들이 자신의 정체성을 찾아 삶의 의미를 계속해서 찾아 헤매는 한, 이 소설은 영원한 고전으로 남을 것이라는 생각을 해보며 진한 여운과 함께 《아무것도 없다》를 덮는다. 숨겨진 보석 같은 소설의 재탄생을 위해 숨이 턱턱 막히는 무더위를 떨쳐내며 늦도록 전등불을 밝혀놓으셨을 문예출판사의 전준배 대표이사님, 고우리 편집장님, 그리고 김지은 편집자님께 깊이 감사드린다.

2021년 뜨거운 여름의 한가운데서
옮긴이 김수진

옮긴이 김수진

한국외국어대학교 스페인어과를 졸업했으며,
동 대학 통역번역대학원에서 석사 학위를,
대학원에서 문학박사 학위를 취득했다.
현재 사이버한국외국어대학교 스페인어 학부에 교수로 재직하며
전문번역가로 활동하고 있다. 번역 작품으로는
《행운》,《너를 정말 사랑할 수 있을까》,《남부의 여왕》,《검의 대가》,
《루시퍼의 초대》,《성 수의 결사단》I, II,《공성전》,《안개의 왕자》,
《한밤의 궁전》,《또 다른 심문들》등이 있다.

아무것도 없다

1판 1쇄 발행 2006년 5월 15일
2판 1쇄 발행 2021년 7월 30일

지은이 카르멘 라포렛 | 옮긴이 김수진
펴낸곳 (주)문예출판사 | 펴낸이 전준배

책임편집 김지은 | 편집 고우리 이효미 전민지 | 디자인 김하얀
영업·마케팅 김영수 | 경영관리 강단아 김영순

출판등록 2004. 02. 12. 제 2013-000360호 (1966. 12. 2. 제 1-134호)
주소 03992 서울시 마포구 월드컵북로 6길 30
전화 393-5681 | 팩스 393-5685
홈페이지 www.moonye.com | 블로그 blog.naver.com/imoonye
페이스북 www.facebook.com/moonyepublishing | 이메일 info@moonye.com

ISBN 978-89-310-2220-9 03870

• 잘못 만든 책은 구입하신 서점에서 바꿔드립니다.

❀문예출판사® 상표등록 제 40-0833187호, 제 41-0200044호